Bądź przy mnie zawsze

AGATA PRZYBYŁEK

Bądź przy mnie zawsze

Copyright © Agata Przybyłek, 2017
Copyright © Wydawnictwo Poznańskie, 2017

Redaktor prowadząca: Sylwia Smoluch
Redakcja: Agnieszka Czapczyk / panbook.pl
Korekta: Kamila Markowska / panbook.pl
Projekt typograficzny i łamanie: Stanisław Tuchołka / panbook.pl
Projekt okładki: Anna Damasiewicz
Fotografia na okładce: © Sandra Cunningham / Trevillion Images

ISBN 978-83-7976-895-0

CZWARTA STRONA
Grupa Wydawnictwa Poznańskiego sp. z o.o.
ul. Fredry 8, 61-701 Poznań
tel.: 61 853-99-10
fax: 61 853-80-75
redakcja@czwartastrona.pl
www.czwartastrona.pl
Druk i oprawa: WZDZ - Drukarnia „LEGA"

Róża

– Konrad, pomóż pani, nie stój tak! – Kobieta przewiązana fartuchem szturchnęła chudego nastoletniego chłopca. – Pani Róża, tak?
– Tak. To ja. Róża Darska. Dziękuję bardzo. – Róża próbowała wygramolić się z auta, ale w jej wieku nie było to już takie łatwe. Dopiero pomocna dłoń chłopaka pozwoliła jej stanąć na nogi.

Jej staromodne pantofle nieznacznie zapadły się w piasku.

– Bardzo miło nam panią gościć, naprawdę! Bardzo miło! – Alberta rzuciła się do niej i starsza pani dostrzegła na jej policzku bieluchną smugę mąki. – Wyglądaliśmy pani od samego rana. Prawda, Konradzie?

Chłopiec od niechcenia wzruszył ramionami i zaczął siłować się z ogromną walizką, którą podał mu właśnie taksówkarz.

Róża uśmiechnęła się na ten widok.

– Ile płacę? – zwróciła się jeszcze do taksówkarza.
– Pięćdziesiąt wystarczy.

– W takim razie pięćdziesiąt – powtórzyła kwotę, a potem sięgnęła do portfela i podała mu gotówkę.
– Do widzenia. – Skinął służbowo w jej stronę.
– Do widzenia, do widzenia! – Uprzedzając Różę, machnęła do niego przewiązana fartuchem kobieta, a potem ujęła gościa pod ramię i pociągnęła w stronę domu. – Konrad, nie stój tak! – krzyknęła jeszcze tylko na chłopca, zanim znalazły się w pachnącym obiadem korytarzu.

Dom Alberty nie należał do najpiękniejszych i najnowszych, był brzydki i zaniedbany. Z sufitu w korytarzu patrzyła na kobiety zielonkawa pleśń, a pod drzwiami leżały sfatygowane dywaniki, które właścicielka już dawno powinna była wymienić.

– Gotuje pani? – zwróciła się do niej Róża, nie chcąc urazić gospodyni żadnym zbędnym komentarzem.

– Rosół. Z kury hodowanej własnoręcznie, można powiedzieć. I swojskie kluseczki.

– Zapowiada się apetycznie.

– Och, mój rosół to w całej okolicy chwalą. Nieskromnie mówiąc, oczywiście. – Alberta się zaczerwieniła. – No, ale zapraszam do salonu, zapraszam. Chyba że chce się pani najpierw odświeżyć, to zaraz wskażę łazienkę i…

– Nie, nie. – Róża dotknęła jej przedramienia. – Dziękuję. Ja już nie jestem w tym wieku, w którym to się trzeba odświeżać. Niestety.

Pani domu uśmiechnęła się szeroko, słysząc ten niewinny żarcik.

– No tak – odchrząknęła. – W takim razie zapraszam do salonu. Kawy, herbaty?

– Herbaty, jeśli można.

– Mam taką dobrą. Z lipy. Mąż jakiś czas temu kupił, ale okazji nie było, żeby kogoś poczęstować. Rzadko nam się zdarzają goście. Biedna okolica, to nikt nie przyjeżdża, a rodziny tu żadnej nie mamy.

– Z lipy będzie idealna. – Starsza pani skinęła głową, a potem dała się usadzić na nakrytej kocem kanapie.

– W takim razie przepraszam na moment. – Gospodyni ruszyła do kuchni i Róża została sama w pachnącym obiadem wnętrzu.

Salon w domu Alberty wydawał jej się miejscem o wiele bardziej przytulnym niż podwórze i korytarz. Jedynym, co trochę w nim przeszkadzało, były ciężkie i grube zasłony, niedbale zawieszone po obu stronach okna. Róża uwielbiała jasne i przestronne wnętrza, a kotary nie wpuszczały do pomieszczenia zbyt dużej ilości światła. No i te poprzykrywane kocami, poprzecierane meble. Wystarczyłoby przecież tylko wymienić tapicerki i...

– Tę walizkę to gdzie? – Chudy chłopaczek wpadł do salonu, przerywając Róży oględziny wnętrza. Ponieważ jednak nie zastał w nim matki, natychmiast bez słowa wycofał się na korytarz.

Róża uśmiechnęła się sama do siebie, kolejny raz widząc jego piegowatą buzię, i roztarła obolałe po podróży kolana. Jeśli kiedykolwiek wyobrażała sobie, że będzie miała syna, na pewno pojawiał się w jej myślach właśnie ktoś taki jak Konrad. Uroczy, choć trochę nieśmiały. Mały chłopiec zaklęty w ciele dorastającego mężczyzny. Najbardziej rozczulająca rzecz na całym tym świecie.

– No, jestem! – Z rozmyślań wyrwała ją Alberta, która pojawiła się w salonie, wypełniając go po chwili dźwiękiem nalewanej do filiżanek herbaty. – Proszę. – Kiwnęła głową, stawiając przed Różą aromatycznie pachnącą esencję. – Na zdrowie.

– Dziękuję.

– A może jest pani głodna, co? Do obiadu jeszcze chwila, planowałam na czternastą. Może jakaś szybka przekąska, tyle pani jechała.

– Nie, nie. Dziękuję. Wystarczy mi herbata. Nie chcę pani sprawiać kłopotu. – Róża spojrzała na nią, sięgając po gorącą filiżankę, i wsunęła dwa palce w maleńkie ucho. – Bardzo dobra. – Uśmiechnęła się po upiciu pierwszego łyku do siedzącej jak na szpilkach Alberty.

Kobieta odetchnęła z ulgą, jak gdyby od tego zdania zależało całe jej dalsze życie, i złożyła ręce na kolanach.

– A jak się jechało? – zapytała jeszcze.

– Och, dziękuję, dobrze. Niemalże przez cały czas miałam doborowe towarzystwo. W samolocie towarzyszyła mi kobieta w moim wieku, więc bardzo dobrze się dogadywałyśmy, a potem taksówkarz nie pozwalał mi nawet na chwilę znudzenia. Można nawet powiedzieć, że trochę brakowało mi podczas podróży samotności.

– A, to u nas sobie pani odpocznie, nie ma obaw! – Alberta machnęła ręką. – Większej głuszy niż u nas to już chyba nie ma. Cichutko, spokojnie. Sąsiadów też mamy niegłośnych. No, chyba że sobie trochę popiją, ale to rzadko, naprawdę rzadko. I pokój też pani dałam w takim zacisznym miejscu. Z dala od drogi. W sensie... na ogród.

Róża musiała przyznać, że zdenerwowanie Alberty powoli zaczynało ją bawić.

– Ładny salon – powiedziała, żeby nieco rozluźnić atmosferę.

– Mąż tu wszystko wyremontował. Właściwie to zupełnie sam. Kiedyś ten budynek był szopą, a tu, gdzie siedzimy, stały zwierzęta. Da pani wiarę?

– Trudno w to uwierzyć. – Róża jeszcze raz rozejrzała się po nieco pompatycznie urządzonym wnętrzu.

– Prawda? No, ale on potrafi, potrafi. Po tym, co tutaj wyczyniał, ludzie go teraz do remontów zatrudniają. Ten dom jest taką naszą, można powiedzieć, wizytówką. Znajomi byli, obejrzeli, polecili, komu trzeba – i proszę. Praca sama do niego przychodzi i aż pali mu się w rękach.

– Niesamowita historia. – Przed oczami Róży znów pojawił się zaniedbany ogród, korytarz i ganek. Nie wyglądały na wizytówkę.

– Niech pani poczeka, aż zobaczy górę! – wyrwało się jeszcze entuzjastycznie Albercie, ale szybko się opamiętała. – A pani? – zapytała po chwili. – Chciałaby mi pani w końcu zdradzić, czemu zawdzięczam tę wyjątkową wizytę? Nie będę ukrywała, że nieczęsto zdarzają mi się takie telefony, jak ten od pani. Prawdę powiedziawszy, to był to pierwszy i wszyscy tu w głowę zachodziliśmy, o co też może chodzić!

Róża popatrzyła na widniejące na czole Alberty pierwsze zmarszczki i odstawiła filiżankę na spodeczek.

– Tak – powiedziała tylko, a potem sięgnęła do leżącej tuż obok torebki.

Alberta poruszyła się niespokojnie w fotelu.

– Szukam kogoś – oznajmiła Róża, otwierając portfel. Po chwili wydobyła z niego niedużą, zalaminowaną, czarno-białą fotografię i pogładziła ją palcem.

– U nas? Matko kochana, ktoś pani coś zrobił? – Pochyliła się do przodu ożywiona Alberta.

– Nie, nie. – Róża potrząsnęła głową. – Prawdę powiedziawszy, to historia sprzed lat. W pewnym sensie szukam tego mężczyzny…

Laura

– Nie mówiłaś, że to aż taka willa – wyrwało się Magdzie, gdy dotarły w końcu do niezwykle bogato urządzonej posiadłości rodziców Laury.

Pokaźnych rozmiarów dom stał na niewysokiej skarpie i ogrodzony był wysokim, murowanym płotem, który od strony wewnętrznej gęsto obsadzono żywopłotem. Wokół podwyższenia wiły się kręte, wyłożone tłuczniem alejki. Kilka z nich prowadziło do altany, inne do niewielkiego stawu, w centrum którego stała gipsowa fontanna, a te najszersze do drzwi wejściowych albo pod balkon. Magda musiała przyznać, że rezydencja wyglądała niemalże jak pałac, a jedynym, czego jej tu brakowało, była fosa i zwodzony most. I nie było w tych słowach przesady.

– Wow! – Siedzące na tylnym siedzeniu Justyna i Olga rozdziawiły usta.

– A czy to ważne? – Laura zwróciła się do Magdy i wyłączyła silnik. – Ty nie mówiłaś mi, że nie przywykłaś do takich widoków. – Zabrała torebkę i wysiadła z samochodu, mocno trzaskając za sobą drzwiami.

Kilka ptaków siedzących na gałęzi rozłożystego judaszowca natychmiast poderwało się do lotu.

– I ty dobrowolnie godzisz się na mieszkanie w tej klitce w bloku? – Justyna nie mogła pohamować zdziwienia i poprawiając okulary przeciwsłoneczne, dokładnie zlustrowała wzrokiem skąpany w zieleni dom. Jej biała sukienka odbijała promienie zachodzącego słońca, rażąc Laurę w oczy.

– Jak w bajce – szepnęła Olga.

Laura przeniosła wzrok na królujący wokół podjazdu ogród, który o tej porze roku aż tętnił życiem za sprawą wynajętego przez rodziców ogrodnika zaglądającego w to miejsce co najmniej raz w tygodniu.

– Stąd musiałabym dojeżdżać codziennie do Gdańska przynajmniej dwie godziny. Tak po prostu jest mi wygodniej – stwierdziła.

– Ja chyba śnię! Ale że twoim rodzicom nie było szkoda zostawiać takiego domu...

– Idziecie czy będziecie tu tak stać i kontemplować? – Laura roześmiała się głośno, nie mogąc się napatrzeć na zdziwione twarze przyjaciółek. Nie widziała na ich buziach takiego zachwytu od czasu, gdy wybrały się razem do baru i zagadnął je facet będący modelem w jakimś ogólnopolskim magazynie.

– Idziemy, idziemy – mruknęła Olga.

– Ale nie wiem, czy jestem stosownie ubrana – zażartowała Magda. – Na pewno macie tam same marmury.

– Nie tylko. W pokojach króluje jednak drewno.

– Słuchaj, a czy ty nie masz jakiegoś zaginionego brata bliźniaka? – Justyna nachyliła się do Laury konspiracyjnie.

Dziewczyna parsknęła śmiechem.

– Nic mi o tym nie wiadomo.

– Może powinnyśmy podpytać twojego tatę?

– Justyna!

– Dobra, dobra. – Dziewczyna uniosła ręce w obronnym geście. – Żartowałam. Ale biorąc pod uwagę to, jak wygląda twój ojciec, musiałby być niezłym ciachem.

– Kto?

– No ten twój brat! Orientuj.

Laura pokręciła tylko głową, słuchając dalszych rozważań przyjaciółek. Była najstarsza z nich i najpoważniejsza. Czasem naprawdę zachodziła w głowę, zastanawiając się, jak mogą być tak infantylne. Chociaż, gdyby głębiej się nad tym zastanowić, właśnie to lubiła w nich najbardziej.

Kiedy weszły do domu, od razu uderzył je orzeźwiający chłód, stanowiący miły kontrast dla zewnętrznego upału.

– O raju, ale przyjemnie. Gwarantuję, że nie wytknę nosa na zewnątrz, dopóki nie zrobi się ciemno – pisnęła z zachwytu Magda. Słońce wpadające przez kuchenne okna od razu oświetliło jej twarz.

Laura popatrzyła na nią i znowu się zaśmiała.

– Chcecie się czegoś napić? – zapytała. Jej torebka wylądowała na szafce pod lustrem – rzucała ją tam zawsze, odkąd tylko lata temu zrezygnowała z plecaka – a dwie torby z zakupami od razu trafiły na kuchenny stół.

– Wody. Z lodem. Zimnej.

– Nie mam pojęcia, czy w zamrażarce jest lód.

– Ach, no tak – westchnęła Olga, opadając na jedno z krzeseł w otwartej na kuchnię jadalni. – W takim razie może być bez. Najwyżej tu umrę.

Uwadze Laury nie umknęło to, że przyjaciółki czuły się u niej wyjątkowo swobodnie.

– Chcecie coś zjeść? – zapytała jeszcze, stawiając na stole niewysokie szklaneczki.

– Nie męcz nas tak! Zaraz ducha wyzionę, a ty chcesz pchać w nas kalorie? – Justyna zmarszczyła brwi. – I tak po moim sześciopaku nie ma już ani śladu.

– Wypocisz.

– Nie, dzięki. Poczekam do kolacji.

– To jeszcze kawał czasu.

– A czy to ważne? – Magda machnęła ręką i wyciągnęła przed siebie idealnie opalone nogi. – Każdy dietetyk powie ci, że nieraz warto się trochę przegłodzić.

– Jak tam sobie chcecie, ja planuję zjeść pizzę. Miałyśmy dzisiaj świętować, więc nie zamierzam sobie odmawiać.

– Pizzę? – Olga się ożywiła.

– Aha. Ale jak nie chcecie, to nie. Nie będę przecież sabotować wyglądu brzucha Justyny.

– Dobra, przekonałaś mnie. – Dziewczyna popatrzyła na nią z błyskiem w oku. – Ale tylko jeden kawałek. W końcu Filipowi i tak bez różnicy, jak wygląda mój brzuch.

Laura popatrzyła na nią, unosząc brew.

– Serio? A czy przez większość drogi nie słuchałam wywodów o tym, że...

– Czasami wolałabym, żebyś nie słuchała mnie zbyt uważnie.

– Co poradzisz, taka rola psychologa. – Laura zachichotała cicho.

– Byłoby prościej, gdybyś rzuciła te studia w cholerę, tak jak ja. Pedagogika jest dużo mniej wymagająca – odezwała się Magda. – Właściwie to nawet jest fajna.

– Halo, ziemia do Magdy! – Laura machnęła jej przed oczami. – Czy ktoś tutaj zapomniał, że wczoraj się obroniłam?!

– Jesteś niemożliwa. Nie dasz mi się nacieszyć.

Olga z Justyną głośno się roześmiały.

– Nacieszyć czym?

– Nie wiem! Ale kłujesz mnie w oczy tym swoim dyplomem.

– Spójrz na to inaczej. Kiedy ja będę harować od świtu do nocy, ty nadal będziesz świetnie się bawić na studiach. Czy to nie kuszące? Rok więcej imprez, alkoholu i przypadkowego...

– Bla, bla, bla. – Magda wywróciła oczami, robiąc przy tym zabawny ruch ręką. – Dobrze wiesz, że bez ciebie to nie będzie to samo. Na co ci ten cholerny doktorat, co? Tak to mogłybyśmy się chociaż odwiedzać. Nie możesz zrobić go tutaj?

– No właśnie – zawtórowała jej Olga.

– Rozmawiałyśmy o tym setki razy... – zaczęła Laura.

– Tak, tak! – Magda nie dała jej skończyć. – Taka szansa nie trafia się każdemu, doktorat w Kanadzie to zupełnie inny prestiż niż nauka tu, w Polsce. Proszę bardzo, bądź kimś. Tylko to my będziemy potem słuchać, że nie masz przyjaciół. – Znów wywróciła oczami.

Laura natychmiast rzuciła jej się na szyję.

– Jesteś niezastąpiona! – Cmoknęła przyjaciółkę w policzek. – Nie zaszkodzi ci, jak trochę ode mnie odpoczniesz. Czy to nie ty ciągle mi powtarzasz, że jestem naprawdę nieznośna?

– Jesteś cholernie nieznośna! I w dodatku mnie zostawiasz. – Magda wydęła usta. – Ale znam sposób, w jaki możesz się zrekompensować.

– Serio? – Laura wróciła na swoje miejsce.

– Aha! Chodź ze mną na imprezę. Będziemy chociaż miały dobre wspomnienia!

– To jest myśl. – Justyna uśmiechnęła się, odsuwając szklankę od ust.

– Do klubu? Nie ma mowy!

– Laura… – jęknęła Magda – Nie bądź nudziarą. Każdy potrzebuje trochę rozrywki, nawet taki mól książkowy jak ty. Miałyśmy przyjechać do ciebie, żeby trochę poświętować. Co to za przyjemność opijać twój sukces zamknięte w czterech ścianach?

– Dobrze wiesz, że nie cierpię takich miejsc.

– No proszę! – Zatrzepotała rzęsami. – Zrób to dla mnie. W najbliższym czasie będę tylko pracować. Pomyśl o tym, jak będzie mi przykro.

– Może przez wzgląd na pracę powinnaś przystopować już teraz?

– Jesteś okrutna.

– Nie jestem!

– To znaczy, że się zgadzasz? – Magda pisnęła głośno, wieszając się Laurze na szyi. – Czy mówiłam ci kiedyś, że jesteś niezastąpiona?

– Raczej, że jestem nieznośna, wredna i introwertywna.

– Bo jesteś, ale nieważne. W tym momencie kocham cię nad życie.

– Dobrze, już dobrze! Udusisz mnie. Powietrza!

Magda roześmiała się głośno, czując ręce Laury na swoich nadgarstkach, i ponownie opadła na krzesło.

– Mam przeczucie, że to będzie najlepsza impreza w twoim życiu!

– Mówisz tak zawsze, gdy razem wychodzimy.

– I za każdym razem mam rację. – Upiła łyk wody.

Tym razem to Laura wywróciła oczami.

– Nie marudź. Już się zgodziłaś. – Magda klepnęła ją w udo. – Lepiej pomyśl, w co możesz się ubrać.

– Nie ma mowy. Na pewno w tym nie wyjdę. – Laura popatrzyła na swoje odbicie w lustrze. Czerwona szmatka, którą na siebie włożyła, ledwo zasłaniała jej majtki.

– Wyglądasz bosko! – pisnęła Magda, podskakując na łóżku, na które rzuciły się razem z Olgą zaraz po wejściu do sypialni. Justyna została na dole, rozmawiała przez telefon. – Aż chyba zrobię ci zdjęcie!
– Bosko? Raczej skąpo i tanio. Co myślisz, Olga? – Laura zerknęła na odbicie przyjaciółki w lustrze.
– Cóż… – Ta skwitowała jej strój cichym mruknięciem.
– Ty naprawdę jesteś cholernie nudna. – powiedziała Magda. – To jedna z moich lepszych sukienek! Idziesz w tym i już.

Laura jeszcze raz spojrzała w lustro. Nie wyglądała dobrze.

– Nie ma takiej opcji. Tobie może i ona pasuje, ale ja nie będę mogła w niej nawet usiąść.
– Nie wiem, jak ty chcesz poderwać kogokolwiek w tym klubie. Chyba właśnie o to chodzi, nie? Faceci lubią, jak pokazujesz im ciało, a ty najchętniej zrobiłabyś z siebie zakonnicę.
– Magda! – Olga zganiła przyjaciółkę.
– To może powinnam iść nago – stwierdziła Laura.
– To byłby naprawdę dobry pomysł, ale najpierw musiałabyś się opalić.
– Jędza! – Laura odwróciła się w jej stronę i trzepnęła w nią leżącą na fotelu poduszką.

Magda krzyknęła i machając nogami, przewróciła się na plecy. Sypialnię wypełnił jej głośny śmiech.

– Założę coś swojego – zadecydowała Laura i ściągnęła sukienkę przez głowę.

Magda jęknęła boleśnie.

– Tylko nie to...

– Przestań, ma być jej wygodnie – wtrąciła Olga.

– No właśnie. Skoro już mam tam iść, to chociaż chcę się dobrze czuć. Masz z tym jakiś problem? – Laura spojrzała na Magdę z wyrzutem.

– Nie, nie! Skąd. Ale błagam, żadnych golfów i sukni do ziemi. Może jakaś mała czarna?

– A chciałam założyć habit – wyrwało się Laurze nieco sarkastycznie.

– Oj, nie obrażaj się. Pokaż w końcu, co masz w tej szafie.

Laura odsunęła się od mebla i otworzyła drzwiczki na oścież. Wisiało w niej co najmniej kilkanaście wyjściowych strojów, wśród których zdecydowanie dominowała czerń.

– Dawno nie chodziłam w tych sukienkach, ale może coś się nada.

– No jak by mogło być inaczej – skomentowała Magda, wstając z łóżka.

Laura zaczęła przesuwać wieszaki i przeglądać kreacje.

– Może ta? – Wyciągnęła w stronę przyjaciółek nie za długą, koktajlową sukienkę z koronkową górą.

Olga natychmiast uniosła kciuki w górę. Magda natomiast dokładnie zlustrowała sukienkę wzrokiem. Nie była aż taka zła, chociaż w życiu nie założyłaby czegoś takiego na imprezę.

– Przymierz – rzuciła, ponownie opadając na łóżko.

Laura wsunęła na siebie delikatny materiał, który ostatni raz miała na sobie podczas studniówki. Przez chwilę znów poczuła się nastoletnią królową balu.

– Całkiem nieźle, chociaż i tak widzę cię tego wieczoru w czerwieni.

– A mnie się podoba – stwierdziła Olga.

Laura obróciła się przed lustrem. Materiał opinał dokładnie to, co trzeba, a do tego sięgał jej do połowy uda. Czuła się w tym stroju o wiele bardziej komfortowo.

– Idę w tym – zadecydowała.

– No to może chociaż czerwona szminka? – Magda spojrzała na nią błagalnie.

– Zapomnij!

– Ty naprawdę jesteś cholerna nudna!

– Jeszcze słowo, a pójdziesz tam sama. – Laura posłała jej mroźne spojrzenie.

Olga znowu parsknęła śmiechem. Magda tymczasem smętnie pokręciła głową.

– Dobra, oj dobra… Przecież nic nie mówiłam…

Róża

Alberta patrzyła na wyblakłą fotografię i Róża miała wrażenie, że uszami kobiety zacznie zaraz buchać para. Niemalże widziała, jak trybiki w jej głowie obracają się, przywołując z pamięci dziesiątki, a może nawet setki spotkanych osób, szukając w nich tej właściwej. Chociaż nie było to do końca grzeczne, Róża nie mogła przestać przyglądać się pulchnej, pełnej zadumy twarzy, na której wyraźnie rysowały się pierwsze zmarszczki i kurze łapki. Ciekawe, ile ona mogła mieć lat...

– Przykro mi, nie znam nikogo takiego. – Alberta oderwała w końcu wzrok od fotografii.

Róża wzięła od niej zdjęcie.

– Ależ oczywiście, to niemożliwe. Ten człowiek nie żyje od dziesięcioleci. Nie może go pani znać.

Alberta spojrzała na nią z konsternacją.

– Nie bardzo rozumiem – wymruczała.

Na ustach Róży wymalował się delikatny uśmieszek.

– To bardzo stara historia. Powiedziałabym, że stara jak świat, ale trochę jej do tego brakuje. – Ponownie sięgnęła do portfela. – Nie tyle szukam tego mężczyzny, co tego miejsca – powiedziała, podając Albercie kolejną pożółkłą fotografię.

– To u nas?

Róża skinęła głową. Alberta dokładnie przyjrzała się zdjęciu. Było bardzo ciemne i wypłowiałe, ale bez trudu dostrzegła niewielki, drewniany domek i siedzącego na ganku mężczyznę.

– Nie wiem, gdzie mogłoby to być. Nie ma u nas we wsi takiego domu. Może się pani pomyliła, co? W pani wieku to chyba już pamięć nie ta.

– Jestem pewna, że to tutaj. – Róża postanowiła zignorować ten złośliwy komentarz. – Mam już swoje lata, ale z moją głową wszystko jest w porządku, zapewniam.

– O, kochaniutka! Ja ciebie, broń Boże, nie chciałam urazić. Tak tylko mówię. Mój wuj jak raz leżał właśnie w szpitalu, bo mu się dziury w głowie porobiły i nic nie pamięta. Ponoć alzheimer.

– Bardzo mi przykro.

– Przykro? Dziad był od cholery, to może i dobrze. Zawsze na wszystko skąpił i tylko biedę człowiekowi wytykał. Jest jednak sprawiedliwość na tym świecie, co? Dobrego to licho nie weźmie, wbrew temu, co mówią. No, ale wracając do pani spraw… – Wskazała na mężczyznę ze zdjęcia. – To ten sam, co na poprzednim?

Róża skinęła głową.

– Jak miał na imię?

– Jerzy.

Alberta spojrzała na Różę dociekliwie.
- To jakaś rodzina?
- Można tak powiedzieć. Znaliśmy się w młodości, a potem nasze drogi się rozeszły.
- Długo?
- Kilka lat.
- Zrobił pani jakąś krzywdę czy co, że go pani tak poszukuje? – Alberta powtórzyła swoje obawy. – Jeszcze mnie pani wkręci w jakieś mroczne sprawki i mi policję na kark sprowadzi albo jakie gorsze sądy! Strasznie pani tajemnicza!

Róża kolejny raz zlustrowała kobietę wzrokiem. Nie zgadzała się z jej ostatnim twierdzeniem. Miała prawie dziewięćdziesiąt lat i mówienie o swoim życiu i swoich problemach przychodziło jej zazwyczaj z łatwością, ale w Albercie było coś, co rodziło opory przed opowiadaniem. Była aż nader bezpośrednia i przenikliwa. Nie budziła zaufania i miała niewyparzony język. Nie ulegało wątpliwości, że należała do osób, które od razu chcą wiedzieć wszystko o wszystkich, i natychmiast roznoszą uzyskane informacje po najbliższej okolicy.

Róża westchnęła, czując na sobie świdrujący wzrok gospodyni. Historia, którą nosiła w sobie, nie potrzebowała rozgłosu. Nie chciała się z nią afiszować. Choć jej obawy nie miały żadnego sensownego uzasadnienia, starsza pani w przeszłości nauczyła się być wyjątkowo ostrożna i zostało jej to do dziś. Pewnych nawyków nie da się zmienić, a w jej wieku nie było już nawet takiej potrzeby.

Gdy ktoś zwracał jej na to uwagę, wzruszała tylko ramionami i niby od niechcenia mówiła, że przecież niedługo i tak pokryje ją piach. To młodzi powinni się zmieniać. I zmieniać świat.

– No to mówi w końcu czy nie? – Wyrwała ją z zamyślenia wyjątkowo ożywiona Alberta.

Róża ponownie roztarła obolałe po podróży kolana. Nie miała zamiaru zdradzać tej kobiecie, że stoi właśnie u progu przejścia na tamten świat i postanowiła zrobić to w spokoju ducha, a nie z wyrzutami sumienia, że nigdy nie wróciła do tak ważnego dla siebie miejsca. Że nigdy nie dane jej było prawdziwie się z tym miejscem pożegnać.

– To bardzo długa historia. – powiedziała w końcu niechętnie. – Przepraszam, nagle poczułam się strasznie zmęczona. Czy mogłybyśmy dokończyć naszą rozmowę później? Powinnam się położyć. Mogłaby pani wskazać mi pokój?

Alberta popatrzyła na nią podejrzliwie. Na końcu języka miała już jakąś ciętą reprymendę, ale dała sobie z nią spokój. Róża wyglądała na naprawdę zmęczoną. Pomijając oczywiście kwestię jej przedpotopowego wieku.

– Ach tak. – Zerwała się więc na nogi i pomogła staruszce wstać. – Umieściliśmy panią na górze, ale gdyby miała pani problemy z wchodzeniem po schodach, to…

Róża uśmiechnęła się lekko i ścisnęła ją za przedramię.

– Spokojnie, nie jest jeszcze tak źle. Może wyglądam jak próchno, ale jeszcze się nie sypię. Po prostu źle się poczułam. W moim wieku to chyba normalne.

– To może potrzeba pani wody, co? Albo jakiegoś proszka? Moja apteczka, co prawda, świeci pustkami, bo u nas wszyscy zdrowi jak rydz, ale coś tam się zawsze znajdzie. Wie pani, zdrowsze powietrze, mięso swoje jemy, to i zdrowie inne niż to u ludzi z miasta – zaczęła trajkotać bez opamiętania, pomagając Róży wejść na górę. – A skąd pani jest?

– Urodziłam się niedaleko stąd.

– Naprawdę? A głowę bym dała, że pani nietutejsza. Jak to się człowiek jednak może pomylić, co? Zmyliło mnie to, że pani taka dobrze wychowana. U nas ludzie prości, można powiedzieć. Nic nadzwyczajnego. No, ale teraz to chyba pani tutaj już nie mieszka?

– Nie, nie. Aktualnie nie.

– To gdzie?

– W Sydney.

– O cholercia. Brzmi nieźle. A gdzie to? W Londynie?

– W Australii.

– Nie może być. – Alberta pokręciła głową. – Nie wiem gdzie to, ale brzmi poważnie. Pewnie pani bogata, co? Nie każdego stać na emigrację.

– Niektórzy nie mają wyjścia. – Róża postanowiła nie komentować jej wścibstwa. – Czasem po prostu trzeba. Pewne sprawy dzieją się poza nami i nie mamy nie ma wpływu. W takich sytuacjach należy się podporządkować, przyjmować życie takim, jakie jest, i mieć nadzieję, że przyszłość okaże się bardziej łaskawa.

– Ach, pani kochana! Mądrość przez panią przemawia, i to bezapelacyjnie! Ja też zawsze dzieciakowi powtarzam, żeby się podporządkował i brał, co jest.

– I co, słucha? – Róża wykorzystała ten moment, żeby odbiec od tematu.

– Gówniarz jeden w takim wieku jest, że za grosz! Nieposłuszny jak diabli i tylko mi pyskuje. Niby ludzie mówią, że to hormony, ale kto by tam w te brednie wierzył. Dupę mu trzeba prać, to się raz dwa nauczy szacunku do ojca i matki. Dobrze mówię?

Róża spojrzała na nią i nic nie odpowiedziała.

– A pani ma dzieci? – zapytała jeszcze Alberta, gdy znalazły się u drzwi niedużego pokoiku.

– Nie – odpowiedziała zgodnie z prawdą. – A teraz przepraszam bardzo, chciałabym zostać sama. Czy mogłaby mi pani jeszcze wskazać, gdzie znajduje się toaleta? Potrzebuję się jednak odświeżyć.

– Korytarzem do końca i na lewo. Czyste ręczniki ma pani w szafie, proszę się nie krępować i śmiało brać. Gdyby co było trzeba, to będę na dole. Rosół się jeszcze musi pogotować, to ziemniaki na drugie odbiorę. Zawołam panią na obiad, bez obaw. U nas się jeszcze nie zdarzyło, żeby kto głodny chodził, więc spokojnie. Zawsze dla wszystkich wystarcza, a nawet zostaje!

Róża uśmiechnęła się blado.

– Dziękuję.

– Jak pani płaci, to trzeba, nie? – Alberta kiwnęła głową.

Róża kolejny raz nie uraczyła jej odpowiedzią.

– No, to idę. Miłego dnia, czy coś – powiedziała więc jeszcze tylko Alberta i ruszyła schodami w dół.

Staruszka potrząsnęła głową i weszła do pokoju, w którym czekały już na nią bagaże. Pomieszczenie nie było zbyt duże, ale czyste i zadbane. Już pierwszy rzut oka wystarczył, by zorientowała się, że ma tutaj wszystko, co potrzeba. Na łóżku piętrzyła się pachnąca kwiatami pościel, a w rogu stała niewielka szafa na ubrania. Życie nigdy nie przyzwyczaiło jej do luksusów, więc to minimum zdecydowanie jej wystarczało.

Obrzuciła pokój wzrokiem i podeszła do okna. Gdy odsłoniła kwiecistą zasłonkę, jej oczom ukazał się zaniedbany ogród Alberty i bardzo pokaźnych rozmiarów dom sąsiadów. Był w dużo lepszym stanie niż ten, ale nie miała na co narzekać. Zamierzała zostać tu przecież tylko kilka dni, a przynajmniej taką miała nadzieję. Najważniejsze, że nie było tu brudno.

Przysiadając na powleczonym prześcieradłem materacu, ponownie wyjęła z portfela stare fotografie i zamyśliła się. W jej oczach pojawiły się łzy. Przesuwając po nich palcami, pomyślała, że czekała na ten moment całe życie.

– Wreszcie nadszedł właściwy czas – szepnęła.

Laura

Muzyka dudniąca w klubie uderzyła Laurę już na parkingu. Nie przywykła do bywania w takich miejscach, a już na pewno nie robiła tego z własnej woli. Podczas gdy jej koleżanki ze studiów imprezowały w najlepsze czasem nawet cztery, a może i pięć razy w tygodniu, ona zdecydowanie wolała unikać takich miejsc. Głośna muzyka i klejące się do niej spocone ciała już po kilkunastu minutach zabawy zaczynały działać jej na nerwy. Nie chodziło nawet o to, że była nudziarą i nie lubiła tańczyć. Po prostu czuła się w takich miejscach niepewnie i niekomfortowo, a to wystarczyło, żeby skutecznie się do nich zniechęcić. Nie dla wszystkich ludzi atrakcją było obściskiwanie się z przypadkowymi, mocno już wstawionymi facetami. Laura należała właśnie do tego typu osób.

– Czy naprawdę musimy tam wchodzić? – zapytała podekscytowaną Magdę, zarzucając na ramię niewielką torebkę. Długie pasma opadających na plecy włosów muskały jej rozgrzaną po podróży szyję i musiała potrząsnąć głową, żeby zminimalizować swędzenie.

– Nie bądź nudziarą. Obiecałaś! – Magda spojrzała na nią karcąco. Olga z Justyną poszły już do klubu zająć stolik i zamówić trunki.

– Niczego ci nie obiecywałam.

– Ależ tak! – Magda złapała ją za rękę i pociągnęła do przodu. Ze wszystkich czterech współlokatorek one dwie były ze sobą najbliżej.

Laura zachwiała się lekko, czując pod szpilkami piaskową nawierzchnię.

– Oj, nie daj się prosić! – Magda przystanęła, widząc niepewną minę przyjaciółki. – Dopiero co skończyłaś studia. Masz przed sobą ostatnie kilka tygodni, zanim nie zaczniesz tego cholernego doktoratu. Po prostu wejdź tam i dobrze się baw. A może spotkasz jakiegoś gorącego przystojniaka i odechce ci się mnie zostawiać? – zachichotała jej prosto do ucha. – Nie bądź nudziarą!

Laura popatrzyła na wymalowaną twarz przyjaciółki i w końcu uniosła usta w niewielkim uśmiechu. Bijąca od Magdy pozytywna energia mogłaby wysadzić w powietrze niejedno miasto.

– Dobrze, już dobrze. Ten jeden raz jestem w stanie to dla ciebie zrobić. Ale tylko ten jeden!

– Jesteś niezastąpiona! – Słysząc te słowa, Magda natychmiast rzuciła jej się na szyję, a potem, piszcząc z radości, pognała do pękającego od nadmiaru ludzi klubu i zniknęła w tłumie, zostawiając ją samą.

Laura rozejrzała się jeszcze po parkingu, obciągnęła czarną sukienkę, odgarnęła włosy i podążyła za przyjaciółką, sprawnie kupując wejściówkę i mijając ochronę.

W klubie aż wrzało. Przepychając się między spoconymi ciałami bawiących się w najlepsze ludzi, Laura czuła, że zaczyna robić jej się niedobrze. Dziewczyny kręciły się już na parkiecie, ale ona nie miała na to ochoty. Pochylając głowę, starała się jak najszybciej dotrzeć do baru i usiąść na wygodnym stołeczku, a potem w spokoju złapać oddech i dojść do siebie.

Cholerna psychosomatyka!

– Co dla ciebie? – zagadnął ją natychmiast ubrany na czarno barman, kiedy dotarła w końcu do baru, mijając parę, która tańcząc, niemalże na siebie nie weszła.

– Cokolwiek, byle bez alkoholu – odpowiedziała głośno, chcąc przekrzyczeć muzykę, i położyła torebkę na blat. – Prowadzę.

– To może moją specjalność? – Chłopak wyszczerzył idealnie białe zęby i wbił w nią jedno z bardziej przenikliwych spojrzeń, z jakim kiedykolwiek się spotkała.

– Może być. – Skinęła głową i odwróciła wzrok.

Barman natychmiast sięgnął po niedużą szklaneczkę. Do Laury zbliżyła się Justyna.

– Nie siedź tu sama, mamy stolik. – Wskazała ręką do tyłu. Laura powiodła wzrokiem za jej spojrzeniem i zobaczyła rozchichotaną Magdę, która już przygruchała sobie jakiegoś chłopaka.

– Zaraz do was przyjdę – zbyła przyjaciółkę.

Justyna posłała jej uśmiech i wróciła na parkiet do Olgi.

– Wolne? – Stanął u boku Laury jakiś facet i bez pytania wśliznął się na miejsce obok niej.

– Jak widać, już nie – mruknęła niezadowolona.

– Jesteś sama? – zapytał bez ogródek. Spod jego kolorowej koszuli przebijał zarośnięty tors i Laura poczuła kolejne poruszenie w żołądku.

– Z przyjaciółkami – odpowiedziała, siląc się na uprzejmość.

– Mogę postawić ci drinka?

– Nie trzeba. – Odwróciła od niego głowę i z wyczekiwaniem popatrzyła na mieszającego napój barmana.

– Dla ciebie. – Podał jej w końcu szklaneczkę. – Na koszt firmy.

– Dzięki.

– Zatańczymy? – Mężczyzna siedzący obok nie dawał za wygraną. Pochylał się coraz bardziej w jej stronę.

– Muszę wypić! – odpowiedziała mu z nadzieją, że zrozumie, że nie jest zainteresowana, ale facet zlustrował ją tylko wzrokiem i szeroko się uśmiechnął.

– Poczekam. Nie spieszy mi się.

Laura westchnęła i zanurzyła usta w napoju, rozglądając się przy tym po zatłoczonym pomieszczeniu w nadziei, że dostrzeże na parkiecie którąś z dziewczyn i wzrokiem poprosi ją o pomoc. Te jednak rozpłynęły się gdzieś w powietrzu, w przeciwieństwie do mężczyzny, który przysuwał się do niej coraz bardziej i bardziej.

– Wypiłaś? – zagadnął ją ponownie po kilku minutach ciszy, widząc, że dziewczyna skończyła pić.

Laura jeszcze raz dokładnie mu się przyjrzała. W kącikach jego oczu znajdowała się zaschnięta ropa, a na policzkach dostrzec można było cień niedbale ogolonego zarostu. Przy każdym jego słowie aż bił od niego odór wódki, co dodatkowo ją obrzydzało. Zdecydowanie nie miała ochoty z nim choćby rozmawiać, a co dopiero tańczyć.

– Muszę iść do łazienki. Zaraz wrócę – rzuciła więc tylko wymijająco i sprawnie zeskoczyła ze stołeczka, a potem zaczęła ponownie przepychać się przez roztańczony tłum. Tym razem w kierunku wyjścia.

Będąc już na zewnątrz, wysłała Magdzie zdawkowego SMS-a i ruszyła do niedużego parku mieszczącego się tuż za parkingiem. W normalnych warunkach w życiu nie zdecydowałaby się na takie wyjście, ale w okolicy kręciło się sporo ludzi, a ławki wydawały się porządnie oświetlone. W tej sytuacji nic nie mogło jej się stać. Chociaż należała do osób raczej strachliwych, rozsądek podpowiadał jej, że nie ma się czego bać. Już prędzej jakieś nieszczęście mogło ją spotkać w tym diabelskim klubie. Że też dała się Magdzie namówić na to wyjście!

Park był dość kameralny. Kilka podświetlonych, pomalowanych na biało ławeczek porozstawiano wokół niewielkiego stawu, na środku którego znajdował się domek dla ptaków i fontanna. Pomimo późnej pory po wydeptanych alejkach przechadzało się sporo przechodniów. Świadomość, że kręcą się w pobliżu, tylko dodała Laurze odwagi.

Po niespiesznej rundce wokół stawu zdecydowała się zatrzymać na dłużej przy barierce odgradzającej urwisty brzeg zbiornika od jednej z alejek. Opierając dłonie na zimnej, metalowej rurce, popatrzyła najpierw na pływające po stawie kaczki, a potem na rozgwieżdżone niebo.

Przymykając oczy, Laura uśmiechnęła się pod nosem. No bo czy to nie zabawne, że w wieku dwudziestu kilku lat wolała towarzystwo cykających świerszczy niż dudniącego muzyką klubu? Momentami czuła się nawet jak własna matka, której na nieszczęście od kilku lat przy niej nie było.

Może Magda miała rację? Może w tych najbliższych tygodniach powinna przestać się hamować i pozwolić sobie na odrobinę szaleństwa? Później czeka ją już przecież tylko nauka i praca, a ona, jeśli chodzi o sferę prywatną, w pewnym sensie zmarnowała sobie studia. No, może poza jednym nieudanym związkiem, przez który dość miała wszystkich innych. Ale tego nie warto było nawet wspominać.

– Ładnie się uśmiechasz. – Z rozmyślań wyrwał ją miękki, męski głos. Dotarł do jej uszu tak nagle, że Laura natychmiast otworzyła oczy i spojrzała w bok.

Przez całe to myślenie o zmianach nawet nie usłyszała, gdy chłopak stanął obok niej, a słuch miała naprawdę niezły. Przynajmniej tak jej wszyscy powtarzali.

– Dziękuję. – Uśmiechnęła się, lekko się przy tym rumieniąc. Gdyby wiedziała, że była obserwowana, z pewnością nie pozwoliłaby sobie na błogie rozkoszowanie się tym wieczorem. A już z pewnością nie na ten uśmiech, który wdarł jej się na usta.

– Alek. – Chłopak wyciągnął w jej stronę rękę.

– Laura – przedstawiła się i wbiła wzrok w jego oświetloną przez latarnię twarz.

Jego szare tęczówki skrzyły się w bladym świetle latarni wyjątkowo mocno, a ciemnoblond włosy nieco niedbale opadały na jego czoło. Jasna koszulka idealnie podkreślała świeżo nabytą opaleniznę.

– Ładną mamy noc. – Kiwnął głową w stronę jeziora.

– Tak. Niebo jest piękne. – Nie mogła się z nim nie zgodzić i ponownie spojrzała w górę. – Gwiazdy naprawdę świecą dziś wyjątkowo jasno. Jest w nich dziś coś magicznego – powiedziała, kiedy przez chwilę oboje po prostu spoglądali w niebo. – Nieczęsto można obserwować nieprzesłonięty niczym gwiazdozbiór.

– Znasz się na nich? Na gwiazdach? – zapytał Alek z zaciekawieniem.

– Nie – odpowiedziała zgodnie z prawdą. – Wiem tylko, gdzie jest Wielki Wóz i Gwiazda Polarna. Ale to mi w niczym nie przeszkadza. I tak uważam, że są piękne. A ty?

– Trochę. W szkole byłem całkiem niezły z astronomii.

Spojrzała na niego z uznaniem.

– W zagadywaniu wpatrujących się w niebo kobiet też? – zapytała zadziornie.

Uśmiechnął się.

– Nie. W tym chyba nie.

Laura ponownie przeniosła wzrok na gwiazdy. Jedna z nich zamigotała i z gracją opadła w dół, nad staw. Woda roziskrzyła się jej intensywnym blaskiem, ale gwiazda zgasła równie szybko, jak zapłonęła. Choć trwało to tylko chwilę, Laura niemalże wstrzymała oddech.

– Często tutaj przychodzisz? – zagadnął ją po chwili milczenia.

Zdziwiła się, że nie poczuła dyskomfortu z powodu jego obecności w takim intymnym momencie i nie zareagowała na niego z taką awersją jak na mężczyznę w klubie.

– Nie. – Pokręciła głową. – Jestem tu pierwszy raz, chociaż słyszałam o tym parku wielokrotnie. A ty?

– Czasem mi się zdarzy. Byłaś w Arnie? – Wskazał na papierową bransoletkę zawiniętą luźno na jej nadgarstku.

– Tylko chwilę.

– Wnioskuję, że impreza nie była udana. Nie ma jeszcze jedenastej, a ciebie już stamtąd wywiało.

– Nie przepadam za takimi miejscami – wyznała zgodnie z prawdą.

– Serio?

– Pewnie będziesz się śmiał, ale jest w nich dla mnie zdecydowanie za głośno i... Męczy mnie całe to tarło.

– Tarło? – roześmiał się.

– Ach. To takie moje porównanie. – Zmieszana pokręciła głową i odgarnęła za ucho niesforny kosmyk włosów. – Patrzyłam kiedyś na klub z góry i skojarzyło mi się z...

– Nie, nie. Nie musisz tłumaczyć – wszedł jej w słowo. – Jest w tym sporo prawdy. Kluby to prawdziwe tarło. Właściwie nie chodzi w tym jakąkolwiek zabawę, ale dawanie upustu swoim... popędom.

Tym razem to ona parsknęła śmiechem, widząc jego zakłopotanie, gdy szukał odpowiedniego słowa.

– Wnioskuję, że ty też za nimi nie przepadasz?

Odpowiedział jej rozbawionym uśmiechem.

– Punkt dla ciebie. Rzadko bywam w takich miejscach.

– Nie widzę u ciebie bransoletki – zauważyła.

– Bo nie byłem w klubie. – Wzruszył ramionami.

– To wiele wyjaśnia.

– Grałem w pubie obok – sprostował.

– Jest obok jakiś pub? – Zdziwiła się, w charakterystyczny sposób marszcząc brwi, co nie zdołało umknąć jego uwadze.

– I to całkiem miły. A na pewno milszy niż ten... – Zawahał się przez chwilę. – Niż to tarło. I zdecydowanie tam ciszej.

– Brzmi kusząco. Chociaż po tym, jak szybko się z niego ulotniłeś, wnioskuję, że wcale nie jest tam aż tak przyjemnie jak mówisz – zauważyła, z uśmiechem unosząc brew.

Alka ujęła jej nieprzeciętna błyskotliwość i znów się roześmiał. Było w Laurze coś, co sprawiało, że czuł się przy niej wyjątkowo swobodnie. Jak gdyby nie zaczepił jej podczas wieczornego spaceru, ale znał od lat. I to całkiem dobrze znał, bo nie z każdym mógłby tak lekko żartować.

- Łapiesz mnie za słówka - odpowiedział jej w końcu. - Ale nie masz racji. Wyszedłem, żeby trochę ochłonąć.

- Ach, to znaczy, że impreza jest aż tak dobra? - nie zeszła z tonu i przechylając na bok głowę, ponownie wbiła wzrok w jego muśniętą słońcem twarz.

- Coś w tym rodzaju. - Kąciki jego ust znów uniosły się w górę. - Był tam dziś niezły koncert.

- Naprawdę?! Nic o tym nie wiedziałam! - Ożywiła się. - Kto grał?

- Taki wiejski zespół. Jeden z chłopaków naprawdę nieźle wymiatał na gitarze. Żałuj, że nie słyszałaś - do rozmowy nagle wtrącił się jeszcze jakiś głos, a potem obok Alka stanął kilka lat starszy mężczyzna. - Dałeś czadu, stary - jak gdyby nigdy nic zwrócił się do chłopaka.

Laura popatrzyła na niego niepewnie, ale natychmiast wróciła do tematu rozmowy.

- Jesteś gitarzystą? - zwróciła się do Alka.

- I to jakim! - odpowiedział tamten, nie dając chłopakowi otworzyć ust.

Ten wzruszył więc tylko ramionami i spojrzał wymownie w jego stronę.

- Dobra, dobra! Nie przeszkadzam! - Mężczyzna uniósł ręce w obronnym geście. - Gruchajcie tu sobie gołąbeczki, a ja wracam do pubu. Tylko racz do nas w końcu dołączyć, okej? - klepnął chłopaka w ramię. - Bez ciebie chłopakom nieźle odbija - rzucił jeszcze i tyle go widzieli.

Laura popatrzyła na Alka z uznaniem.

- Proszę, proszę. Gitarzysta?

– Nie chciałem się chwalić – powiedział z nieudawaną skromnością. – Przepraszam za niego, to nasz perkusista. Ma trochę niewyparzoną gębę.
– W porządku. – Skinęła głową. – Gołąbeczku.
– Bardzo śmieszne.
– Co gracie? – zagadnęła, ponownie opierając się o barierkę.
– Głównie jazz, chociaż zdarzają się nieco cięższe kawałki.
– Naprawdę? Czyli gracie porządną muzykę?
– Jeśli jazz jest dla ciebie porządną muzyką, to nie zaprotestuję.
– Gdybym wiedziała o tym wcześniej, na pewno poszłabym dziś na wasz koncert, a nie do tego…
– Tarła – dokończył za nią.
– Tak. – Uśmiechnęła się. – Swoją drogą, niezły czad, co? Stoję sobie w parku i zaczepia mnie gitarzysta. Czy powinnam piszczeć z radości i poprosić cię o autograf?
– Bardzo śmieszne.
– To może rozepnę sukienkę, żebyś mógł podpisać mi się na…
– Daj spokój – wpadł jej w słowo, starając się nie zarumienić. – To mały zespół, nie jesteśmy znani. Zaprosił nas do tego pubu znajomy jednego z kumpli i grzech było odmówić. Właściwie to nasz pierwszy koncert od bardzo dawna.
– A więc sława nie uderzyła ci jeszcze do głowy?

– Och, mam taką nadzieję. Bardzo gwiazdorzę? – Teatralnie założył ręce na piersi.

Roześmiała się w odpowiedzi. Jego poczucie humoru było co najmniej rozbrajające.

– Jeśli chcesz, to mogę ci dać znać, kiedy… – zaczął niepewnie, gdy przestała się w końcu śmiać, ale w dokończeniu zdania przeszkodził mu dzwonek jej telefonu. Był niezwykle irytujący i przez jego głowę przemknęła myśl, że on nigdy nie ustawiłby sobie takiego.

– Przepraszam, muszę odebrać. To moja przyjaciółka, jesteśmy tu razem – powiedziała, wyciągając z torebki telefon i nie zważając na jego reakcję, odeszła kilka kroków dalej, a potem przesunęła palcem po ekranie.

On natomiast ani drgnął i w milczeniu patrzył na jej drobną postać, gdy żywo gestykulując, rozmawiała z przyjaciółką. Przez czarną sukienkę jej sylwetka niemalże ginęła w mroku i musiał mocno wysilać wzrok, żeby dostrzec jej zgrabne uda ciasno opięte materiałem. I błyszczące włosy. Właściwie to nie wiedział, dlaczego chciał zaprosić ją na swój koncert. Może to właśnie przez nie? W dzieciństwie zawsze zachwycał się kobietami o długich włosach. Chociaż nie. Może to przez te jej lśniące oczy, niewiele różniące się od roziskrzonego nieba? Albo przez podobne poczucie humoru i bezpośredniość? Niedobrze, szepnął do siebie w myślach.

– Wybacz. To Magda. Dzwoniła, żeby zganić mnie za to wyjście, ale dała mi rozgrzeszenie. Wrócą z dziewczynami taksówką.

– Jest was więcej.

– Cztery. Mieszkałyśmy razem przez jeden rok akademicki. To znaczy w jednym mieszkaniu. Bardzo się zaprzyjaźniłyśmy, chociaż nasze drogi trochę się ostatnio rozeszły.

– Musiałyście mieć wesoło.

– Dlaczego tak sądzisz?

– Cztery kobiety w jednym mieszkaniu?

– Poza Magdą należymy do raczej spokojnych. No, ale jak widzisz, mogę śmiało wracać do domu. Chociaż ona twierdzi, że nie powinnam, bo dwa razy pytał ją o mnie jakiś facet siedzący przy barze. – Laura ponownie stanęła obok Alka. Z bliska jego oczy były niemalże krystaliczne.

– Ach tak – mruknął tylko w odpowiedzi. – Czyli chcesz przed nim uciec, co?

Posłała mu uśmiech.

– Nie był w moim typie. Przelotne romanse to raczej nie dla mnie. Nie bawię się w szybkie znajomości.

Nic nie odpowiedział.

– Więc... – zaczął po chwili trochę niepewnie. – Chcesz, żebym odprowadził cię do samochodu?

Popatrzyła na niego nieco zdziwiona, ale w końcu przytaknęła. Nie należała do kobiet, które chcą od mężczyzn czegokolwiek na siłę, a już na pewno nie zamierzała prosić się o czyjekolwiek zainteresowanie. Skoro zamierzał skończyć ten wieczór już teraz, nie zamierzała protestować. Nawet pomimo tego, że była tym trochę rozczarowana.

– No to ruszajmy! – powiedziała więc nieco przesadnie entuzjastycznie i oderwała ręce od barierki.
– Zaparkowałaś na parkingu przed klubem?
– Tak. – Skinęła głową. Przez chwilę szli w ciszy.
– Nie zapytasz, czym jeżdżę?
– Co? – zdziwił się.
– Myślałam, że facetów interesują takie rzeczy. Czy to, czym jeżdżę, nie świadczy o moim statusie albo czymś takim?

Alek niedbale wzruszył ramionami.

– Eee. Nie przykładam uwagi do takich rzeczy – powiedział.

Laura popatrzyła na niego zdziwiona. Czy w dwudziestym pierwszym wieku tacy mężczyźni jeszcze się zdarzali?

– Powinienem? – Zawahał się pod wpływem jej wzroku.
– Nie, nie! Po prostu to dziwne. Nie interesuje cię motoryzacja?
– Interesuje. Chyba każdego faceta interesuje. Umiem naprawić to i tamto, a w garażu mam nawet kanał, ale żeby oceniać kogoś po tym, czym jeździ? To słabe.
– No proszę. – Uśmiechnęła się, zerkając na niego z ukosa.
– Znów powiedziałem coś nie tak? – spojrzał na nią zaniepokojony.
– Wręcz przeciwnie. Ale w tej sytuacji nie mogę zapytać, czym ty jeździsz, by podtrzymać rozmowę.

– Najczęściej konno.
– Konno? Poważnie? – Nie mogła się nie zdziwić.
– Tam, skąd pochodzę, to raczej normalne.
– Ciężko mi uwierzyć, że ludzie poruszają się jeszcze innymi końmi niż...
– Niż tymi pod maską?
– Aha. – Skinęła głową. – Dokładnie.
– Prowadzę stadninę. Dziwne by było, gdybym nie jeździł konno, nie uważasz?

Uśmiechnęła się szeroko. Jej oczy rozbłysły w świetle mijanej miejskiej latarni.

– To chyba zmienia postać rzeczy.
– Chyba tak. – Alek wzruszył ramionami.

Przez kilka chwil szli w milczeniu. Ich buty kleiły się do rozdeptanej ziemi na parkingu.

– No to jesteśmy na miejscu – powiedziała Laura, gdy znaleźli się obok jej auta.
– Tak. – Alek odchrząknął, nerwowo przestępując z miejsca na miejsce.

Laura przez chwilę czekała na jeszcze jakieś słowa, z uwagą lustrując jego twarz.

– Dobrze – westchnęła w końcu. – To będę jechać.

Alek patrzył, jak wyjmuje z torebki kluczyki a potem otwiera drzwi.

– Miło było cię poznać – odezwała się jeszcze na pożegnanie. – Nieczęsto zaczepiają mnie w parku gitarzyści.
– Ja też raczej nie zagaduję patrzących w niebo kobiet.

– Szkoda. – Na jej twarzy odmalował się uśmiech. – Myślę, że byłbyś w tym naprawdę niezły. Dobrze mi się z tobą rozmawiało.

Pokiwał głową.

– Mnie z tobą też.

Znowu zapadło między nimi milczenie.

– Czy ty... – zaczął w końcu niepewnie.

– Tak? – Laura uniosła brew.

– Może wpadłabyś kiedyś na nasz koncert? – zapytał nieśmiało.

Na jej twarzy znowu wymalował się uśmiech.

– Mówiłeś, że raczej nie koncertujecie – zauważyła.

– No racja. – Alek podrapał się po głowie, nie bardzo wiedząc, co powinien teraz powiedzieć.

– To może mogłabym wpaść kiedyś na waszą próbę? – Laura postanowiła uratować sytuację. Za nic nie chciałaby rozstać się z nim bez perspektywy następnego spotkania. Był naprawdę fajnym facetem.

– Próbę? – Alek zdziwił się, słysząc jej słowa.

– Nie ćwiczycie?

– Ach, tak. Oczywiście, że mamy próby. Ćwiczymy we wtorki.

Na jej twarzy od razu wymalowała się ulga.

– A więc wtorek? – zapytała dla pewności.

– Tak. Wtorek. Super. Przyjechać po ciebie?

– Może prościej będzie, gdybyś dał mi swój adres?

– Nie gramy u mnie. Lepiej będzie, jak po ciebie przyjadę. – Odzyskał w końcu panowanie nad językiem i wyjął z kieszeni telefon. – Mogłabyś? – wyciągnął go w jej stronę.

Laura płynnie wstukała swój adres i numer telefonu.

– Proszę – powiedziała, oddając mu komórkę.

– Zadzwonię jeszcze, żeby się przypomnieć.

– Będę czekała. – Uśmiechnęła się do niego uszczęśliwiona i wsiadła do samochodu, głośno zatrzaskując za sobą drzwi.

Alek patrzył uważnie, jak zapina pas i odpala silnik.

– Do usłyszenia! – Pomachał jej jeszcze ręką, niepewny, czy to słyszała, a potem popatrzył na swój telefon i ukrył go w kieszeni najgłębiej, jak tylko się da.

Pierwszy raz w życiu zdarzyło mu się coś takiego. I już nie mógł się doczekać, kiedy do niej zadzwoni.

Konrad

Konrad odstawił na bok szczotkę, którą zamiótł właśnie korytarz, i zbiegł na dół po trzeszczących schodach.

– Wychodzę – krzyknął z nadzieją, że nikt go nie usłyszy, ale z salonu wyłoniła się matka.

– Dokąd? – zapytała uniesionym głosem.

– Do Alka.

– Powiedz mu, że rzucisz tę robotę, jeśli nadal będzie się spóźniał z wypłatą. Co on sobie wyobraża, że robisz u niego za darmo? Dwa dni po pierwszym, a pieniędzy jak nie było, tak nie ma.

– Powiem. – Konrad nerwowo przestąpił z nogi na nogę. Nie było sensu tłumaczyć matce, że po prostu nie był jeszcze u Alka, żeby odebrać wypłatę.

– I nie garb się tak! Nie stać mnie będzie na twoje leczenie.

– Tak, mamo. – Natychmiast się wyprostował.

– Nie stój tak! Ruszaj. Tylko zmień buty. Nie mam w tym miesiącu pieniędzy, żeby kupić ci drugie, a te już ledwo żyją – rzuciła Alberta i wreszcie zniknęła mu z oczu.

Konrad jeszcze przez chwilę patrzył w miejsce, w którym stała, po czym wytarł nos i zmienił buty na starsze. Klejona kilkukrotnie podeszwa zatrzeszczała złowrogo, kiedy wsuwał w nie stopy, nie mówiąc już o tym, że musiał uginać palce.

– Dokąd idziesz? – zagadnął go jeszcze siedzący na ganku ojciec. Zielona butelka, którą trzymał w ręku, była do połowy pusta.

– Do Alka.

– Zapytaj go, co z remontem stodoły. Będę miał czas w przyszłym miesiącu.

– Zapytam.

– Tylko powiedz mu, żeby się określił wcześniej. Potem mogę mieć nowe zlecenia. Nie będę specjalnie dla niego naginał grafiku. I przestań się garbić! Żadna panna cię w przyszłości nie zechce – skwitował i pociągnął kolejny łyk piwa.

Konrad popatrzył na jego wylewający się spod bluzki brzuch, ale nic nie powiedział. Z ojcem też nie było co dyskutować. Właściwie to ciężko było go wyczuć. Nieraz miał normalne dni i gadał z nim jak równy z równym, ale czasem coś mu się przestawiało i warczał na niego przy każdej okazji. Nie mówiąc oczywiście o tym, że czasem nie kończyło się tylko na słowach.

Konrad minął wylegującego się w słońcu psa i pchnął do przodu skrzypiącą furtkę.

– Może byś ją w końcu naoleił? – Głos ojca zdążył jeszcze do niego dobiec, ale postanowił nawet nie komentować tej uwagi. Podkurczając mocniej palce u stóp, ruszył w kierunku gospodarstwa Alka. Słońce padało mu na twarz, oświetlając dziesiątki rozsianych wokół nosa piegów.

Szło mu się przyjemnie. W przeciwieństwie do kilku ostatnich dni powiewał przyjemny wiaterek, przez co upał był trochę bardziej znośny. Wokół kwitnących w najlepsze lip aż roiło się od pszczół i kilka razy musiał odpędzić kilka z nich, żeby uniknąć ukąszenia.

– Ej, ty! – Usłyszał za sobą nagle czyjś głos.

Odwrócił się gwałtownie. Stał za nim starszy o kilka lat kolega popalający papierosa.

– Tylko umyj się, jak będziesz wracał, bo znowu cała wieś będzie śmierdziała krowami! – rzucił w jego stronę kpiącym głosem i głośno się roześmiał.

Po ciele Konrada przebiegł zimny dreszcz, ale postanowił go zignorować, tak samo, jak zaczepki chłopaka. Skulił się więc bardziej i ponownie ruszył w stronę gospodarstwa Alka. Napastnik rzucił w niego jeszcze jakimś niedużym kamykiem, ale nie widząc jakiejkolwiek reakcji na swoje zaczepki, dał sobie w końcu spokój.

Gdy tylko uzyskał pewność, że tamten stracił go z oczu, Konrad roztarł dłonią ramię, w które został uderzony. I tak gubił się już w rachubie swoich siniaków. Jeden mniej czy więcej, nie robiło mu żadnej różnicy.

Gospodarstwo mieściło się tuż za wsią. Chłopak zastanawiał się wielokrotnie, dlaczego Alek nie poszedł do urzędu, żeby ktoś przesunął znak za jego posesję. Płot pastwiska dla krów rozpoczynał się dokładnie w miejscu, w którym kończyła się rodzinna wieś Konrada.

Chłopak wszedł na podwórko i ruszył w stronę niedużej szopki na narzędzia. Już z daleka widział, że kręci się przy niej Alek.

– Cześć, młody – rzucił, spoglądając do tyłu.
– Cześć – bąknął cicho Konrad.
– Dobrze, że jesteś. Już od wczoraj czeka na ciebie wypłata. Chcesz teraz czy po robocie?
– Wolę po, bo jeszcze zgubię.
– Okej.
– Dziś udrażniamy rowy?
– Taki mam plan. Tylko że najpierw wypadałoby naostrzyć sprzęt. – Alek skinął głową i zniknął w szopce. Już od kilku tygodni zamierzał powiększyć pastwisko dla krów. Na poprzednim trawa zdążyła wyschnąć na wiór i nie było sensu wypędzać na nie zwierząt. W skład jego gospodarstwa wchodził na szczęście las i otaczające go tereny. To właśnie na jednej z zacienionych łąk miały się teraz paść krowy. Należało tylko wykarczować zarośnięty teren wokół rowów, żeby ułatwić im dostęp do wody, i wbić nowe słupki, żeby załatać stare ogrodzenie.

– Pomóc ci z tym sprzętem? – Konrad zmrużył oczy. Oślepiało go słońce.
– Poradzę sobie. Wiem, że jesteś chętny do każdej roboty, ale wolę dmuchać na zimne – odkrzyknął mu z szopki Alek.

Konrad wzruszył więc tylko ramionami i zabrał się za układanie wzdłuż budynku pociętych kilka dni temu drewek.

Pracował u Alka od ubiegłego roku. Kiedy skończył trzynaście lat, jego rodzice uznali, że minął czas bycia darmozjadem, i posłali go do roboty. Na początku wewnętrznie się buntował, ale potem zaczął dziękować Bogu za ten dar. Gospodarstwo Alka było idealną odskocznią od domowych awantur, a praca wspaniałą wymówką, żeby od nich uciekać. To, co miało być przekleństwem, okazało się więc błogosławieństwem. Tym bardziej, że Konrad nie bał się żadnej roboty i zawsze dawał z siebie sto procent.

Trzeba było wbić jakieś paliki albo załatać ogrodzenie? W porządku. Nagonić krowy? Nie ma sprawy. Chociaż najbardziej lubił przebywać w stadninie i czyścić konie, każde zajęcie, które przydzielił mu Alek, było lepsze niż przebywanie w domu i słuchanie pijackich wywodów ojca. Konrad czasem miał nawet wrażenie, że Alek zdążył go już trochę polubić. Z początku nie rozmawiali ze sobą zbyt wiele, ale teraz nawet jadali ze sobą posiłki. Chociaż wyczuwał, że mężczyzna trochę się nad nim lituje, nie unosił się dumą i pozwalał mu na wszystkie te zagrywki i zaproszenia. Właściwie to nawet się Alkowi nie dziwił. Przecież każdy zlitowałby się nad takim niedojdą jak on. Był przecież tylko niepotrzebnym światu nieudacznikiem, który musiał znaleźć się na tej ziemi przez jakąś śmieszną pomyłkę.

Alek

W nocy z poniedziałku na wtorek Alek niemal nie zmrużył oczu. Znajdujące się nad jednym z budynków gospodarczych poddasze, w którym mieszkał, było nagrzane po całodniowym upale. Na niewiele zdało się nawet otwarcie na oścież obu okien w sypialni. Duchota sprawiała, że oddychało mu się ciężko, mimo że przez ostatnie dni nakrywał się jedynie prześcieradłem. Biorąc stanowczo za duży zamach, odrzucił w końcu materiał i przejeżdżając dłonią po wilgotnych włosach, postawił stopy na drewnianej podłodze.

Gdy jedna z desek skrzypnęła, zwinięta na dywanie kotka pisnęła cicho.

– Śpij, śpij – szepnął do niej i podszedł do okna.

Kotka spoglądała na niego jeszcze przez chwilę, ale w końcu ponownie zapadła w sen. Opierając łokcie o dębowy parapet, Alek popatrzył na oświetlone księżycem pola i lasek. Noc była wyjątkowo jasna i dostrzegał nawet stojącą na jego skraju leśniczówkę.

Tak naprawdę to nie temperatura była przyczyną jego bezsenności. Ciężko mu było przyznać przed samym sobą, że jego myśli uparcie wracały do dziewczyny z parku. Do jej odbijających światło błyszczących oczu i lśniących, długich włosów, kaskadami opadających na plecy. Miał w głowie też jej śmiech. Był niezwykle melodyjny i dźwięczny. Delikatny. Słuchało się go z przyjemnością. Jak gdyby lekko ocierał się o jego uszy, łasząc się przy tym jak kot. Kiedy się śmiała, w jej policzkach powstawały urocze dołeczki, a gdy mówiła, jej język trącał lekko przednie zęby i usta składały się niczym do czytania poezji. Alek pomyślał, że mógłby patrzeć na nie godzinami. One też go dręczyły, spędzając z powiek sen.

Żeby oderwać się chociaż na chwilę od natrętnie powracających myśli, potarł twarz dłońmi i popatrzył na stodołę. Ściany były w dobrym stanie, ale dach trzeba będzie wymienić. Ojciec Konrada miał rację, mówiąc ostatnio, że nie przetrwa zimy. Farba odłaziła całymi płatami z dachu, który zresztą z jednej strony się zapadł, uszkadzając kilka okien. No właśnie. Je też wypadałoby wymienić. Tylko skąd wziąć na to czas i pieniądze?

Zasnął dopiero nad ranem. Nie zdążyło mu się nawet nic przyśnić, a obudziła go spragniona powietrza kotka.

– Proszę cię, nie miaucz tak. – Nakrył twarz poduszką.

Momentami żałował, że pozwala jej ze sobą spać. Nie dość, że musiał zbierać z dywanu jej sierść, to nieraz budziła go jeszcze przed świtem.

Kotka nie dawała jednak za wygraną. Jej rozpaczliwe prośby uparcie sygnalizowały, że lepiej byłoby, gdyby ją wypuścił.

– Wygrałaś! – jęknął w końcu i zwlókł się z łóżka. Strzyknęło mu głośno w nadgarstku.

– Wychodź. – Otworzył przed nią prowadzące na schody drzwi. W wyjściu na zewnątrz radziła sobie już sama, bo jedno z okien przywykł zostawiać dla niej uchylone. Sam zabrał się natomiast za śniadanie. Zanim pojedzie po Laurę, czekało go jeszcze sporo pracy. Wczoraj uciekły mu krowy i trzeba było skontrolować ogrodzenie. Zamierzał zrobić to jeszcze nim porządnie rozświeci się słońce.

Po śniadaniu ruszył do szopki z narzędziami, w której czekał na niego Konrad.

– Cześć, młody. Jak leci? – zagadnął go po przyjacielsku, stając w drzwiach.

– W porządku. – Konrad wzruszył ramionami, posyłając mu przelotne spojrzenie.

– Mama ucieszyła się z pieniędzy?

Chłopak spuścił wzrok.

– Tak – mruknął. Nie widział sensu tłumaczyć Alkowi, że już więcej ich nie zobaczy. I że jeszcze mu się za nie dostało. Nim ojciec wyciągnął pas, usłyszał tylko, że gdyby pracował ciężej, mógłby zarobić więcej. Ale jakie to miało znaczenie? Pręgi na plecach goiły się zwykle po upływie tygodnia. Najwyżej w tym tygodniu nie pójdzie z chłopakami nad rzekę.

Zresztą, i tak by nie poszedł. Wolałby sobie poczytać. Mógłby zaszyć się z lekturą w leśniczówce u Alka, bo matka łoiła mu skórę za każdym razem, kiedy widziała go z książką.

– To co, jesteś gotowy? – Alek wyłonił się z szopki. Na ramieniu miał przewieszony drut, a w rękach trzymał kilka drążków, młotek i cęgi.

– Jasne. – Konrad skinął tylko głową.

– Zaczniemy od strony wody. Byłby problem, gdyby trzeba było wyciągać je z rowu. Leć już, a ja zamknę tu wszystko i do ciebie dołączę.

Konrad tylko spojrzał na niego i natychmiast pognał przed siebie. Alek natomiast poprawił przewieszony przez ramię drut i mrużąc oczy, zamknął szopkę. Naprawdę lubił tego chłopaka, chociaż zbyt często ze sobą nie rozmawiali. Młody był jego prawą ręką. Chętny do pracy, nigdy nie protestował. W przeciwieństwie do chłopaków, których Alek zatrudniał przy żniwach czy zbiorach, nie lubił się uskarżać i nie był roszczeniowy. Zawsze robił to, co miał przykazane, a nawet i dwa razy więcej. Nie mógł wymarzyć sobie lepszego pomocnika. Miał wrażenie, że młody spędziłby u niego cały swój wolny czas. Kilka razy przyłapał go, gdy po pracy przesiadywał na ganku leśniczówki albo przechadzał się po lesie. Pewnego popołudnia, widząc, że kręci się niedaleko koni, pozwolił mu osiodłać jednego i trochę pojeździć.

Konrad trochę przypominał Alkowi siebie sprzed lat. On też chciał doglądać wszystkiego sam i rwał się do pracy na roli jak mało kto. Obaj byli też samotnikami.

– No dobra, to zaczynajmy. – Kiedy dotarli na łąkę, Alek rzucił sobie pod nogi drut, paliki i młotki, a potem uklęknął na trawie i zabrał się za naprawianie ogrodzenia.

Konrad natychmiast zrobił to samo, a po kilkudziesięciu minutach obaj zabrali się za koszenie rowów. Zeszło im prawie do południa.

※

Alek wziął zimny prysznic, wrzucił robocze ubrania do pralki, zjadł coś w biegu i potykając się o leżącą na dywanie kotkę, popędził do samochodu. Dochodziła piętnasta. Do domu Laury miał dobrą godzinę drogi. Jeśli chciał zdążyć na próbę, naprawdę musiał się pospieszyć. A na pewno nie zamierzał się spóźnić.

– Do zobaczenia jutro! – otwierając auto, rzucił jeszcze do zamykającego szopkę Konrada.

Młody odwrócił się, słysząc jego głos.

– Mogę jeszcze się u ciebie pokręcić? – zapytał tak cicho, że Alek ledwo go usłyszał.

– Pewnie.

– Poszczotkuję konie.

– Jeśli chcesz, możesz osiodłać jakiegoś i sobie pojeździć. Tylko nie wybieraj się do lasu. Musi tam coś być, bo ostatnio szaleją jak głupie, gdy się tam wjeżdża.
– Może to sprawdzę?
– Lepiej nie. Wolałbym zrobić to sam, ale dzięki.

Konrad skinął to głową i powłócząc nogami, ruszył w stronę stajni.

Alek wsunął na nos ciemne okulary i odpalił silnik. Wyjechał na drogę dokładnie w momencie, w którym w radiu leciał przebój tego lata. Był w wyjątkowo dobrym humorze. Po prostu nie mógł doczekać się spotkania z Laurą.

Laura

Magda siedziała wyciągnięta na huśtawce i piłowała paznokcie. Jej zwiewna sukienka zagięła się na wietrze, odsłaniając przy tym koronkowe majtki. Długie nogi uginały się i prostowały, dopasowując się do rytmu drewnianej bujaczki. Wiatr rozwiał także jej włosy, ale nie chciało jej się ich nawet poprawić. Justyna z Olgą wróciły wczoraj do Gdańska, ale ona wolała przyjechać do Laury. Przez całe wakacje będzie pracowała i z wychodzenia raczej nici. Już teraz wiedziała, że będzie tęsknić za przyjaciółką. Chciała nacieszyć się jej towarzystwem. Właśnie skończyła rozmawiać przez telefon ze swoim chłopakiem, Matem.

Laura upiła łyk stojącej na stole wody i popatrzyła na niewzruszoną twarz Magdy.

– Nie rozumiem, jak możesz z nim normalnie rozmawiać – stwierdziła, nawiązując do jej rozmowy z Mateuszem.

– A ja nie rozumiem twojego komentarza.

– Jesteś z nim w stałym związku, a i tak sypiasz z innymi facetami. Ten chłopak... Wiesz, z tego weekendu... Chociaż się odzywał?

– Nie. – Magda wzruszyła ramionami, jakby wcale jej to nie obchodziło.

Laura zmarszczyła nos.

– Był dobry w łóżku, nie musi być dobry w gadce – mruknęła Magda. – Zresztą o czym miałabym z nim gadać? Od rozmawiania mam Mata. Wystarcza mi, że on ma ciekawą osobowość. Nie mam zamiaru zagłębiać się w inne. Gadki z facetami naprawdę mnie nudzą. Oni są po prostu płytcy. Nie to, co Mat.

– Prosiłam cię setki razy, żebyś mówiła o nim normalnie.

– Jeny! A ja mówiłam ci setki razy, żebyś przestała być taka nudna. Mateusz brzmi nijako. I jest za długie. Mat jest o wiele szybciej i amerykańsko.

Laura wywróciła oczami. Zawsze uważała, że Mateusz był dla Magdy stanowczo za dobry. Kilka razy zastanawiała się nawet, czy nie powinna powiedzieć mu o jej nocnych podbojach, ale dała sobie z tym spokój. W końcu to z nią, a nie z nim, się przyjaźniła, a gdyby pisnęła mu chociaż słówko, byłaby z tego niezła afera.

– W każdym razie mogłabyś sobie w końcu darować tych przypadkowych facetów. Nie uważasz, że to wobec niego nie w porządku?

– Gadasz jak moja matka. Od kiedy to jesteś takim stróżem moralności? Nie moja wina, że od kilku lat nikogo nie masz i musisz się na mnie wyżywać. – Magda potrafiła być czasem aż za bardzo bezpośrednia.

– Wcale nie robię tego ze złośliwości.

– Złości, zazdrości. Jak zwał, tak zwał.

Laura postanowiła nie wdawać z nią w żadne kłótnie. I tak spędzały razem jeszcze tylko kilka dni, bo potem Magda zaczynała pracę. Właściwie to miała pracować już teraz, ale powstało jakieś wielkie zamieszanie i zyskała jeszcze kilka dni wakacji. Szkoda by było marnować ten czas na fochy. Nie wiadomo, kiedy się później zobaczą.

– Dobra, przepraszam – pierwsza odezwała się Magda. Wstała z ławki ze skruszoną miną i mocno się do niej przytuliła. – Wiem, że nie jesteś zazdrosna. To twoje gadanie bierze się z troski i chociaż cholernie mnie wkurza, postaram się je doceniać. Tylko błagam, nie rozmawiajmy już o tym. Okej?

Kąciki ust Laury drgnęły w nieznacznym uśmiechu.

– Okej.

– Super! – Magda wróciła na miejsce. – No to opowiedz mi teraz coś więcej o tym swoim przystojniaku! – pisnęła.

– Wcale nie jest mój. Zaprosił mnie na próbę swojego zespołu, a ja lubię taką muzykę. To tak, jakbym wyszła na koncert. Nic wielkiego.

– Aha. Albo do filharmonii. Nie mydl mi oczu, wiem swoje. Jak często zdarza ci się wychodzić na takie próby? Nigdy.

– Może dlatego, że nie znam zbyt wielu muzyków?

Magda popatrzyła na nią uważnie i przekręciła głowę na bok.

– No dobrze. To ma sens. Co nie zmienia faktu, że masz dzisiaj randkę! I to z muzykiem! – pisnęła znowu.

Laura nie zdołała się nie roześmiać.

– Widzę po oczach, że masz na niego niezłą chrapkę! – ciągnęła Magda.

– Przestań!

– No co? Obie wiemy, że jesteś nieźle wyposzczona.

– Jesteś okropna.

Magda zrobiła minę niewiniątka i złożyła ręce na piersi.

– Kochanie, jestem tylko szczera. – Zatrzepotała rzęsami.

– Nimfomanka.

Tym razem to Magda parsknęła śmiechem.

– Możesz brać ze mnie przykład.

Laura uznała, że nie ma sensu tłumaczyć jej, że nie każdemu może chodzić tylko o seks.

– No to dokąd cię zabiera? Chcę wiedzieć wszystko! Mówiłaś, że jest blondynem! Opalony? Gdzie mieszka? Jaki jest?

– Błagam cię... – Laura jęknęła, czując się jak na przesłuchaniu.

– No mów! – Magda nie zamierzała jednak odpuszczać. Uwielbiała takie damsko-męskie plotki i ploteczki. A już zwłaszcza jeśli chodziło o jej przyjaciółki. Justyna z Olgą często ganiły ją za to, że wtyka nos w nie swoje sprawy.

– Okej. – Widząc jej nieustępliwe spojrzenie, Laura poddała się w końcu. – Blondyn, bardzo opalony, szaro-błękitne oczy.

– Twój typ! – Magda wpadła jej w słowo.

Laura skinęła głową.

– Zdecydowanie.

– I aż zazdrość człowieka bierze, że zaczepił właśnie ciebie, nie mnie. Ja trafiam ostatnio tylko na brunetów. – Przyjaciółka wydęła usta, dąsając się jak małe dziecko. – Marzy mi się mała odmianka...

– Przecież dla ciebie to i tak nie ma znaczenia.

Magda udała, że zastanawia się nad jej słowami.

– No dobra, nie – przyznała w końcu. – Ja patrzę na inne rzeczy – zachichotała. – A jak z nimi u tego twojego Alka?

Laura uniosła ręce w obronnym geście i zaczęła machać nimi jak szalona.

– Nawet mnie o to nie pytaj!

– Dobra. – Magda się obruszyła. – Nie chcesz mówić, to nie. Wyciągnę to od ciebie po wszystkim. Więc dokąd idziecie?

– Mówiłam ci dziesięć razy, że zabiera mnie na próbę swojego zespołu.

– Dokąd?

– Nie wiem!

– A potem? Na pewno zabierze cię gdzieś, żebyście mogli trochę pobyć sami.

– Kiedy tak o tym mówisz, przestaję mieć na te wyjście ochotę. Robisz z niego zboczonego napaleńca, a on wcale taki nie jest.

– No tak. Poderwał cię na gwiazdy i uśmiech. Musi być romantykiem.

– Dosyć! – Laura roześmiała się głośno, nie mogąc tego już słuchać, i wstała z ławki.

– Dokąd idziesz?

– Przecież zaraz wychodzę. Muszę się umalować. I przebrać.

Magda pisnęła zadowolona i natychmiast zerwała się z miejsca.

– Jak chcesz, to pożyczę ci moją najlepszą bieliznę... – zaproponowała ściszając głos, co Laura ponownie skwitowała jedynie głośnym śmiechem.

Dziesięć po czwartej Laura usłyszała sunący podjazdem samochód. Powoli wstała z fotela i podeszła do okna, lekko odsłaniając firankę.

– Jest już? – Zjawiła się za jej plecami Magda. Chwilę temu zdążyła opowiedzieć o randce Laury Justynie i Oldze.

– Tak. Tylko błagam cię, nie walnij czegoś głupiego. Obiecaj. – Przyjaciółka popatrzyła na nią błagalnie.

– Nie wiem, co masz na myśli.

– Magda!

– Dobra. Obiecuję. Ale masz się dobrze bawić.

– Słowo.

– I opowiedzieć mi później, czy jest dobry w łóżku.

Laura popatrzyła na nią z wyrzutem. W takim momencie jak ten, wolałaby mieć przy sobie spokojną Olgę.

– Może od razu go uprzedzę, że jesteś beznadziejnie nudna i mógłby na tę randkę zabrać mnie? – odcięła jej się Magda.

– Wspaniały pomysł. Jesteś moim geniuszem.

– Co ty byś beze mnie zrobiła. A teraz idź już! Wiem, że chcesz zgrywać niedostępną, ale nie każ mu na siebie czekać zbyt długo.

– Zacznij pisać poradniki dla kobiet.

– To jest myśl. – uśmiechnęła się Magda. – Ej! Jeszcze torebka!

– Ach, no tak.

– Dobra, kopciuszku, głowa na kark i ruszaj! Jeszcze raz dobrej zabawy. Na wszelki wypadek włożyłam ci do torebki...

– Magda! – prychnęła Laura.

– Też cię kocham. Pa! – krzyknęła jeszcze tylko za przyjaciółką.

Alek ubrany był w wytarte dżinsowe spodenki i jasny top. Jak na upalny dzień i taki kawał drogi, prezentował się naprawdę świeżo. W ciemnych okularach, które miał na nosie, wyglądał prawie jak jakieś bałkańskie bóstwo. Na jego widok o mało nie zaniemówiła z wrażenia i uśmiechnęła się pod nosem. Magda na pewno chowa się gdzieś za firanką i nie może przestać się na niego gapić.

– Przepraszam za spóźnienie! – Już z daleka pomachał jej ręką.

– Nic nie szkodzi. – Podeszła bliżej.

– W pewnym momencie nie byłem pewny, dokąd jechać, i musiałem się kogoś zapytać. Pięknie wyglądasz – powiedział, wyciągając w jej stronę bukiet kolorowych kwiatów.

– Dziękuję. Za kwiaty też. Są piękne.

– Będą pasować do twojej sukienki. Tylko nie wiem, czy powinnaś je ze sobą zabierać. Mam klimatyzację, ale to i tak kawał drogi. Mogą zwiędnąć.

– Prawda. – Laura odsunęła kwiaty od nosa. – W takim razie zostawię. Zaraz wracam, rozgość się. – Wskazała na rattanowy komplecik przed domem i ruszyła do drzwi.

Magda już na nią czekała.

– Ja wezmę! – Chwyciła bukiet.

– Dziękuję.

– Boże, co za ciacho! Jak się z nim dzisiaj nie prześpisz, to ja to zrobię.

Laura parsknęła śmiechem, widząc jej zaróżowione policzki, i ponownie wyszła na zewnątrz.

– Jestem.

– Bardzo ładny dom – zwrócił się do niej Alek.
Uśmiechnęła się ciepło, podchodząc bliżej niego.
– Dziękuję w imieniu moich rodziców.
– Prezentuje się imponująco – powiedział. Pomyślał natomiast, że wybudowanie takiego domu musiało pochłonąć naprawdę mnóstwo pieniędzy.
– Rzeczywiście trochę w niego zainwestowali, ale jak widzisz żadna ze mnie gwiazda.
– Cóż, to chyba dobrze. Nie wiem tylko, czy w tym wypadku jest sens zabierać cię na tą próbę. Ćwiczymy w starej remizie. Mogłabyś się pobrudzić i…
Laura zaśmiała się, słysząc w jego głosie tremę.
– Najwyżej podłożę sobie pod tyłek ręcznik.
– Hm… – Popatrzył na nią rozbawiony. – To zawsze jest jakieś wyjście.
– To co, idziemy?
– Tak. – Ściągnął brwi. – Zapraszam. – Puścił ją przodem i szarmancko otworzył drzwi.
– Prawdziwy z ciebie dżentelmen.
– Staram się – odpowiedział i okrążył maskę, żeby usiąść za kierownicą.
– Imponujące.
– Na pewno masz wszystko? – upewnił się jeszcze.
Laura spojrzała na kolana.
– Torebka, okulary, mapa…
– Mapa?
– Na wszelki wypadek, gdybym musiała od ciebie uciec i, nie daj Boże, zgubiła się gdzieś po drodze. Nie

zostałam obdarzona zmysłem orientacji w terenie, więc muszę sobie jakoś radzić, prawda?

– Ach. Rozumiem. W takim razie porządnie jej pilnuj. Mówią, że potrafię zanudzać.

Laura parsknęła śmiechem, mając w głowie ulubiona słowa Magdy.

– Co? – Alek zdziwił się jej reakcją.

– Nic, nic. – Pokręciła głową, starając się stłumić chichot. – Tylko ja też o sobie ciągle to słyszę, więc może nie będzie tak źle.

Konrad

Konrad skończył szczotkować konie jakoś przed piątą, ale mimo wyraźnego pozwolenia Alka nie osiodłał żadnego z nich i nie wybrał się na przejażdżkę. Od ciągłego pochylania się podczas naprawy ogrodzenia bolał go teraz kręgosłup i nie miał ochoty na jazdę. Jakkolwiek to nie zabrzmi, potrzebował chwili spokoju.

Był zmęczony. Nigdy nikomu się nie skarżył, ale kilka godzin pracy podczas dzisiejszych upałów nieźle dało mu się w kość. Chociaż miał ochotę na chłodny prysznic, nie zamierzał jeszcze wracać do domu. Ojciec na pewno wymyśliłby mu jakieś arcyważne zajęcie, po którym prawdopodobnie padłby później na twarz.

Obmyślając plan na dalszą część dnia, Konrad pozdrowił więc tylko mężczyznę zajmującego się końmi i wrócił po schowany za szopką plecak. Potem niespiesznym krokiem ruszył w stronę leśniczówki.

Słońce nadal paliło niemiłosiernie, piekąc go w twarz, dlatego wyciągnął butelkę wody mineralnej, którą kupił sobie, kiedy szedł rano do Alka. Chłodny napój przyjemnie go orzeźwił, ale było mu mało. Po wypiciu jeszcze kilku łyków zdecydował, że nim pójdzie do leśniczówki, zahaczy o wykarczowany rów i ochlapie sobie twarz.

Krowy chowały się w cieniu. Przechodząc obok wylegującego się stada, nie omieszkał ich przeliczyć. Ostatnio uciekały im naprawdę często, dlatego lepiej było dmuchać na zimne, a on czuł się za nie w pewien sposób odpowiedzialny. Zresztą jak za całe gospodarstwo Alka. Naprawdę zżył się z tym mężczyzną i miejscem. Chociaż roboty było tu od groma i czasem aż ciężko było ocenić, w co najpierw włożyć ręce, zastanawiał się nawet ostatnio, czy gospodarka nie jest tym, czym chciałby się zajmować w przyszłości.

Tylko że szanse na to były raczej marne. Był jedynym dzieckiem w rodzinie, a do przejęcia były aż dwa biznesy: pokoje do wynajęcia, którymi zajmowała się matka, i budowlana firma ojca. Konrad nie palił się do pracy w żadnym z nich. Skakanie przy gościach było za nudne, a do budowlanki nie miał głowy. Chociaż pomagał ojcu przy kilku zleceniach, jakoś mu to nie leżało. Pomagał, bo musiał.

No dobrze. Alkowi też w pewien sposób musiał, ale chociaż to lubił. Tutaj ciągle się coś działo i nikt na niego nie wrzeszczał. To było zupełnie co innego.

Woda w rowie była zaskakująco ciepła. Kiedy chłopak zamoczył w niej ręce, przeszło mu przez głowę, że mógłby się rozebrać i zanurzyć się cały. Gdyby miał przy sobie ręcznik, z pewnością nie zmarnowałby takiej okazji.

W tej sytuacji musiał się jednak ograniczyć do ochlapania twarzy i pleców. Woda przyjemnie zrosiła jego rozpaloną skórę i przyniosła chwilową ulgę.

Czując się o wiele bardziej świeżo, Konrad chwycił ponownie poprzecierany plecak i zarzucając go na ramię, ruszył w stronę lasku, starannie omijając przy tym znajdujące się na pastwisku niespodzianki. Leśniczówka mieściła się na skraju lasu od zachodniej strony. Chociaż Alek opowiadał mu kiedyś, że budynek pamięta jeszcze czasy wojny, kilka tygodni temu udało się im skutecznie zamaskować jego wiek świeżą warstwą farby.

Alek upierał się, żeby zamykać leśniczówkę na noc. Chociaż zdaniem Konrada mało kto z okolicznych mieszkańców odważyłby się wtargnąć na teren gospodarstwa, mężczyzna był w tej kwestii nieubłagany. Widząc jednak słabość chłopca do tego miejsca, dorobił specjalnie dla niego jeszcze jeden klucz, z którego ten korzystał naprawdę chętnie. Uwielbiał wyciągać ze środka leśniczówki nieco prześmiardły stęchlizną leżak, stawiać go na drewnianym ganku i delektować się dobrą książką. Nie przeszkadzały mu głośne śpiewy buszujących w koronach drzew małych ptaków ani pohukiwanie sów. Jeśli prawdą było, że każdy człowiek ma na ziemi swój własny kawałek raju, on znalazł go właśnie tu. W niewielkim, drewnianym domku otoczonym zielenią.

Czasem, wyciągając się na leżaku, Konrad pozwalał swoim myślom odciąć się od rzeczywistości i nieco pobłądzić. W tych bardziej śmielszych fantazjował nawet i zastanawiał się, „co by było gdyby". Na przykład gdyby urodził się w innej rodzinie, w innym miejscu albo czasie.

Najczęściej marzył właśnie o tym, że jego rodzice są kimś innym. Wyobrażał sobie, jak by to było, gdyby zamiast pracować, mógł się uczyć do woli i czytać książki. Zwiedzać beztrosko odległe kraje, poznawać nowe kultury, spotykać nowych ludzi. Miał jedną taką koleżankę pochodzącą z niezwykle wykształconej rodziny. Jej oboje rodzice mieli doktorat i kupowali jej supersprzęty. Od czasu do czasu zabierali ją do muzeum, podczas gdy on mógł sobie o tym tylko pomarzyć. No, ale jej rodziców było na to stać.

Fajnie by też było, gdyby mieli więcej pieniędzy. Jeśli nie mógłby zmienić rodziców, chciałby, żeby chociaż pod tym względem było u nich inaczej. Mógłby do woli buszować w księgarniach i zgarniać z półek interesujące nowości, bez jakichkolwiek wyrzutów sumienia. Teraz nie mógł. Stara, wiejska biblioteka praktycznie świeciła pustkami. Ciężko było upolować w niej jakikolwiek skarb poza ilustrowanymi bajkami dla dzieci albo tanimi harlequinami.

Kiedyś odważył się nawet powiedzieć o tych fantazjach lokalnemu proboszczowi, ale ten nawrzeszczał na niego głośno i powiedział, że jeśli jeszcze raz usłyszy od niego coś takiego, to doniesie jego rodzicom. Konrad doskonale wiedział, jak mogłoby się to skończyć, dlatego nikomu już o tym nie mówił. Chociaż nie mógł zrozumieć, dlaczego był przez to w oczach księdza gorszym człowiekiem, od tamtej pory zachowywał swoje wszystkie myśli wyłącznie dla siebie.

Pozostawało mu więc tylko zaszywać się w leśniczówce i marzyć. Chociaż na chwilę odrywać się od dramatu, w który został kiedyś przez kogoś wepchnięty. Wyciągając się na leżaku, Konrad rozłożył na kolanach książkę. Nie starał się już nawet próbować rozumieć, za co Bóg tak go nie lubi. Jego życie wydawało mu się nieraz piekłem. Jeśli tak, to leśniczówka na pewno była swego rodzaju rajem, pomyślał, zanim prawdziwie pogrążył się w lekturze książki.

Czytał kryminał obyczajowy. Tych klasycznych jeszcze się bał. Kilkukrotnie trzymał w ręku opasłe tomisko jakiegoś znanego autora, ale nie mógł się na razie do nich przekonać. Chociaż rodzice traktowali go jak dorosłego, w głębi duszy był jeszcze chłopcem. Zdarzało mu się budzić w nocy z przerażeniem, gdy śnił mu się koszmar, i najchętniej wziąłby wtedy kołdrę i poszedł przytulić się do mamy. Z tym że nie mógł tego zrobić. Alberta chyba by go za to zabiła. Kochała sen i święty spokój. Właściwie to często zdawało mu się, że jest dla niej po prostu ciężarem, którego nie dość, że trzeba wychować, to jeszcze wyżywić i oprać. To właśnie dlatego wolał nie czytać kryminałów. Nie było po co prowokować lęków nocnych, skoro i tak zostawał z nimi sam.

Zresztą, kiedy on nie był sam? Właściwie to już nawet przywykł do samotności. Było to smutne, ale boleśnie prawdziwe. Wszyscy go odrzucali, a on przecież nadal był tylko niewinnym dzieckiem, potrzebującym uwagi i towarzystwa.

Alek

– A więc mówisz, że to wasza pierwsza próba po ostatnim koncercie? – zagadnęła Laura i przesunęła w dół drapiący ją w szyję pas. – Czy z tej okazji nie powinniście raczej przynieść ze sobą ogromu alkoholu i trochę poświętować, zamiast wypruwać z siebie flaki, chcąc dać popis przed jedną z fanek?

Wjechali właśnie do niewielkiej miejscowości, w której domy zdawały się stać niemalże przy samej ulicy. Przyglądała im się z prawdziwym zachwytem, choć słońce niemiłosiernie raziło ich w oczy.

– Nasze próby zawsze wyglądają jak świętowanie, które właśnie opisałaś. – Alek uśmiechnął się, odpowiadając na jej pytanie.

– Czyli alkohol dodaje wam odwagi? O to chodzi?

– Co? Oczywiście, że nie! A może? – Zrobił zadumaną minę. – Sam nie wiem. Jesteśmy prostymi chłopakami ze wsi i mamy podwórkowy zespół. Moi kumple nie wyobrażają sobie próby bez okropienia jej alkoholem. Nie doszukiwałbym się w tym żadnej większej ideologii.

– Cóż. Zwykle ludzie piją po to, żeby oderwać się od swoich problemów i słabości.
– Zalać smutki? – zapytał.
– Może nie dosłownie, ale tak.
– Wydajesz się być nieźle obeznana w temacie – zauważył trafnie. – To trochę podejrzane. Powinienem się bać? Jesteś anonimową alkoholiczką?

Tym razem to ona parsknęła śmiechem. Skręcili w jakąś boczną uliczkę.

– A wyglądam? – zapytała.
– Musiałbym puścić kierownicę, żeby lepiej ci się przyjrzeć...– Alek odwrócił wzrok w jej stronę i uniósł dłonie.

Zaczęła machać rękami w geście protestu.

– Nie, nie! – pisnęła. – Lepiej skup się na drodze. A odpowiadając na twoje pytanie, po prostu wiążę z tym swoją przyszłość.
– Z czym? Z alkoholem?
– Czyżbyś teraz to ty łapał mnie za słówka? – zapytała rozbawiona, unosząc przy tym brew.
– Ależ skąd! Po prostu się droczę. Ludzie to robią, kiedy chcą być dla siebie mili, nie?

Na jej usta wypłynął szeroki uśmiech.

– Cieszy mnie to. – Wtuliła się wygodnie w fotel.
– Więc co z tą przyszłością? – Alek wrócił do tematu.
– Kilka dni temu się obroniłam. Jestem psychologiem.

W samochodzie zapadła pełna napięcia cisza.

– Typowe. – Laura wywróciła oczami. – Reakcje ludzi, kiedy o tym mówię, zawsze są takie same. Albo zaczynają zarzucać mnie lawiną pytań i problemów, albo natychmiast milkną z obawy, że zacznę interpretować ich słowa.

– Sugerujesz, że jestem taki jak wszyscy?

– Tego nie powiedziałam. Po prostu ludzie mają śmieszne wyobrażenie o roli psychologa.

– To znaczy?

– Zatrzymali się na etapie freudowskiej kozetki i dymiącego cygara.

– A jest inaczej?!

– Oczywiście, że tak! Mamy dwudziesty pierwszy wiek. Nauka zrobiła kilka kroków milowych, a psychologia koncentruje się teraz wokół neuroobrazowania. Już dawno nie wbija się nikomu prętów w głowę, twierdząc, że to uspokaja.

– Słyszałem kiedyś o tym.

– Lobotomia. Zabieg kochających mężczyzn.

– Kochających mężczyzn?

– Były przypadki, kiedy mężowie poddawali temu swoje żony, twierdząc, że są nadpobudliwe. Miało je to uspokoić.

– I uspokajało?

– Owszem. Do tego stopnia, że siedziały w jednym miejscu albo snuły się po domach, patrząc w jeden punkt.

– Poważnie?

– Tak. Ale dzisiaj istnieją rozwody. W tym kontekście powinnam nawet powiedzieć, że na szczęście.

— Nie tolerujesz rozwodów?

— Nie — odpowiedziała, jak gdyby nigdy nic. — Wierzę w nierozerwalność małżeństwa. Sakramentalnego, oczywiście, a nie jakiegoś tam podpisanego w biegu świstka. Nie wszyscy studenci psychologii są „trendy" i odrzucają duchowość. Jestem z tych bardziej konserwatywnych.

Alek nie musiał komentować jej słów. Dla nich obojga było jasne, że myśli na ten temat dokładnie to samo.

Miejscowość zdążyła się skończyć, a oni wjechali w las. Słońce przebijało przez gałęzie, ale nie świeciło im w oczy tak jak na otwartej przestrzeni.

— Masz sporą wiedzę. Nie dziwię się, że dali ci dyplom — powiedział, nawiązując jeszcze do tematu jej studiów.

— A ty? — Zwróciła się w jego stronę i poprawiła wbijający się w jej szyję pas.

— Co ja?

— Z jakiej dziedziny masz wiedzę? Studiowałeś coś? Studiujesz?

— Chciałem, ale nic z tego nie wyszło.

Laura musiała mocno się wysilić, żeby ukryć swoje rozczarowanie. Wydawał się inteligentnym facetem, a tu proszę.

— Zdziwiona? — zapytał, widząc jej reakcję.

Nerwowo potrząsnęła głową.

— Nie. Skądże — skłamała.

— Aha. Pewnie. Marna z ciebie aktorka.

Laura, czując się w pewien sposób skarcona, spuściła wzrok. Nie chciała go urazić. Po prostu nie widziała się w przyszłości z kimś, kto nie miał studiów.

– A odpowiadając na twoje pytanie, po prostu nie miałem wyboru – po chwili milczenia odezwał się Alek.

– To znaczy? – zapytała.

– Moi rodzice mieli mnie w dość późnym wieku. Oboje zmarli, kiedy byłem w szkole średniej.

– Przykro mi. Nie miałam o tym pojęcia.

– Skąd miałabyś mieć? W każdym razie, zawsze byłem dobrym uczniem. Nie mówię tego, żeby się pochwalić albo coś w tym stylu, ale może dzięki temu nie skreślisz mnie w stu procentach.

– Ja… – Zawstydziła się.

– Daj spokój. Jesteś wykształconą kobietą, a ja chłopakiem ze wsi, który ledwie skończył liceum.

– Nie chciałam, żeby to tak zabrzmiało.

– Wiem. – Uśmiechnął się. – Nie chowam urazy.

– No więc czym się zajmujesz? – zapytała po krótkiej chwili milczenia.

– Chyba będziemy musieli wrócić do tego tematu później, ponieważ jesteśmy na miejscu. Jeśli oczywiście jeszcze zechcesz ze mną rozmawiać.

Zatrzymał samochód przed obdrapanym budynkiem pokrytym pomalowaną na czerwono blachą.

– Oczywiście, że będę chciała. Nie jestem taka płytka, na jaką wyglądam.

Chciał odpowiedzieć, że wcale nie jest płytka, ale zanim nabrał w płuca powietrza, przy szybie samochodu pojawiło się dwóch chłopaków z zespołu.

– Siemano – rzucił jeden z nich, wyszczerzając zęby.

Przez wzgląd na ostatnie słowa Laury Alek miał ochotę wysiąść i od razu przywalić mu w twarz. Michał ubrany był w dżinsowe spodnie i kraciastą koszulę żywcem wyciętą z amerykańskiego filmu o farmerach. Brakowało mu tylko słomy we włosach, ale gdyby porządnie w nich poszukać, na pewno coś by się znalazło. Jak on w takich okolicznościach miał zaimponować wykształconej dziewczynie z miasta?

Laura popatrzyła na niego przelotnie i wysiadła z samochodu.

– Ale niunia. – Michał zagwizdał z podziwem.

– Ty! – wyrwało się Alkowi.

– No co? Chwalę, skoro jest co. Powinieneś podziękować.

– Zaraz to ja ci podziękuję, ale...

– Tak? – Chłopak wydał się ucieszony tym, że udało mu się sprowokować kumpla. – To dawaj, teraz! No proszę. Taki z ciebie chojrak?

Laura pokręciła głową i odgarnęła do tyłu włosy.

– Jak dzieci. Ta próba to tu?

Popatrzyli na nią jak oniemiali.

Wzruszyła ramionami.

– Idziecie czy będziecie tak stać?

– Tak. – Alek natychmiast zjawił się u jej boku. – To tutaj. Idź przodem.

– Cześć maleńka! Kupę lat, co? – Już przy wejściu zaczepił ją lekko wstawiony perkusista.

Alek momentalnie zacisnął pięści.

– Tak. Miło cię widzieć. – Laura posłała mężczyźnie promienny uśmiech.

– Może po wszystkim skoczymy na jakieś piwo? Do mnie? – zaproponował, rozanielony.

– Zamknij się! – syknął Alek.

Laura natychmiast chwyciła go za przedramię. Zaskoczyło go jej opanowanie i niewymuszona naturalność. Nie mylił się, mówiąc wcześniej chłopakom, że jest wyjątkowa.

– Spokojnie – szepnęła w jego stronę i zwróciła się do faceta. – Wybacz, ale mamy już plany.

– Tak? – zdziwił się Alek.

– Mieliśmy przecież dokończyć naszą rozmowę. – powiedziała jak gdyby nic, a potem wskazała na zakurzoną ławkę. – Mogę tam?

– Co tam? – obaj spojrzeli na nią zaskoczeni.

– Usiąść.

– Ach tak. Próba. To przecież trochę potrwa. – odpowiedział Alek, chociaż jak dla niego ta szopka mogłaby się już zakończyć. Perspektywa przebywania z Laurą sam na sam była o wiele bardziej kusząca niż brzdąkanie na gitarze.

Muzyka, którą grał zespół Alka, idealnie wpisała się w gusta Laury. Chociaż niektóre piosenki znała dość dobrze, chłopcy okazali się mistrzami własnych, dobrze pomyślanych aranżacji. Miała wrażenie, że nawet dodając do największego chłamu kilka dźwięków czy solówek, zrobiliby z niego cudo. Wprawdzie na koncertach zdarzało jej się bywać dość rzadko, ale nie trzeba było mieć nie wiadomo jakiego słuchu, by stwierdzić, że niejeden profesjonalista mógłby się od nich sporo nauczyć.

– Wow! To było naprawdę świetne! – Zerwała się z miejsca, gdy wybrzmiały ostatnie dźwięki nieznanego jej dotąd kawałka.

Perkusista uśmiechnął się, słysząc te słowa, i puścił do niej oko. Laura pomyślała, że na pewno przypadłby do gustu Magdzie. Zdecydowanie był typem prostego podrywacza, któremu nie chodzi o nic więcej niż cielesne przyjemności. Nie pierwszy raz ucieszyła się, że nie zabrała jej ze sobą. Magda nie przepuściła ani jednej okazji, żeby się zabawić. Z pewnością byłoby tak również teraz.

Przez głowę Laury przemknęła też myśl, że dobrze, że Alek tego nie widział. W towarzystwie kumpli był dużo bardziej spięty, niż gdy rozmawiali w cztery oczy, i najchętniej na wszelki wypadek wyprosiłby ich wszystkich z sali.

Kąciki jej ust drgnęły na tę myśl. Jego atencja mocno jej schlebiała.

– Naprawdę ci się podobało? – zapytał ją, zeskakując ze sceny.

– Bardzo! Jesteście rewelacyjni.

– Dzięki. – Uśmiechnął się.

– Powinniście jeździć w trasy i zarabiać na tym niemałe pieniądze. Myśleliście o własnych kawałkach? Znam kilku...

– Spokojnie, wyhamuj. Jesteśmy tylko prostymi samoukami. Nie dla nas kariera i show-biznes. To nie ten poziom, chociaż muszę przyznać, że miło słyszeć, że ci się podoba.

– Aż żałuję, że nie byłam na waszym ostatnim koncercie! – Nie spuszczała z tonu. – Ominął mnie kawał dobrej muzyki. Na pewno bawiłabym się z wami dużo lepiej niż w Arnie. Dlaczego nie znaliśmy się wcześniej?!

– Ale może gdybyś była wtedy w barze, to nie spotkalibyśmy się w parku?

– Wziąłbyś mnie za jedną z rozwrzeszczanych fanek?

– A nią nie jesteś? Już tamtej nocy chciałaś ode mnie autograf.

– Teraz chcę jeszcze bardziej. I naprawdę szkoda mi tego koncertu – powiedziała już zupełnie poważnie.

– Może to przeznaczenie? Gdybyś usłyszała nas już wtedy, z pewnością nie siedziałabyś teraz w zagrzybionej remizie strażackiej.

Roześmiała się melodyjnie.

– Och, wierzysz w takie rzeczy?

– W jakie?

– No... W przeznaczenie.

– Nie wiem. – Wzruszył ramionami. – Ale bardzo rzadko gram koncerty, wychodzę po nich ochłonąć i spotykam w parku...

– No? Kogo? – zapytała zadziornie.

– Gadatliwą dziewczynę, która wprasza mi się na próbę.

Uśmiechnęła się.

– Zabrzmiało jak komplement.

– Ładnie się uśmiechasz.

– Dużo lepiej. Widzę, że łapiesz formę.

Odchrząknął.

– To co? Chcesz jeszcze tu zostać?

Laura obrzuciła wzrokiem coraz bardziej wstawionych muzyków. Jeden z nich wsadził sobie właśnie pałeczki do nosa i poruszał nimi w znanym tylko sobie rytmie.

– Chyba starczy mi waszej muzyki na jakiś czas – stwierdziła.

– W takim razie pozbieram swoje rzeczy.

– Pomóc ci?

– Nie, dzięki. – Potrząsnął głową. – To zajmie tylko chwilę. Jeśli chcesz, to usiądź jeszcze i poczekaj albo...

Nie dokończył, bo wskoczyła na scenę i złapała kabel od jego wzmacniacza.

– Jesteś niemożliwa – mruknął tylko w odpowiedzi i zabrał się za pakowanie gitary.

– Więc dokąd teraz? – zapytała, kiedy wyszli na zewnątrz i zapakowali do bagażnika jego sprzęt.

– Pomyślałem, że mógłbym zabrać cię do siebie na lody i coś do picia. Mało jest tutaj miejsc, do których moglibyśmy wyjść.

– Brzmi nieźle. Dorzuć do tego jeszcze spacer po polach i jestem na tak.

– Wśród pól, lasów i łąk. – Spojrzał na nią rozbawiony. – Gdzie tylko sobie zażyczysz, masz to jak w banku.

– Jesteś bardzo ugodowy. To rzadko spotykana cecha.

– Tak? Nigdy się nad tym nie zastanawiałem – powiedział, zamykając za nią drzwi do auta.

Rozsiadła się wygodnie i zapięła pas.

– Gdzie mieszkasz? – zagadnęła, kiedy usadowił się za kierownicą.

– Kawałek za wsią – odpowiedział, wyjeżdżając na asfalt. – Prowadzę gospodarstwo rolne.

– Gospodarstwo? – zdziwiła się. – Takie prawdziwe, w którym są krowy, kury i inne takie zwierzęta?

– Aha. Mam też niedźwiedzie, wilki i jedną nieoswojoną kunę.

– Poważnie?

– Oczywiście, że nie. – Parsknął śmiechem, widząc jej minę. – Czasem tylko przychodzą lisy. Wykradają mi kury.

– To bardzo… – zawahała się, szukając odpowiedniego słowa – interesujące.

– Znów cię rozczarowałem?

– Nie, oczywiście, że nie.

– Powtórzę się, ale jesteś naprawdę marną aktorką. Jeśli marzyłaś o tym, żeby zagrać kiedyś w filmie, powinnaś wziąć sobie do serca tę radę. Raczej nic z tego nie będzie.

W policzkach Laury powstały urocze dołeczki.

– Po prostu nie mam doświadczeń, jeśli chodzi o gospodarstwo. Wychowałam się w mieście. Nawet nie wiem, co się robi na wsi. Znam ją jedynie z obrazków i książek.
– To tak jak ja miasto.
– No więc? Jak wygląda twoja wiejska sielanka? Doisz krowy i ubijasz masło?
– Nie wiem, czy to ironia, czy dowcip, ale to wcale nie jest sielanka. Nie robię też nic z tych rzeczy. Twoja wiedza zatrzymała się chyba w czasach, kiedy jeszcze nie było prądu. Mam sporą gospodarkę, ale większość sektorów jest już zmodernizowana.
– Sektorów?
– Dzielę je sobie, żeby było łatwiej. Mam krowy, nieduży kurnik, sad, stadninę, pszczoły, pola i łąki. No i las.
– Wow. – Laura otworzyła szeroko usta. – I ogarniasz to wszystko sam?
– Trochę pomagają mi maszyny. Na przykład przy dojeniu albo karmieniu zwierząt. Zatrudniam też troje pracowników. Do żniw i zbiorów więcej. I do przycinania drzewek.
– Przycinania drzewek? – Zatrzepotała rzęsami.
– Jeśli jabłonie wyrosną zbyt duże, to kto zbierze z nich jabłka?
– Tak, to ma sens. Nic o tym nie wiedziałam.
– Ja też na pewno nie błysnę wiedzą z... – Pytająco zawiesił głos.
– Psychologii klinicznej dzieci i młodzieży.
Roześmiał się.

– Tak. Widzisz? Nie potrafię nawet zapamiętać nazwy.

Kąciki jej ust uniosły się lekko, ale nie zdążyła nic odpowiedzieć, ponieważ dotarli na miejsce.

– To już tu – powiedział, po czym wysiadł i szarmancko otworzył przed nią drzwi. – Zapraszam.

– Prawie jak step. – Laura postawiła nogi na wyschniętą trawę.

– Nie dałbym rady finansowo, gdybym miał wszędzie podlewać trawę.

– Aż tak jej dużo?

– Trawy? Może nie. Ale jeśli pytasz o całość, to kilkadziesiąt hektarów. No i las.

– Pięknie tutaj – wyszeptała, mrużąc oczy, i rozejrzała się po okolicy. Jej spojrzeniu nie umknął stary dworek stojący na obrzeżach posesji od strony drogi.

– Mieszkasz tu? – Wskazała na niego.

– Od śmierci rodziców nie. – Potrząsnął głową.

– Dlaczego?

– Nie wiem. Dziwnie się w nim czułem sam. Było w nim za cicho i pusto. Nie mogłem tego znieść. – Zamilkł na chwilę. – Czy to normalne?

Przyjrzała mu się uważnie.

– Może – stwierdziła łagodnie. – Każdy na swój sposób radzi sobie ze stratą, nie ma na to jednego sposobu. Nie znam cię dość dobrze, żeby oceniać.

Nie odpowiedział.

– W takim razie gdzie mieszkasz? – zagadnęła.

– Tam – wskazał dłonią na jeden z budynków gospodarczych.
– Tam?
– Na poddaszu. Wyremontowałem je sobie.
– Sam?
Znowu wzruszył ramionami.
– Tak. Co w tym trudnego?
– Nic. Przecież to łatwizna! Co jest na dole?
– Garaże i skład.
– Taki jakby magazyn?
– Tak. – Zaśmiał się głośno. Była urocza. – Właśnie tak. To co? – zapytał po chwili milczenia, gdy znaleźli się bliżej budynku. – Masz ochotę na lody?
– Nigdy nie mówię nie słodyczom. Jestem ogromnym łasuchem i nie zamierzam się tego wstydzić.
– Nie wyglądasz. – Zlustrował ją wzrokiem.
– To przez ten metabolizm. Nie daje mi utyć ani grama. Ale poczekaj na starość. Moja mama waży ponad siedemdziesiąt kilo.
– Dlaczego zakładasz, że będziesz wyglądała jak ona? – zapytał, gdy wchodzili po schodach.
– A bo ja wiem? Może dlatego, że jestem do niej podobna? I lubię genetykę?
– Krzyżujesz muszki owocówki?
– Nie. Aż tak to nie. Ograniczam się do teorii – odpowiedziała, gdy znaleźli się na górze i jej oczom ukazało się pachnące żywicą, wyłożone drewnem wnętrze. – Naprawdę zrobiłeś to wszystko sam? – zapytała, przyglądając się

dębowym skosom i pociągniętym bejcą belkom biegnącym wzdłuż sufitu.

– Mówiłem ci już, że to nie jest trudne. Lubię stolarkę. Wycisza mnie. – Alek podszedł do aneksu kuchennego.

– Jesteś pierwszym facetem, jakiego znam, który mógłby powiedzieć coś takiego.

– To źle? – zapytał, otwierając lodówkę, i wyciągnął z niej lody.

– Oczywiście, że nie. – Laura w końcu oderwała wzrok od belek. – Wydajesz się bardzo samowystarczalny.

– Czasem zmusza nas do tego życie.

Brzdęknęło szkło.

– Masz jakieś preferencje co do smaków czy mogę nakładać jak leci?

– Najbardziej lubię czekoladowe. Za owocowymi nie przepadam.

– W takim razie cieszę się, że spytałem.

– A ty? – zagadnęła, podchodząc do niego, i oparła się biodrem o blat.

– Pytasz o mój ulubiony smak?

– Aha.

– Ja uwielbiam gruszkowe.

– Ohyda. – Wyrzuciła do przodu język.

– Mógłbym to samo powiedzieć o twoich. Zasłodzisz się czekoladą. Wiesz, że od tego można dostać robaków?

– Ale przynajmniej będę szczęśliwa.

– Ja jestem i bez lodów – powiedział, podając jej pucharek przyozdobiony miętą.

– Dziękuję.

– Chcesz zjeść tutaj czy wolisz na balkonie? – wskazał dłonią na przeszklone drzwi.

– Masz tutaj balkon? Naprawdę? Nie mów mi tylko, że go też zrobiłeś sam.

– W takim razie nie powiem. – Zaśmiał się gardłowo i ruszył w kierunku drzwi. – Zapraszam. Na lewo stoją leżaki.

Z balkonu rozciągał się widok na całą okolicę. Laura nie zabrała ze sobą okularów, więc w oddali majaczył jej tylko las, pola i łąki. Rozpoznawała je po kolorach i wysokościach roślinności.

– I jak ci się podoba? – po chwili ciszy zapytał ją Alek.

– Imponujący widok. I to wszystko naprawdę twoje? – Objęła wzrokiem okolicę. – W dodatku dajesz radę nad tym panować?

Kolejny raz tego wieczoru szeroko się uśmiechnął.

Do uszu Laury dobiegł natomiast śpiew gnieżdżących się pod dachem ptaków. Jej rozgrzane policzki muskało nie tylko słońce, ale i świeży wiaterek niosący ze sobą zapach igliwia. Głośno nabrała w płuca powietrza. Powietrze było zupełnie inne niż w mieście. Nie dusił jej zapach asfaltu i spalin.

– Zawsze interesowała cię psychologia? – zapytał Alek. Usadowili się wygodnie w leżakach i wyciągnęli nogi.

– Nie – przyznała. – Kiedy przyjmowali mnie na te studia, nie miałam pojęcia, co robi psycholog. Miałam tylko nadzieję, że mi to podejdzie. Szukałam czegoś, co będzie zastępnikiem dla tego, co zawsze chciałam robić.

– A co chciałaś robić?

Wyczuła, że nie pyta tylko po to, żeby podtrzymać rozmowę, ale dlatego, że był nią żywo zainteresowany. Ta świadomość przyjemnie musnęła jej ego, ale i dała do myślenia. Wydawał się być o wiele bardziej dorosły niż chłopcy, których poznawała na studiach.

– Być polonistką – odpowiedziała. – Od zawsze pociągała mnie literatura i zawód nauczyciela.

– I to ma być zbliżone do psychologii?

– Jeśli chodzi o pracę z dziećmi, owszem. – Uśmiechnęła się.

– Jesteś zadowolona ze swojego wyboru?

– Nie żałuję, chociaż gdyby ktoś zapytał mnie, kim chcę być w przyszłości, nadal odpowiedziałabym, że polonistką. Psychologia to kierunek, który miał zapewnić mi pracę. W szkolnictwie nie ma miejsca dla młodych.

– Wyglądasz na osobę, która znalazłaby pracę w każdym zawodzie, jakiego tylko by zapragnęła.

– Och, gdyby to było takie proste, na pewno, ale propozycji pracy jest jak na lekarstwo. Dzieci rodzi się coraz mniej, a filologię polską co roku kończą setki osób. Trzeba mierzyć siły na zamiary. Marzenia marzeniami, ale z czego miałabym się utrzymywać i płacić rachunki?

– Coś o tym wiem. – Poprawił się w leżaku.

– No właśnie – szepnęła, zdziwiona swoją wylewnością.

Alek wskazał na jej lody, żeby zmienić temat.

– I jak?
– Dziękuję, smaczne.
– Pierwszy raz je kupiłem, ale też uważam, że są całkiem niezłe.

Nie odpowiedziała. Patrząc na rozciągającą się okolicę, uświadomiła sobie, w jak ekstremalnej dla siebie sytuacji się znajduje. Jest na wsi, je lody z nowo poznanym chłopakiem i pierwszy raz od dawna nie myśli ani o nauce, ani o zbliżającym się wyjeździe. Przesunęła wzrokiem po zagłębieniach terenu, który wznosił się i opadał, tworząc fale. Mogłaby chłonąć ten moment do końca życia. Było tu tak inaczej. Spokojniej i bezpieczniej. Żadnych rozgadanych przyjaciółek i dudniących muzyką klubów.

– O czym myślisz? – Alek oderwał ją od tych myśli.
– To wszystko – wskazała przed siebie gestem obejmującym niemalże całą okolicę – to po prostu dla mnie coś nowego. Jest tu tak... sielsko i cicho.
– Tak, to prawda. Czasem mam wrażenie, że tutaj czas stoi w miejscu. Albo przynajmniej płynie wolniej – odpowiedział, mając w głowie wspomnienie dzisiejszej nocy, która dłużyła mu się w nieskończoność.
– A więc tak spędzasz popołudnia? Siedząc na balkonie?
– Chciałbym.– Uśmiechnął się. – Zwłaszcza w takim towarzystwie.
– Zwykle jesteś sam?
– Nie. Kobiety ciągną do mnie stadami.
– Naprawdę?

– Nie. Ale na pocieszenie mam kotkę.
– Poważnie?
– Tak. Przybłąkała się do mnie kilka lat temu i od tamtej pory u mnie mieszka. Nie miałem serca jej wyrzucić. Podejrzewam, że była świeżo po jakimś wypadku, bo ledwo wtedy chodziła.
– Pomogłeś jej?
– A miałem inne wyjście? Wpakowała mi się do garażu i ani myślała stamtąd wyjść. Karmiłem ją i doglądałem. Jakoś z tego wyszła i od tamtej pory dzielimy się moim poddaszem.
– To naprawdę słodkie.
– A więc jednak nie boisz się wiejskich zwierząt?
– Bardzo śmieszne. – Żachnęła się. – Niektórych naprawdę się boję.
– Tak? Jakich?
– Krów.
Alek znowu parsknął śmiechem.
– Jak można się ich bać? Przecież to najbardziej powolne zwierzęta, jakie znam. Do tego nie są za grosz agresywne. Poważnie się ich boisz? Krów?
– Chodzi o to... – Laura zawahała się, widząc jego rozbawienie. – Oj, bo one po prostu się na mnie gapią.
Zrobiła wielkie oczy, udając gapienie się krów.
Roześmiał się jeszcze głośniej.
– To wcale nie jest śmieszne! – zganiła go. – Na ciebie się nie gapią?

– Nie. – Popatrzył na nią, ledwo łapiąc oddech. – Ale gdyby gapiły się tak jak ty, nie miałbym nic przeciwko. – Spoważniał.

Laura odchrząknęła.

– Chyba zjadłam już wszystko.

– Daj, odniosę pucharek do kuchni. – Wstał i wyciągnął do niej rękę. – Napijesz się czegoś?

– Nie, chyba nie. Dziękuję.

– W takim razie na co masz ochotę?

– O ile pamiętam, obiecałeś mi spacer. – Spojrzała na niego wymownie.

Róża

Po kolacji Róża wykąpała się i od razu położyła do łóżka. Chociaż musiała tego dnia wysłuchać jeszcze kilku rewelacyjnych historii o rodzinie Alberty, nie czuła się jakoś bardzo zmęczona. W jej wieku ludzie nie potrzebowali już tak dużo snu. Ich mózgi, zamiast się rozwijać, ulegały już tylko destrukcji i za parę lat nie miało pozostać po nich nic, ledwie garstka obumarłych neuronów. Wbrew pozorom, ta myśl była dla Róży raczej pokrzepiająca, niż smutna. Miała dość życia w samotności. Zwykła mawiać, że swoje przeżyła i wypadałoby ustąpić miejsca jakiemuś czystemu jak karta papieru życiu. Miała świadomość tego, że jest pokoleniem schodzącym, i wcale się przeciwko temu nie buntowała. Taka była kolej rzeczy, a ona od dziesiątek lat nie widziała większego sensu w tym, żeby dalej żyć.

No, może poza odnalezieniem miejsca ze zdjęcia. Minęło prawie siedemdziesiąt lat od zakończenia drugiej wojny światowej. Od tamtego czasu zmieniło się niemalże wszystko – systemy gospodarcze i polityczne, układ sił oraz mentalność i myślenie współczesnego człowieka.

Wyrosły już dwa pełne pokolenia. Ci ludzie znali wojnę jedynie z lekcji historii, podręczników czy starych fotografii. Groza i cierpienie powoli zacierały się nawet w pamięci tych, którzy mogli je jeszcze pamiętać. Wszystkie medale i wyróżnienia zostały rozdane, a ludzie odchodzili z zawrotną prędkością, pozostawiając za sobą jedynie kupkę nierówno usypanego piachu. Nawet ziemia już prawie zapomniała, że skropiona była krwią tych, którzy poświęcali swoje życie w imię wolności i pokoju.

Te myśli bardzo Róży ciążyły. Spadek patriotyzmu na rzecz indywidualistycznych pragnień materialnych aż kłuł ją w serce. Sprawiał, że tacy jak ona przestawali cokolwiek znaczyć. Wtapiali się w tłum, starając się zachowywać tak, jak gdyby te okrucieństwo nigdy się nie wydarzyło. Zakładali takie same ubrania jak wszyscy i z podniesionymi głowami wychodzili na przeludnione ulice.

A przecież ona nadal to wszystko pamiętała. Jej wspomnienia były tak samo żywe jak dziesięć czy pięćdziesiąt lat temu. Bolała ją tylko świadomość, że nikt nie chciał słuchać. Nie miała komu o tym wszystkim opowiedzieć.

Z zamyślenia wyrwało ją pukanie do drzwi. Trzy krótkie i głośne uderzenia.

– Proszę! – powiedziała, poprawiając poduszkę za swoimi plecami.

Do środka wsunęła się piegowata twarz nastoletniego chłopca. Pamiętała go dokładnie, chociaż nie był obecny ani na obiedzie, ani na kolacji. Był to ten sam, który wnosił jej do pokoju bagaże.

– Mama kazała zapytać, czy niczego pani nie potrzeba – powiedział Konrad niepewnym głosem.

Róża uśmiechnęła się na widok jego błyszczących oczu. Z jej wzrokiem było już dość słabo, więc nie dostrzegła świeżo nabytego siniaka, który zdobił mu policzek.

– Bardzo dziękuję za waszą uprzejmość, ale mam wszystko, czego mi potrzeba.

Chłopak przestąpił z nogi na nogę.

– A u ciebie? Wszystko dobrze? – zagadnęła go po przyjacielsku. Trudno jej było określić, dlaczego, ale ten mały budził w niej ogromną sympatię.

– Tak. Właściwie to tak. – Popatrzył na nią nieufnie.

– Może chciałbyś usiąść? – Róża zapytała jeszcze, widząc, że ociąga się z opuszczeniem pokoju.

Zawahał się.

– Chyba nie powinienem – powiedział jednak. – Mama będzie zła, a ja nie chcę jej już dziś denerwować. I tak oberwałem za to, że późno wróciłem z pracy.

Popatrzyła na niego z ukosa.

– A mi się wydaje, że skoro ja nalegam, to powinieneś wykazać się gościnnością i skorzystać z mojego zaproszenia. Twoja mama na pewno byłaby rada, że dotrzymujesz jej gościowi towarzystwa.

– Tak?

– Ależ naturalnie! – Ożywiła się, gdy podniósł wzrok, i poklepała skrzypiące łóżko. – Siadaj, proszę.

– Ale tylko na chwilkę. Mama naprawdę może być zła.

– Jakoś jej to wytłumaczę, jeśli zajdzie taka potrzeba. Jak masz na imię?
– Konrad.
– Miło mi cię poznać, Konradzie. A więc wracasz z pracy?
– Tak. – Skinął głową i usadowił się na łóżku tuż obok niej.

Dopiero z tej odległości dostrzegła jego siniaka.
– Gdzie pracujesz?
– W takim gospodarstwie, kawałek za wsią. Pomagam przy zwierzętach, no i tak po prostu wszystko ogarnąć. Nic specjalnego.
– Och, nie mów tak! Każda praca, którą wykonuje się z pasją, warta jest tego, żeby o niej mówić. Uwierz mi, znam się na tym. Lubisz tam pracować?
– Pewnie. I lubię Alka.

Róża popatrzyła na niego pytająco.
– To znaczy właściciela – wyjaśnił jej bez wahania.

Uwadze Róży nie umknął fakt, że z chwili na chwilę chłopiec stawał się coraz bardziej rozmowny.
– Długo już tam pracujesz? – Postanowiła więc podtrzymać rozmowę.
– Rodzice mnie wysłali w tamtym roku. W zimę trochę mniej, bo śnieg, wiadomo, no i szkoła. Wtedy głównie odśnieżam. Ale w wakacje to pomagam codziennie. Najbardziej lubię przy koniach.
– A więc jest tam również stadnina?

– Aha. Ale właściwie to tam jest wszystko. Konie, krowy, nawet pszczoły.

– Imponujące.

– Największa gospodarka w okolicy. A pani? Czym się pani zajmuje?

Róża uśmiechnęła się lekko.

– Teraz to już niczym – powiedziała. – Jestem na emeryturze od kilkudziesięciu lat, więc tylko zanudzam młodych swoim gadaniem. Ale wcześniej byłam krawcową i zajmowałam się literaturą. W Sydney.

– W Australii?

– Tak. Ciężko w to uwierzyć, co?

– Ale ekstra! I chciało się pani lecieć taki kawał drogi do nas, do Polski? Przecież tutaj nic nie ma. Dziura taka i już. Zostawiła pani takie supermiasto z własnej woli? – Nie mógł się nadziwić.

– Och, kochany. Gdyby wszyscy myśleli tak jak ty, to rolnictwo już dawno by upadło. Nie każdy człowiek ma w sobie duszę mieszczucha. Niektórzy cenią sobie spokój i piękne krajobrazy.

– To nie mogła pani poszukać ich gdzieś bliżej domu?

– Mam tutaj do załatwienia kilka spraw – powiedziała nieco tajemniczo.

Ku jej wielkiej radości, Konrad nie poszedł w ślady matki i nie zamierzał brać jej z tego powodu na spytki.

– A jak ma pani na imię? – zapytał po chwili milczenia. Widać nadal niespieszno mu było do pomocy Albercie.

– Mam na imię Róża.

– Ładnie.

– Prawda?

– Pani rodzice mieli chyba gust. W dzisiejszych czasach już chyba nikt nie nazywa tak dzieci.

Uśmiechnęła się do niego ciepło.

– Pewnie masz rację, ale to nie moi rodzice nadali mi to imię.

– Nie?!

– Nie. Wybrałam je sobie sama.

– A to tak można? – Konrad nawet nie próbował ukryć zdziwienia.

– W pewnych sytuacjach tak.

– Na przykład jakich?

– Na przykład wtedy, kiedy człowiek potrzebuje nowej tożsamości, żeby się przed czymś uchronić.

– Pani potrzebowała?

Na usta Róży ponownie wypłynął uśmiech.

– A potrafisz dochować tajemnicy? – ściszyła głos.

– Wydaje mi się, że tak.

– To chyba trochę za mało. Muszę być pewna, że nikomu mnie nie wydasz.

– Ale naprawdę nikomu?

– Cóż... – Róża się zawahała. – Chyba że ci na to pozwolę.

– Ach tak... – Konrad spuścił wzrok na podłogę. – No dobrze, zgadzam się na to. Jeśli mi pani powie, będę milczał jak grób! Słowo – spojrzał na nią po chwili.

– Na pewno?

Skinął głową.

– No dobrze. Więc powiem ci, że kilkadziesiąt lat temu zostałam obdarowana nową tożsamością ze względów bezpieczeństwa.

– Bezpieczeństwa? – Konrad otworzył szeroko usta.

– Tak. – Róża nachyliła się do niego. – Ale pamiętaj, że obiecałeś!

Znowu pokiwał głową, więc kontynuowała.

– Przez kilka lat musiałam się ukrywać, żeby nie stracić życia.

– Naprawdę?!

– Tak.

– Nieźle...

– No, raczej nieźle to wcale nie było. Prawdę powiedziawszy, to nie wspominam tego miło.

– Och, przepraszam. – Konrad się zmieszał. – Nie chciałem, żeby to tak zabrzmiało. Po prostu tak się mówi, kiedy ktoś nas zaszokuje. To chyba taki młodzieżowy slang.

– Slang?

– No... Taka jakby gwara.

– Ach, teraz rozumiem! Zadziwia mnie twoja wiedza, Konradzie.

– Po prostu dużo czytam.

Róża umościła się wygodniej w swoim tymczasowym łóżku i ze zrozumieniem pokiwała głową.

– To bardzo dobrze, że czytasz. Ludzie nieczytający książek zamiast żyć, tylko wegetują. Cieszę się, że nie skazujesz się na bierność. To bardzo rzadkie wśród dzisiejszej młodzieży. Bardzo. Ale też bardzo cenne. Powinieneś pielęgnować w sobie te chęci najmocniej, jak się da. Co czytujesz?

– Wszystko, co mi wpadnie w ręce. Nie mam zbyt dużego wyboru.

– Dlaczego?

– Nie stać nas na kupowanie książek. Mama mówi, że to marnowanie pieniędzy.

– Co za głupstwo! Prawdziwa bzdura!

Konrad poruszył się niespokojnie.

– No, ale nie dyskutujmy o tym – powiedziała Róża, widząc jego zakłopotanie. – Też dużo czytam.

– Tak?

– Pewnie. Wzrok co prawda mam już nie ten, ale nigdy nie pogardzę dobrą lekturą. Przywiozłam nawet ze sobą kilka. Jeśli będziesz chciał, chętnie ci którąś pożyczę. Są to, co prawda, same wspomnienia historyczne, ale może czymś się zainteresuje.

– Lubię historię.

– Tak? A co najbardziej?

– To, co miałem w szkole, ale nieraz czytam też o wojnach. Wie pani, tych z dwudziestego wieku.

– A więc historia nowożytna?

– Lubię czytać o pierwszej i drugiej wojnie światowej. Zawsze mi się wydaje, że to nie było wcale tak dawno temu.

Róża popatrzyła na niego z uznaniem. Ten młody człowiek skradł tym stwierdzeniem kawałek jej starczego serca.

– Imponujące – powiedziała z podziwem. – W takim razie powinnam ci coś opowiedzieć.

– Naprawdę?! – Jego źrenice natychmiast się rozszerzyły.

– Tak, ale będzie to dalszy ciąg naszej tajemnicy. Będziesz w stanie dźwigać na swoich barkach jeszcze jeden mój sekret?

– Pewnie! – Konrad o mało nie podskoczył z radości, a jego oczy aż buchnęły szczerym zainteresowaniem.

– W takim razie opowiem ci historię pewnej Żydówki, która wydarzyła się naprawdę w czasach drugiej wojny światowej. Chcesz?

Energicznie pokiwał głową.

– Jak miała na imię? – zapytał z entuzjazmem.

– Mindzia.

– Mindzia? – Zdziwił się. – Co to w ogóle za imię?

– Nie dziw się za bardzo. Kiedyś ludziom nadawano takie imiona. Zwłaszcza Żydom. To zupełnie inna kultura niż nasza, więc i imiona mają inne. Wiesz o nich co nieco?

– Nie za wiele. Aby tyle, że przed wojną było ich u nas pełno. Chodzą nawet plotki, że u nas w kościele Niemcy zebrali kiedyś aż sześćdziesięciu, a potem podpalili. Ale nie wiem, czy mam w to wierzyć. U nas ludzie nieraz gadają głupstwa. Nie są zbyt mądrzy.

Róża zamyśliła się i popatrzyła przed siebie.

– To nie są żadne plotki, mój drogi. To najprawdziwsza historia. W tym kościele spłonęli także rodzice Mindzi.

Laura

– Może chciałabyś wziąć jakąś bluzę? – Alek zapytał troskliwie, kiedy znaleźli się tuż obok drzwi prowadzących na zewnątrz. – Mimo tych piekielnych upałów wieczory bywają chłodne. No i chciałbym zabrać cię na spacer w stronę lasku. Boję się, że mogą cię po drodze pogryźć komary.

– Cóż, skoro tak uważasz, to chyba nie mam wyjścia. – Laura spojrzała na niego z uznaniem i potarła dłonią o dłoń. – Nie jest szczytem moich marzeń zostać zagryzioną przez komarzych krwiopijców.

– W takim razie zaczekaj tutaj, zaraz wracam – powiedział i zniknął za drzwiami prowadzącymi do sypialni.

Laura wykorzystała ten moment, żeby jeszcze raz, na spokojnie, rozejrzeć się po poddaszu. Zapach żywicy nadal łagodnie muskał jej zmysły. Nie mogła się nadziwić, jak mógł zrobić to wszystko sam. Wyglądało to na tak misterną robotę, że aż zapierało jej dech. Niesamowite.

– Jestem! – oznajmił po chwili, pojawiając się u jej boku z bluzą w ręku. Wręczył jej miękki materiał.

– Dziękuję. Założę dopiero na dworze.
– Pewnie, jak chcesz. Idziemy?
– Jasne. – Spojrzała mu w oczy. – Prowadź.
– Naprawdę słabo z twoim zmysłem dotyczącym orientacji w przestrzeni. Przecież dopiero co tu wchodziliśmy, a ty już potrzebujesz przewodnika.
– Bardzo śmieszne. – Szturchnęła go w ramię. – Nie wziąłeś pod uwagę, że może po prostu chciałam być miła i pozwolić ci napawać się rolą pana domu?

Zasępił się na chwilę.

– Nie, ale to miłe. Czy to jakaś psychologiczna sztuczka mająca podnieść moje poczucie własnej wartości?
– Nie tylko ty jesteś dobrze wychowany. – Zaśmiała się cicho.
– Ale ja przecież nie powiedziałem, że ty nie jesteś!
– Jasne, jasne. Już ja swoje wiem – powiedziała, gdy znaleźli się na zewnątrz. – Chyba już założę tę bluzę. Niby jest ciepło, ale gdy powieje, przestaje być przyjemnie – dodała, gdy owiał ją chłodny wiaterek ciągnący od strony lasku.
– Pomóc ci?
– Nie, dzięki. Poradzę sobie. To nie takie znów trudne.

Tym razem to on się roześmiał.

Jego bluza pachniała nieznaną jej dotąd kompozycją perfum i proszku do prania. Był to zapach dość specyficzny i chwilę trwało, nim się do niego przyzwyczaiła. Musiała jednak przyznać, że był wyjątkowo przyjemny. Zresztą tak samo jak delikatny materiał. Z radością wciągnęła ją przez głowę.

– I jak wyglądam?

– Już prawie jak rasowa dziewczyna ze wsi.

– Prawie?

– Brakuje ci siana we włosach. No i te buty. – Spojrzał wymownie na jej sandałki.

Czując na sobie jego wzrok, poruszyła palcami. Jej krwistoczerwone paznokcie zalśniły w słońcu.

– Co z nimi nie tak? – zapytała.

– Zdecydowanie za ładne. Gdybyś mieszkała tutaj, twoje buty byłyby raczej solidne niż ładne. Te nadają się nie do biegania i chodzenia po krzakach, ale na chodniki. Zniszczyłabyś je raz-dwa.

Znowu spojrzała na niego z uznaniem. Miał dużo racji. Cienkie paseczki raczej nie wytrzymałyby wiejskiego trybu życia. Z pewnością rozleciałyby się już pierwszego dnia.

– To co, idziemy? – Alek wskazał dłonią w stronę lasu, bacznie przyglądając się jej zamyślonej minie.

– Pewnie. – Skinęła głową i powolnym krokiem ruszyli przed siebie. – Dawno nie byłam na spacerze.

– Poważnie?

– Tak. Prawdę powiedziawszy, przez ostatnie dwa miesiące niemalże nie wychodziłam ze swojego mieszkania. Nie licząc uczelni oczywiście.

Popatrzył na nią co najmniej zdziwiony.

– Och, nie jestem żadną masochistką ani nie mam żadnej fobii społecznej. Po prostu przygotowywałam się do obrony pracy magisterskiej. Zawsze w takich momentach jestem „no live".

– Cokolwiek to znaczy. – Uśmiechnął się. Jej uwadze nie umknął fakt, że ma wyjątkowo długie i ciemne rzęsy, którymi zatrzepotał teraz jak rasowy model.

– No wiesz, że jestem niedostępna. Nie ma mnie dla nikogo i niczego. Po prostu ja i nauka. Czyż to nie ekscytujące? – W jej policzkach znów pojawiły się te urocze dołeczki, od których wspomnienia nie umiał się opędzić przez ostatnie kilka dni.

– Jeśli mam być szczery, to chyba nie bardzo – powiedział. – Naprawdę potrzebna ci wtedy aż tak skrajna izolacja? Co na to twoi znajomi? Nie jest im ciebie brak? A tobie ich?

– Prawdę powiedziawszy, to nigdy się nad tym nie zastanawiałam, ale chyba nie bardzo. Dla mnie zawsze najważniejszy był samorozwój i nie miałam problemu, jeśli w tym celu zaniedbywałam kontakty towarzyskie. Nie są mi one do życia niezbędne. Oczywiście, lubię nieraz wyjść z przyjaciółmi, ale mam jasno ustawione priorytety. Najpierw nauka.

– Tak na pierwszym miejscu?

– Na pierwszym jest rodzina. Na drugim samorozwój.

– Brzmi całkiem mądrze.

– A jak z tym u ciebie? – zapytała, gdy idąc po zielonej trawie, coraz bardziej zbliżali się do wyznaczonego celu.

Z tej odległości o wiele dokładniej niż z balkonu widziała leśniczówkę i już nie mogła się doczekać, by przyjrzeć jej się z bliska. Alek miał też rację co do komarów. Już teraz musiała się od nich odganiać i w duchu dziękowała mu za to, że pomyślał o bluzie. Chyba jeszcze nigdy żaden facet tak się o nią nie troszczył.

– Nie mam ani rodziny, ani samorozwoju – odpowiedział na jej pytanie. – Jeśli ten drugi można mieć. Raczej żyję z dnia na dzień.

– I nie masz żadnego planu?

– A jaki mógłbym mieć plan? To gospodarstwo. Tutaj wszystko może się wydarzyć. To całe moje życie. Nie ma sensu marzyć o czymkolwiek innym. Oczywiście staram się planować, co i kiedy zasiać, kiedy sprzedać bydło i takie tam. Ale chyba nie chodziło ci o to.

– A jakieś ukryte aspiracje? Każdy je przecież ma.

Alek wzruszył ramionami i popatrzył na linię horyzontu majaczącą mu przed oczami. Przechodzili teraz obok wielkiego, starego dębu, na który wspinał się nieustannie, będąc dzieckiem. To wspomnienie idealnie wkomponowało się w jego aktualne przemyślenia. Nie skupiał się na przyszłości, odkąd stracił rodziców.

– Więc? – Laura naciskała, przyglądając się jego zamyślonej minie.

– Nie wiem – wyznał w końcu. – Nie zastanawiam się nad takimi rzeczami. Raczej nie widzę sensu myślenia o czymś, co nigdy się nie wydarzy. Nie jestem zwolennikiem dawania komukolwiek złudnych nadziei. A już zwłaszcza sobie.

Nie odpowiedziała, więc popatrzył na nią zaniepokojony.

– Powiedziałem coś nie tak?

– Nie, skąd. Po prostu myślę. – Pokręciła głową. Jej włosy obiły się o skąpane w zachodzącym słońcu policzki.

– Nad czym?

– Nad tym, co właśnie powiedziałeś. Pierwszy raz spotykam kogoś, kto powiedziałby coś takiego. I to w dodatku szczerze. To kolejne nowe doświadczenie.

– Może powinni zamknąć mnie w zoo, skoro jestem takim ciekawym okazem? – Uśmiechnął się i poprawił brzeg swojej koszulki.

– Nie wiem, czy jesteś aż tak interesujący. Raczej blado wypadasz w porównaniu z tygrysem albo wielorybem.

– Jesteś szczera do bólu. Powinienem się teraz obrazić?

– Nie, proszę! – Złapała go za przedramię. – Nic takiego nie miałam na myśli. Chodziło mi raczej o to, że pierwszy raz spotykam kogoś takiego. Moi znajomi są bardzo podobni do mnie, pod tym względem rzecz jasna. Wszyscy marzymy o uzyskaniu dyplomu, wielkim domu, wspaniałej pracy i dużej rodzinie. A tu nagle pojawia się ktoś taki jak ty i pokazuje mi, że można inaczej. To po prostu szok, a nie żadna obelga.

– Ty masz już dyplom, więc pozostają ci tylko trzy rzeczy. Chociaż... Duży dom też już masz.

– Och, to nie takie proste.
– Co masz na myśli?
– Zamierzam od października robić jeszcze doktorat. Dostałam świetną propozycję i...
– Nie mogłaś odmówić – dokończył za nią.
– Tak. – Skinęła głową. – Nie mogłam.
– No to wspaniale, powinienem ci pogratulować. Przecież to wielka sprawa! Jeśli mam być szczery, to chyba nie znam nikogo, kto robiłby doktorat.
– A więc jestem pierwsza? Dzięki. – Skrzyżowała ramiona. – Ale wiesz, to naprawdę duża sprawa. Kolejne kilka lat studiów, jeszcze więcej nauki.
– Prawdziwy dramat, co? – zapytał żartobliwie.
– O tak, istna katastrofa. Nic, tylko strzelić sobie w łeb.
– Nie myślałem, że jesteś aż tak ambitna.
– Powinnam była cię uprzedzić, że u mnie to prawie chorobliwe.
– Tylko mi nie mów, że zarażasz.
– Nie, nie. Spokojnie. Nie jest chyba tak źle.
– Całe szczęście. – Odetchnął z ulgą. – Nie wiem, kto zająłby się tym wszystkim, gdyby nagle zachciało mi się studiować. A co z tym wielkim domem?
– A jeśli chodzi o dom, to należy do moich rodziców. Ja mam mieszkanie w centrum Gdańska. Kawalerkę mniejszą niż twoje poddasze.
– Więc jeśli chodzi o metraż, nie jesteś do końca spełniona?

– Rozgryzłeś mnie! – Znowu się uśmiechnęła. Stanowczo zbyt często robiła to w jego towarzystwie.

– To nie było takie znów trudne – odpowiedział i na moment zapadła między nimi cisza.

Laura odetchnęła głęboko, rozkoszując się tą pełną spokoju chwilą. Wilgotny zapach lasu coraz mocniej muskał jej nos. W oddali słychać było cykanie świerszczy i ciche pohukiwanie sów, a także wesołe trele szalejących w koronach drzew ptaków. Słońce mieniło się teraz ogromem odcieni żółci i czerwieni, rzucając swoje promienie nie tylko na łąkę, po której szli, ale także całą widoczną okolicę. Był to moment tak osobliwy, że aż piękny. Nie mogła sobie przypomnieć, by kiedykolwiek wcześniej przeżywała coś podobnego.

Dotarli w końcu do stojącej na skraju lasu leśniczówki, którą widziała wcześniej z okna. Gdy do niej podeszli, natychmiast przywitał ich krzyk stadka ptaków siedzącego na dachu, które zerwało się do lotu. Laura musiała przyznać, że chatka była w o wiele lepszym stanie, niż sobie to wyobrażała. Wcale nie wyglądała tak, jakby za chwilę miała się zawalić, ale solidnie. Chociaż była trochę wykrzywiona i z jednej strony porośnięta bluszczem, sprawiała wrażenie schludnej i czystej.

– Jakiś czas temu wymieniłem spróchniałe deski i odmalowałem – Alek uprzedził jej niewyartykułowane pytanie.

Stał kawałek za nią i bacznie przyglądał się temu, jak wodzi dłońmi po balustradzie na ganku. Robiła to z taką czcią, że nie mógł oderwać od niej wzroku. Jej dłonie gładziły drewno co najmniej tak delikatnie, jakby uderzała w klawisze pianina. W jej ruchach było dużo niespotykanej elegancji i gracji.

Uśmiechnął się lekko, gdy nieco się pochyliła. Z tej perspektywy nie umknęło mu też, że ma wyjątkowo ładne łydki.

– Co w niej jest? – zapytała, odwracając się w jego stronę.

– W większości jest pusta, ale na górze zachowało się kilka pudeł z gratami.

– Zachowało się?

– Tak. To jeszcze przedwojenna leśniczówka. Jak już mówiłem, jakiś czas temu ją tylko odremontowałem.

– Więc to prawie zabytek?

Uśmiechnął się.

– Raczej skłaniałbym się przy stwierdzeniu, że to bardzo stary budynek.

– Wiesz o nim coś więcej? Uwielbiam takie stare miejsca.

– Naprawdę? Nie wyglądasz na łowczynię duchów. Ale tak, słyszałem co nieco od dziadków. W środku są dwa leżaki, więc jeśli chcesz, to możemy je wyjąć i porozmawiać.

– A podobno nie opędzasz się od stada dziewczyn – mruknęła.

Popatrzył na nią pytająco.

– Och, nie? W takim razie do czego ci te dwa leżaki?

Uśmiechnął się, nim wydobył z kieszeni niewielki kluczyk.

– Zostały jeszcze po rodzicach. Wstawiłem je tutaj, bo Konrad uwielbia czytać.

– Konrad?

– Ach, no tak. Nie mówiłem ci o nim. To taki chłopak, który pomaga mi w gospodarstwie. Bardzo u nich w rodzinie biednie, więc zgodziłem się go zatrudnić.

– Szlachetne.

– Czy ja wiem? Jego matka jest groźna, więc nie miałem wyjścia. W każdym razie, przyniosłem te leżaki dla niego. Lubi po pracy przyjść tu i poczytać. Wcześniej siadał sobie na ganku, ale nie mogłem na to patrzeć. Teraz, kiedy jest ciepło, to żaden problem, ale przesiadywał tutaj nawet w listopadzie po szkole, kiedy leżał już pierwszy śnieg.

Laura pokiwała głową ze zrozumieniem.

– No tak – powiedziała w końcu. – Dobrze zrobiłeś. Ile on ma lat?

– A bo ja wiem? Chyba czternaście – odpowiedział, znikając w ciemnym wnętrzu leśniczówki, by już za chwilę wyłonić się z niej z dwoma leżakami. Były o wiele starsze i cięższe niż te, na których siedzieli na balkonie.

Laura natychmiast wzięła od niego jeden i rozłożyła.

– Naprawdę bardzo tu ładnie – powiedziała, rozsiadając się na nim wygodnie, i rozejrzała się po okolicy.

Z tej perspektywy widziała budynek, w którym mieściło się poddasze Alka, ale także pastwiska dla krów i przecinający je rów. Choć siedzieli teraz tyłem do lasu, pachnące igliwiem powietrze nie pozwalało jej zapomnieć o tym, gdzie się znajduje. Zachodzące słońce też robiło swoje, dodając tej chwili wyjątkowego blasku.

Odchyliła się z westchnieniem na oparcie. Stanowczo zbyt dobrze czuła się w tym gospodarstwie. I w tym towarzystwie.

– Przed laty w tym budynku, który mieści się przy drodze – zaczął opowiadać Alek – była szkoła, mieszkała tam też rodzina nauczycieli.

– W tym jakby pałacyku, w którym mieszkałeś z rodzicami?

– Tak, w tym. Były tam trzy klasy, a góra należała do małżeństwa nauczycieli, państwa Grabowskich. Po nich kupili ją moi dziadkowie, chociaż przez bardzo długi czas mieszkali razem z nimi. Kiedyś na wsi ludzie żyli po kilka rodzin w jednym domu, żeby było taniej.

– Więc ta posiadłość jest w twojej rodzinie od pokoleń?

– Tak. – Pokiwał głową. – Historia związana z tym domem jest bardzo powiązana z leśniczówką. Państwo Grabowscy przez długie lata starali się o dziecko. Wiesz, w tamtych czasach nie było żadnych fenomenalnych środków do leczenia niepłodności, więc mieli o wiele trudniej niż ludzie teraz. Podobno korzystali z usług niejednej zielarki czy lekarza, ale na nic się to zdało. Mama opowiadała, że ponoć jeździli nawet do jakiegoś specjalisty do Poznania, chociaż to taki kawał drogi stąd.

– Bardzo im zależało.

– Oboje byli już po czterdziestce i powoli tracili nadzieję. Czasem, gdy o tym myślę, to dochodzę do wniosku, że to musiało być dla nich po prostu straszne. Uczyli dziesiątki dzieci, a wciąż marzyli o własnym, którego nie mogli mieć. Musiało być im naprawdę trudno.

Laura spojrzała na niego z ukosa.

– Nie rozważali adopcji?

– U nas, na wsi, ludzie raczej nie są przekonani do takich rozwiązań. Nawet gdyby rozważali, to wieś nie dałaby im spokoju, że przygarnęli do siebie bękarta. Byli nauczycielami, więc nie mogli zrobić czegoś takiego. Wtedy ten zawód wiązał się z o wiele większą społeczną odpowiedzialnością niż teraz.

– To smutne.

– Jasne, ma się rozumieć. Ale ta historia ma swój szczęśliwy finał. Kiedy pan Grabowski z dziadkiem po pierwszej wojnie światowej wybudowali tę leśniczówkę, postanowił razem z żoną w pewien sposób ją ochrzcić. – Alek popatrzył na nią wymownie.

– Och, więc oni…

Pokiwał głową.

– I zgadnij, co z tego wynikło.

– Żartujesz? Dziecko?

– Tak. W dodatku podobno bardzo mądry chłopak z talentem literackim. W starych pudłach tu, na górze – Alek wskazał na leśniczówkę – zostały chyba nawet jakieś jego wiersze, chociaż ja sam nigdy do nich nie zaglądałem.

- Wiesz może, jak miał na imię?
- Jerzy.
- A co się z nim dalej działo?
- Zginął podczas wojny, jak większość młodych chłopaków.

Laura pokręciła głową.

- Liczyłam na jakiś szczęśliwszy finał.
- No więc czekaj, aż opowiem ci, co było dalej.
- Och, więc jakiś jest?! – Ożywiła się.
- Siedzisz z nim teraz.

Spojrzała na niego pytająco.

- Moi rodzice też przez bardzo długi czas nie mogli mieć dzieci. Tata miał już prawie pięćdziesiąt, a mama czterdzieści sześć lat.
- I nie powiesz mi chyba, że ty…
- Tak, poczęli mnie tutaj. Mój dziadek opowiedział im tę zwariowaną historię i stwierdzili, że czemu nie. Chociaż nie widzieli dla siebie już żadnej nadziei, jak to mówią, tonący brzytwy się chwyta.
- No nie wierzę… – Laura przyłożyła dłonie do ust i zrobiła wielkie oczy.
- Ależ tak. Brzmi trochę jak bajka, ale to szczera prawda.
- A więc jeśli będę w przyszłości miała problemy z płodnością, to wystarczy, że tutaj…

Pokiwał głową z rozbawieniem.

Roześmiała się w głos.

– A tam? – Wskazała ręką na widniejący w oddali drewniany budynek. Z tej odległości był tylko maleńkim punktem.

– To drewniany kościółek, który zbudowano zaraz po wojnie. Z nim również wiąże się bardzo ciekawa historia.

– Możemy go zobaczyć?

Alek popatrzył w niebo. Powoli zaczynało się ściemniać.

– Już chyba nie dzisiaj. To trochę ponad półtora kilometra. Może moglibyśmy się tam kiedyś wybrać rowerami…

Zrobiła zagadkową minę.

– Coś nie tak? – zapytał.

– Nie, wszystko porządku. Tylko… – spojrzała na niego i zatrzepotała rzęsami. – Och, ale obiecaj, że nie będziesz się śmiał!

– No dobrze, obiecuję.

– Nie umiem jeździć na rowerze – przyznała.

– Naprawdę?!

– No… – Kopnęła stopą niewielki kamyczek leżący na werandzie.

– Ale… Jak to w ogóle możliwe? Wkręcasz mnie teraz.

– Oj, słowo daję, że nie wkręcam. Po prostu nikt mnie nigdy nie nauczył. Nie było takiej potrzeby i już.

– To co ty robiłaś w dzieciństwie? – Alek nie mógł się temu nadziwić, chociaż brak tej podstawowej umiejętności aż nadto współgrał mu z wizerunkiem Laury.

– Wiele rzeczy. Po prostu nie należałam do tego typu dzieci, które wspinają się po drzewach i rozbijają kolana podczas szaleńczej jazdy na trójkołowcu.

Uśmiechnął się, widząc jej zakłopotanie.

– No cóż. Zaskoczyłaś mnie, przyznaję, ale to żaden problem.

– Nie? – zapytała zaskoczona.

Wzruszył ramionami.

– Po prostu następnym razem nauczę cię jeździć na rowerze i za jakiś czas będziemy mogli się tam wybrać.

Spojrzała mu prosto w oczy i znowu zaprezentowała dołeczki w swoich policzkach. Choć obawiała się tej chwiejnej maszyny, pomysł spędzenia z nim jeszcze jednego popołudnia bardzo jej się spodobał.

– Hm... No dobrze, czemu nie. W końcu do odważnych świat należy, prawda? – odpowiedziała zadziornie.

Odetchnął z ulgą, słysząc, że się zgadza. Chwilę wcześniej przez głowę przemknęła mu przecież myśl, że taka dziewczyna jak ona może wcale nie być zainteresowana chłopakiem ze wsi.

– Może być w piątek o piętnastej? – zapytał, starając się, by jego głos brzmiał jak najbardziej naturalnie. – Rano mam trochę roboty, ale po południu powinienem być wolny. No i do końca tygodnia zapowiadają ładną pogodę. Przyjechać po ciebie?

– Nie chcę ci robić kłopotu, dzięki. Tym razem sama przyjadę. Mam nadzieję, że trafię. Mam zabrać ze sobą jakiś rower?

– Och, to będzie profesjonalna nauka, moja droga. – Wyprostował się dumnie. – Skoro jestem twoim osobistym instruktorem, to gwarantuję też sprzęt i wyżywienie podczas kursu.

– W takim razie jesteśmy umówieni, instruktorze. – Zaśmiała się. – Mam nadzieję, że przyłoży się pan do tego zadania i dostanę później jakiś dyplom potwierdzający moje kompetencje. – Przeniosła wzrok na niebo, które powoli zasnuwało się ciężkimi, ciemnymi chmurami.

– A teraz powinniśmy już chyba wracać, prawda? – ubiegł jej pytanie. – Robi się ciemno.

Mindzia

Mindzia miała dokładnie dwanaście lat i siedem miesięcy, gdy wraz z początkiem wojny weszła do ich wsi niemiecka armia. Głośny stukot ciężkich butów i dudnienie koni dało się podobno słyszeć już z daleka, choć ona sama dowiedziała się o tym dopiero wtedy, kiedy matka, zamiast posłać do szkoły, zatrzymała ją w domu.

– Po prostu zostań – powiedziała zdawkowo. – Przez jakiś czas na zewnątrz nie będzie bezpiecznie. Możesz bawić się tutaj.

Mindzia popatrzyła na nią pytająco, ale nie powiedziała już nic więcej. A więc to wszystko, co ludzie mówili między sobą od kilku dni, było prawdą. Zaczęła się wojna.

Mieszkali w małej, drewnianej chacie przy końcu wsi i mama zakazała jej wychodzić, aż do odwołania. Z okna pomalowanego na biało domu widać było rzekę i stary młyn. Dalej były już tylko pola. Od czasu tego zakazu spędzała w oknie niemalże każdą wolną chwilę. Obserwowała bawiące się przy młynie dzieci albo wozy wywożące z niego worki z mąką. W jej spojrzeniu kryła się dziecięca tęsknota, bo mama zakazała jej też zapraszać do siebie koleżanki. Zostało jej więc tylko siedzieć i patrzeć. Tak jak starym ludziom, którzy nie mogli się już ruszać. Ale i tego w końcu jej zabroniono, żeby żołnierze nie zaczęli niczego podejrzewać. Byli rodziną żydowską i rodzice doskonale wiedzieli, że znajdują się na celowniku.

Chociaż przez pierwsze kilka dni od wkroczenia Niemców życie we wsi toczyło się w miarę normalnie, to wszystkich paraliżował potworny strach. Do tej pory tylko pojedynczo rekwirowano czasem jakieś towary ze stojących na rynku żydowskich kramików i zabierano młodych chłopców na przymusowe roboty, ale skoro weszła armia, nikt nie miał zamiaru już dłużej się łudzić. To były tylko pozory. Swoista cisza przed burzą. A raczej przed piekłem.

Ona też to wiedziała. Choć miała tylko dwanaście lat i dorośli nadal traktowali ją jak dziecko, miała swój rozum i potrafiła łączyć ze sobą fakty. W dodatku idąc za potrzebą, podsłuchała któregoś wieczoru rozmowę rodziców.

– Musimy ją gdzieś schować. – Mama ściszyła głos, krążąc po ciemnej izbie. – Wcale nie wygląda na Żydówkę, więc to może się udać. Słyszałam dziś na targu, że ludzie z sąsiedniej wsi już tak zrobili. Powysyłali dzieci do rodziny gdzieś dalej albo co. Nam się nie uda, nie ma się nawet co łudzić. Ale ona? – zwróciła się do ojca.

Mimo ciemności Mindzia dostrzegła, że oczy matki zaszklone są łzami.

– Nie stój tak, wymyśl coś! To nasze jedyne dziecko!

Ojciec milczał przez chwilę, ale w końcu pokiwał głową i potarł ręką twarz. Miał bardzo spracowane dłonie, ponieważ całymi wieczorami wyrabiał kosze i miotły, żeby później sprzedawać je na rynku.

– Może powinienem pogadać z Polakami? Może ktoś by ją do siebie wziął?

– To może popytam kobiet z zakładu? – Matka podeszła do niego. – Może wysłałyby ją do jakiejś rodziny z sąsiedniej wsi, gdybym powiedziała, że dobrze zapłacimy? Ludziom teraz ciągle czegoś brakuje, może zgodzą się za pieniądze?

Więcej już Mindzia nie usłyszała, bo za jej plecami skrzypnęły drzwi i pędem wróciła do łóżka. Od czasu tamtej rozmowy rodziców zaczęła się jednak naprawdę bać. Dlaczego rodzicom miałoby się nie udać? Przecież wszyscy, którzy do nich przychodzili, mówili zawsze, że byli uczciwi jak mało kto. Czemu ktoś miałby ich skrzywdzić?

Parę dni później rodzice oddali ją do zaprzyjaźnionej krawcowej. Mama spakowała jej niedużą torbę, w którą włożyła ubrania, jakieś przybory higieniczne, jej ulubioną książkę i zabawkę.

– Bądź dzielna, dobrze? – Tuliła ją do siebie, zalewając się łzami. – Pamiętaj, że bardzo cię kochamy i to jest wszystko dla twojego dobra.

– Ale ja wcale nie chcę nigdzie wyjeżdżać, mamo. Chcę zostać z wami. Proszę, nie oddawajcie mnie.

Mama ukucnęła i wzięła ją za rękę, a drugą dłonią otarła płynące po jej policzku łzy. Było jej tak niewyobrażalnie żal własnego dziecka, że aż rozrywało jej serce.

– Posłuchaj mnie – powiedziała jednak. – To wszystko kiedyś się skończy i znowu będziemy szczęśliwą rodziną. To po prostu trudny dla nas czas, lepiej, żebyś teraz za bardzo nie rzucała się w oczy. Niedługo wszystko wróci do normy. Dla swojego dobra musisz udawać kogoś innego. Przyjedziemy po ciebie z tatą najszybciej, jak się da, dobrze? A teraz przestań w końcu płakać, wyprostuj plecy i bądź dzielna.

– Czy oni chcą nas zabić, mamo?

Matka złapała ją w ramiona.

– Cichutko, kochanie – zapłakała jej do ucha. – Nie mów o tym. Jesteś za młoda, nic ci się nie stanie. Całe życie przed tobą.

– Musimy jechać! – Dobiegł do nich głos ojca.

Kobieta jeszcze raz ujęła twarz córki. W jej oczach malowała się tak niewyobrażalna tęsknota i ból, że Mindzię aż zabolało serce.

– Pamiętaj, że bardzo cię z ojcem kochamy. Cokolwiek się w twoim życiu zdarzy, masz o tym pamiętać. Zasługujesz na miłość, Mindziu, bo masz wielką wartość. Nie pozwól, żeby ktokolwiek w przyszłości sprawił, że będziesz myślała inaczej.

Mindzia zarzuciła jej dłonie na ramiona i mocno przylgnęła do niej swoim ciałem. Nie rozumiała, dlaczego mama mówi jej to wszystko, skoro po wojnie mają się znowu zobaczyć. Przecież to wszystko tylko na jakiś czas...

Po tym wylewnym i łzawym pożegnaniu ojciec wsadził ją na wóz, gdzie siedziała razem z miotłami, pod którymi schował jej bagaż, i ruszyli do sąsiedniej wsi.

– Masz we wszystkim słuchać tej pani, dobrze? Co ona powie, to ma być dla ciebie świętość – powiedział tylko, kiedy dojechali do wsi.

– Tak, tatku.

Zaparkowali przy jakiejś niedużej chałupie pokrytej strzechą. Za nią rozciągało się dość spore gospodarstwo, w którym pracowała gromadka umorusanych dzieci.

– Świetnie – powiedział ojciec, pomagając jej zsiąść z wozu, i wyjął spod mioteł jej torbę. Potem wziął Mindzię za rękę i poprowadził do sieni.

– O, jesteście już! – powitała ich Andrzejowa, grubaśna kobieta przewiązana fartuchem i otrzepała ręce z mąki. – Wejdźcie i zamknijcie drzwi, bo przeciąg, a ja akurat lepię pierogi.

Mindzia obrzuciła wzrokiem izbę, w której się znaleźli. W roku stała kaflowa kuchnia a pod oknem kuchenne szafki. Był też w niej lichutki stół z czterema krzesłami. Kuchnia była zdecydowanie biedniejsza niż ta u nich w domu. Miała brudne, białe ściany i podniszczoną, drewnianą podłogę, która skrzypiała złowieszczo pod jej ciężarem.

– Tutaj są jej bagaże i dokumenty. Załatwiłem ze znajomym z gminy. Są oryginalne – odezwał się ojciec.

Kobieta wzięła od niego torbę i papiery.
- Oleńka. - Przeczytała i zwróciła się do Mindzi. - Bardzo ładnie.

Dziewczynka popatrzyła na nią, zbyt wiele z tego nie rozumiejąc.

- Od teraz masz na imię Oleńka - wytłumaczył jej ojciec. - I cokolwiek by się nie działo, masz zapomnieć o tym, że kiedykolwiek byłaś Mindzią. Rozumiesz?

Pokiwała głową.

- Zuch dziewczyna. A teraz połóż te bagaże tu, w tej izbie. Możesz spać na tym łóżku, pod oknem. Należało kiedyś do mojej córki, Anielki. Zmarła rok temu. Na gruźlicę.

Mindzia zamrugała rzęsami na samą myśl o tej tragedii, a potem przeniosła wzrok na Andrzejową. Ojciec wyjął z torby jeszcze niewielką paczkę zawiniętą białą ściereczką i wyciągnął ją w stronę kobiety.

- Jeszcze pieniądze.
- Niech Bóg ci błogosławi. Jak będzie trzeba, przekażę dziewczynę dalej. Nic się nie bój.
- Dziękuję. - Ojciec ucałował jej dłoń.
- Jesteście w potrzebie. Trzeba sobie pomagać. Za jakiś czas, jak to już wszystko ucichnie, możecie ją kiedy nawet odwiedzić. Ale dyskretnie. Mam już tu jednego chłopaka na przechowaniu, to wiem, jak się zachować. Po pierwsze: nie wzbudzać podejrzeń.
- Jeszcze raz bardzo pani dziękuję.
- Taka moja powinność: pomagać. A teraz jedźcie już, jedźcie! - Kobieta pokiwała głową w stronę

mężczyzny. – Teraz ludzie wszystko wywęszą. Nie trzeba, żeby na was donieśli.

– Tak, tak. – Skinął i ukląkł przed przestraszoną Mindzią. – Trzymaj się, mała, dobrze? I pamiętaj, że bardzo cię z mamą kochamy. Nad życie.

– Ale tatku… – Chciała poprosić, żeby jej nie zostawiał, ale ojciec ucałował ją tylko w oba policzki i nie zważając na jej płacz, wyszedł.

– No już, przecież tu nie trzeba płakać! – Przygarnęła ją do siebie Andrzejowa. – Chronić cię chcą, dlatego cię oddali. Głosy idą, że Niemcy tępią Żydów, aż idzie huk, rozumiesz?

Mindzia pokiwała głową.

– Od dziś jesteś Polką z krwi i kości, dobrze? I nazywasz się Oleńka Nałęczówna. Powtórz.

– Oleńka.

– Bardzo dobrze. – Kobieta sięgnęła do kieszeni i wydobyła z niej nieduży, drewniany krzyżyk na rzemyku. – Musisz go nosić. Najlepiej na widoku. I pod żadnym pozorem nie zgubić. Rozumiesz?

– Tak.

Andrzejowa wróciła do zagniatania ciasta na pierogi, a Mindzia posłusznie usadowiła się na chwiejnym krześle.

– A teraz skup się i mów za mną. Musisz nauczyć się *Ojcze nasz*. To modlitwa, której nauczył nas sam Chrystus. Każdy Polak musi je znać – powiedziała i zaczęły głośno odmawiać pacierz.

Laura

Choć za pierwszym razem wcale tak nie było, tym razem Laura czuła się nieco podenerwowana. Właściwie to nawet całkiem mocno, bo bywały chwile, że noga zaczynała trząść jej się na sprzęgle, co ostatni raz zdarzyło się na egzaminie na prawo jazdy. Chociaż wyglądała fantastycznie, a strój i makijaż zwykle dodawały jej odwagi, teraz nie pomagało nawet to. Może to wszystko przez Magdę, która przez ostatnie dni ciągle dolewała oliwy do ognia, nakręcając ją na Alka, a może przez to, że tak bardzo bała się jazdy na rowerze. Czymkolwiek to jednak nie było spowodowane, odczuwała stres. Prawdę mówiąc, bardziej denerwowała się tylko przed obroną pracy magisterskiej. Z tym że ją zaliczyła na pięć, bo była obkuta, i to perfekcyjnie.

Doświadczenie Laury, jeśli chodziło o mężczyzn, oscylowało wokół nędznej trói. Przez ostatnie lata skutecznie odgrywała rolę niedostępnej, przez co z nikim nie musiała się spotykać. Co prawda, rany po nieudanym związku, przez który zdecydowała się na ten krok, już dawno się zabliźniły, ale uraz pozostał. Alek był pierwszym mężczyzną od bardzo dawna, któremu udało się ten opór przełamać. Jeśli miała być szczera, to dokonał tego w zadziwiająco szybkim tempie i niezwykle płynnie. I to chyba przez tę swoją naturalność, a nawet nieśmiałość. W niczym nie przypominał pewnego siebie, rozkapryszonego gitarzysty, za którego gotowa byłaby go pewnie wziąć, gdyby na początku zobaczyła go na scenie.

Sunąc samochodem po wąskich uliczkach między ciasno poustawianymi domami, Laura nie przyglądała się nawet ceglanej zabudowie, która zrobiła na niej spore wrażenie wówczas, gdy jechała tędy razem z Alkiem. Już i tak pasy na jezdni dwoiły jej się w oczach i dwa razy o mało nie przeoczyła zakrętów. Czuła, jak po plecach ciekni jej stróżka potu. Miała też już lekko wilgotne od spodu włosy. Jej myśli bezustannie zaprzątał Alek.

Właściwie od kilku dni było tak przez cały czas. Odkąd tylko odwiózł ją wtedy do domu, obsesyjnie wracała do jego ostrych rysów twarzy i tego, w jak uroczy sposób rumieni się, kiedy jest zakłopotany. Podobał jej się, nie miała co do tego żadnych wątpliwości, a do tego imponował jej swoją zaradnością i elokwencją. Chociaż na początku obawiała się, że jego brak wykształcenia okaże się być aż nader rażący w rozmowie, szybko pozbyła się jakichkolwiek wątpliwości. Miał wiedzę niemalże na każdy temat i nie bał się wyrażać swojego zdania. Przy tym był dowcipny i nie obruszał się, kiedy stroiła sobie z niego żarty, a to prawdziwa rzadkość.

Czuła się w jego towarzystwie wyjątkowo swobodnie i to chyba przez to zgodziła się na naukę jazdy na tym piekielnym rowerze. Na samą myśl o tym, że ma usiąść na siodełku, paraliżował ją strach. Zdecydowanie bardziej wolała przemieszczać się na czterech kółkach. Sprawiały, że czuła się pewnie i stabilnie. Nie to, co dwa. No i od siedzenia na miękkim fotelu w jej aucie nie bolał jej tyłek, co na pewno się stanie, kiedy wsiądzie na te maleńkie siodełko. Ach, gdyby on wiedział, jak bardzo się dla niego poświęca!

Laura wjechała na podjazd prowadzący do jego gospodarstwa o trzeciej z minutami. Alek stał oparty o ścianę budynku, w którym mieszkał. Tym razem miał na sobie śnieżnobiałą koszulkę i poprzecierane dżinsy. Pomyślała, że wygląda jak model żywcem wycięty z jakiegoś magazynu dla pań. No, może z tym, że uśmiech miał dużo ładniejszy. Bardziej swobodny niż oni.

– Hej! – Pomachał do niej, gdy tylko usłyszał chrzęst kamieni pod kołami jej auta.

– Cześć! – Wysiadła z samochodu i głośno zatrzasnęła za sobą drzwi. Przez chwilę wahała się, jak powinna się z nim przywitać, ale wyręczył ją, zaskakując krótkim pocałunkiem w policzek. Chociaż nie widziała wtedy jego twarzy, głowę by dała, że się przy tym zarumienił.

– Jak ci się jechało? – zagadnął, odsuwając się na bezpieczną odległość.

– Dobrze, dziękuję. – Nie mogła przestać uśmiechać się na jego widok. – Trochę tylko pobłądziłam kilka razy, ale dałam w końcu radę.

– Naprawdę?!

– Nie. – Zaśmiała się. – Wkręcam cię. Przecież to prosta droga, dlaczego miałabym mieć jakieś trudności z jej pokonaniem?

– Ech... – Podrapał się po głowie. – No tak. To co, masz ochotę na naukę od razu, czy wolisz najpierw coś zjeść?

Zawahała się. Wyczuł to od razu.

– Oj, nie bój się. To tylko rower. Naukę jazdy opanowują już pięciolatki, to serio nie jest nic trudnego.

Laura obrzuciła go uważnym spojrzeniem. Musiała przyznać, że wzbudzał zaufanie. Był szczery i troskliwy. Wyglądał na gościa, który nie skrzywdziłby nawet muchy. Dlaczego więc miałby skrzywdzić ją? I to, jakkolwiek to nie zabrzmi, rowerem?

– No dobrze – westchnęła w końcu. – Skoro to nieuniknione, to prowadź.

– Jeśli naprawdę nie chcesz, to nie zamierzam do niczego cię zmuszać.

– Nie, nie. Ja po prostu trochę się boję. Taka już ze mnie neurotyczka i tyle. Chodźmy przełamać ten strach, bo zaraz wyzionę tu ducha, okej?

Uśmiechnął się ciepło, choć miał ochotę objąć ją teraz ramieniem i przygarnąć do siebie.

– Nie taki diabeł straszny, zobaczysz.

– Uch, diabeł może nie, ale nie zapominajmy, że mówimy o rowerze.

– Rozbrajasz mnie. – Roześmiał się głośno. – Jestem jednak pewien, że jazda na nim bardzo ci się spodoba.

– Całe życie jej unikam! Jak możesz zakładać, że teraz będzie inaczej?

– Wiele zależy od tego, z kim się jeździ i dokąd. Jestem pewien, że nigdy nie jeździłaś w towarzystwie kogoś takiego jak ja.

W jej policzkach pojawiły się dołeczki. Zdecydowanie miał rację.

– Oto twój rower. – Gdy tylko znaleźli się na ubitej dróżce, Alek postawił przed nią składaka.

Przyjrzała mu się uważnie. Był pordzewiały, ale idealnie czysty, a do tego przed ramą miał zgrabny koszyczek. Nie wyglądał aż tak groźnie, jak się tego spodziewała.

– Trochę duży. Nie miałeś czegoś mniejszego?

– Jeśli mam być szczery, to przez chwilę zastanawiałem się nawet nad wbiciem za siodełko jakiegoś kija, żebym mógł cię oprowadzać. Wiesz, tak jak się to robi z małymi dziećmi. Doszedłem jednak do wniosku, że mogłoby ci to trochę uwłaczać.

– Nie sądzę. Chyba przeceniasz moje możliwości. No, ale dobrze. – Podeszła do tej zbrodniczej maszyny. – Możemy zaczynać.

– Okej. Więc weź ode mnie kierownicę i przerzuć nogę nad ramą.

Spojrzała na niego z błyskiem w oczach.

– Tak ułomna to znowu nie jestem.

– Może powinienem zrobić ci na początku jakiś test, żeby dobrać ćwiczenia odpowiednio do twojego poziomu?

– Zabawne – mruknęła, usadawiając się na siodełku, i chwyciła kierownicę. – Trochę tu wysoko.

– Obniżyć ci siodełko?

– Nie. Podejrzewam, że czułabym się tak, nawet siedząc tyłkiem na ziemi. Po prostu przerażają mnie te koła i... – Potrząsnęła głową. – Nieważne. Co teraz?

– Teraz powinnaś ustawić sobie pedały, ale z tego, co widzę, te są już ustawione. Którą nogą ruszasz?

– Mam lateralizację prawostronną.

Popatrzył na nią zakłopotany.

– Ach, przepraszam. To znaczy, że jestem praworęczna i prawonożna. Prawe oko też mam wiodące, gdybyś pytał.

– Jasne, rozumiem. Po prostu gdy używasz takich trudnych słów, to podawaj polskie napisy. – Błysnął zębami. – No, ale wracając do roweru. Prawy pedał powinnaś mieć wyżej, żeby to jego najpierw nacisnąć i złapać prędkość i równowagę.

– Prawy pedał wyżej. Okej – powtórzyła.

– Gdy już poczujesz, że jedziesz, natychmiast oderwij lewą nogę i po prostu zacznij kręcić. Inaczej stracisz równowagę i się przewrócisz.

– Boże, to chyba dla mnie za trudne – stwierdziła, sztywno opierając się na kierownicy.

– Spokojnie, to tylko brzmi strasznie. W praktyce jest raczej dosyć przyjemne.

- A nie mógłbyś jakoś mnie trzymać?

Roześmiał się.

- Nie, bo wtedy albo ja się przewrócę, albo ty stracisz równowagę i mnie rozjedziesz.

Popatrzyła na niego zawiedzionym wzrokiem.

- Dasz radę, ja w ciebie wierzę. – Dodał jej otuchy. – To co, spróbujesz? – Zerknął jej w oczy. – Tylko nie spinaj się cała! Rozluźnij mięśnie, inaczej zaraz zacznie cię wszystko boleć i wtedy nici z przyjaznej jazdy. Jeśli chcesz, to mogę popchnąć cię na początek i...

- Nie! – pisnęła jak poparzona. – Tylko mnie nie popychaj, bo będzie za szybko.

Alek miał ochotę znowu się roześmiać. Wyglądała na tym rowerze co najmniej groteskowo. Nawet ślepy zobaczyłby, jak bardzo jest spięta.

- Dobrze, dobrze – mruknął pojednawczo. – Nie będę. Ale musisz spróbować. Gotowa?

Laura przymknęła oczy. Serce waliło jej jak oszalałe, a w gardle o mały włos nie pojawiła się wielka, dusząca gula. Strach to tylko myśl, to tylko myśl, mówiła do siebie w głowie, próbując opanować emocje. Nawet małe dzieci jeżdżą na rowerach, to nic trudnego. Strach to tylko myśl. Nie takie rzeczy przecież robiła. I umie jeździć samochodem. W dodatku zaskakująco dobrze. Przecież tutaj nie ma żadnych biegów ani guziczków. Tylko prawa, lewa, prawa, lewa. Odetchnęła głęboko i wzięła się w garść.

- No dobrze. Spróbuję.

- W takim razie ruszaj.

– Prawa noga i dostawiam lewą.
– Tak, bardzo dobrze. A teraz dołóż do tego jeszcze ruchy.

Laura głośno nabrała w płuca powietrza, a potem odepchnęła się od ziemi i nacisnęła prawy pedał, dokładnie tak, jak jej przykazał. Rower zakołysał się, ale ku jej zaskoczeniu nie upadł, lecz ruszył do przodu.

– Jadę, jadę! – krzyknęła, stawiając na pedał także lewą nogę.
– Świetnie ci idzie. Trzymaj kierownicę prosto i jedź.
– O jeny, ja naprawdę jadę! Na rowerze! – pisnęła, czując we włosach delikatny wietrzyk.
– Widzisz? Mówiłem ci, że to nie takie trudne.
– Zaraz, Alek! Alek, chodź tu! Jak to się zatrzymuje?!

Jechali wąską ścieżką między zboczami, nie zważając na wiejący im w oczy wiatr. Dojrzewające kłosy żyta i pszenicy muskały od czasu do czasu ich odsłonięte łydki. Schylając głowy pod obwisłymi gałęziami rosnących przy ścieżce drzew, napełniali nozdrza świeżym, wiejskim powietrzem. Coraz bardziej wcinali się w pagórkowaty krajobraz i zbliżali do drewnianego kościoła.

Z każdym kolejnym metrem nieustannej jazdy Laura bardziej wczuwała się w nią i rozluźniała. Alek jechał nieco z tyłu, żeby móc w razie czego natychmiast zatrzymać się i ją asekurować, co dodatkowo dawało jej poczucie bezpieczeństwa. Po jakimś czasie poczuła się nawet na tyle pewnie, żeby nieco przyspieszyć i pozwolić wiatrowi owiać swoje policzki i włosy. Chociaż wcale się tego nie spodziewała, było to całkiem przyjemne i nie takie straszne, jak jej się z początku zdawało. Ale nie spieszyli się. Oboje woleli rozkoszować się wszechstronną ciszą i kontemplować tysiące odcieni złota i żółci, którymi mieniły się rosnące dookoła nich zboża.

– Ale tu pięknie – szepnęła, gdy przejeżdżając przez wąski, drewniany mostek, przecięli wąziutką rzeczkę. – Nie mogę uwierzyć, że mieszkasz w takim miejscu. Tu jest jak w bajce.

Podjechał do niej nieco bliżej i teraz jechali praktycznie ramię w ramię.

– Nie mówię, że nie – powiedział. – Po prostu mam tyle spraw na głowie, że brakuje mi czasu, żeby się nad tym zastanawiać.

– No tak. Jak to mówią? Cudze chwalicie, swego nie znacie.

– Zaraz nie znacie. Ja doskonale znam ten teren. Tam – wskazał ręką na prawo – za tym polem jest moje. Kiedy są żniwa, spędzam tu kilka dobrych dni. Znam to miejsce niemalże jak własną kieszeń, możesz mi wierzyć.

– Ale i tak głowę dam sobie uciąć, że nie kontemplujesz wtedy widoków. – Laura obdarzyła go szerokim uśmiechem.

– W żniwa? Miałbym stać i patrzeć w przestrzeń, kiedy leje się ze mnie jak z cebra i pracy jest od cholery? O nie, to nie dla mnie. Ty się zachwycaj, a ja po prostu będę robił swoje. I odpoczywał, słuchając twoich zachwytów. Okej?

– Okej, instruktorze. Dobrze mi już idzie, prawda?

– Gdybyś tylko trochę się rozluźniła i wyprostowała, byłoby już niemalże idealnie. Coś czuję, że na następnej lekcji będę mógł nauczyć cię jazdy bez trzymanki.

– Co? – Popatrzyła na niego wielkimi oczami.

Roześmiał się.

– Spokojnie, tylko żartowałem. Naprawdę nieźle ci idzie, ale chyba będziemy musieli się teraz zatrzymać.

– Czemu?

– Bo już jesteśmy na miejscu. Spójrz.

Faktycznie. Jej oczom ukazał się ceglany parkan otaczający plac wokół niedużego, wiejskiego kościółka. Za nim znajdowała się tylko plebania, a dookoła płynęła szemrząca rzeka. Zdawał się być trochę poza światem, a do tego o wiele mniejszy, niż to sobie wyobrażała. Ale to właśnie dobrze. Jego położenie z dala od wiejski zabudowań wzmagało tylko związane z nim uczucie wszechogarniającej transcendencji.

– Coś niezwykłego. – Zachwyciła się, schodząc z roweru. Alek sprawnie przejął go od niej i oparł o ogrodzenie.

– To zabytek – wytłumaczył. – Kilka lat temu został wpisany na listę dziedzictwa narodowego. Trwają właśnie prace nad renowacją jednego z bocznych ołtarzy. Nie był malowany przeszło czterdzieści lat, więc możesz się domyślać, w jaki kiepskim był stanie. Zresztą... – Podszedł do niej. – Zaraz przecież sama zobaczysz.

– Przychodzisz tutaj na msze? – zapytała, gdy ruszyli wzdłuż ogrodzenia, kierując się ku niedużej bramie.

– Raczej przyjeżdżam.

– Zazdroszczę ci. Takie miejsca bardziej sprzyjają skupieniu i modlitwie niż miejskie, nowoczesne kościoły. Tam nie czuć czegoś takiego jak tu.

– Mogę się tylko domyślać, co masz na myśli. Wchodzimy?

– Och, a może najpierw przejdziemy się wokół i opowiesz mi jego historię? Nie jestem zwolenniczką prowadzenia żywych rozmów w miejscach kultu. Kojarzy mi się to ze świętokradztwem.

– No dobrze, skoro tak chcesz. – Uśmiechnął się, ale nie skręcił w stronę wejścia, lecz ruszył wąską alejką wytyczoną wzdłuż ogrodzenia.

– A więc? – zapytała, obejmując się ramionami.

– A więc to również bardzo stara historia. Kiedyś, przed wojną, stał tutaj inny budynek, ten postawiono dopiero po pożarze.

– Ktoś go podpalił?

– Nie, ale może dasz mi zacząć od początku? Twoja mania zadawania pytań jest trochę...

– Wkurzająca?

– Raczej wybijająca z rytmu. Ja wolę opowiadać chronologicznie niż skakać od wydarzenia do wydarzenia. Możemy to zrobić po mojemu?

Uśmiechnęła się przepraszająco.

– A więc przed wojną stał tutaj kościół, który miał ponad dwieście lat i działy się w nim cuda...

– Serio? – Znów wpadła mu w słowo.

Spojrzał na nią znacząco.

– Och, przepraszam, przepraszam... – Przytknęła ręce do ust. – Mów dalej.

– Dziękuję. No więc cuda działy się za sprawą pewnego obrazu Matki Boskiej, który wisiał w głównej nawie. Wieś była wtedy biedna i parafii nie było stać na porządne ołtarze. Niektórzy mówią, że kiedyś jakiś był, ale szybko się rozleciał, bo to była raczej prowizorka niż ołtarz, więc żeby nie straszyły puste ściany, powieszono w to miejsce ten obraz. Namalował go jakiś miejscowy malarz na podobiznę tego, który wisi w Częstochowie. Był tak piękny, że ludzie ściągali do niego nawet z sąsiedniej wsi. Dla niejednego w potrzebie patrząca z obrazu Maryja wyprosiła ogrom łask. Któregoś wrześniowego dnia, w czasie wojny, kiedy do wsi wkroczyli żołnierze niemieckiej armii, podobno zjawił się w kościele pewien Żyd, zwabiony jego cudotwórczą mocą.

– Żyd? W naszym kościele?

– Nie dziw się aż tak bardzo. Weź pod uwagę, że to były czasy wojny i ludzie potrzebowali Boga bardziej niż zwykle. Skoro inni mówili, że Maryja z obrazu czyni cuda, ludzie chwytali się jej jak tonący brzytwy. W każdym razie ten mężczyzna zjawił się tutaj, padł na kolana pod chórem i zaczął błagać Matkę Boską o to, żeby ocaliła jego córkę przed śmiercią. Wtedy już ludzie domyślali się, co Hitler wyprawia z Żydami, więc starali się chronić chociaż swoje dzieci, skoro sami przeczuwali, że raczej nie ujdą z życiem.

– To straszne...

– Wieść głosi, że Josef, ten Żyd, przychodził tutaj przez siedem dni i siódmego przemówiła do niego sama Matka Boska z obrazu.

– Żartujesz...

– Wcale nie. Miała mu powiedzieć, że zgodzi się ochronić jego córkę, jeśli on ochroni ją. W sensie... Ten obraz. Podobno powiedziała mu dokładnie, którego dnia armia niemiecka zamierza podpalić ten kościół, i poprosiła, by powiedział księdzu, że mają ukryć jej obraz w piwnicy pod plebanią i powiesić dopiero, kiedy armia wyjdzie ze wsi.

– I co, uwierzył w to?

– A miał wyjście? Przecież chodziło o jego jedyne dziecko.

– No, ale był Żydem. To trochę niedorzeczne. Czy ktoś w ogóle miałby uwierzyć w coś takiemu komuś, kto nawet nie był katolikiem?

– To jest bardzo dobre pytanie. Podejrzewam, że ludzie patrzyli na niego jak na dziwaka, ale najważniejsze, że ksiądz proboszcz po wysłuchaniu tej historii natychmiast usunął obraz z ołtarza. Kilka dni później żołnierze spędzili Żydów z kilku sąsiednich wsi do tego kościoła, zamknęli ich szczelnie i podpalili, wrzucając granaty przez okna.

Nie przeżył nikt, a do tego kościół spłonął doszczętnie. Obraz natomiast przetrwał, ukryty głęboko pod ziemią.

– A on, ten Żyd? I jego córka?

– On z żoną też się tutaj znaleźli. Niemcy byli bezlitośni i wybili wtedy wszystkich za jednym zamachem. Nie mieli szansy, żeby uciec...

– A ta dziewczynka? Wiadomo, co z nią?

– A jak myślisz?

– Przeżyła?

– Tak. Ponoć przez całą wojnę ukrywały ją u siebie polskie rodziny i jako jedna z nielicznych żydowskich dzieci przetrwała całą okupację.

– Niesamowita historia.

– Prawda? Po wojnie kościół odbudowano, tym razem sprawiono mu porządne ołtarze, i stoi tak sobie do dziś. Na potwierdzenie wojennej historii w środku wisi ufundowana przez tę Żydówkę po wojnie tablica z podziękowaniem za uratowanie życia. No i oczywiście rzeczony obraz. To przez niego wpisano kościół na listę zabytków. Chcesz go teraz zobaczyć?

– No pewnie!

Obraz rzeczywiście był piękny, a opowiedziana przez Alka historia jedynie dodawała mu aury tajemniczości i sprawiała, że w oczach Laury był jeszcze bardziej wyjątkowy. Delikatne, choć wyraziste kreski i kolory przyciągały wzrok. Widać było, że nie malował go żaden przypadkowy człowiek, ale ktoś, kto dobrze znał się na swojej pracy. Każdy detal, jaki się na nim znajdował, był niezwykle piękny i dopracowany. Patrząca z niego Matka Boża – zarówno wyjątkowo ludzka, jak i boska – była istnym dziełem sztuki. Nic dziwnego, że ludzie wpatrywali się w nią latami i powierzali jej swoje troski.

– Wspaniały – szepnęła, gdy stanęła przed ołtarzem. Pod jej nogami rozciągał się stary, drewniany podest, a nad głowami miała piękne, kolorowe malowidła, które, niestety, zdążyły już nieco wyblaknąć. – Myślisz, że nadal działa? – zapytała, zwracając się do Alka.

– Nie rozumiem. – Spojrzał na nią niepewnie.

– Och! – Potrząsnęła głową. – Mam na myśli to, czy nadal za jego przyczyną dzieją się tutaj cuda.

– Od dawna o żadnym nie słyszałem, ale cuda to przecież nie tylko oszałamiające uzdrowienia, nie?

– Masz rację. – Uśmiechnęła się i objęła się ramionami. W jego słowach było coś wyjątkowego. – Ludzie po prostu nie zwracają uwagi na małe rzeczy.

Alek popatrzył na nią z uznaniem. Po raz kolejny naszła go refleksja, że naprawdę rzadko z kim udawało mu się nawiązać takie porozumienie.

– Chcesz już iść? – zapytał po chwili ciszy, widząc jej gest. Tego dnia nie było aż tak gorąco jak ostatnio i wieczór okazał się trochę chłodniejszy, zwłaszcza dla kogoś niemalże pozbawionego tkanki tłuszczowej, tak jak Laura.

– Tak. Chyba tak. Myślę jednak, że kiedyś tu wrócę. Jest w tym miejscu pewna... magia – powiedziała, jeszcze raz rozglądając się po zabytkowym miejscu. Jej uwagę przyciągały też pokaźnych rozmiarów stare organy umieszczone nad wejściem.

– Jeśli będziesz tylko miała ochotę, daj znać – rzucił lekko. – Możemy się tu jeszcze kiedyś wybrać. Na rowerach albo nawet i pieszo.

Laura uśmiechnęła się do niego. Podobała jej się lekkość, z jaką składał jej propozycje kolejnych spotkań. Były to luźne i niewymuszone kwestie, a w jego głosie słyszała, że naprawdę ma na te spotkania ochotę.

– Dziękuję. – Musnęła dłonią jego przedramię. – To naprawdę świetny pomysł.

Odpowiedział jej uśmiechem i wyszli na zewnątrz. Potem wsiedli na pozostawione przy parkanie rowery i ruszyli pod słońce. Tym razem Laura czuła się na rowerze o wiele pewniej i, co nie umknęło uwadze Alka, rozluźniła się bardziej, a z jej ust nie znikał uśmiech.

Gdy tak jechała w promieniach zachodzącego słońca, wydawała mu się jeszcze piękniejsza niż wcześniej.

Róża

Konrad zjawił się w pokoju Róży punktualnie o siedemnastej. Ubrany był w delikatną, kraciastą koszulkę, której kolor podkreślał jego piegi i bladą buzię. Starsza kobieta uśmiechnęła się szeroko na jego widok i mocno przytuliła go do siebie. Nic nie mogła poradzić na to, że budził w niej tak ciepłe, a nawet babcine uczucia. Los nie zechciał obdarzyć jej potomstwem, więc teraz cierpiała na bolesną samotność. Bardzo miło było nieraz poczuć się komuś potrzebną.

Konrad okazał się być świetnym kompanem i jeszcze lepszym rozmówcą. Odkąd Róża zaczęła mu opowiadać historię Mindzi, spędzali ze sobą naprawdę dużo czasu. Zwykle przesiadywali w jej pokoju lub spacerowali gdzieś po leśnych ścieżkach, co i rusz potykając się o leżące na nich szyszki. Kilkukrotnie udało im się wypatrzeć też jakiegoś spłoszonego zająca albo niedużą sarnę. Ale nie tym razem. Tego dnia postanowili wybrać się do drewnianego kościółka stojącego w polach za wsią. Trochę dlatego, że tam jeszcze nie byli, a trochę dlatego, że Róża usilnie chciała go zobaczyć.

Odczekali więc, aż na dworze nieco się ochłodzi, i zeszli na dół po trzeszczących schodach.

– A dokąd to?! – krzyknęła do chłopca wyłaniająca się z kuchni Alberta.

Nerwowo przestąpił z nogi na nogę i rzucił Róży błagalne spojrzenie. Ta w mig zrozumiała, o co chodzi, i natychmiast odpowiedziała:

– Postanowiłam się przejść, a w moim wieku trzeba uważać na wysokie temperatury. Przez ostatnie dni zdążyłam się o tym przekonać, ponieważ kilkukrotnie zrobiło mi się słabo, gdy sobie spacerowałam. Poprosiłam Konrada, żeby towarzyszył mi podczas dzisiejszego wyjścia, a on się zgodził. Czy jest to dla pani problemem?

Alberta obrzuciła ją podejrzliwym spojrzeniem, ale w końcu uznała, że starsza kobieta nie ma powodów, by kłamać.

– Dobra, niech idzie. Tylko grzecznie. Bo jak się dowiem, że coś nawywijał, to tak mu spiorę skórę, że ruski miesiąc popamięta!

– Droga pani, ośmielę się pani przypomnieć, że w tym kraju przemoc domowa jest zakazana. Mam więc nadzieję, że pani słowa nie mają pokrycia w rzeczywistości i to po prostu matczyna groźba. Nie mylę się, prawda?

Kobieta znowu łypnęła na Różę wzrokiem. Ta baba powoli zaczynała ją wkurzać. Z początku nie wydawała się aż taka wyniosła, ale teraz panoszyła się w ich domu jak mało kto. I ciągle broniła tego gówniarza, cholera jasna! Nie oberwał już od dobrego tygodnia i zarówno ją, jak i jej męża zaczynały już świerzbieć ręce. Co to ma być za wychowanie bez bicia? No co?!

– Tak se tylko gadam, nie? – powiedziała jednak do Róży i obrzuciła wzrokiem jej elegancki kapelusik. – A on jak chce, niech idzie. I tak żadnego pożytku tu z niego nie ma. Chociaż nie będzie przeszkadzał.

Róża spojrzała to na nią, to na Konrada, ale postanowiła nie wdawać się w głębsze dyskusje z Albertą. Już jakiś czas temu uświadomiła sobie, że prezentują zupełnie inny poziom intelektualny i kobieta po prostu wielu jej słów nie rozumie. Nie umknęło też jej uwadze, że Alberta nie pała do niej sympatią, co z czasem mogło okazać się dość problematyczne, ze względu na to, że we wsi nikt inny nie wynajmował pokojów przyjezdnym. Nie było więc sensu dolewać oliwy do ognia. Róża musiała więc przełknąć głośno ślinę i nie unosić się honorem. Razem z Konradem wyszli na zewnątrz.

Na ganku siedział ojciec chłopaka i popijał piwsko.

– Spacerek, co? – zagadnął i obrzucił ich mętnym wzrokiem.

– Dla zdrowia. Przez te temperatury strach wytknąć nos na zewnątrz. Ochłodziło się trochę, to trzeba skorzystać.

– To może ja też paniusi potowarzyszę w tym spacerowaniu, co? – zaoferował wspaniałomyślnie i spróbował wstać. W jego obecnym stanie okazało się to jednak wcale nie takie łatwe, na jakie wyglądało.

– Nie, nie. Dziękuję. Konrad już zgodził się mi potowarzyszyć. Ale bardzo miło z pana strony. Naprawdę.

– No a jak. Dobry chłopak z tego mojego dzieciaka, co nie? Zawsze mówiłem, że on poszedł we mnie. Zawsze. Tylko żeby on był trochę bardziej robotny... A tylko nauka mu w głowie i wiersze.

– Ośmielę się z panem nie zgodzić – Róża odpowiedziała odważnie. – Ale to rozmowa na inny czas, ponieważ na dziś wieczór mamy już plany. Prawda, Konradzie?

Chłopak popatrzył na nią i skinął głową.

– Sam pan widzi. Miłego wieczoru. – Staruszka skłoniła się dystyngowanie i wyszli za ogrodzenie.

Konrad, jak na dżentelmena przystało, otworzył przed nią furtkę, a potem ruszyli ramię w ramię w stronę kościółka.

– Przepraszam panią za moich rodziców – powiedział, gdy znaleźli się poza ich zasięgiem i miał pewność, że go nie usłyszą. – Oni po prostu już tacy są... Trudni.

– Och, mój drogi, nie ma co przepraszać, przecież ty w tym nie zawiniłeś. Pamiętaj jednak, że są na tym świecie ludzie, którzy mają, albo mieli, znacznie gorzej niż ty. Ty za jakiś czas dorośniesz i będziesz mógł wyprowadzić się od rodziców. Zostały ci jeszcze cztery lata, tak?

– Tak. Jeśli to przeżyję.

Róża potargała mu włosy z uśmiechem na ustach.

– Jesteś uroczym buntownikiem, Konradzie. W twoim wieku to normalne. Wiem jednak, że jesteś mądrym i dzielnym chłopcem. Zdarza ci się tylko mówić głupstwa. Ale kto ich nie mówi?

Chłopak popatrzył na nią z uznaniem. Jej podejście do życia było takie różne od tego, co obserwował u innych ludzi. Podczas gdy wszyscy dookoła zadręczali się jakimiś wyimaginowanymi problemami, ona zdawała się iść przez życie niezwykle lekko i z uniesioną głową. Biło od niej trudne do opisania dobro i ciepło. Zawsze znajdowała rozwiązanie problemów i, co zaskakujące, zwykle jej słowa dodawały mu sił, by samemu również o siebie zawalczyć.

W Róży było coś tajemniczego i nie chodziło tu tylko o kapelusze, które wkładała na głowę, ani jej dystyngowany chód. Tkwił w niej jakiś nieodkryty do tej pory sekret, który ciągnął go do niej jak magnes. Jak gdyby była wielką, nieprzeczytaną jeszcze księgą, która fascynowała już od pierwszych stron. A on przecież nie mógł przepuścić tak wspaniałej historii.

– Czemu właściwie chce pani iść do tego kościoła? – zapytał, gdy minęli już wieś i skręcili w dużo węższą uliczkę. – Dlatego, że Niemcy spalili tam rodziców Mindzi?

Róża spojrzała na niego i na jej twarzy pojawiły się nieznane mu dotąd emocje. Jakby jakiś niewyobrażalny żal i smutek.

– Tak Konradzie, właśnie dlatego. Mam do niego wielki sentyment, poza tym jeszcze go nie widziałam.

– Naprawdę?

Uśmiechnęła się.

– Mam tu na myśli tę nową budowlę. Nie byłam tu od czasów wojny, a bardzo zależy mi na tym, żeby zobaczyć, jak ona teraz wygląda. Podobno nikt nie powiedziałby, że to inny budynek, bo tak wiernie go odtworzono. Chciałabym zobaczyć go na własne oczy.

– Rozumiem. Nie wiem co prawda, jaki był kiedyś, ale teraz jest tam naprawdę pięknie. Wie pani, że remontują już drugi ołtarz? Najpierw robili ten główny, potem zabrali się za jeden z bocznych. Ludzie mówią, że tak ładnie jak teraz to jeszcze w kościele nie było.

– A ty jak myślisz?

– Ja tam nie wiem, ale mi się podoba. Jest bardziej kolorowo i w ogóle… Jakoś tak milej i jaśniej. Myślę, że się pani spodoba. Tylko niech się pani nie wystraszy rusztowań. One są tylko na chwilę. Potem je rozbiorą.

Róża zaśmiała się rozbawiona jego podekscytowaniem i zaangażowaniem w rozmowę.

– Jest w nim też pewna tablica, którą bardzo chcę zobaczyć – powiedziała nieco tajemniczo.

Chłopak natychmiast zainteresował się jej słowami. Skoro coś było dla niej ważne, to z pewnością naprawdę miało ogromne znaczenie.

– Ta kamienna, co wisi zaraz przy drzwiach?

– Nie za bardzo wiem, gdzie ona dokładnie wisi, ale wiadomo mi, że znajduje się w tym kościele.

– Chodzi pani o tę upamiętniającą tych spalonych Żydów?

Róża skinęła głową.

– Podobno ufundowała ją jakaś Żydówka, której rodzice spłonęli wtedy w kościele. Czy to prawda?

Twarz Róży posmutniała jeszcze bardziej.

– Tak, Konradzie, tak właśnie było. I powiem ci nawet więcej. Tę tablicę ofiarowała po wojnie właśnie Mindzia.

Chłopak popatrzył na nią zdziwiony. Trochę nie mieściło mu się w głowie, że zobaczy zaraz ślad pozostawiony przez postać, której historia tak bardzo go zainteresowała.

– Poważnie?

Róża spojrzała na niego wymownie.

– Och, a czy ja zwykłam żartować, jeśli chodzi o tak ważne sprawy?

– No nie – odpowiedział, bez cienia zawahania.

– Więc masz odpowiedź.

– Czyli Mindzia przeżyła wojnę? Wiedziałem.

– Tak, przeżyła. Nie było to jednak takie proste. Jak już wiesz, musiała się ukrywać. I wiele podczas tego okresu wycierpiała, bardzo wiele. Nie zapominaj, że była wtedy małą dziewczynką i straciła wszystko, co miała. Rodziców, dom i szczęśliwe dzieciństwo. Wojna to straszne okrucieństwo, Konradzie. Odbiera ludziom wszystko, co tylko się da. Odbiera dzieciom rodziców, a rodzicom majątki. Wyrywa serca. Właściwie to pozbawia wszystkiego, z wyjątkiem jednego – Róża zrobiła znaczącą pauzę.

Konrad popatrzył na nią pytająco.

– Żaden człowiek nie może powiedzieć ci, co masz myśleć, i nie pozbawi cię twojego człowieczeństwa oraz nadziei – wyjaśniła. – Oczywiście, może cię upokorzyć i sprawić, że będziesz odczuwał strach albo wstyd, ale prawdziwa siła jest tutaj. – Róża popukała się w czoło. – W twojej głowie. Nikt nie ma władzy nad tym, co myślisz i czujesz. Dzięki temu jesteś niezniszczalny. Zewnętrznie można pozbawić cię wszystkiego, ale nigdy tych dwóch rzeczy. Dopóki będziesz znał swoją wartość, z nadzieją patrzył w przyszłość i miał wolę walki, nadal będziesz kimś. I to kimś wyjątkowym. To właśnie dzięki wierze i nadziei ludzie przeżywali wojnę. Zapamiętaj te słowa, Konradzie. Mają też przełożenie na twoją sytuację z rodzicami. Wiara to ogromna siła, której świat zdaje się nie doceniać.

Chłopak przez kilka długich chwil trawił jej słowa. Róża miała tak wiele racji, że nie mógł się temu nadziwić.

– A opowiedziałaby mi pani wszystko po kolei? Wie pani, o Mindzi. Od tego momentu, kiedy trafiła do Andrzejowej.

Róża pogładziła go po policzku. Był naprawdę świetnym chłopcem. Nie mieściło jej się w głowie, jak Alberta i jego ojciec mogą tego nie dostrzegać i tak go nie szanować.

– Widzę, że naprawdę zainteresowała cię ta historia.
– I to jak! – wyrwało mu się entuzjastycznie.

Staruszka uśmiechnęła się, widząc w jego oczach niekłamany blask zainteresowania.

– Cieszę się, że trafiłam na takiego słuchacza jak ty. I wiesz co? Z chęcią opowiem ci, co było dalej...

Alek

– To co, pewnie będziesz chciała już jechać... – powiedział dość smutno Alek, gdy wrócili z Laurą do jego gospodarstwa i odstawił rowery do garażu.

Spojrzała na niego nieco rozbawiona, więc spuścił wzrok.

– Wyganiasz mnie? – zapytała.

– Nie, skądże. Po prostu myślałem, że skoro nauczyłem cię już jeździć rowerem, to...

– Och, ty naprawdę myślisz, że przyjechałam tu, żeby nauczyć się jeździć?

– A nie? – ożywił się, słysząc jej słowa.

Roześmiała się głośno.

– Oczywiście, że nie. Cholernie boję się rowerów, a nie jestem przecież masochistką.

Nie odpowiedział.

– Oczywiście, jeśli masz jakieś inne plany to... – zaczęła niepewnie, nie dostrzegając żadnej reakcji z jego strony.

– Nie mam żadnych – wydusił w końcu. – Będzie mi bardzo miło, jeśli na chwilę wejdziesz.

Na jej twarzy odmalował się szeroki uśmiech. Jego zakłopotanie było po prostu urocze.

– Chętnie, dziękuję.

– W takim razie chodźmy na górę – powiedział jeszcze tylko i poprowadził ją na poddasze.

Gdy usadowiła się wygodnie na mięciutkiej kanapie, podał jej kubek herbaty. Miała niesamowity aromat. Była w niej jakaś słodkawa nutka. Może malinowa? Albo aronii?

– Jesteś jakiś małomówny – stwierdziła Laura, gdy Alek usiadł obok i przez chwilę po prostu na nią patrzył. W jego oczach kryło się coś zupełnie innego, niż do tej pory.

– Przepraszam. – Potrząsnął w końcu głową. – Po prostu zebrało mi się na refleksje.

– Może chciałbyś mi o nich powiedzieć? Dużo gadam, ale jestem też świeżo upieczonym psychologiem, więc potrafię słuchać. Podobno.

– Po prostu myślę o rodzicach. – przyznał po krótkiej chwili myślenia i oparł łokcie o kolana, a potem ukrył w dłoniach twarz. – Czasem mi się to zdarza, kiedy stamtąd wracam. Przypominają mi się dni po pogrzebach. Często bywałem wtedy w kościele.

– Chciałbyś mi o nich opowiedzieć? – zapytała cicho.

Uniósł głowę i popatrzył na nią ze smutkiem.

– Wiem, że to zabrzmi banalnie, ale byli naprawdę wspaniałymi ludźmi. Wszyscy we wsi przychodzili do nich po rady, a oni nigdy nikomu nie odmawiali. Tata zawsze po pracy w polu wsiadał jeszcze w ciągnik i pomagał innym, a mama często dokarmiała wiejskie dzieci, które nie miały co jeść. Każdy wiedział, że w razie potrzeby może do nas przyjść, bo dla nikogo nie zabraknie miejsca.

– To bardzo szlachetne.

– Oni tacy po prostu byli. Nie robili tego dla podziwu albo rozgłosu.

– Bardzo ci ich brakuje.

– Nawet nie wiesz jak. – Potarł dłonią czoło. – Po ich śmierci nie mogłem nawet mieszkać w starym domu. Wszystko mi o nich przypominało. Zwłaszcza o mamie. Ciągle czułem w kuchni zapach jej ciast albo gołąbków. To było nie do zniesienia. – Przerwał na chwilę i przeniósł wzrok na ścianę przed sobą. – Czasami mam wyrzuty sumienia, że się tutaj przeniosłem. Jakbym zdradził to, co mi zostawili. Czy to normalne?

Dotknęła dłonią jego ramienia.

– Tęsknisz za nimi, więc tak.

– Nie mam pojęcia, dlaczego ci to mówię, wiesz? Z reguły z nikim o tym nie gadam. Nawet nie mam z kim.

– Cieszę się, że mi o nich opowiadasz – zapewniła go i lekko poruszyła ręką. – Nieraz sama rozmowa o czymś przynosi ulgę.

Alek odetchnął głęboko.

– To było tak dawno temu, a ja nadal za nimi tęsknię. Jakby wcale nie upłynęło tak dużo czasu. Pamiętam dzień, w którym dowiedziałem się, że zmarł ojciec. – Wzrok Alka sprawiał, że chłopak wydał się Laurze nieobecny. – Byłem wtedy w szkole, miałem biologię, kiedy ktoś zapukał do drzwi i poprosił nauczyciela. Wrócił do nas po krótkiej chwili i powiedział mi, że mam iść do domu. Nie rozumiałem, o co chodzi, bo zdarzyło się to pierwszy raz, ale biegnąc jak szalony, czułem, że coś jest nie tak. Mama czekała już na mnie przed bramą i zanosiła się łzami. Domyśliłem się wtedy, że coś musiało się stać tacie. Ale przez myśl mi nie przeszło, że zmarł.

– To straszne.

– Miał lekką śmierć. Zmarł we śnie, więc nie cierpiał. Po prostu położył się po obejściu gospodarstwa i już się nie obudził. Mama próbowała go szarpać, ale było już za późno. Miałem wtedy siedemnaście lat. Jak o tym myślę, to właściwie cieszę się, że zmarł właśnie tak. Zasługiwał na dobrą śmierć. Był naprawdę wyjątkowym człowiekiem.

– A mama? – zapytała drżącym głosem.

– Zmarła kilka dni po jego pogrzebie. Nie mogła poradzić sobie z jego brakiem. To była śmierć z tęsknoty. Wróciłem wieczorem z podwórka i znalazłem ją na podłodze. Jej serce po prostu przestało bić. Lekarze mówili, że takie rzeczy nieraz się zdarzają...

– Uczyłam się o tym. – Laura pokiwała głową. – Są związki, w których takie rzeczy się zdarzają. Miłość i uzależnienie od zmarłej osoby są tak silne, że ta druga nie umie sobie z tym poradzić i...

– Dobrze, że tutaj jesteś, wiesz? – Alek wszedł Laurze w słowo i spojrzał jej prosto w oczy. – Przy tobie aż tak bardzo nie boli.

Uśmiechnęła się i jeszcze raz dotknęła jego ramienia.

– Wiem, przy tobie też wiele rzeczy wydaje się przyjemniejszych. Nawet jazda na rowerze.

Na jego ustach pojawił się nikły uśmiech. Był jej naprawdę wdzięczny za to, że tak sprawnie zmieniła temat.

– A twoi rodzice? – zapytał, odchylając się do tyłu i opierając o oparcie. – Opowiesz mi o nich?

– Moi rodzice są dosyć... ekscentryczni – odpowiedziała po chwili i również się oparła. – To chyba najbardziej zakręceni dorośli, jakich znam. Nosi ich po świecie jakby nie mieli swojego miejsca, chociaż widziałeś przecież nasz dom. Czasem mi samej ciężko za nimi nadążyć.

– Musicie mieć wesoło.

– O tak, to trafne stwierdzenie. Z nimi naprawdę nie można się nudzić. Chociaż to ludzie na wysokim poziomie, to mają w sobie niespotykane w ich wieku pokłady energii.

– Kim są?

– Moja mama jest malarką.

– O, to ciekawe – powiedział, żywo zainteresowany.

– Tak, zwłaszcza gdy wpada w szał twórczy i chlapie farbą nawet po ścianach. – Laura się roześmiała.

Alek kolejny raz pomyślał, że śmiejąc się, wyglądała zniewalająco pięknie.

– Takie rzeczy naprawdę się zdarzają?

– Hm... Podejrzewam, że normalnym ludziom nie, ale jej dość często. Powinieneś kiedyś zobaczyć jej pracownię. Przypomina pobojowisko.

– A więc jest jedną z tych niekonwencjonalnych kobiet, które chodzą z turbanem na głowie i pędzlem za uchem?

– Ona woli raczej klasyczne, proste sukienki, więc nie trafiłeś.

– Macie więc sporo wspólnego jeśli chodzi o strój, prawda? Ty też raczej wolisz klasyczne ubrania.

– Z tym się zgodzę, ale ona ubiera się o w sposób zdecydowanie bardziej zwariowany niż ja. Uwielbia szaloną biżuterię. Jakieś koraliki, piórka... Mnie to raczej nie pociąga.

– A twój tata? – Alek upił łyk herbaty.

– Tata jest muzykiem.

– Boże... – westchnął z uznaniem. – Pochodzisz z naprawdę ciekawej rodziny. Co gra?

Rozbawił ją jego komentarz.

– Nie wiem, czy cię to usatysfakcjonuje, ale jest pianistą.

– Nie, w ogóle mnie nie dobijasz...

– Pisze też teksty i komponuje. Aktualnie jest na swoim tournée po Francji, chociaż od lat mieszkają z mamą w Toronto. Twierdzą, że tam żyje się w inny sposób i mają tam swoje kulturalne towarzystwo, z którym tata zawzięcie grywa w golfa, a mama wychodzi na lunche.

– A ty wolisz siedzieć tu i marnować się w Polsce?

– Dlaczego marnować? – Spojrzała na niego z ukosa. – Mnie się tutaj podoba i skończyłam całkiem niezłe studia.

– No, ale mogłaś przecież studiować, gdzie tylko byś chciała. Jestem tego pewien. Dlaczego akurat tutaj?

Laura wzruszyła ramionami.

– Nie wiem – przyznała zgodnie z prawdą. – Miałam tutaj przyjaciół, dom, mieszkanie. Chyba nie byłam jeszcze gotowa, żeby to rzucać…

– A teraz? – zapytał, wyczuwając w jej głosie coś niepokojącego.

Popatrzyła na niego.

– Teraz też nie wiem, czy jestem, ale chyba nie mam wyboru. Powinnam wykorzystać swoją szansę, prawda?

Poruszył się lekko.

– O czym mówisz?

– O tym doktoracie w Toronto… Mama ma tam jakichś ważnych dla uniwersytetu znajomych i załatwiła mi taką możliwość. Grzechem by było odmówić, prawda?

Alek pojrzał na nią, ale przez chwilę nic nie mówił. Dopiero później zapytał, zmieniając temat:

– Czyli raczej nie dogadałbym się z twoim ojcem, jeśli chodzi o tworzenie muzyki?

Zawahała się, szukając odpowiednich słów, aby go nie urazić.

– Nie zrozum mnie źle, bo nie dzielę muzyki na niższą czy wyższą, ale to raczej trochę inne style. W moim domu od zawsze słuchało się tylko klasyków. No, chyba że w okresie mojego nastoletniego buntu. Wtedy dudnił rock.

– Byłaś zbuntowaną nastolatką? Naprawdę?

– Każdy przecież kiedyś był. To część dorastania.

Alek zamyślił się nad jej słowami.

– Nie wydaje mi się, żebym przechodził przez coś takiego. Czy to możliwe, że z powodu moich rodziców ominęła mnie ta przyjemność?

– Zmuszasz mnie do szpanowania wiedzą.

– Nie, czemu? Po prostu jestem ciekawy. Fajnie jest móc dowiedzieć się o sobie czegoś więcej. Zwłaszcza że zwykle nie mam ku temu okazji. Na wsi ludzie raczej nie zaprzątają sobie głowy takimi rzeczami.

Laura uśmiechnęła się ciepło i odgarnęła opadające na policzki włosy. Jego szczerość była wręcz oszałamiająca. W dodatku naprawdę jej się to podobało.

– No więc, odpowiadając na twoje pytanie, owszem. Pod wpływem silnych doświadczeń, takich jak twoje, bunt mógł nie być u ciebie aż tak wyraźny. Po prostu dorastałeś w inny sposób.

– To źle?

– Psycholog raczej nie ocenia, ale opisuje.

Jedno spojrzenie na twarz Alka wystarczyło, żeby Laura zrozumiała, iż nie takiej odpowiedzi oczekiwał.

– Ale jeśli chcesz znać moje prywatne zdanie, to nie ma w tym nic złego. – Ubiegła jego pytanie. – Jakkolwiek to nie zabrzmi, w moim odczuciu to nawet trochę dobrze. Jesteś przez to o wiele bardziej dojrzały niż inni mężczyźni. – Uniosła na niego wzrok. – Mnie osobiście bardzo to imponuje.

Alek głośno przełknął ślinę.

– Nie zrozum mnie źle, po prostu… – Chciała się wytłumaczyć, ale on zbliżył się do niej i wsunął palce w jej włosy.

Zaparło jej dech.

Odruchowo odchyliła głowę nieco do tyłu. Teraz patrzyła w jego oczy naprawdę z bliska i jeszcze wyraźniej dostrzegała w nich wszystko to, co od kilkunastu dni tak bardzo ją urzekało.

– Ty też mi imponujesz – szepnął miękko z wargami tuż przy jej ustach, a potem przekrzywił głowę i lekko ją pocałował. Jego wargi były ciepłe i delikatne. Tak, jak się tego spodziewała.

Bezwiednie objęła go za szyję i przysunęła się bliżej. Ich pocałunek nie był jakoś szczególnie zachłanny, ale gdy tylko się od siebie odsunęli, była pewna, że nigdy wcześniej nie przeżyła czegoś takiego. Tak naturalnego i jak najbardziej na miejscu. Było to idealne zwieńczenie tego niezwykłego popołudnia.

Alek też tak właśnie myślał.

Mindzia

Do spalenia kościoła doszło mniej więcej trzy miesiące po tym, jak rodzice oddali Mindzię do Andrzejowej. Był to tak potworny dzień, że najchętniej wyrwałaby go sobie z pamięci. Tak samo jak rozerwane na strzępy dziecięce serce. Mówi się, że nie ma nic gorszego niż widok śmierci własnego dziecka. W tamtym momencie dziewczynka wolałaby jednak zdecydowanie bardziej umrzeć przed nimi.

Niemcy zgromadzili wzdłuż drogi wszystkich okolicznych Polaków i przepędzili środkiem prowadzonych na śmierć Żydów. Mindzia nie mogła pozbyć się tego obrazu sprzed oczu już do końca życia. Wszystkim rozkazano w pośpiechu spakować swój dobytek i załadować go na nieduże furki, a potem biec za nimi ile sił w nogach na plac przed kościołem. Większość wyganianych wiedziała już, że są to ich ostatnie chwile, ale starali się być dzielni. Jedynie kobiety zanosiły się łzami, ciągnąc za sobą swoje przestraszone dzieci. Nikt się im jednak nie dziwił. Wszyscy jedynie żałowali.

To właśnie na placu przed kościołem dokonano selekcji. Większość, tych niezdatnych do pracy, siłą wepchnięto do drewnianego kościoła i podpalono. Po wsi rozległ się przeraźliwy wrzask, który rozciął na pół chyba każde znajdujące się w okolicy serce. Ci drudzy, którzy mieli trochę szczęścia w nieszczęściu, zostali przepędzeni do sąsiedniego miasta i z dzikim krzykiem wepchnięci do ciemnych wagonów towarowych. Stali tak ciasno, że aż nie mogli oddychać.

Co z nimi dalej było, tylko Bóg jeden raczył wiedzieć. Większość z pewnością zginęła w obozach zagłady, ale Mindzia wierzyła, że niektórym się udało. Musiała wierzyć. Poza tą wiarą nie miała już prawie niczego.

Widząc swoich rodziców w tłumie, chciała się ku nim wyrwać. Śmierć razem z nimi wydawała jej się rozwiązaniem o wiele lepszym niż pełne strachu i ukrywania się życie. Ktoś jednak złapał ją wtedy za ramię i pociągnął do tyłu tak, że o mało się nie przewróciła.

– Na rozum upadłaś?! – szeptem warknął do niej niewiele starszy chłopak. – Zgrywanie bohaterów zostaw innym.

Nie odpowiedziała. Podnosząc się z ziemi, otrzepała o wiele za duży płaszcz, który sprawiła jej Andrzejowa. Stanęła tylko obok chłopaka i ze wszelkich sił starała się hamować napływające do oczu łzy. Miał rację, nie mogła tego zrobić. Nie tego chcieliby dla niej rodzice, ich śmierć nie mogła pójść na marne. Skoro ponieśli tak wiele wyrzeczeń, by ją chronić, postanowiła wtedy, że ona będzie żyć. Za wszelką cenę. I mimo wszystko.

Był styczeń 1940. Po spaleniu kościoła Andrzejowa nie chciała już dłużej trzymać jej u siebie, za bardzo bała się ryzyka. Właściwie to Mindzia wcale jej się nie dziwiła. Miała czwórkę własnych dzieci i dwoje Żydów. Gdyby Niemcy zwęszyli cokolwiek, z pewnością bez mrugnięcia okiem stracono by wszystkich. Andrzejowa musiała chronić swoją rodzinę i właśnie dlatego mniej więcej dwa tygodnie po pożarze oddała ją do mieszkających nieco za wsią nauczycieli.

– Przepraszam cię, Oleńka, ale tak będzie lepiej dla nas wszystkich – powiedziała tylko i wieczorem wsadziła ją na wóz razem z jej torbą. – Niech ci Bóg błogosławi, dziecko. Niech ci błogosławi.

Jakiś nieznany mężczyzna dowiózł przestraszoną Mindzię do stojącego na skraju wioski dworku i wysadził przy drodze.

– Dalej idź już sama – powiedział i odjechał.

Została sama pośród ciemnej nocy i głośnego pohukiwania sów. Przez chwilę stała i po prostu patrzyła na rozświetlony od środka dom. Zastanawiała się, jaką los gotuje jej przyszłość, ponownie rzucając ją w nieznane. Wiedziała, że przed wojną mieściła się tutaj szkoła. Sama nawet przecież do niej chodziła, i to zaledwie dziewięć miesięcy temu. Teraz zdawało jej się to jednak tak bardzo odległe, ja gdyby minęła co najmniej wieczność.

– Co tak stoi? – Wyjrzała do niej w końcu kobieta z chustką na głowie. – Niech idzie!

Mindzia spojrzała na nią i w końcu weszła do środka. Na dworze było już zimno, a jej płaszcz tylko wyglądał na gruby.

– Oleńka Nałęczówna? Od Andrzejowej? – zapytała ją cicho kobieta.

– Tak. – Skinęła głową.

– Bardzo dobrze. – Kobieta się uśmiechnęła. – Wejdź do środka, moje dziecko, i zabierz ze sobą te bagaże. Będziesz spała w izbie razem z moją bratową. Jest przy nadziei i przyda jej się towarzystwo. Jej męża zabrali na wojnę, sama więc rozumiesz... Będziesz też pomagać przy jej dzieciach.

Mindzia kolejny raz pokiwała głową.

– Umiesz?

– Zajmowałam się młodszymi dziećmi Andrzejowej.

– A teraz wejdź no do środka, to tutaj zamknę. – Kobieta pchnęła ją lekko w stronę zaludnionego pokoju i zaczęła ryglować drzwi.

Mindzia naliczyła w nim aż pięć dusz.

– A kogo to niesie po nocy? – pierwszy odezwał się jakiś starszy pan. Jak się dowiedziała później, był to mąż przewiązanej chustką kobiety, Stanisław. Dyrektor tutejszej szkoły sprzed wojny.

– Dziewczynę od Andrzejowej przywieźli – odkrzyknęła mu z sieni.

– Bardzo dobrze, bardzo dobrze. Jerzy, nie siedź tak! – Mężczyzna szturchnął siedzącego obok niego chłopaka. – Zanieś jej bagaże do pokoju Krysieńki.

Chłopak zerwał się na równe nogi i chwycił ściskaną przez Mindzię torbę.

Dziewczyna natychmiast go rozpoznała. To on pociągnął ją do tyłu, gdy chciała wyrwać się i pobiec do rodziców. To on ocalił jej wtedy życie. Chciała otworzyć usta, żeby mu podziękować, ale uprzedził ją Stanisław:

– A ty siadaj tu z nami, moje dziecko, i powiedz nam coś o sobie. Skoro będziemy razem mieszkać, to wypada się trochę poznać. Prawda?

Mindzia popatrzyła tylko za oddalającym się Jerzym i skinęła głową. Usadowiła się tam, gdzie wcześniej siedział.

– Jestem Oleńka Nałęczówna – powiedziała nieśmiało i poprawiła przybrudzoną, za dużą sukienkę.

Chociaż wszyscy doskonale wiedzieli, że jest Żydówką, nikt nie ośmielił się o tym nawet napomknąć.

– A ja jestem Stanisław. To mój dom. Przed wojną byłem nauczycielem. Humanistą. Teraz doszkalam dzieci wieczorami, kiedy nikt nie widzi. Jeśli uda im się oczywiście do mnie przemknąć.

Mindzia spojrzała na niego z podziwem. Budził jej zaufanie i miał niezwykle łagodny głos, jak na mężczyznę.

– A ty umiesz czytać i pisać?
– Przed wojną się tutaj uczyłam.

– Tak? Musiałaś mi jakoś umknąć, bo nie pamiętam. Nic nie odpowiedziała. Staruszek jeszcze raz zlustrował ją wzrokiem.

– Ale stary już jestem, to trudno mi wszystkich spamiętać. Tyle się tutaj dzieci przewijało... Ludzie z sąsiednich wiosek ich nawet posyłali, bo tam nie miał kto uczyć. A my z Milką zawsze chętnie. Poznałaś już moją żonę, Milę?

– A jakże! – Do izby powróciła kobieta, która wcześniej otworzyła Mindzi drzwi, i usadowiła się na krześle. – Lepiej jej przedstaw naszą Krysieńkę i dzieci. W końcu to przy nich będzie pomagać.

Starszy pan podrapał się po głowie i wskazał na ciężarną kobietę siedzącą naprzeciw nich. To na nią najbardziej padało blade światło stojącej w rogu naftowej lampy, dzięki któremu w izbie panował przyjemny półmrok.

– To jest właśnie nasza Krysieńka. Jej mąż, Bolek, został wezwany na front. Sama z dziećmi została. Trzecie w drodze. Widzisz więc, że przyda jej się pomoc.

Mindzia uśmiechnęła się ciepło do bledziutkiej kobiety. Odpowiedziała jej tym samym.

– Dzieci już śpią. Poznasz je dopiero jutro – powiedziała tak cicho, że Mindzia prawie jej nie dosłyszała. Na jej twarzy malował się jednak trudny do opisania ból.

– No, a to są nasi sąsiedzi, mieszkają we wschodnim skrzydle dworku. – Stanisław wskazał na o wiele młodsze małżeństwo.

Przywitali się z nią równie ciepło jak pozostali. Chuda kobietka z podpuchniętymi oczami rzuciła się nawet do niej, by ją uścisnąć.

– I jest jeszcze nasz syn, Jerzy – obwieścił pan domu. – To ten, który zaniósł twoje bagaże. Mam nadzieję, że rychło tu wróci, żebyście mogli się poznać. Wyglądasz na niewiele młodszą od niego. Ile ty, dziecko, masz lat?

– Trzynaście – odpowiedziała grzecznie.

– A on piętnaście, to szybko się dogadacie. Jurek pomaga chłopom w młynie, ale powiem ci w zaufaniu, że świetny z niego poeta. Poproszę go kiedyś, żeby pokazał ci swoje wiersze. My jesteśmy nimi zachwyceni, mam nadzieję, że i ty będziesz. Często umila nam nimi rodzinne wieczory, jeśli w pobliżu nie kręcą się Niemcy. Rośnie nam tu pod dachem świetny artysta, a uwierz mi, trochę się na tym znam.

Mindzia pokiwała głową. Na jej usta wypłynął nieśmiały uśmiech. Chociaż z początku nieco bała się tej nagłej zmiany w jej życiu, rodzina z dworku okazała się być o wiele bardziej sympatyczna niż Andrzejowej. Już sam ten wieczór wskazywał na to, że będą ją tutaj traktować o wiele lepiej i nie będzie musiała od świtu do nocy harować. Uwielbiała dzieci i garnęła się do tego, by się nimi zajmować. Rankiem przekonała się też, że były o wiele bardziej ułożone i grzeczne niż złośliwa gromadka Andrzejowej. Lubiły bawić się i czytać, a do tego były niezwykle mądre. Co i rusz zaskakiwały ją nowinkami z biologii albo geografii, dzięki czemu pogłębiała i swoją wiedzę.

Krysieńka także okazała się być niezwykłą kobietą. Już od pierwszych chwil przypadły sobie do serca i gdy dzieci odbywały lekcje ze Stanisławem, one nieraz ucinały sobie szczere pogawędki. Mindzia dowiedziała się między innymi, jak ciężko kobiecie bez Bolka i jak bardzo się boi, że on już z tej wojny nie wróci, chociaż z całego serca nadal wierzy, że znowu będą szczęśliwą rodziną. Mindzi bardzo było jej szkoda, ale starała się tego nie okazywać. Robiła swoje i powoli zadomawiała się w dworku. Chętnie rozmawiała ze Stanisławem i pomagała Mili w kuchni. Czuła się wśród tutejszych mieszkańców prawie tak, jakby byli jej nową rodziną. Powoli wracało w nią życie.

Laura

Leżąc w wannie i popijając wino, Laura pierwszy raz od dawna czuła się naprawdę szczęśliwa. Ciepła woda przyjemnie opływała jej ciało, a aromat olejku do kąpieli, którego tym razem wcale sobie nie poskąpiła, delikatnie muskał jej nozdrza. Uśmiechała się sama do siebie i przez ostatnie dni łapała się na tym, że mimowolnie zaczyna coś nucić.

– No, ale co było dalej?! – Rozległ się w jej komórce podekscytowany głos Magdy, która od kilku chwil zawzięcie słuchała jej relacji z randki. – Błagam cię, powiedz mi, że nie skończyło się tylko na jednym pocałunku!

– Oczywiście, że nie. – Laura uśmiechnęła się sama do siebie i obróciła w dłoni kieliszek z winem. – Było ich całe mnóstwo.

– Łiii. – Magda pisnęła zachwycona.

Laura roześmiała się głośno.

– Jesteś bardziej podekscytowana tym wszystkim niż ja – zauważyła.

– Aha, uważaj, bo ci uwierzę. Jestem pewna, że uśmiech nie schodzi ci z twarzy ani na chwilę. Nie ze mną takie numery, za dobrze cię znam. Wpadłaś jak w śliwka w kompot, ale jeśli czujesz się lepiej, mówiąc, że jest inaczej, to się nie krępuj.

– Magda, błagam cię.

– Oj, o co ci chodzi? Przecież ja tylko cieszę się twoim szczęściem. No, ale powiedz mi, jak on całuje? Bo jeśli go nie chcesz, to wiesz, ja chętnie…

– Jesteś paskudna!

– Wiem, wiem. Słyszałam to setki razy. No, ale jak? Ile mu dajesz, w skali od jeden do dziesięć? Przebije Filipa Justynki?

Na usta Laury znowu wypłynął pełen szczęścia uśmiech. Przymknęła oczy i jeszcze raz wróciła myślami do pocałunków na kanapie.

– Hm… – mruknęła w końcu. – Daję mu jedenaście.

– Wiedziałam! – wrzasnęła do słuchawki Magda. Laura była pewna, że podskoczyła teraz z radości. Jeśli chodzi o empatię i zaangażowanie w rozmowę, jej przyjaciółka była niepokonana. Tym bardziej, gdy w grę wchodziły relacje damsko-męskie.

– No, ale powiedz, próbował chociaż czegoś więcej?

– Dlaczego miałby próbować?

– No skoro całuje aż tak dobrze, to pomyśl tylko, jaki wspaniały musi być w łóżku. Nie korci cię, żeby to sprawdzić?

– Jakoś za bardzo się nad tym nie zastanawiałam…

– Ach, czyli on wcale cię nie podnieca?
– Magda, na litość boską! Przestań.
– Jak dla mnie to megapociągający facet. Nie jesteś ani trochę ciekawa? Kłamczucha. W dodatku nudna. Ja to od razu bym...

Laura ponownie parsknęła śmiechem, nie dając jej skończyć.

– Tak, tak. Ty od razu wykorzystałabyś chwilę, żeby opleść go ciasno nogami.
– A ty nie?
– Nie. Wyobraź sobie, że nie chodzi mi tylko o... te rzeczy. Wystarczy mi, że świetnie mi się z nim rozmawia. I że dobrze czuję się w jego towarzystwie. Do tego jest miły i sympatyczny...
– Aha, pewnie – Magda wpadła jej w słowo. – Po samym twoim głosie słychać, że żałujesz, że skończyło się tylko na całowaniu. Ale tak, wiem. Jesteś zbyt grzeczną dziewczynką, żeby to przyznać. No więc, co było dalej? Dowiem się chociaż w końcu, skoro ten wieczór nie skończył się tak, jak powinien?

Laura odetchnęła głęboko i schowała się pod wodę jeszcze bardziej.

– Całowaliśmy się, potem dalej rozmawialiśmy, a na końcu wróciłam do domu. Pocałował mnie jeszcze na pożegnanie. – Uśmiechnęła się szeroko na to wspomnienie. – I tyle.
– Nudy... – mruknęła Magda. – To już Olga ma bujniejsze życie prywatne od twojego.

– Och, wybacz, ale wolę nie słuchać o tym, jak ty skończyłabyś ten wieczór. Naprawdę. Przecież dopiero się z Alkiem poznajemy. To trochę słabe od razu wskakiwać komuś do łóżka.

– Jeny, jakie poznajemy? Spędziłaś u niego już dwa dni, no i była rozmowa w parku. Codziennie gadacie przez telefon, a ty nadal go nie znasz?

– Nie tak, jak bym chciała.

– Nie wiem, gdzieś ty się uchowała – burknęła zawiedziona Magda. – Jesteś naprawdę za nudna na dwudziesty pierwszy wiek. I nie umiesz się bawić. Chcesz czekać z seksem do czterdziestki? No błagam...

– Nie do czterdziestki. – Laura się zamyśliła i odstawiła na bok kieliszek. – Po prostu na tego jedynego...

– Średniowiecze – stwierdziła tamta.

– Powiedziała, co wiedziała.

– Dobra, dobra. Bez takich – mruknęła Magda. – Kiedy się znowu widzicie?

– Nie wiem. Nie ustaliliśmy nic konkretnego.

– Jak to? Powiedz mi jeszcze, że nie chcesz się z nim spotkać, to gwarantuję, że cię utopię!

Laura uśmiechnęła się, słysząc jej oburzony głos.

– Po prostu przez ten pocałunek przy aucie chyba zapomnieliśmy...

– Ach, czyli jednak było coś więcej!

– Magda! – fuknęła Laura.

– Dobra, poddaję się. Ale zadzwoń do niego i się umówcie. Szkoda zmarnować takiej okazji. Twoje ostatnie wakacje w kraju, więc powinnaś się trochę zabawić. Nie zamykaj się w domu, księżniczko. Później będzie już tylko nauka i praca...

– Może powinnam poczekać, aż to on zadzwoni? Chyba nie chcę mu się narzucać.

W słuchawce rozległo się głośne westchnienie.

– Wiesz co? Może powinnam poszukać ci w necie jakiegoś kursu.

– Co? – Laura zdziwiła się na tę nagłą zmianę tematu.

– No to! Z twoim podejściem to nigdy się z nim nie zobaczysz. Z facetami teraz trzeba szybko i pewnie. Wiesz, żeby się nie rozmyślił...

– On taki nie jest – przerwała jej bez wahania.

– Tak, jasne. A ze mnie jest święty Mikołaj. Ja ci mówię, słonko, łap go za rogi, póki gorący. A teraz wybacz, ale Mat domaga się trochę mojej... – Magda zaśmiała się figlarnie – ...uwagi. Muszę kończyć.

Laura skinęła głowa i wylewnie się pożegnała, a potem rzuciła telefon na dywanik obok wanny i zsunęła się jeszcze niżej.

Nie, Magda zdecydowanie nie miała racji, jeśli chodzi o Alka. Na pewno nie był taki, jak współcześni chłopcy, i nie zamierzał jej wykorzystać. Była tego niemalże pewna od początku ich znajomości, a ostatni spędzony z nim wieczór przekonał ją o tym jeszcze bardziej. Chociaż miał okazję, nie próbował niczego więcej, czym jej zaimponował. Był szczery i nie umiał niczego ukrywać, na pewno nie chodziło mu tylko o łóżko.

Laura uśmiechnęła się sama do siebie. Alek był tak delikatny, że niemal subtelny. Nawet całując, nie myślał o sobie, ale dostosowywał się do niej. Nie miała wątpliwości, że był kimś wyjątkowym. Może trochę dżentelmenem starej daty i złotą rączką? Tak. To chyba dobre określenia, pomyślała, upijając kolejny łyk wina, chociaż i tak już szumiało jej w głowie od nadmiaru emocji. Nie mogła doczekać się ich następnego spotkania. Nieważne, kiedy ono nastąpi, była pewna, że będzie wspaniałe.

Wzięła głęboki oddech i przejechała dłonią po przedramieniu. Mimo tych wszystkich emocji tliło się w jej głowie także pewne poczucie winy. A jeśli niepotrzebnie mieszała mu w głowie? Przecież za jakiś czas miała wyjechać. I to na długo. Nie należała do kobiet pokroju Magdy, które po wspólnie spędzonej nocy zbierają swoje rzeczy i udają, że nic się nie stało, nie pamiętając po tym wszystkim nawet imienia faceta. Laura nie chciała zabawić się z Alkiem ani samej siebie skrzywdzić. Już raz cierpiała przez faceta. Chociaż było to dobrych kilka lat temu i historia zdążyła wyblaknąć, strach pozostał i za nic w świecie nie chciał się dać wyplenić.

Znowu głośno westchnęła.

Może to właśnie dlatego nie miała odwagi, żeby umówić się na kolejne spotkanie? Chociaż, z drugiej strony… Aż nie mogła doczekać się, kiedy znowu go zobaczy. Przymknęła oczy. Było w tym wszystkim za dużo sprzeczności. O wiele za dużo.

Konrad

Skończyli z Alkiem rąbać drewka mniej więcej o osiemnastej i popatrzyli na wielki stos piętrzący się pod stodołą. Alek poklepał Konrada po ramieniu i zrobił krok w tył.

– Dobra robota, młody, ale ułożymy je jutro. Dziś nie mam już siły – wydusił, oddychając ciężko.

– Tak. Ja też już nie. – Chłopak przyznał mu rację. Po plecach ciekła mu strużka potu i miał już mokre ubranie. Męczyli się z tym drewnem przez całe dwa dni. Mimo że ledwo teraz stali, miło było spojrzeć na kawał dobrze wykonanej roboty.

– Wejdziesz się czegoś napić? – zaproponował Alek.

Konrad popatrzył na niego, mrużąc oczy, i ciężko odetchnął. Z chęcią by wszedł, ale nie wiedział, czy mu wypada. Głupio było spoufalać się z pracodawcą, gdy wiedział, że ten spotyka się z jakąś kobietą. Może chcieli być sam na sam? Chociaż podczas ostatnich dni Alek kilkukrotnie proponował mu obiad albo pogawędkę, chłopak zawsze odmawiał. Nie dlatego, że nie chciał, bo było wręcz przeciwnie. Po prostu nie wiedział, czy teraz mu wolno.

– Nie, dzięki. Chyba nie. Pójdę się jeszcze przejść do koni, a potem posiedzę w leśniczówce. Nie masz nic przeciwko?

– Pewnie, że nie. W końcu po to dałem ci klucz.

Konrad popatrzył na niego z wdzięcznością.

– Ale może jednak chciałbyś się wcześniej czegoś napić? Albo chociaż odświeżyć? Nie chcę naciskać, ale gdybyś miał ochotę, to wiesz...

– Dzięki, serio. Mam w plecaku wodę.

– No dobrze, skoro tak chcesz – Alek już więcej nie nalegał.

– Pochować narzędzia?

– Nie, nie. Ja to zrobię. Jak chcesz zajrzeć jeszcze do koni, to powinieneś już iść. Kazik je za godzinę zamyka. Z tego, co wiem, kończy właśnie ostatnią naukę jazdy z jakąś dziewczynką. Pospiesz się, bo nie zdążysz, a ja tu wszystko ogarnę i zamknę. Dzięki za pomoc przy drewkach. Naprawdę kawał dobrej roboty.

– Nie ma sprawy. – Konrad pokiwał głową i chwycił plecak. – To do jutra.

– Do zobaczenia.

Tak jak przewidywał Alek, udało mu się dotrzeć do stajni w momencie, w którym Kazimierz kończył ostatnią lekcję jazdy. Kilkuletnia dziewczynka pakowała się właśnie do samochodu, kiedy Konrad pewnym krokiem podszedł do zgarbionego mężczyzny.

– O, cześć, mały. Jak leci? – Kazimierz obrzucił go pobieżnie wzrokiem. – Wyglądasz na zmarnowanego.

– Drugi dzień rąbaliśmy z Alkiem drewno. Ale już po wszystkim. Jeszcze tylko musimy je poukładać i z głowy.

– Może chcesz się ogarnąć w mojej służbówce? – zaproponował mu wspaniałomyślnie.

Konrad popatrzył na niego z wdzięcznością. Chociaż Kazimierz z pozoru wydawał się być wielkim i oschłym mężczyzną, już nieraz udowodnił, że ma ogromne serce.

– Dzięki, ale nie. – Podziękował mu grzecznie, w myślach marząc jednak o prysznicu i czystej łazience. – Pewnie będzie pan już zamykał, co?

– Taki mam plan. Trochę się dziś spóźniłeś.

– Postaram się jutro wpaść wcześniej. Pomóc panu?

– Możesz posprawdzać, czy wszystkie boksy są pozamykane, a ja schowam sprzęt po tej małej. Stoi?

Konrad pokiwał głową.

– Jasne.

I mimo że ledwo stał na nogach ze zmęczenia, zabrał się do roboty.

Nad strumyk dotarł mniej więcej o wpół do ósmej. Pani Róża planowała tego dnia wybrać się do proboszcza, więc nie miał po co spieszyć się do domu. Uklęknął nad wodą i obmył sobie twarz. Była o wiele chłodniejsza niż jeszcze kilka dni temu, ale to dlatego, że słońce postanowiło trochę odpuścić. Synoptycy mówili nawet, że za kilka dni ma spaść pierwszy od tygodni deszcz, ale kto by im tam wierzył.

Po ochłodzeniu się w rowie Konrad przeszedł się jeszcze wzdłuż ogrodzenia i sprawdził, czy po ostatnich wzmocnieniach wszystko jest na swoim miejscu. Z ulgą stwierdził, że tak. Żaden z palików się nie przewrócił ani nie przesunął, i żadna z desek nie odpadła. Jednak wykonywali z Alkiem niezłą robotę. Podniosło go to trochę na duchu.

Uspokojony po obchodzie, udał się w końcu do leśniczówki. O tej porze słońce już nie padało na ganek, dlatego siedziało się tu wieczorem wyjątkowo przyjemnie. Wyjął z kieszeni niewielki klucz, otworzył drzwiczki i wyciągnął jeden z leżaków. Potem zajrzał do plecaka i z radością stwierdził, że została mu jeszcze jednak kanapka. Zjadł ją pospiesznie, popijając wodą, i wyciągnął książkę. Czytał teraz Dostojewskiego. Całkiem podobała mu się jego twórczość.

Po przewróceniu kilku stron stwierdził jednak, że chyba nie ma nastroju spędzać wieczoru w biednej Rosji. Przez chwilę tępo patrzył w majaczący przed nim horyzont, ale w końcu jakby go olśniło. Pogrzebał w plecaku i tym razem wyciągnął z niego niegruby, czerwony zeszyt, za kartki którego zatknięty był czarny długopis. Wahał się przez moment, ale w końcu go otworzył i wbił wzrok w puste strony.

Lubił pisać. Nauczyciele chwalili jego lekkie pióro i niebywałe zasoby wyobraźni. Z wypracowań zawsze dostawał piątki albo szóstki, przez co klasa miała go za jeszcze większego dziwoląga. No bo jaki normalny człowiek z własnej woli pisałby dwa razy więcej, niż mu kazali, i to doprowadzając tym nauczyciela do ekstazy?

Konrad westchnął i wziął do ręki długopis. Tak, może i wolałby mieć normalne życie i normalnych przyjaciół, a nie musieć ich sobie wymyślać, ale wcale nie czuł się przez to gorszy. Wręcz przeciwnie. Lubił proces tworzenia. W wymyślaniu niestworzonych historii było coś wyjątkowego. Nie chodziło tu nawet o kreacjonizm albo zabawę w Boga, ale o dawanie upustu emocjom. Po napisaniu kilku stron zwykle czuł się o wiele lżejszy, nie mówiąc o wewnętrznym poczuciu spełnienia.

Mógł też w ten sposób odświeżać swoją wiedzę. Eksperymentując z formami i zabiegami stylistycznymi, lepiej rozumiał poszczególne style i normy. Chociaż trochę bał się je mieszać, już teraz wiedział, w czym jest lepszy, w czym gorszy. Nie miał na przykład problemów z opisem, ale wiarygodne dialogi sprawiały mu jeszcze problem. Jego polonista twierdził, że powinien pisać jak najwięcej tych drugich. Doświadczenie miało sprawić, że chłopak się w nich wyćwiczy, więc od kilku tygodni uparcie męczył pisanie rozmów. Miał ich już całkiem sporo. Gdyby były jadalne, mógłby nimi wykarmić całkiem spore stadko.

Konrad lubił klasyków i fascynował się noblistami. Podobała mu się prostota Munro, ale też dziwaczność i przeładowanie Schulza. Już teraz swoją wiedzą na temat literatury przewyższał niejednego maturzystę. Wszystko to wchodziło mu do głowy jakoś tak samoistnie. Nigdy zbyt długo nie musiał zastanawiać się nad interpretacją, skojarzenia pojawiały się same. Owszem, jeśli coś mocno go zastanowiło, gdybał nad tym później całe dnie, ale było to u niego coś naturalnego. Jakby jakiś tajemniczy szósty zmysł, odpowiadający za zdolności literackie.

Największą przyjemność sprawiały mu jednak wiersze. Chociaż w opowiadaniach mógł napisać więcej i pełniej, on kochał niedopowiedzenia i wieloznaczności. Miały one w sobie jakąś niewypowiedzianą głębię i pozostawiały większe pole do popisu.

Tylko nie lubił rymów. Może kiedyś były one piękne, ale dla Konrada nie liczył się rytm, tylko przekaz. No, chyba, że chodziło o sonety. W tych musiały być, tu trzeba się było wykazać najbardziej. Tak. I chyba wolał sonety francuskie od włoskich. Tylko nie do końca wiedział dlaczego.

Konrad zapisał już prawie sześć kartek, kiedy zaczęło brakować mu światła. Zbliżał się koniec lipca i dzień był już o wiele krótszy niż zaledwie kilka dni temu. Powoli zapadał zmrok, a z oczami Konrada ostatnio nie było najlepiej. Czuł, że widzi coraz gorzej, i doskonale wiedział, że to od czytania książek po ciemku. Nie śmiał jednak nawet powiedzieć o tym rodzicom. Dostałby wtedy podwójne lanie. Za to, że trzeba wyłożyć pieniądze na okulary, i za to, że ciągle czyta „te bzdury i głupoty".

– Pieprzony profesor, paczta go. Myśli sobie, że jest lepszy od nas – powiedziałby pewnie ojciec, a potem sięgnąłby po skórzany pas.

Konrad wolał więc, żeby było jak jest. Pręgi na plecach nie goiły się ostatnio zbyt szybko, a w te upały wolał chodzić bez koszulki.

Po prostu unikał więc złego światła. I tyle.

Wkurzały go też komary. Chyba musiał mieć słodką krew, bo ciągnęły do niego chmarami. Gdyby mógł, to z pewnością kupiłby sobie jakiś spray albo żel, ale matka nie chciała mu dawać pieniędzy na takie głupoty. Zdołał jedynie uciułać na waniliowy olejek do ciasta. Co prawda bardziej odganiał meszki niż komary, ale chociaż był jakiś efekt i to paskudztwo aż tak go nie gryzło. Tylko że skończył mu się jakiś czas temu. Teraz wolał kupić jednak wodę niż następny aromat. Było okropnie gorąco, a on musiał dużo pić przy tak ciężkiej pracy. Głupio mu było brać wodę od Alka.

Nie chcąc za bardzo narzekać, Konrad zebrał się w końcu, spakował plecak, zamknął leśniczówkę i ruszył do domu. Od lasu wiało już chłodem, więc musiał na siebie narzucić schowaną w plecaku bluzę. Od razu poczuł się lepiej. Do czasu, bo gdy tylko wszedł do wsi, zaczepiła go grupka jakichś starszych chłopaków, co wcale nie było przyjemne.

Zdarzało mu się to dość często. Jego rodzice byli znanymi w całej wsi awanturnikami i porządnie sobie nagrabili. Jego ojciec w przeszłości wyniósł z niejednego domu jakąś maszynę, a matka była po prostu wredna i sąsiedzi jej nie lubili.

A ludzie raczej patrzyli stereotypowo. Wcale nie było dla nich ważne to, że on jest zupełnie inny niż jego rodzice. Nikt nie dostrzegał, że jemu zależy na nauce i że podchodzi do innych z szacunkiem. Albo tego, że w przeciwieństwie do nich jest uczciwy i pracowity.

Dostawało mu się z byle powodu, i to nie raz. A bo to ojciec nagabnął któregoś z chłopaków, a bo matka kogoś wyzwała na ulicy, albo ogólnie, za całokształt. Ludzie wytykali go palcami i nie żałowali ostrych słów. Zdarzyło mu się nawet parę razy oberwać.

Na szczęście nauczył się już reagować w takich sytuacjach. Po prostu milczał wtedy jak grób i starał się być odporny na zaczepki, a ludzie szybko się wtedy nim nudzili. Bo co to za przyjemność pastwić się nad kimś, kto ma to zupełnie gdzieś?

No właśnie. Żadna.

Problem był tylko taki, że nawet jeśli Konrad nie pokazywał po sobie, że w jakikolwiek sposób go to dotyka, prawda była zupełnie inna. Każde słowo i każda obelga wdzierały się głęboko do jego umysłu i przysiadały gdzieś w jego kącie, by później przypomnieć o sobie w najmniej odpowiednim momencie. Załamania nerwowe zdarzały mu się w samotności coraz częściej. Nie widział jednak sensu mówienia o tym, więc jeszcze bardziej się w sobie zamykał. Bo tak na dłuższą metę, to czy on kogoś na tym świecie obchodzi? I czy jest cokolwiek wart?

No właśnie...

Alek

Tym razem mieli się spotkać u Laury. Minęło kilka dni, odkąd Alek zaproponował jej to podczas rozmowy przez telefon. Nie chciał na nią za bardzo naciskać, poza tym miał w gospodarstwie sporo pracy. Razem z Kazimierzem musieli znaleźć kupców na kilka koni, bo na świat przyszły nowe i w stajni na dniach zrobiłoby się za ciasno.

Laura zgodziła się od razu i z entuzjazmem zaprosiła go do siebie. Był trochę stremowany, bo po raz pierwszy mieli zobaczyć się gdzie indziej niż na wsi. Przez chwilę rozważał nawet założenie koszuli i eleganckich spodni, ale dał sobie w końcu spokój. Zwinięta na dywanie kotka skutecznie odradziła mu ten pomysł głośnym, przeciągłym miauknięciem, a potem znowu zapadła w sen. Uśmiechnął się do swojego odbicia w lustrze i założył znoszoną koszulkę i dżinsy, ale coś było nie tak. Tak mógł ubierać się tutaj, kiedy nikt go nie widział albo szedł do roboty. Wydało mu się, że nie będzie pasował do wystawnego domu Laury. Jeszcze nie był w środku, ale po tym, co opowiedziała mu o rodzicach, był przekonany, że powinien jednak założyć koszulę. Dżinsy zostawił. Dopiero teraz uznał, że wygląda odpowiednio.

Postanowił kupić kwiaty, bo to też wydało mu się odpowiednie. W filmach mężczyźni zawsze je kupowali i zjawiali się w drzwiach z pokaźnym naręczem w ręku. Alek zatrzymał się więc w małej kwiaciarni pod miastem i zdał się na gust kwiaciarki, która zrobiła dla Laury ogromny, różowy bukiet. Królowały w nim piękne kwiaty, których nazw nawet nie znał. No, może poza różami, tak źle z nim jeszcze nie było.

Pojawił się na jej podjeździe niemalże punktualnie. Laura od razu dostrzegła go z okna i na boso wybiegła na zewnątrz. Podczas gdy wcześniej, nie licząc rozmowy w parku, widywał ją raczej w codziennych ubraniach, teraz miała na sobie białą, zwiewną sukienkę przez którą bez trudu mógł dostrzec, jaką włożyła bieliznę. Miała rozpuszczone włosy i lekko zaróżowione policzki, a na szyi niewielki naszyjnik. Aż zaparło mu dech, gdy na nią popatrzył. Wyglądała jak najpiękniejsza nimfa.

– Cześć. – Podeszła do niego i wspięła się na palce, żeby pocałować go w policzek. – To dla mnie? – Zdziwiła się widok ogromnego bukietu.

Alek pokiwał głową, oszołomiony jej wyglądem i spontaniczną bliskością, po czym wręczył jej kwiaty.

– To chyba najpiękniejszy bukiet, jaki w życiu dostałam! – Zachwyciła się zanurzając nos w kwiatach, przez co wydała mu się jeszcze ładniejsza. Wyglądała teraz tak słodko i niewinnie, że aż brakowało mu słów. Trochę jak mała dziewczynka albo niewielka rusałka, beztrosko skacząca wśród traw. – Cieszę się, że ci się podoba – powiedział w końcu, odzyskując głos.

– Jesteś dość małomówny. Coś nie tak? – Spojrzała na niego, tuląc do siebie bukiet.

– Nie. – Głośno przełknął ślinę. – Po prostu wyglądasz tak pięknie, że aż nie wiem, co mógłbym powiedzieć.

Zawstydziła się i dotknęła jego ręki.

– Dziękuję. Ty też nieźle wyglądasz.

Odchrząknął.

– To co, wejdziemy do środka? – spytała. – Powinnam wstawić kwiaty do wody. Jest ciepło, a nie chcę, żeby za szybko zwiędły. Będą przypominały mi ciebie, więc lepiej, żeby trochę postały.

– Prowadź. Chociaż podobno suszenie miłości nie jest takie znów zdrowe…

Laura zignorowała tę jego uwagę i ruszyli wąską ścieżką wprost do znajdującego się na skarpie wejścia.

– Macie piękny ogród – zauważył. – Nie wiem, czy już to mówiłem, ale robi wrażenie.

– Ja też nie pamiętam, ale bardzo dziękuję. Niestety, nie ma w tym mojego wkładu. To wyłącznie zasługa ogrodnika. Gdyby nie on, to byłaby tutaj puszcza.

– Wiem z doświadczenia, że do kwiatów trzeba mieć nie tylko rękę, ale i zacięcie.

Laura obrzuciła go zaciekawionym spojrzeniem.

– Uprawiasz kwiaty?
– Nie. Zasuszyłem wszystkie, więc dlatego mówię, że wiem z doświadczenia.

Roześmiała się pierwszy raz tego wieczoru.

– Zabrakło ci ręki czy zacięcia? – zapytała frywolnie.
– Nie wiem. – Alek wzruszył ramionami w typowy dla siebie sposób. – Chyba jednego i drugiego. Ale nie narzekam na warzywa. Z nimi jest jakoś łatwiej.
– Dlaczego? – zapytała, gdy znaleźli się u drzwi i pozwoliła, by je przed nią otworzył.
– Bo o nich jakoś łatwiej pamiętać. Może dlatego, że są jadalne, a kwiaty rosną tylko dla ozdoby?
– Jesteś chyba najbardziej praktycznym człowiekiem, jakiego znam – stwierdziła. – Piękno to też jest wartość. Sama w sobie.
– Wnioskuję, że nie znasz zbyt wielu samotnych facetów ze wsi.

Zabawnie zmarszczyła brwi.

– Jesteś samotny?
– Czasem bywam. – Uśmiechnął się.
– Hm... Więc będę musiała coś z tym zrobić.

Tym razem to on się uśmiechnął.

– Nie wysilaj się za bardzo. I bez specjalnej troski nieźle ci to wychodzi.
– Miód na moje serce. A teraz rozgość się tutaj – wskazała na salon – a ja zorganizuję jakiś wazon i zaraz do ciebie wracam.

– Okej. – Alek skinął tylko głową i wszedł do ogromnego pomieszczenia, w centrum którego znajdował się pokaźnych rozmiarów podest, a na nim fortepian. Tuż za instrumentem, pod oknami, które zajmowały całą frontową ścianę, ktoś ustawił maleńki, okrągły stolik, na którym stała zastawa i tliły się dwie wysokie świeczki.

Alek podszedł do niego powoli i dopiero stamtąd dokładnie rozejrzał się po wnętrzu. Ciemna, drewniana podłoga i jasnoszare ściany nadawały temu miejscu wyjątkowego charakteru, oczywiście pomijając fortepian. Na ścianach znajdowały się delikatne pejzaże i utrzymane w szarościach abstrakcje, które z pewnością wyszły spod ręki matki Laury. Musiał przyznać, że były piękne, choć jego wiedza o sztuce zaczynała się i kończyła na tym, co namalował Picasso. Innych nazwisk chyba nie znał.

– I jak ci się podoba? – Dobiegł do niego głos Laury, która pojawiła się w salonie z kwiatami i wazonem.

Alek czuł się tu trochę jak w jakiejś pokaźnej galerii albo muzeum, a nie w domu mieszkalnym, ale uznał, że nie powinien jej tego mówić.

– Nigdy nie widziałem czegoś takiego.

Laura spojrzała na niego z zaciekawieniem i postawiła kwiaty na stole.

– Masz na myśli obrazy mamy? Pejzaże to raczej wcześniejszy okres. Aktualne są abstrakcje, chociaż najnowsze dzieła trzyma w Kanadzie. Tutaj bywają z ojcem tylko od święta, więc raczej nie inwestują w to miejsce już tyle, co kiedyś.

– Miałem raczej na myśli to wszystko. – Alek wykonał szeroki ruch ręką. – To tak wielki dom, że czuję się w nim nieco…

– Mały? Zagubiony?

Uśmiechnął się.

– Raczej chodziło mi o to, że nienaturalnie, ale dzięki. Po prostu boję się dotknąć czegokolwiek, żeby nie zepsuć.

– Och, daj spokój. Przecież to tylko meble.

– Podejrzewam, że samo wyposażenie tego salonu kosztowało więcej niż całe moje poddasze – powiedział, dziękując sobie w myślach, że jednak założył koszulę. Bez niej czułby się jak typowy chłopak ze wsi, wpuszczony nagle na salony. Chociaż właściwie… Teraz też się tak czuł.

Laura spojrzała na niego łagodnie.

– Nie dbam o to – powiedziała, jak gdyby nigdy nic i podeszła bliżej. – To wszystko to tylko demonstracja sił. Ty swoje poddasze zbudowałeś od deski do deski, i to własnymi rękami. W moim odczuciu przedstawia dużo większą wartość niż to, co jest tutaj, ale masz prawo myśleć inaczej.

Popatrzył na nią z uznaniem i mimowolnie natychmiast się rozluźnił. Nie miał powodów, by jej nie wierzyć.

– Jesteś głodny czy wolałbyś się najpierw czegoś napić? – spytała, widząc jego zmianę nastawienia.

– Możemy zjeść od razu. Przed wyjściem nic nie jadłem i trochę burczy mi w brzuchu.

Znowu na niego spojrzała.

– Och, nie patrz tak na mnie, po prostu nie miałem czasu – dodał, chcąc się usprawiedliwić.

– W takim razie dobrze, że zapytałam. – Laura westchnęła teatralnie. – Zrobiłam kaczkę z jabłkami. Mam nadzieję, że nie jesteś wybredny.

– Nie, jeśli chodzi o mięso. A kaczka z jabłkami brzmi pysznie. Nie pamiętam, kiedy ostatnio coś takiego jadłem.

– Poważnie?

– Zwykle sam sobie gotuję, a moje zdolności kulinarne... – Podrapał się po głowie. – Po prostu nie są na zbyt wysokim poziomie.

– Więc jednak nie jesteś chodzącym ideałem? – Laura uniosła brwi. – Jestem rozczarowana.

– Cóż... Jak to mówią, nie można mieć wszystkiego.

– Dobrze, już dobrze. Żartowałam. – Przeniosła wzrok na nakryty obrusem stolik. – Wolisz poczekać tutaj czy pomóc mi w kuchni? Mógłbyś przynieść talerze. I otworzyć wino.

– Znów sprawiasz, że czuję się potrzebny. To chyba naprawdę jakaś psychologiczna sztuczka.

– Hm... – Wydęła usta i przytknęła do nich palec. – Nie wpadłam na to, ale nie mogę zaprzeczyć.

Odetchnął z ulgą.

– Wiesz co? – Spojrzała na niego. – Zamiast rozmawiać o psychologii, chodź lepiej mi pomóc z tą kaczką.

– Idę, już idę. Jeśli chodzi o ptactwo hodowlane, mam trochę większe doświadczenie, więc prowadź – zażartował.

Roześmiała się i ruszyła w stronę kuchni.

– Nie będę protestować.

Alek musiał przyznać, że jedzenie było pyszne. W życiu nie podejrzewałby Laury o takie zdolności kulinarne, ale kaczka po prostu rozpływała mu się w ustach, tak samo jak podane do niej jabłka i purée. Jadł je z ogromną przyjemnością, delektując się każdym kolejnym kęsem. Skrzętnie dobrane przyprawy czule muskały jego podniebienie i pobudzały nieznane dotąd kubki smakowe. Wybrała też świetne wino, ale to raczej nie dziwiło go już tak bardzo. Barek, który mieścił się w tym domu, stanowił tak pokaźną kolekcję alkoholi, że po prostu nie mogła się na tym nie znać. Z pewnością byłby wspaniałą ucztą dla niejednego konesera.

Jedyne, co mu w tym wszystkim nie grało, to smętny nastrój Laury. Nie mogło umknąć jego uwadze, że była dziś o wiele bardziej cicha i skryta niż zwykle. Choć z początku przypisywał to ogromnej swobodzie, z jaką się przy sobie czuli, wyraźnie coś ją trapiło.

– No dobrze – westchnął w końcu, odkładając sztućce, i oparł łokcie na stole. – Powiesz mi, co jest nie tak?

Spojrzała na niego, przesuwając widelcem wiórek imbiru.

– Dlaczego miałoby być?

– Prawie się nie odzywasz. To trochę dziwne i po prostu się niepokoję. Coś się stało?

– Nie, wszystko okej – mruknęła, zupełnie nieprzekonująco.

Alek popatrzył na nią jeszcze uważniej. Nawet złote kolczyki, które miała w uszach, zdawały się mieć więcej blasku i życia niż ona. Chociaż nigdy nie był jeszcze w takiej sytuacji, czuł, że nie powinien tego tak zostawiać. Obiło mu się o uszy, że kobiety lubią rozmawiać. A ona była przecież gadułą.

Odczekał jeszcze chwilę i spojrzał przez okno. Słońce powoli rozświetlało niebo tysiącami ostatnich promieni. Z zachodu nadciągały już ciemne chmury i właściwie to chyba zanosiło się na deszcz.

Odetchnął głośno i lekko przesunął dłonią po stole, a potem musnął palcami jej rękę.

Natychmiast uniosła wzrok. Złapał ją spojrzeniem.

– Po prostu o tym pogadajmy. – Zachęcił ją łagodnie. – Sama mówiłaś, że nieraz już od tego robi się lepiej. Może powinnaś chociaż spróbować?

Uśmiechnęła się blado i odgarnęła z twarzy niesforne pasmo zabłąkanych włosów.

– Może wolałbyś najpierw zjeść deser? – Spróbowała zmienić temat.

– Deser może poczekać.

– No dobrze – westchnęła. – To chociaż przenieśmy się na kanapę. Słońce świeci mi prosto w oczy, nie wiem, jak tobie.

– Jasne. – Alek skinął głową i chwycił w dłonie kieliszki z winem.

Usiedli na kanapie po drugiej stronie fortepianu. Laura zajęła jeden z narożników i oparła się o miękkie poduszki, podkurczając pod siebie nogi. Alek musiał przyznać, że miała rację. Tutaj nie świeciło już na nich słońce, ale wciąż mieli wspaniały widok na jego zachód. Patrzyli na niego przez kilka chwil. Każde bijąc się ze swoimi myślami.

– Zdarza ci się nieraz myśleć o przeszłości? – zapytała go w końcu ściszonym głosem.

– Co masz na myśli?

– Rozpamiętywanie krzywd. Myślisz sobie czasem, co by było, gdyby?

Chwilę wahał się z odpowiedzią.

– Jeszcze jakiś czas temu usilnie starałem się zrozumieć, dlaczego tak szybko straciłem rodziców, ale teraz już o tym nie myślę.

– Bo znalazłeś odpowiedź?

– Nie. – Pogładził swoje spodnie. – Po prostu uświadomiłem sobie, że nie ma sensu jej szukać. Pewnych rzeczy nie potrafimy zrozumieć. Wydaje mi się, że człowiek nie jest w stanie pojąć sensu cierpienia. Nie jest w stanie zrozumieć, dlaczego w jednej chwili zostaje pozbawiony tego, co dla niego najważniejsze, choć przecież nie zrobił nic złego. Nasza natura jest za bardzo ograniczona, więc takie rozmyślania nie mają sensu.

Laura zamyśliła się nad znaczeniem tych słów.

– Jestem jeszcze chyba na etapie, na którym nie potrafię tego przyjąć. – Zawiesiła głos. – Chodzi mi o to, że ja jeszcze szukam. Szukam jego sensu.

– Cierpienia?

Pokiwała głową.

– Przez długi czas czytałam nawet o tym różne książki, ale żadna z odpowiedzi mnie nie satysfakcjonowała. Jakby ludzie nie byli w stanie po ludzku tego wytłumaczyć. Właśnie tak, jak mówisz.

– Czy to ma jakiś związek ze mną?

Westchnęła, na moment przymykając powieki. Przez chwilę zastanawiała się, czy powinna mu opowiedzieć o swoich lękach i wątpliwościach, ale jedno spojrzenie w jego pełne zrozumienia oczy wystarczyło, żeby podjęła decyzję.

– Trochę się boję – odezwała się w końcu.

– Czego?

– Tego, co dzieje się między nami.

Popatrzył na nią wyczekująco.

– Och, tutaj nie chodzi o ciebie, nie musisz się martwić. Po prostu to dla mnie nowość i...

– Zrobiłem coś, czego nie powinienem?

Poprawiła leżącą obok poduszkę.

– Nie o to mi chodzi... – odpowiedziała niemalże bezgłośnie.

– Nie wiem, czy mam dopytywać. Dla mnie taka relacja to też coś nowego. Jeszcze nigdy z nikim nie byłem na serio. Czy o to ci chodzi? Boisz się zobowiązań? To między nami... To za dużo, za szybko?

– Nie. – Laura pokręciła głową. – Po prostu nie chcę... Hm. – Ciężko jej było znaleźć właściwe słowa. – Znowu cierpieć. I żeby ktoś znowu mnie skrzywdził. – Zawiesiła głos. -I że ciebie skrzywdzę. Wiem, wiem. – Natychmiast uspokajająco dotknęła jego ręki. – Na pewno nie masz takich intencji, ja też nie mam, ale nie zawsze wychodzi, tak, jakbyśmy tego chcieli...

– Może po prostu mi o tym opowiedz, dobrze? – wpadł jej w końcu w słowo. – I razem zdecydujemy, co dalej będzie. Czy to sprawiedliwy układ?

Spojrzała na niego z wdzięcznością.

– A więc chodzi o mężczyznę... – zaczął za nią.

– Spotykaliśmy się w szkole średniej i potem trochę na studiach. – Podjęła temat.

– Długo się znaliście? – zapytał, widząc, że tak jest jej dużo łatwiej.

– Ponad rok, zanim zaczęliśmy ze sobą być. Świetnie się dogadywaliśmy i lubiliśmy spędzać ze sobą czas.

– Dość długo, żeby się poznać. – Potarł kciukiem jej palce, widząc, że mówienie o tym sprawia jej trudność.

– Tak mi się wtedy zdawało. Z przyjaźni do wielkiej miłości. Liczyłam na coś na serio.

– Ale nie wyszło?

– Przez pierwsze miesiące owszem, było wspaniale. Był szarmancki i czarujący, spędzaliśmy ze sobą każdą chwilę. Zasypywał mnie kwiatami, SMS-ami i wyznaniami miłości. Organizował wymyślne randki, oczarowywał moich znajomych.

– Więc co było nie tak?

– Zdradzał mnie prawie od początku. Wiedzieli wszyscy, tylko nie ja.

Jej wyznanie niemalże fizycznie go uderzyło, ale nie dał tego po sobie poznać.

– Czy to w ogóle możliwe? Nie mieliście wspólnych przyjaciół?

– Wychodziliśmy raczej z jego kumplami. Trzymali jego stronę. Podejrzewam, że tak samo jak on uważali to za coś normalnego. Wiesz, że facet powinien, bo to tylko potwierdza jego męskość.

Alek zmarszczył brwi i lekko ścisnął jej rękę.

– Co za brednie... – szepnął.

– Prawda? Na dodatek ta dziewczyna, z którą mnie zdradzał, zaczęła mnie nękać.

– Znałyście się?

– Skąd. Musiała wziąć od niego mój numer, bo zaczęła mnie prześladować. Pisała do mnie też w internecie, zarzucała mi pocztę. Wysyłała mi jakieś ich wspólne zdjęcia, opowiadała, jak jest między nimi wspaniale. I obrażała mnie. Chociaż akurat to bolało najmniej.

– A on nic z tym nie zrobił? Nie mówiłaś mu?

– Pewnie, że mówiłam. Niejeden raz. Nawet zalewając się łzami.

– I co?

– I nic. Zawsze stawał po jej stronie i udawał, że nic nie wie, że to stare zdjęcia i że to nieprawda. Któregoś razu nawet się o to pokłóciliśmy i wtedy się wygadał, bo powiedział, że skończy z nią najszybciej, jak się da.

Że tylko ja jestem najważniejsza i tak dalej... Wiesz. Ta sama śpiewka, którą wciska się każdej naiwnej, zdradzanej kobiecie.

– Nie skończył?

– Nie. – Laura podciągnęła pod siebie nogi jeszcze bardziej i niemalże zwinęła się w kłębek.

Alek głośno przełknął ślinę.

– Jak się dowiedziałaś?

– Zostawił kiedyś swój telefon i przyszedł SMS. Był w łazience, a ja myślałam, że to któryś z jego kumpli. Czasem odbieraliśmy swoje telefony. – Zrobiła pauzę i zaśmiała się gorzko. – Wiesz, co było w tym najśmieszniejsze? Że przeglądając ich rozmowę, dowiedziałam się, że nawet mówił do nas tak samo. Gdybym nie wiedziała, do kogo pisze, byłabym pewna, że do mnie. Te same teksty, te same zdrobnienia. Wszystko tak samo.

– Przykro mi... – powiedział, widząc w jej oczach łzy, i zaplótł wokół jej dłoni palce.

Zrobiła to samo.

– Najgorsze jest to, że potem mu wybaczyłam i jak głupia łudziłam się, że będzie inaczej. Wiesz... Że powie mi, że to ja jestem najważniejsza, i zaczniemy wszystko od nowa. Dałam mu drugą szansę, a potem jeszcze i trzecią. To śmieszne – wydusiła, bliska łez. – A on za nic miał wierność.

Alek przysunął się i otoczył ją ramieniem. Laura mimowolnie przylgnęła do jego piersi. Poczuł, jak wstrząsnął nią szloch i przygarnął ją jeszcze bardziej.

– To wcale nie jest śmieszne – powiedział, z ustami nad jej czołem, a potem lekko pogładził po plecach. – Po prostu dałaś się omamić, ufałaś mu. Nie widzę powodu, dla którego miałabyś mu wtedy nie wierzyć.

– Bo mogłam to przewidzieć już wcześniej? Bo ludzie się nie zmieniają? – raczej stwierdziła, niż zapytała.

– Trzeba nieraz czegoś boleśnie doświadczyć, żeby uwierzyć.

– Po prostu byłam naiwna. Nie chcesz tego powiedzieć, ale tak właśnie było.

Pogłaskał ją po głowie i przytulił do niej policzek.

– Nie myślę tak. Sądzę, że musiałaś bardzo go kochać, skoro pozwoliłaś mu wrócić. Nie każdy byłby w stanie wybaczyć coś takiego. To świadczy raczej o twojej sile, niż słabości. W moich oczach nie byłaś naiwna. Po prostu go wtedy kochałaś.

Laura pociągnęła nosem i roztarła pokryte gęsią skórką ramię. Wcale nie miała zamiaru tak się przed nim rozklejać, ale musiała przyznać, że miał rację, mówiąc, że gdy to z siebie wyrzuci, zrobi jej się lepiej. Była też pełna podziwu dla jego opanowania i umiejętności prowadzenia rozmowy. Wcale na nią nie naciskał, jak zwykła to robić Magda. Był niezwykle taktowny, za co była mu wdzięczna.

– Chciałabym patrzeć na to tak jak ty. Nie mogę sobie wybaczyć, że myślałam wtedy, że to ten właściwy. I mimo wszystko w to brnęłam. W to bagno.

– Z miłości robi się różne głupie rzeczy. A przynajmniej tak mówią.

– Mimo upływu czasu nadal mnie to boli – przyznała po chwili, nieco spokojniej. – Już nawet nie chodzi o niego, bo to było, minęło, ale o mnie. Został mi po tym wszystkim jakiś horrendalnych rozmiarów uraz, którego nie umiem się pozbyć. Przez kilka lat unikałam mężczyzn jak ognia, ale wcale nie było mi lepiej. W głębi duszy jestem kimś, kto się dusi w samotności. Odpychałam wszystkich i zawsze. To właśnie dlatego wyszłam wtedy z tego klubu. Bo nagabywał mnie jakiś mężczyzna. Musiałam stamtąd uciec.

– To wszystko brzmi strasznie… – powiedział, wyobrażając sobie, jak źle musiała czuć się we własnej skórze.

– Chcę pomagać innym, a sobie nie umiem.

Alek odsunął ją lekko od siebie i uniósł jej twarz na wysokość swoich oczu. Zagłębił się w nich bez reszty.

– Może powinnaś pozwolić innym sobie pomóc? Dać sobie szansę na coś nowego i spróbować się skonfrontować z tym lękiem?

Po jej policzku popłynęła ostatnia tego wieczoru łza. Była mu niewyobrażalnie wdzięczna za te słowa i za to, że ją zrozumiał.

– Tak – westchnęła. – Myślę, że to właśnie ten czas, w którym powinnam. Nie chcę tylko, żeby…

– Ciii… – szepnął i pogłaskał ją po ramieniu. – Mieliśmy nie gdybać.

– Ale ja przecież za dwa miesiące i tak wyjeżdżam…

Alek przysunął twarz do jej twarzy, czując, że właśnie to powinien teraz zrobić.

– Może będziemy się tym martwić później, dobrze? – zapytał tylko, a potem ją pocałował. A potem jeszcze raz, i więcej. Mocniej i pewniej.

Tuląc ją do siebie tamtego wieczoru, tak bezbronną i rozbitą, był już niemalże pewien tego, że właśnie bez reszty zakochuje się w tej kobiecie. I choć zdarzało mu się to pierwszy raz w życiu, wcale nie bał się tych myśli. W głębi duszy czuł, że to nie jest żadna głupiutka miłostka, ale coś, czemu nigdy nie pozwoli się skończyć...

Mindzia

Wojna trwała w najlepsze. Trzecia Rzesza rosła w siłę, siejąc postrach i wyciskając swoje piętno już nie tylko na Bogu ducha winnej Polsce, ale i całej Europie. Skalę tragedii powiększył też fakt, że coraz odważniej wkraczała w ten konflikt także Armia Czerwona, bez skrupułów zajmując tereny uzgodnione wcześniej z Hitlerem. Huk za hukiem przecinały więc powietrze, nadal trwały zagorzałe walki. Ale wszyscy mieli jeszcze siły, byli pełni wiary. Młodzi mężczyźni z zapałem ruszali do boju. Pozostawiali radość za plecami, po czym dumnie chwytali za karabiny. Wkładali ciężkie buty i wieszali na piersiach krzyżyki.

W powietrzu dał się słyszeć głośny jęk pełnych bólu pożegnań. Płakały kobiety i dzieci. Lamentowały rodziny. Ziemia o mało nie zapadała się pod ciężarem pełnych nadziei zawieszonych w powietrzu słów.

Krysieńka chodziła po dworku jak struta i Oleńce na jej widok niejednokrotnie pękało serce. Mila kazała nawet postawić pod oknem specjalny zydelek, żeby nie musiała całymi dniami stać i wyglądać, ale Krysia była w amoku. Zdawała się go nawet nie zauważać.

– Może byś usiadła. To nie jest dobre dla dziecka stać tak bez ruchu godzinami – mówiła Mila, zaglądając do ich pokoju. – Mogłabyś skupić się teraz na nim.

– Usiądę, jak wróci Bolek. – Krysia machała tylko ręką w stronę matki. – Usiądziemy razem.

Oleńka nie mogła nadziwić się tej niewyobrażalnej nadziei, którą nosiła w sobie Krysieńka. W krótkich chwilach wytchnienia zastanawiała się nawet, czy ona byłaby w stanie pokochać kogoś tak mocno, jak Krysia kochała Bolka.

Odważyła się nawet zagadnąć kiedyś Stanisława o to, czy to jeszcze zdrowe, ale ten zbył ją tylko słowami:

– Kochanie, a kto powiedział, że na miłość nie trzeba lekarstwa? – I odszedł do swoich zajęć.

Od tamtej pory Oleńka postanowiła więc nie drążyć. Z uporem maniaczki podtykała Krysieńce przekąski i herbatę. Zajmowała się dziećmi najciszej, jak potrafiła, by jak najmniej ją dodatkowo obciążać.

– Miał tu być. Przy mnie, przy dzieciach. – Nieustannie rozlegał się po ich pokoju cichy szept. Z czasem Oleńka nauczyła się go jednak ignorować.

Podczas zimy zdążyła zaprzyjaźnić się ze wszystkimi mieszkańcami dworku. Z ogromnym zapałem zajmowała się dziećmi Krysieńki i jeszcze większym pomagała Mili w kuchni.

– Jesteś prawdziwą mistrzynią ruskich pierogów! – mawiał do niej nawet Stanisław, przez co rwała się do tej pomocy jeszcze chętniej. Choć nigdy wcześniej tego nie robiła, bo Andrzejowa wolała ją trzymać z dala od kuchni, potrafiła gotować już świetne zupy i sosy, a od święta nawet i mięsa.

– Jeszcze trochę i będzie z ciebie niezła kucharka. – Chwaliła ją także pełna podziwu Mila. – Masz do tego dryg, Oleńko. Jak mało kto.

– Bardzo dziękuję. – Dziewczyna kłaniała się wtedy nieśmiało i dalej robiła swoje. Pierwszy raz od dawna czuła się na tym świecie ważna i potrzebna. Nawet się nie zorientowała, gdy dworek stał się jej nowym domem. Prawdziwą oazą bezpieczeństwa.

A wieczorami, gdy już zrobiła, co miała zrobić i położyła dzieci spać, załapywała się czasem na prowadzone w półmroku lekcje Stanisława. Nie chcąc przeszkadzać okolicznym dzieciom, siadała w rogu i z uwagą wsłuchiwała się w to, co mówił. Chociaż nie miała żadnego zeszytu i nigdy nie śmiała o niego prosić, niemalże spijała słowa z jego ust i skrzętnie przechowywała to wszystko w pamięci.

Stanisław był niezwykle dobrym mówcą. Chociaż nigdy nie słyszała żadnego profesora, była pewna, że niejednego prześcignąłby w umiejętności prowadzenia wykładów. Miał potężną wiedzę, ale wcale z tego powodu nie wynosił się ponad innych. Podobnie jak Mila, był człowiekiem wyjątkowo ciepłym i otwartym na innych. Oboje podchodzili do uczniów przede wszystkim z szacunkiem i zrozumieniem. Stawiali głównie na ich dobro, przez co czasem musieli kilka razy powtarzać materiał. Tak, aby nikt nie miał wątpliwości, że go sobie przyswoił.

Oleńka powoli zaprzyjaźniała się też z Jerzym, który traktował ją trochę jak młodszą siostrę. Chociaż przez większość dnia był głównie poza domem, w wolnych chwilach chętnie wybierali się na wspólne obejście podwórka albo siadali przy piecyku i czytali wiersze. A raczej to on recytował, gdy ona słuchała. W dużej mierze z pamięci. I głównie Mickiewicza. Najbardziej podobały jej się *Sonety odeskie*. Miała wrażenie, że jego głos jakoś wyjątkowo do nich pasuje. Choć nie zawsze widziała w nich tyle sensu co on i zwykle musiał jej potem wiele objaśniać, to właśnie je darzyła największym sentymentem.

– A dlaczego? – zagadnął ją któregoś wieczoru Jerzy, gdy Stanisław prowadził lekcje z młodszymi dziećmi, a Mila z Krysieńką spały w najlepsze, odpoczywając po ciężkim dniu.

Oleńka popatrzyła na niego niepewnie. Wiedza raczej nie pozwalała jej na śmiałe dyskusje o literaturze, więc nie miała żadnego silnego argumentu. Musiała zdać się raczej na serce.

– Bo wszędzie się mówi tylko o krymskich. Nie chcę lubić tego, co wszyscy. Zresztą te odeskie są o miłości – wypaliła po chwili zadumy, co Jerzy skwitował gromkim śmiechem.

Oleńka zarumieniła się zawstydzona, podczas gdy Jerzemu ta odpowiedź naprawdę przypadła do gustu.

– A wiesz, że jest w tym nawet sporo sensu? – Spojrzał na nią z uznaniem. – To naprawdę wyjątkowe, że podoba ci się to, co wydaje być się w pewien sposób pomijane i spychane w zapomnienie. Tacy ludzie są bardzo potrzebni, bo to oni zmieniają świat. Nie jest sztuką powielać to, co robią i mówią tłumy, ale sięgać po to, co niezgłębione. Badać niszowe. Taką naturę mają prawdziwi wielcy tego świata.

Oleńka popatrzyła na niego wielkimi oczami. Jego mądrość czasem ją onieśmielała. Wydawał się bardzo dojrzały. Chwilami ciężko było uwierzyć, że miał niewiele lat więcej niż ona.

– Naprawdę? – zapytała, bojąc się trochę, że żartuje. Poczuła się niemalże zaszczycona tym komplementem.

On jednak z powagą skinął głową, w odpowiedzi na co uśmiechnęła się szeroko. Pomyślała zarazem, że te wszystkie słowa odnoszą się raczej do niego. To Jurek wydawał się człowiekiem łamiącym schematy, nie ona. Jej rolą było biernie się podporządkować. A przynajmniej tego wymagała bieżąca sytuacja.

– To co, poczytać ci jeszcze? – Jerzy przerwał jej rozmyślania, przewracając kolejną kartkę pożółkłego tomiku wierszy Mickiewicza. Z obawy przed esesmanami chował go w dziurze w podłodze, tak jak inne zakazane książki.

– Chętnie posłucham – odpowiedziała Oleńka i skuliła się, jeszcze bardziej przylegając do rozgrzanego pieca.

Choć za oknami toczyła się wojna, a ona była uciekającą przed Niemcami Żydówką, czuła się tutaj naprawdę dobrze i bezpiecznie. Głównie za sprawą życzliwych ludzi, ale też noszonego na piersi krzyżyka od Andrzejowej. Mimo że dokładnie pamiętała, kim jest, i wiedziała, że ta pamięć należy się jej rodzicom, powoli przekonywała się, że krzyż ma wielką wartość. Patrzący z niego Chrystus z mocą chronił ją od śmierci, czego namacalnie doświadczała od kilku miesięcy. Podobną siłę miało recytowane co wieczór *Ojcze nasz*. W tej sytuacji Oleńka po prostu nie mogła nie być im wierna.

Laura

Choć po ostatniej szczerej rozmowie z Alkiem Laura nadal miała głowę pełną wątpliwości, starała się wierzyć, że teraz będzie inaczej, i robiła wszystko, by pozwolić mu się do siebie zbliżyć. Chcąc wykorzystać dany im czas maksymalnie, niemalże każdego popołudnia wsiadała do auta i przyjeżdżała na wieś. Spędzanie czasu z Alkiem stało się dla niej najprzyjemniejszą rzeczą na świecie, czego nie spodziewała się jeszcze zaledwie tydzień temu. Przez ostatnie dni dał jej się poznać jako najbardziej czarujący i sympatyczny facet, jakiego w życiu spotkała. Nadal nie mogła wyjść z podziwu nad tym, jak to w ogóle możliwe.

Musiała też przyznać, że stawał na wysokości zadania, jeśli chodzi o naturalne przełamywanie jej barier. Chociaż doskonale wiedziała, jak bardzo jest zmęczony po całym dniu pracy, nigdy nie dawał jej tego po sobie poznać i z zapałem urządzał jej drobne eskapady, pełne szczerych do bólu rozmów.

Wszystko to przyprawiało ją o prawdziwy zawrót głowy i nawet gdyby wcześniej wątpiła w jego intencje, teraz wiedziała na pewno, że może mu ufać. A niczego na świecie nie pragnęła bardziej niż zakochać się w takim właśnie mężczyźnie. W kimś, przy kim będzie się czuła pewnie i bezpiecznie.

– Może dziś moglibyśmy tu zostać? – zapytała któregoś dnia, gdy wyszedł spod prysznica przebrany w świeże ubranie.

Przed południem Alek miał prawdziwe urwanie głowy, ponieważ drzewo, które wycinał razem z Konradem, runęło nie tam, gdzie trzeba, niszcząc przy tym ogrodzenie łąki, po której biegały konie.

Uśmiechnął się ciepło na jej widok. Chociaż przez ostatnie kilka dni zdążył się już przyzwyczaić do jej wieczornej obecności, nadal nie mógł się na nią napatrzeć. Siedząc teraz z rozpuszczonymi włosami na nakrytej kocem kanapie, wyglądała tak swojsko, że aż zachłysnął się tym widokiem.

– A chciałabyś? – zapytał, opadając obok niej, i lekko musnął ustami jej ramię. Chwile takie jak ta wydawały mu się o wiele bardziej intymne niż wszystkie namiętne pocałunki razem wzięte. Czuł, że może być przy niej sobą i to było o wiele bardziej pociągające niż jej zgrabne nogi czy smukła sylwetka. Choć na te, co oczywiste, również nie mógł narzekać.

– Miałeś dziś ciężki dzień, na pewno jesteś zmęczony. Może zrobiłabym coś do jedzenia, włączylibyśmy jakiś film, a potem przeszli się na spacer, do leśniczówki?

Alek uśmiechnął się ciepło, a potem pogłaskał jej rękę.

– Jeśli tego właśnie chcesz, zgoda.

– Dlaczego nigdy przy mnie nie grasz? – zapytała, wskazując stojącą w rogu pokoju gitarę, gdy siedząc na kanapie kończyli jeść przyrządzone na szybko spaghetti. – Od czasu tamtej próby nie słyszałam cię ani razu, a jesteś w tym naprawdę świetny.

– To długa historia. W dodatku nie wiem czy ciekawa. – Alek popatrzył na zakurzony instrument.

Laura uśmiechnęła się lekko.

– Po pierwsze, żadna z opowiedzianych przez ciebie historii nie była nudna, wręcz przeciwnie – zauważyła. – A po drugie, może pozwoliłbyś mi to ocenić?

Odstawił talerz i usiadł bliżej niej.

– Ach, czyli dałeś się przekonać? – Kąciki jej ust uniosły się jeszcze bardziej.

Alek dotknął dłonią jej policzka i odgarnął z niego włosy. Przez chwilę patrzył jej w oczy.

– Kiedyś grałem naprawdę dużo – powiedział w końcu, nieco się odsuwając. – Mama uwielbiała, gdy braliśmy z tatą gitary i w wieczory takie jak ten siadaliśmy na ganku przed dworkiem, urządzając swoje prywatne jam session.

– Twój tata grał?

– O wiele lepiej niż ja. To on mnie wszystkiego nauczył. Z tym że on miał ogromny talent, a ja posiadam głównie chęci.

– Ja tak nie uważam! – Laura zrobiła oburzoną minę.

– Bo ty to chyba w ogóle uważasz, że jestem idealny.

– A nie jesteś?

– Nie, ale za to myślę tak o tobie… – powiedział dość sentymentalnie.

Potrząsnęła głową, mile połechtana tym jego komplementem.

– A wracając do tematu?

– Gdy byłem dzieckiem często grywaliśmy z tatą. Znał tak wiele sztuczek i świetnych solówek, że nigdy nie mogłem przestać go podziwiać. Mama opowiadała mi kiedyś, że chcieli go nawet wziąć do jakiegoś znanego w tamtych czasach zespołu, ale odmówił.

– Dlaczego?

– Bo kochał moją mamę i chciał być z nią tutaj, w domu. Jak to się mówi, miłość wymaga poświęceń, chociaż jestem pewien, że on nigdy nie patrzył na to w ten sposób. Po prostu nie czułby się w tym dobrze. Nie ciągnęło go do jeżdżenia po świecie.

– Trochę tak samo jak ciebie.

– Tak. – Alek popatrzył na nią łagodnie. – Tak samo jak mnie.

– Więc kiedy przestałeś grać? Coś się stało czy po prostu z czasem uznałeś, że to nie dla ciebie.
– Nie dla mnie? Gdybym mógł, to robiłbym to na okrągło. Uwielbiam grać. Odnajduję w tym siebie.
– Więc czemu nie koncertujecie częściej? Chodzi o brak kontaktów?
– Och, na to zdecydowanie nie możemy narzekać. Kiedyś, gdy byliśmy jeszcze w szkole średniej, a potem zaraz po, grywaliśmy regularnie nawet na wiejskich zabawach i potańcówkach. Ludzie walili do nas drzwiami i oknami, dawaliśmy nawet takie kameralne koncerty na świeżym powietrzu...
– Poważnie? Byliście aż tak rozchwytywani?
– Aha. Było naprawdę fajnie, chociaż sława wcale nie uderzała nam do głowy. – Zamyślił się na chwilę. – W sumie to miałem największy bum na muzykę właśnie po śmierci ojca. Chciałem to robić dla niego. Wiesz... Jakoś irracjonalnie czułem się wtedy bliżej niego. Zdawało mi się, że patrzy z góry i jest ze mnie dumny.

Laura dotknęła jego ramienia.

– Z pewnością był.

Alek westchnął smutno, nakrywając jej dłoń swoją, i tęsknie popatrzył na gitarę.

– Tego się chyba nie dowiemy. W każdym razie, nie dalej niż dwa lata temu miałem wypadek. Zwoziliśmy siano z pól i jechałem na jednej z przyczep. Nie mam pojęcia, jak to się stało, ale na jednym z wybojów spadłem z przyczepy prosto pod koła kolejnej. – Widząc jej przerażoną minę, zawahał się, czy mówić dalej, ale wzrokiem dała mu do zrozumienia, żeby kontynuował. – W dodatku jakoś tak feralnie, że zaplątałem się w sznurek, którym przewiązywaliśmy bele siana. Leżąc na ziemi i widząc, że maszyna jedzie wprost na mnie, próbowałem się odczepić i zacząłem krzyczeć, ale było za późno. W kabinie ciągnika panował hałas i chłopak, który nim kierował, mnie nie słyszał. Przyczepa przejechała mi po ręce i poharatała nadgarstek. Trudno mi było potem odzyskać sprawność. Właściwie to nadal jej nie odzyskałem. Dlatego nie gram już tak dużo jak kiedyś. I nie tak dobrze.

Słuchając tej historii, Laura poczuła, że niemalże się dusi.

– Boże... – wyrwało jej się w końcu. – Przecież ta przyczepa mogła po tobie przejechać i...

– Zabić mnie? Tak. Jak tak nieraz o tym myślę, to dochodzę do wniosku, że miałem dużo szczęścia w nieszczęściu. Nie gram już tak dobrze jak kiedyś, ale mogę chodzić, śmiać się i oddychać.

Laura popatrzyła na niego, nie do końca rozumiejąc, dlaczego mówi o tym tak lekko, jak gdyby wcale nie chodziło o jego życie.

– Czy ktoś powiedział ci kiedyś, że z twojej twarzy można czytać jak z książki? Nie umiesz ukrywać emocji. – Alek dotknął dłonią jej policzka i lekko się uśmiechnął.

– Po prostu jestem w szoku, że mówisz o czymś takim ot tak sobie, jak gdyby chodziło o obejrzenie filmu albo coś podobnego.

Spojrzał jej w oczy.

– A jakie to ma teraz znaczenie? Było, minęło, teraz jestem tutaj. A jeśli będziesz bardzo się upierała, to w końcu dam za wygraną i coś ci zagram. Chociaż daleko mi do świetności.

– Twoje podejście do życia tak dalece różni się od mojego, że czasem ciężko mi uwierzyć w to, że istniejesz naprawdę.

– Już mi to chyba mówiłaś.

– No widzisz? – Uśmiechnęła się. Schlebiało jej, że Alek zapamiętuje jej słowa. – A ty nadal nie wyciągasz wniosków.

– Och, jak to nie? Od tamtej pory nie siadam już na przyczepy, słowo. – Uniósł do góry skrzyżowane palce.

– Jesteś niemożliwy – parsknęła śmiechem praktycznie do jego ust.

– Niemożliwie to ja ciebie uwielbiam – szepnął tylko, a potem przysunął ją do siebie i zaczęli się całować.

– To co z tym spacerem? – zapytała cicho, gdy w końcu udało im się od siebie oderwać. – Skoro nie chcesz dla mnie grać, to może się przejdziemy?

Alek spojrzał przez drzwi balkonowe. Niebo było czyste i piękne, a pogoda idealna na spacer.

– Chcesz, żebym pożyczył ci bluzę? – zapytał, gdy wstali i ruszyła do drzwi.

– Ten tekst też brzmi jakoś znajomo, ale poproszę. – Popatrzyła na niego kokieteryjnie. – Skoro proponujesz, to jestem pewna, że wiesz, co mówisz.

– Może być ta sama, co wtedy?

– Tak. Było mi w niej wtedy naprawdę przyjemnie. – Laura uśmiechnęła się na samą myśl o tym, że rozpoznaje już jego garderobę.

– Tak? – Alek spojrzał na nią stojąc w drzwiach do sypialni i uniósł brew. – A ja myślałem, że to przeze mnie. Dobrze wiedzieć. – Zaśmiał się i zniknął za drzwiami, podczas gdy ona ukucnęła i zaczęła głaskać wylegującą się na dywanie kotkę, która zamruczała głośno pod wpływem jej dotyku.

– Chyba cię polubiła – zauważył, ponownie pojawiając się w drzwiach.

– Czemu tak myślisz?

– Bo nie mruczy głaskana przez innych, więc musiałaś przypaść jej do gustu.

– Och, czuję się zaszczycona – powiedziała, składając ręce na piersi, i wstała. – Kogo na przykład nie lubi?

– Hm… – Alek musiał się zastanowić. – Właściwie to nie wiem, bo raczej nikt poza mną jej nie głaszcze – powiedział w końcu, jak gdyby nigdy nic.

Laura znowu się roześmiała.

– Wiesz co? To może chodźmy już lepiej na ten spacer, bo coś czuję, że potrzeba ci więcej powietrza – mruknęła.

– Sugerujesz coś?

– Nie, skąd. – Uniosła się na palcach i cmoknęła go w nos. – Po prostu gadasz od rzeczy, ale to nic takiego. – Trzymając się za ręce, zeszli schodami na zewnątrz.

Choć powietrze było niezwykle parne i zbierało się na burzę, zdawali się tego nie zauważać. Brnęli przez łąki, kierując się w stronę leśniczówki. Komary nie cięły tak zawzięcie jak zwykle, dla odmiany irytowały ich chrabąszcze. Jeden z nich zaplątał się nawet Laurze we włosy.

– Błagam, zabierz to! – pisnęła jak poparzona i zaczęła się kręcić w miejscu, zamiast pozwolić mu zdjąć z siebie owada.

– Byłoby prościej, gdybyś nie była taka nadpobudliwa. – Alek zaśmiał się, gdy już uspokoiła oddech, a on odgonił potwora. – Zamiast krzyczeć i skakać, mogłabyś pozwolić mi sobie pomóc.

– Zaraz, zaraz…– W policzkach Laury pojawiły się dołeczki. – Nadpobudliwość? Czy ty nie zaczynasz posługiwać się trochę moim psychologicznym językiem?

– No wiesz, kto z kim przystaje… – Alek nachylił się, żeby ją pocałować, dokładnie w momencie, kiedy głośno krzyknęła:

– Alek, tam ktoś jest! Szybko! – I rzuciła się pędem w stronę leśniczówki.

Alek bez zastanowienia ruszył za nią, potykając się przy tym o jakąś wyschniętą gałąź.

Na progu drewnianego domku siedział Konrad.

– Młody? Co ty tu robisz o tej porze? – Alek zdziwił się na jego widok. Z tej odległości nie widział twarzy chłopca, co utrudniała też zakrywająca ją książka, ale nie miał najmniejszych wątpliwości, że to właśnie on.

Znad zielonkawej okładki popatrzyły na niego przestraszone oczy. Przez chwilę Alkowi wydawało się, że jedno z nich jest podbite i...

– Rany boskie, Alek! On jest ranny! – Przeszył powietrze głośny krzyk Laury.

Alek popatrzył na nią, a potem na Konrada. Na ubraniu chłopca była krew.

Chłopak natomiast nadal wpatrywał się nich przestraszony, nie bardzo wiedząc, co miałby teraz powiedzieć. Faktem było, że matka wykorzystała nieobecność Róży, która przesiadywała ostatnio prawie całe dnie na plebanii, i spuściła mu lanie większe niż zwykle. Nie widział się w lustrze, ale doskonale wiedział, że ma rozcięte usta, rozkwaszony nos i rozcięty łuk brwiowy i kilka siniaków. Ale żeby przejmować się tym wszystkim aż tak, jak ta dziewczyna? Nie widział w tym sensu. Raczej cieszył się, że matce nie pomógł ojciec. Dzięki Bogu, spał sobie pewnie gdzieś w rowie zalany w trupa i nie w głowie mu było zajmowanie się dzieckiem.

– Co ci się stało? – Laura nachyliła się do Konrada.

Alek niechętnie zajrzał jej przez ramię, gdy delikatnie wzięła od chłopca książkę i odłożyła ją na bok.

– O kurczę... – wymknęło jej się, gdy dostrzegła dramat malujący się na jego twarzy. – Przecież ciebie ktoś pobił.

Konrad rzucił Alkowi przestraszone spojrzenie, z nadzieją, że chociaż on rozumie, co się stało, i nie będzie odstawiał żadnego cyrku.

Mężczyzna mrugnął do niego porozumiewająco i dotknął ramienia Laury. Doskonale znał sytuację rodzinną chłopca. Zastanawiał się tylko, jak wyjaśnić Laurze, że to właściwie normalne...

– Źle to wygląda... – mruknęła ona, przyglądając się zaschniętej krwi wokół nosa Konrada i jego rozciętej brwi. – Powinniśmy natychmiast to opatrzyć, a najlepiej to od razu zabrać cię do lekarza i ...

– Nie! – krzyknęli jak na komendę Alek i Konrad, w wyniku czego zachwiała się i o mało nie przewróciła do tyłu.

– To chyba nie będzie konieczne, prawda? – Alek porozumiewawczo popatrzył na chłopaka. – Po prostu zabierzmy go do mnie, oczyśćmy to i naklejmy plastry.

– Ale... – Laura zrobiła wielkie oczy, niewiele rozumiejąc. – Przecież jego ktoś pobił! Tu trzeba obdukcji, policji...

Konrad przestraszył się jeszcze bardziej. Żadnej policji! Jego rodzice i tak już mieli przesrane i tylko dołożyłyby pieca do ognia, gdyby nagle wpłynęło na komendę zawiadomienie, że biją także jego. Bo że tłuką siebie wzajemnie, było wiadomo od dawna. Zaraz wcisnęliby im na kark kuratora i dostawałby jeszcze mocniej i częściej. Matka może i głośno krzyczała, ale raczej nie chciała rozgłosu. A już na pewno nie takiego.

– Alek ma rację – odezwał się w końcu Konrad, przełykając ogromną gulę, która zebrała mu się w gardle. – Może po prostu moglibyście to jakoś opatrzyć.

Laura jeszcze raz dokładnie mu się przyjrzała. Miał tak niewinną chłopięcą buzię, że widok tych wszystkich siniaków i krwi aż chwytał ją za serce.

– No dobrze – szepnęła w końcu niechętnie. – Ale pod warunkiem, że wszystko nam opowiesz. Dobrze?

Konrad patrzył na nią przez chwilę, ale w końcu pokiwał głową. Miała ciepłe oczy i dała spokój z tą policją. Głośno odetchnął z ulgą. Chociaż... Skoro wystraszyła się aż tak, to znaczyło, że jakiś plaster może by się i przydał. No i nie jadł też kolacji. Matka dorwała go z kijem, gdy tylko wszedł do domu, więc liczył na to, że Alek chociaż pozwoli mu się czegoś napić.

– To twój plecak? – zapytała go Laura.

Pokiwał głową, więc bez słowa wzięła go do ręki, schowała do niego książkę i zarzuciła na plecy.

– No co tak stoicie? – zwróciła się do nich obu – Chodźcie. Im wcześniej się tym zajmiemy, tym lepiej. Mam nadzieję, że nie wdała się w te rany żadna infekcja, bo... – ciągnęła, lecz już jej nie słuchali.

Wymienili spojrzenia. Oboje instynktownie wyczuwali, że nie ma co dyskutować. Laura żyła w trochę innym świecie.

– Gdzie masz apteczkę? – Laura popatrzyła na Alka, gdy znaleźli się na jego poddaszu i usadziła Konrada na kanapie.

– A czego potrzebujesz?

– Wody utlenionej, jakiejś gazy, trochę plastrów...

– Będą w łazience. Przyniosę.

– Jak się trzymasz? – zwróciła się do Konrada.

– Jest okej – powiedział, choć wyglądał na dość przestraszonego całą sytuacją.

Laura popatrzyła na jego łuk brwiowy.

– Boli?

– Na pewno nie aż tak, jak może się wydawać

– Zaraz to wszystko oczyszczę i mam nadzieję, że zrobi ci się lepiej. – Uśmiechnęła się blado.

– Dzięki – bąknął.

– A teraz… Mógłbyś mi w końcu powiedzieć, kto ci to zrobił? Jakiś starszy kolega? – spytała z troską.

Konrad zawahał się z odpowiedzią. Z opresji wyratował go Alek. Pojawił się w drzwiach z niewielką kosmetyczką i butelką wody utlenionej.

– Mam wszystko – obwieścił.

Laura natychmiast zabrała się do oczyszczania ran.

– Szczypie? – zapytała, gdy Konrad wykrzywił usta w bolesnym grymasie.

– Trochę.

– Postaram się zrobić to szybko. Swoją drogą, ten łuk jest nieźle rozcięty. Może przydałoby się szycie? Co myślisz? – zwróciła się do Alka.

Mężczyzna spojrzał na Konrada.

– Nie jest chyba tak źle. Widziałem gorsze.

– Czy wy tutaj, na wsi, wszyscy zgrywacie takich twardzieli?

Mimo niezbyt przyjemnej sytuacji Alek z Konradem parsknęli śmiechem, wprawiając Laurę w stan konsternacji. Konrada trochę zapiekły przy tym usta i zabolał nos.

– O co chodzi? – Popatrzyła na nich niepewnie.

– O nic. – Alek wzruszył ramionami i puścił oko do Konrada. – Ona jest z miasta.

Mimo bólu chłopak znowu się uśmiechnął.

– Tak, to naprawdę wiele wyjaśnia – mruknęła Laura, udając naburmuszoną, i nakleiła ostatni plaster.

Alek szybko nachylił się do niej i scałował to naburmuszenie z jej twarzy.

– To co, masz ochotę na jakąś kolację? – zapytał natomiast Konrada. – Z tego, co widzę, wróciłeś po pracy do domu, ale głowę dam sobie uciąć, że nic w nim nie zjadłeś.

– Ja... Hm...

Laura spojrzała na niego zachęcająco.

– Trochę jestem głodny.

– No to zjemy we trójkę, chociaż ja nadal jestem pełna po tym spaghetti. – Uśmiechnęła się i zebrała ze stołu śmieci po plastrach. Potem wyniosła też do łazienki apteczkę i pomogła Alkowi z kolacją.

– Co czytałeś? – zapytała Konrada, siadając na kanapie. Alek usiadł na fotelu pod oknem.

– Taki kryminał – mruknął chłopak, biorąc do ręki kanapkę. – Nic specjalnego.

– Lubisz czytać książki?

Pokiwał głową.

– Ale nie mam na to za dużo czasu. – Spojrzał na Alka.

– Zwykle mamy tutaj jakieś małe trzęsienia ziemi. Przyznaję bez bicia, to prawda.

– Więc czytasz tylko w domu?

Mięśnie Konrada napięły się na te słowa.

– Nie bardzo.

– Tam też dużo pracy?

– Coś w tym rodzaju. – Chłopak znowu popatrzył na Alka.

Laura też na niego spojrzała, chcąc dowiedzieć się w końcu, o co tu chodzi.

Mężczyzna westchnął ciężko i uniósł się z fotela, a potem zwrócił się do niej.

– Mogę cię prosić? – zapytał, wyciągając rękę.

Złapała ją i natychmiast wymknęli się do garażu, przymykając za sobą drzwi.

– O co chodzi z tym chłopakiem? – zapytała bez ogródek, gdy znaleźli się pośród starych części, szafek i pudeł.

Alek westchnął, ale pospieszył jej w końcu z wyjaśnieniami.

– Ma trudną sytuację rodzinną. Może będzie lepiej, jeśli nie będziesz go o to za bardzo wypytywać.

– Co to znaczy trudną? Czy to oni go tak urządzili? Jego rodzice?!

– Nie mów tak głośno. – Uciszył ją, zerkając w stronę schodów. – Wszyscy we wsi wiedzą, że Alberta tłucze nie tylko męża, ale i syna. Zatrudniam go i pozwalam mu wieczorem siedzieć w leśniczówce, żeby nie musiał plątać się jej przed oczami. Musiał tam dzisiaj po tym wszystkim uciec.

– Wszyscy wiedzą i nikt z tym nic nie robi?! – Laura spojrzała na Alka zdziwiona. To wszystko nie mieściło jej się w głowie.

– U nas na wsi ludzie żyją trochę inaczej.
– A policja? Macie przecież policję!
– I co oni zrobią? Przyjadą, ukarzą ich, a oni wyładują się na chłopaku i będzie jeszcze gorzej. W najgorszym wypadku mogą go stąd zabrać i oddać do domu dziecka. Myślisz, że jemu tam będzie lepiej?

– W najgorszym? To lepiej udawać, że się tego nie widzi, i patrzeć, jak go katują?

Alek przysunął się do niej i uspokajająco roztarł dłońmi jej ramiona. Na usta cisnęło mu się, że są we wsi ludzie, którzy traktują swoje dzieci jeszcze „lepiej", ale czuł, że jest zbyt wrażliwa na słuchanie tego typu opowieści. Za bardzo bolała ją ludzka krzywda.

– Naprawdę mam nic nie robić? – Laura poddała się w końcu, wtulając w jego ramiona. Jego zapach podziałał na nią kojąco.

– Wiem, że cię to boli, bo jesteś bardzo wrażliwym człowiekiem, ale czasem trzeba wiedzieć, kiedy odpuścić.

Przytuliła policzek do jego klatki piersiowej jeszcze mocniej.

– To może chociaż postaramy się mu trochę pomóc? – zaproponowała? – Nie wiem, będziemy go zapraszać na kolacje, żeby nie musiał tam wracać…

Alek uśmiechnął się nad jej głową i pocałował ją w czoło. Była taka czysta i niewinna, nie pasowała do tego skażonego złem świata. Nadal nie mógł się nadziwić, jak to możliwe, że zwróciła uwagę właśnie na kogoś takiego jak on.

– Dobrze. Jeśli tego właśnie chcesz, w porządku.

Laura odsunęła się od niego i z wdzięcznością spojrzała mu w oczy, a potem wspięła się na palce i pocałowała. Jeśli nawet wcześniej miała jakieś wątpliwości co do jego intencji, teraz wszystkie te obawy w końcu się rozpłynęły. Alek kolejny raz udowodnił jej, że jest wspaniałym człowiekiem i nie zamierza nikogo krzywdzić. Uświadomiła też sobie, że właśnie tego chciała. Chciała zakochać się w kimś takim jak on.

Róża

Róża wróciła z plebanii, gdy robiło się już ciemno i nie chcąc nikomu przeszkadzać, po cichu przemknęła do pokoju na piętrze. Trochę zmartwiła ją nieobecność Konrada, bo z chęcią opowiedziałaby mu dalszą część historii. Choć księża na plebanii byli świetnymi słuchaczami i rozumieli więcej niż nastolatek, z nim rozmawiało się lepiej. Zawsze zadawał jakieś ciekawe pytania i miał w sobie ogromny głód wiedzy. Nie dało się też ukryć, że nawiązała się między nimi niesamowita więź. Jeśli Róża z kimkolwiek w tej wsi miała się zaprzyjaźnić, to właśnie z Konradem. Traktowała go trochę jak wnuczka, a on mówił jej, że jest mocno babcina.

To właśnie dlatego było jej teraz trochę smutno. Chłopak wyszedł do pracy jeszcze przed świtem, nie zdążyli zamienić ani słowa, i wciąż go nie było. Miała tylko nadzieję, że wszystko u niego w porządku.

Po gorącej kąpieli Róża od razu położyła się do łóżka i wtuliła głowę w poduszkę. Nie stosowała żadnych zabiegów pielęgnacyjnych, przeświadczona, że w jej wieku skóry i tak już nie można było ratować. Zresztą... Ona chyba nigdy nie przekonała się do tych piętrzących się w drogeriach kosmetyków. Nie widziała sensu w przesadnym dbaniu o urodę. Wojna nauczyła ją, że w człowieku liczy się wnętrze. Nic więcej.

Niestety, długo nie mogła zasnąć. Przez to rozgrzebywanie wspomnień czuła się bardzo zmęczona, a mimo to pod jej powieki dostał się piasek. Leżała więc, wpatrując się w sufit, i rozmyślała. O wszystkim, jeszcze raz, od początku. O usychającej z tęsknoty Krysi i narażającym życiu Stanisławie, który potajemnie uczył dzieci. O twardej jak kamień Mili, o niewiele rozumiejących dzieciakach. O tym, jak marzła w za małym płaszczu, gdy wychodziła po drewno. O huku wojny, lamentach i płaczach.

Ale przede wszystkim myślała o Jurku. W jej głowie nadal rozbrzmiewał jego ciepły głos czytający wiersze. Wracał do niej też jego śmiech i to, jak otulał ją kocem, gdy zasypiała przy piecu. Przypomniała też sobie punkt zapalny pomiędzy nimi, który miał miejsce w 1941 roku. Widać każda przyjaźń, żeby przerodzić się w coś więcej, właśnie czegoś takiego potrzebowała. Wydarzenia, które zjednoczy dwoje ludzi na zawsze. Może jakiegoś wspólnego sekretu? Tajemnicy? A może po prostu ważnej sprawy, w której trzeba stanąć po tej samej stronie i zakasać rękawy?

Czymkolwiek by to nie było, Róża głęboko wierzyła, że właśnie tak na tym świecie jest. Żeby się pokochać na śmierć i życie, potrzeba wspólnego problemu i długiej walki o jego pokonanie. A przynajmniej właśnie tak było między nią a Jurkiem…

※

Było lato 1941 roku. Trzecia Rzesza zerwała już pakt z Rosją i wojna rozpoczęła się na nowo. Mówiono, że była to najważniejsza niemiecka operacja podczas całej wojny. A także, że to właśnie ona przesądziła o ich ostatecznej klęsce.

Ludność sparaliżował jeszcze większy strach. Nikt nie wiedział, czego spodziewać się po starciu tych dwóch potężnych mocarstw. Przy jedynym znajdującym się we wsi radiowym odbiorniku rano i wieczorem gromadziły się tłumy. Każdy chciał wiedzieć, jakie decyzje podejmuje Hitler i co na to wszystko Armia Czerwona. Znowu tylko temat wojny był na ustach wszystkich. Znowu mówiło się tylko o tym.

W powietrzu wyczuwało się jednak nie tylko niepokój, ale także szaleństwo. Nawet Krysieńka była jeszcze bardziej niespokojna i bezustannie powtarzała, że teraz to Bolek już na pewno nie wróci. Na domiar złego, w życiu mieszkańców dworku pojawił się jeszcze ktoś, kogo potajemnie przygarnął Stanisław…

W niewielkiej izbie unosił się zapach suszonej lawendy, którą razem z Milą Oleńka pozawieszała w szafach, żeby odgonić mole. Leżała w łóżku szczelnie okryta kołdrą i starając się oddychać jak najciszej, nasłuchiwała jakichkolwiek odgłosów dobiegających z korytarza. Było ciemno. Wpadający przez nieszczelne okno wiatr miarowo poruszał ciężkimi zasłonami, a panującą dookoła ciszę mąciło jedynie powolne tykanie zegara. Dochodziła północ, a każda kolejna sekunda wydawała się trwać nieskończoność.

– Chyba już czas – szepnęła sama do siebie i lekko odrzuciła okrywającą ją kołdrę. Powoli podniosła się i wysunęła spod nakrycia bose stopy, po czym stawiając je na podłodze najdelikatniej jak umiała, usiadła na łóżku. Mebel zaskrzypiał cicho pod ciężarem jej wychudzonego ciała. Przestraszona tym odgłosem szybko obrzuciła wzrokiem drzwi do pokoju, a potem i łóżka. Na szczęście udało jej się nikogo nie zbudzić. Nawet śpiące w kołysce niemowlę ani myślało drgnąć.

Z bijącym szybko sercem pospiesznie wstała z łóżka. Podłoga ugięła się lekko pod jej bosymi stopami, lecz żadna z desek nie zaskrzypiała. Jej ciało wzdrygnęło się pod wpływem chłodnego podmuchu wpadającego do pokoju. Miała na sobie tylko długą, białą koszulę, a noce ostatnio były raczej chłodne.

Maksymalnie skupiona była jednak na zadaniu, które miała teraz do wykonania. Stanisław powierzył je zarówno jej, jak i Jerzemu. W razie czego mieli udawać zakochaną w sobie parę, która wymknęła się nocą, żeby poszeptać sobie czuła słówka. W czasach wojny zdawało się, że tylko miłość między dwojgiem młodych, nieco zwariowanych ludzi, nie budziła podejrzeń. Ludzie bali się coraz bardziej, więc coraz częściej dochodziło między nimi do zbliżeń. Wszyscy potrzebowali miłości i sojuszników. Chociaż jednej pewnej rzeczy w tym coraz bardziej niepewnym świecie.

Oleńka powoli podeszła do starej, wypłowiałej szafki stojącej pod oknem, wysunęła jedną z szuflad i wyjęła z niej małe, białe zawiniątko. Przyciskając paczkę do serca, wyjrzała przez okno, za którym panowała zupełna ciemność. Niepewnym krokiem ruszyła ku drzwiom na korytarz.

Zatrzymując się w progu, zdjęła ze stojącego przy drzwiach wieszaka swoją chustę i nakryła nią ramiona. Zapaliła cicho naftową lampę i nacisnęła klamkę, która zaskrzypiała cicho pod wpływem jej dotyku.

Niczym przestępca uciekający z miejsca zbrodni przemknęła przez ciemny korytarz i wyszła na podwórko. Stojąc na ganku, obrzuciła niespokojnym wzrokiem przestrzeń wokół siebie. Nie dostrzegając jednak niczego podejrzanego, ruszyła przez podwórze, kierując kroki ku drewnianej, pokrytej słomą stodole, w której miał czekać na nią Jurek. Z bijącym szybko sercem pchnęła prowizoryczne drzwi i nerwowo oglądając się za siebie, weszła do środka. Jej zmysły od razu opanował zapach porozrzucanego dookoła siana i suszonych ziół wiszących gdzieś w rogu.

– To ja – szepnęła, wpatrując się w przestrzeń. Jej wzrok jeszcze nie przywykł do ciemności, dlatego nie czuła się zupełnie bezpiecznie. Dopiero po kilku sekundach dostrzegła wątłą postać wyłaniającą się z ciemności i sunącą w jej kierunku. Niepewnie wykonała kilka kroków.

– Oleńka? – Usłyszała cichy głos.

– Tak. To ja – powiedziała, po czym podeszła bliżej skąpanej w mroku sylwetki. Z każdym kolejnym krokiem tlący się wewnątrz lampy płomień rzucał coraz więcej światła na jego twarz.

Jurek bez słowa wziął od niej jedzenie i podszedł do usypanej góry siana, z której natychmiast wyłonił się wątły mężczyzna. Wziął od Jurka paczkę, rozwinął ją i włożył do ust jedną z kromek chleba. Na jego twarzy pojawiły się nieznane Oleńce dotąd emocje. Przypominał jej cień człowieka walczącego o przetrwanie. Wydał jej się w jakiś sposób zwierzęcy, a jednocześnie o wiele bardziej ludzki.

Jadł pospiesznie i w milczeniu, a oni stali przed nim, patrząc na to, jak poruszają się jego policzki. Z dnia na dzień wydawał im się coraz chudszy, a sińce pod jego oczami powiększały się za każdym razem, gdy tylko go widzieli.

– Dziękuję – powiedział, spoglądając w jej rozbiegane oczy. Starannie złożył białą serwetkę, po czym oddał ją Jurkowi.

– Potrzebujesz jeszcze czegoś? – zapytała niemalże bezgłośnie.

Pokręcił głową.

– Nawet nie wiecie, ile znaczy dla mnie to, co robicie – dodał jeszcze, widząc ból i współczucie w jej oczach, i znowu zagrzebał się w sianie.

Jurek schował do kieszeni ściereczkę i zrobił kilka kroków w jej kierunku.

– Będzie go trzeba przenieść do ziemianki, gdy w okolicy nie będzie tylu Niemców – powiedział tylko i zamilkł.

Oboje nie musieli mówić nic więcej. Rozumieli wszystko bez słów.

Patrząc w oczy Oleńki, Jurek zauważył zbierające się w kącikach lśniące łzy i na ich widok sam się prawie rozpłakał. Za każdym razem, gdy zakradali się tutaj w nocy, dostrzegał miotający się po jej tęczówkach, trudny do opisania strach. Doskonale zdawał sobie sprawę z tego, że gdyby ktokolwiek dowiedział się o tym, co robią, albo o tym, kim ona jest, oboje spotkałaby kara śmierci. Był świadomy, że i ona to wie, a pomimo wszystko przychodzi do tego Żyda każdej nocy. Pewnie myślała sobie, że gdyby nie poświęcenie jej rodziców, to ona mogłaby być teraz na jego miejscu. To ona musiałaby się ukrywać i trząść o swoje życie z każdym dniem. Żyć, a jednocześnie umierać coraz bardziej. Na samą myśl o tym pękało mu serce.

– Chodźmy już – powiedział w końcu pospiesznie.

Oleńka bez wahania chwyciła jego dłoń. W tym samym momencie drzwi za ich plecami lekko zaskrzypiały. Przerażeni, oboje gwałtownie odwrócili głowy w tamtym kierunku. Ich serca zamarły na moment sparaliżowane strachem, jednak nic się nie stało. Nikt nie wszedł do środka. Drzwi popchnięte zostały podmuchem nadziei. Nadziei na to, że kiedyś koszmar, w którym przyszło im żyć, się skończy…

To wspomnienie uderzyło Różę niemalże boleśnie. Chociaż miała prawie dziewięćdziesiąt lat, nigdy, ani na chwilę nie zapomniała o tym, jak się wtedy czuła. Tego strachu i niepewności, a jednocześnie przeświadczenia, że właśnie ratuje komuś życie. Komuś obcemu i nieznanemu, ale bliskiemu jak nikt. Komuś takiemu jak ona. Słabemu i wzgardzonemu przez los, z tym jednak wyjątkiem, że on nie miał tyle szczęścia.

Czy o czymś takim można w ogóle zapomnieć? Czy mogła porzucić myśl, że to ona powinna być na jego miejscu? Że nie zasługiwała na życie w dworku, bo przecież tak naprawdę była kimś, kto już dawno powinien umrzeć? Kto nie zasługiwał na życie?

Do oczu Róży napłynęły łzy. Za każdym razem, kiedy zdarzało jej się o tym myśleć, nie potrafiła opanować wzruszenia. Nigdy nie udało jej się znaleźć odpowiedzi na pytanie, dlaczego to właśnie jej dane było przeżyć to piekło, i to jeszcze w tak wspaniałych warunkach. Nie umiała też zrozumieć, dlaczego los dał jej Jurka. Wspólne eskapady do stodoły, a potem do ziemianki bardzo ich zbliżyły. Mieli wspólną tajemnicę, wspólny sekret. Razem chronili niewinnego człowieka, narażając przy tym własne życie. To nie jest coś, nad czym przechodzi się ot tak. To sprawa najwyższej wagi, o której nie można zapomnieć. Chociażby usilnie się chciało.

A przede wszystkim ich prywatny punkt zapalny, który połączył ich na całe życie. Nadal nie mogła uwierzyć w to, że ten wspaniały mężczyzna, w tak ciężkich dla świata warunkach, zwrócił uwagę właśnie na kogoś takiego jak ona. I na dodatek był w stanie tak szczerze ją pokochać…

Alek

– Dzisiaj ja gotuję obiad i nie przyjmuję żadnych protestów! – tuż po wyjściu z samochodu obwieściła Laura. Alek grzebał właśnie pod maską swojego auta. Coś było nie tak z silnikiem i od rana walczyli z Konradem o to, żeby grat raczył chociaż zapalić.

Laura ubrana dziś była w czarną sukienkę, a włosy zaplotła w luźny warkocz. Zbliżyła się do chłopaka i uważając, żeby nie otrzeć się o jego upaprane smarem ręce, złożyła na jego policzku delikatny pocałunek.

– Dobrze cię widzieć – powiedziała radośnie.

Alek musiał przyznać, że nie spodziewał się jej tak wcześnie, chociaż obecność Laury w jego życiu powoli stawała się normą.

– No cóż… – westchnął, widząc na jej twarzy entuzjazm. – Ale ja nie mam nic w lodówce. Trzeba by najpierw zrobić zakupy.

– O to też zadbałam! – Uśmiechnęła się i wróciła do auta, by po chwili wrócić do nich z dwiema pełnymi jedzenia torbami.

– Jesteś niezastąpiona.

– Prawda? – Roześmiała się, odsłaniając przy tym zęby. – Dobrze, nie przeszkadzam wam. Mogę wejść na górę?

– Pewnie. Korzystaj, z czego tylko zechcesz.

– W razie czego będę pytać – powiedziała tylko i kręcąc biodrami, powędrowała na górę.

Alek natychmiast znowu pochylił się nad maską.

– Możesz mi tylko powiedzieć, gdzie trzymasz przyprawy? – Już po paru minutach rozległ się dźwięczny głos.

Laura otworzyła szeroko okno w sypialni i wychylając się z niego, żywo machała ścierką.

– W szafce na prawo od zlewu. Tej wiszącej.

– A masz może pieprz ziołowy?

– Co? – Zrobił rozbawioną minę. Pierwszy raz w życiu słyszał o takim pieprzu.

Laura parsknęła śmiechem i wychyliła się jeszcze bardziej. Przez chwilę bał się, że zaraz wypadnie i będzie z tego jakieś wielkie nieszczęście.

– Nieważne! – krzyknęła jednak i ku jego uldze schowała się do środka. Alek przez moment pożałował, że nie mieszka już w dworku. Gdyby gotowała w kuchni na parterze, dolatywałaby do niego teraz pewnie jakaś aromatyczna woń, a tak musiał obejść się smakiem.

– Możesz wcisnąć sprzęgło? – krzyknął do Konrada, otrząsając się z tych myśli.

Chłopak natychmiast pokiwał głową i usadowił się za kierownicą.

– Teraz? – zapytał.
– Aha.
– I jak?
– Wszystko w porządku. Spróbuj teraz przekręcić kluczyk. Mam nadzieję, że będzie dobrze.

Konrad natychmiast wykonał jego polecenie. Auto zacharczało niepewnie, ale silnik w końcu odpalił. Alek ucieszył się i głośno zamknął maskę.

– Świetnie. Możesz wyłączyć. Na dzisiaj to chyba wszystko. Po robocie.

Chłopak wysiadł z auta i stanął obok niego, nerwowo przestępując z nogi na nogę.

– To co, ja chyba pójdę teraz do koni, a potem zakręcę się koło leśniczówki – wymamrotał.

– A obiad? – Alek natychmiast obrzucił go wzrokiem. – Przecież Laura robi go dla nas wszystkich. Nie zjesz z nami?

– Znaczy, ja bardzo dziękuję za zaproszenie, serio, ale nie musicie się mną przejmować. Na pewno chcecie pobyć sami i w ogóle… Nie chcę wam przeszkadzać.

– Ale jakie przeszkadzać? – Usłyszeli znów głos Laury. – O co chodzi?

– Konrad nie chce z nami zjeść. Mówi, że woli kanapki w leśniczówce.

– Kanapki od mojego kurczaka? Nie ma mowy. Nie po to haruję w tej kuchni jak wół, żebyś mi się tu teraz wykręcał. – Spojrzała na chłopca, robiąc obrażoną minę.

Obaj roześmiali się na jej widok.

– To co? – ponownie zapytał Konrada Alek.

Chłopak spuścił wzrok.

– No dobrze. Niech będzie ten kurczak.

– No i świetnie! – Laura się ucieszyła. – Moi drodzy, zapraszam na górę!

Alek uśmiechnął się do Konrada i obaj ruszyli do domu. Jej obecność tutaj nadawała jego życiu tak wielu kolorów, że aż ciężko mu było uwierzyć, że to wszystko dzieje się naprawdę. Od lat nie był tak szczęśliwy jak teraz i musiał przyznać, że bardzo mu się to podobało.

Przez jego głowę przemknęła nawet myśl, że mógłby się nawet do tego przyzwyczaić.

– Cieszę się, że jesteś, wiesz? – szepnął, gdy jakiś czas później usiadł z Laurą na kanapie.

Konrad, widząc, że chcą zostać sami, wziął swój plecak i ewakuował się na balkon. Mieli więc chwilę tylko dla siebie.

– Też się cieszę. Dobrze mi tutaj – zamruczała mu prosto do ucha.

Alek pogłaskał ją po ramieniu, a potem ujął jej dłoń i przyłożył sobie do ust. Pocałował kolejno jej palce. Był tak zmęczony, że oczy same mu się zamykały. Jej bliska obecność działała na niego odprężająco.

Nie chcąc go bardziej męczyć, Laura wtuliła w zagłębienie jego szyi. Przed obiadem wziął prysznic. Jego skóra pachniała teraz przyjemnym zapachem mydła.

Alek otoczył ją ramieniem i odchylił do tyłu głowę. Wsłuchując się w jego równomierny oddech, Laura przymknęła oczy i żeby nie zasnąć, wróciła myślami do przeszłości. Najpierw prześledziła swój fatalny związek z czasów liceum, a potem zaczęła myśleć o rodzicach. Byli dwoma wiecznie spierającymi się, silnymi charakterami. W ich domu nieustannie toczyły się kłótnie i panowały zimne wojny.

Jakiś czas temu doszła do wniosku, że głównie za sprawą rodziców miłość kojarzyła jej się z wulkanem energii. Lawą albo wodospadem, którego nie można okiełznać. Wieczną namiętnością i dynamizmem, którego nie da się przezwyciężyć. Ba! Nie warto nawet próbować!

Nigdy nie pomyślałaby, że jakakolwiek relacja, a już na pewno nie ta, którą ona stworzy z innym człowiekiem, mogłaby być tak spokojna, jak ta z Alkiem. Choć nie umiała jeszcze tego nazwać miłością, bijący od niego spokój dawał jej do myślenia. To przez niego zmieniała istniejące w jej głowie schematy.

Alek wcale nie przypominał jej buzującego wulkanu. Był bardziej jak strumień. Szemrzący i delikatny, ale zimny, niosący ukojenie w gorący dzień.

– Och, przepraszam. – Z zamyślenia wyrwał ją głos Konrada, który wrócił do pokoju. – Nie wiedziałem, że śpicie.

Laura powoli uniosła głowę. Alek rzeczywiście przysnął. Jego rozluźniona we śnie twarz sprawiła, że na jej usta wypłynął dyskretny uśmiech.

– Nie, nie. W porządku – odpowiedziała szeptem. – Alek był zmęczony. Zresztą... Ty na pewno też jesteś. Potrzebujesz czegoś?

– Nie, skąd. – Konrad pokręcił głową. – Po prostu pomyślałem, że będę się już zbierał, żeby wam nie przeszkadzać.

Laura obrzuciła go wzrokiem. Nie wydawało jej się, żeby powrót do jego domu w jakimkolwiek czasie był dobrym pomysłem.

– A może napiłbyś się ze mną jeszcze czegoś na balkonie? – zapytała więc łagodnie, chcąc go tu jeszcze trochę zatrzymać.

– Chyba nie powinienem. – Chłopak znowu nerwowo przestąpił z nogi na nogę i spuścił wzrok. – I tak siedzę wam na głowie sporo czasu. No i ten obiad...

– Alek śpi, więc nie będę nawet miała z kim porozmawiać. – Laura zrobiła rozczarowaną minę.

Konrad zawahał się, słysząc jej słowa, i tym razem to on uważnie jej się przyjrzał. Cóż, miała trochę racji. Skoro zaprosiła go tutaj, wypadałoby, żeby choć trochę umilił jej czas swoim towarzystwem. Oczywiście jeśli ono w ogóle mogło być dla kogoś miłe.

– No dobrze – zgodził się w końcu.

– W takim razie weź z szafki nad zlewem szklanki i coś do picia, a ja nakryję Alka kocem i zaraz do ciebie przyjdę – odpowiedziała mu szeptem, po czym bezgłośnie wstała z kanapy.

Konrad

Konrad posłusznie wykonał polecenie Laury i już za chwilę oboje siedzieli na leżakach, sącząc zimne napoje.

– Boli jeszcze? – zapytała, wskazując na plastry na jego czole, chcąc zacząć rozmowę.

Musiał przyznać, że zdążyły przez te kilka dni nieco pożółknąć i wypadałoby je zmienić, ale pod spodem wszystko ładnie się goiło. Zostały tylko siniaki w odcieniach fioletu i zgniłej zieleni.

– Nie, już jest dobrze. – odpowiedział więc, unikając jej wzroku.

– Alek powiedział mi, że to twoi rodzice cię tak urządzili. To prawda?

– Tak, ale już naprawdę jest okej. – Niechętnie pokiwał głową. – Nie trzeba robić z tego wielkiej sprawy, serio.

– Często ci to robią? – bez ogródek zapytała go Laura.

– Ale co?

– Czy twoi rodzice często cię biją.

Konrad spuścił wzrok i zaczął drapać jedną z zaciągniętych skórek przy paznokciu.

– Czasem im się zdarzy, ale co ja mogę? Znam chłopaków, których rodzice biją „lepiej". Idzie się przyzwyczaić.

Laura popatrzyła na niego z niedowierzaniem. W mieście coś takiego było po prostu nie do pomyślenia. Tam przedszkolanki zgłaszały na policję nawet małe zadrapania u dziecka, a już na pewno nikt nie udawał, że nie widzi regularnie pojawiającej się przemocy domowej. Sąsiedzi nie zatykali uszu przed krzykami, a odpowiednie służby nie zagłuszały swoich sumień. Znieczulica, o której ostatnio słyszała od Alka, a teraz od Konrada, aż ją paraliżowała. Gdyby nie to, że on sam ją o to poprosił, już dawno by interweniowała. Miała pomagać dzieciakom, a nie zamykać oczy. Jak mogła być dobrym psychologiem, skoro nie umiała pomóc jednemu skrzywdzonemu chłopcu?

– Nie myślałeś nigdy, żeby coś z tym zrobić? – zapytała z nadzieją.

Tym razem to Konrad popatrzył na nią z niedowierzaniem.

– A co ja mogę? Wezwać policję? I tak są u nas kilka razy w tygodniu i jakoś nigdy nic nie zrobili. Doskonale wiedzą, że oni mnie leją, bo często gdy mnie przesłuchują w jakichś innych sprawach, w które się po pijaku wmieszali moi starzy, to mam podbite oko albo co... Tak jest lepiej. Rodzice mieliby tylko dodatkowy problem, a ja trafiłbym do jakiegoś zakładu albo rodziny zastępczej. Wolę mieszkać tutaj. Zresztą, to już i tak przecież tylko kilka lat.

– Jak to?

– Po osiemnastce mogę się od nich wyprowadzić.

– Ile jeszcze?

– Cztery lata. – Kopnął leżący przed sobą mały kamyczek. – Szkoda tylko, że jestem takie chuchro. Wtedy mógłbym się bronić wcześniej.

Popatrzyła na niego smutno.

– Wiesz, że mogę ci pomóc, prawda? Jeśli tylko zechcesz, to powiedz i poinformuję o tym odpowiednich ludzi. Ten dramat można przecież przerwać i...

– Alek miał rację, kiedy mówił, że ty jesteś trochę z innego świata – mruknął Konrad, a potem sprawnie wykorzystał moment, żeby zmienić temat. Nie miał ochoty mówić o swojej rodzinie. Po prostu nie było warto. – Długo się znacie z Alkiem?

– Kilka tygodni. Nie mówił ci?

– Raczej ze sobą nie rozmawiamy.

Laura spojrzała na niego zdziwiona.

– Pracujecie ze sobą całe dnie i nie rozmawiacie?

– Tylko o tym, co jest do zrobienia, albo coś... Alek wie, że u mnie w domu jest przypał, i raczej nie drąży.

Uśmiechnęła się ciepło, widząc, że nie chce już dłużej rozmawiać o swojej rodzinie.

– Poznaliśmy się po jego koncercie – odpowiedziała na jego poprzednie pytanie. Na samo wspomnienie tamtego momentu kąciki jej ust uniosły się jeszcze wyżej.

– O, byłaś tam?

– Nie, nie. W sąsiednim klubie. Potem wpadliśmy na siebie w parku.

– Szkoda. Czasem słyszę, jak Alek gra na gitarze. Jest naprawdę niezły.
– Tak. Słyszałam go później na próbie. W pełni się z tym zgadzam. Wymiata jak mało kto.
– Ludzie mówią, że to naprawdę cud, że on po tym wypadku bierze gitarę do ręki.
– Było z nim aż tak źle?
– Źle? Kilka miesięcy dochodził do siebie. Cała wieś mu wtedy kibicowała! Ksiądz poruszył niebo i ziemię, żeby zebrać potrzebne na leczenie pieniądze, bo Alek nie był ubezpieczony, a okoliczni gospodarze na zmianę zajmowali się jego gospodarką. Wszyscy tutaj wiedzą, że i Alek, i jego rodzice to porządni ludzie. Tylko jak na złość u nich nieszczęście za nieszczęściem.

Laura popatrzyła na chłopca z zainteresowaniem.

Wyczytał z jej twarzy, że o wielu rzeczach, o których mówił, nie miała bladego pojęcia.

– Ten facet, który wtedy prowadził ciągnik... Wiesz, ten, który nie słyszał, że Alek spadł, potem z tego wszystkiego popełnił samobójstwo. Nie mógł sobie poradzić z tym, że na kogoś takiego jak Alek sprowadził tak wielkie nieszczęście i kilka dni później się powiesił.
– Boże, przecież to straszne...
– Gdy Alek się o tym dowiedział, bardzo się przejął. No... Ale potem już było tylko lepiej. Z tej wdzięczności to tyle dla parafii zrobił, że nie masz pojęcia! Remont całej plebanii z własnej kieszeni opłacił, a wszystkim, którzy mu wtedy pomagali, do tej pory odpłaca w każdy możliwy

sposób. Uczy dzieci za darmo jeździć konno albo zatrudnia takich jak ja. No, ale on zawsze był taki. Twardy, ale o wielkim sercu. Tak o nim tu wszyscy mówią.

Laura pokiwała głową. Przez chwilę zastanawiała się, dlaczego Alek sam o tym jej nie powiedział, ale ostatnie słowa Konrada były doskonałą odpowiedzią na to pytanie. To byłoby niehonorowe, a on nie miał w zwyczaju się na cokolwiek użalać.

– Czytasz jeszcze ten kryminał? – zapytała, zerkając na oparty o balustradę plecak. Wolała jego słowa przetrawić sobie później, w samotności.

– Nie. Nawet go nie skończyłem.

– Czemu?

– Bo był nudny. Nie lubię książek, w których już od początku wiadomo, jakie będzie zakończenie.

– No tak.

– Poza tym był źle napisany. I nie lubię pierwszoosobowej narracji w czasie teraźniejszym. Mam wrażenie, że ona ogranicza.

Tym razem Laura spojrzała na niego z nieukrywanym niedowierzaniem. Takie słowa w ustach czternastolatka brzmiały co najmniej dziwnie.

– Masz sporą wiedzę w zakresie literatury. Uczysz się dodatkowo albo rozwijasz w tym kierunku?

– Po prostu dużo czytam. Idzie wyłapać takie rzeczy.

– A nie myślałeś o tym nigdy?

– O czym?

– No o tym, żeby zacząć chodzić na jakieś dodatkowe zajęcia albo kursy. Fajna sprawa, w dodatku dobrze wygląda w CV.

– U nas? U nas takich rzeczy nie ma. Są tylko SKS-y w piłkę dla chłopaków, ale to raczej nie dla mnie.

Laura przekrzywiła głowę.

– Nie lubisz sportu?

– Sam sport to lubię, ale nie lubię agresji, a oni po tych meczach to robią jakieś ustawki i różne inne.

– Rozumiem. A w szkole? Nie macie żadnych dodatkowych lekcji w bibliotece?

– Jesteś trochę dziwna. To jest wieś, u nas nie ma żadnych rzeczy ekstra.

Laura uśmiechnęła się lekko, chociaż był to raczej uśmiech goryczy. Coraz bardziej było jej szkoda Konrada. Nie dość, że miał takich rodziców i tkwił w chorej sytuacji bez wyjścia, to jeszcze nie mógł w żaden sposób się realizować, ponieważ system edukacji mu tego nie umożliwiał.

– Jakie masz jeszcze pasje poza czytaniem? – zapytała, żeby odbiec od tematu.

Konrad popatrzył na nią trochę niepewnie, wahając się, czy powinien jej wspomnieć o swoim pisaniu. Chociaż z początku podchodził do niej raczej niechętnie, dała sobie w końcu spokój z tą policją, za co był jej naprawdę wdzięczny. No... I w końcu lubił ją Alek, a on z pewnością nie zadałby się z byle kim.

– Czasami piszę – wyznał więc cicho.

– Naprawdę?

Pokiwał głową.

– Głównie opowiadania, ale czasem też wiersze.

– Jej, ale mnie zaskoczyłeś! – Ożywiła się. – Miałbyś coś przeciw temu, żebym przeczytała jakieś twoje teksty?

– Mam ze sobą taki zeszyt. – Spojrzał w stronę plecaka. Nie pamiętał już, żeby kiedykolwiek ktoś interesował się nim tak bardzo jak ona. – Ale nie ma w nim wiele. Tylko dwa opowiadania. Pisane na szybko, to właściwie nic specjalnego.

Laura wyczuła w jego głosie przesadną skromność i kompletny brak wiary w siebie.

– Jeśli naprawdę chcesz przeczytać coś z tych lepszych, to mogę skoczyć do domu i…

– Nie, daj spokój. – Uspokajająco dotknęła jego przedramienia. – Nie jestem żadnym wielkim znawcą. Po prostu chciałabym coś przeczytać. Przez wzgląd na ciebie, a nie na to, czy to jest dobre.

– Okej. – W końcu się poddał i wyciągnął zeszyt. Otworzył go mniej więcej w połowie, wskazał palcem konkretny tekst. Dał go do przeczytania Laurze.

Musiała przyznać, że jak na chłopca miał bardzo ładny charakter pisma. Charakteryzował go też niezwykle lekki styl. Zdania, które tworzył, nie były ani zbyt krótkie, ani zbyt długie. Opowiadanie czytało się wyjątkowo płynnie, ponieważ składało się niemalże z samych dialogów. Były one tak bardzo realistyczne, jakby chłopak po prostu spisywał rozmowy dwojga ludzi. Technicznie ten tekst był prawie doskonały. Konrad miał bogaty zasób słownictwa i nie bał się tego wykorzystywać, przez co utwór był bardziej dojrzały, niż mógłby na to wskazywać wiek autora.

Laurę zainteresowała także fabuła opowiadania, historia starej Żydówki, która wróciła do ojczyzny po latach emigracji, w poszukiwaniu miejsca, w którym się kiedyś ukrywała. Chociaż ona dodałaby do tego jakąś piękną i ponadczasową historię wielkiej miłości, tematyką idealnie trafił w jej gust. Rozbudził jej ciekawość do tego stopnia, że chętnie dowiedziałaby się o tej kobiecie znacznie więcej.

– No i co myślisz? – zapytał ją z zainteresowaniem, kiedy skończyła czytać.

Popatrzyła na niego z błyskiem zachwytu w oczach.

– W moim odczuciu świetne.

– Naprawdę tak uważasz?

– Pewnie. Tworzysz naprawdę świetne i wiarygodne dialogi.

– Mój polonista twierdzi, że są u mnie najsłabsze. To dlatego ostatnio piszę głównie je. Staram się rezygnować z opisów, żeby pracować nad rozmowami bohaterów.

– Poważnie?! Chłopie, to ja aż boję się pomyśleć, jakie ty tworzysz opisy!

Konrad spojrzał na nią z niedowierzaniem.

– Serio ci się podobało?

– Jest super.

– Ale? – zapytał, słysząc nutkę czegoś dziwnego w jej głosie.

– A nie obrazisz się, jeśli dam ci szczerą radę?

Pokręcił głową.

– Nie, mów.

– Twój tekst wydaje mi się być niemalże doskonały pod względem formy, ale w moim odczuciu jest w nim coś... służalczego. Jakbyś się bał, że może się nie spodobać i za wszelką cenę chciał zjednać sobie czytelnika. – Zdobyła się na krytykę.

– Tak sądzisz?

– Aha. – Pokiwała głową. – Żeby stworzyć coś naprawdę dobrego, nie możesz myśleć o tym, że kogoś nie zadowolisz. Baw się słowem i nie myśl o czytelniku, a przynajmniej nie przez cały czas. To, tutaj – wskazała czerwony zeszyt – to w moim odczuciu potencjał. Oryginalny i nieoszlifowany diament, z którego przy odrobinie odwagi można zrobić coś wyjątkowego. Ale można go też oszlifować jak każdy inny, żeby zginął wśród setek takich samych. Wybór należy do ciebie.

Konrad popatrzył na nią z uwagą, ale i podziwem. Nigdy w życiu nie usłyszał od nikogo tak szczerej i wartościowej opinii.

– Naprawdę myślisz, że mój tekst ma potencjał?

– Jestem tego pewna i chętnie przeczytałabym więcej, gdybyś tylko odważniej nad nim popracował. Myślę, że w przyszłości niejeden człowiek zrobi to z wielką przyjemnością. Historia tej kobiety naprawdę mnie wciągnęła i żałuję, że skończyłeś ją właśnie w takim momencie. Chciałabym poznać jej dalsze losy.

– A wiesz, że to się właściwie da zrobić?

– Tak? – Laura spojrzała na niego zdziwiona.

– Myślę, że osoba, która zainspirowała mnie do napisania tego tekstu, chętnie by cię poznała. Ona się nawet tutaj wybiera, bo bardzo chciałaby zobaczyć dworek, w którym mieszkali rodzice Alka.

– Przecież to byłoby świetne. Myślisz, że ta pani naprawdę chciałaby ze mną porozmawiać? – Dziewczyna nie potrafiła ukryć swojej radości.

– Jestem tego pewien.

– Ale byłoby super, gdyby Alek się zgodził!

– Na co? – Dobiegł do ich uszu zaspany glos.

Laura chwyciła rękę Alka, który pojawił się nagle na balkonie, i przytuliła do niej policzek.

– Konrad mówi, że przyjechała tu starsza pani z zagranicy, która mieszkała kiedyś w dworku twoich rodziców. Chciałby nas z nią poznać – wyjaśniła mu Laura.

– Poważnie?

– Tak – potwierdziła entuzjastycznie. – Moglibyśmy oprowadzić ją jutro po okolicy. Może opowie nam jakąś wspaniałą historię?

– Hm... Ale to może wieczorem, bo musimy jutro sprawdzić maszyny, jeśli chcemy za dwa dni zacząć żniwa. – Alek popatrzył na Konrada.

– Och, ale ja chętnie się nią wcześniej zajmę – zaproponowała Laura. – Wy będziecie mogli sobie spokojnie pracować, a wieczorem, gdy już wszystko zrobicie, razem przejdziemy się do dworku.

– Widzę, że nie mam tu nic do gadania. – Alek się uśmiechnął. Entuzjazm Laury mógłby wysadzić w powietrze całe miasto.

Przytuliła się do niego bardziej.

– Zgadzasz się?

– No pewnie, że się zgadzam. Skoro przejechała taki szmat drogi, to nie zamierzam jej niczego odmawiać. – Pogładził ją po głowie. – Może opowie nam o dworku coś, czego nawet ja nie wiem?

W odpowiedzi Laura zerwała się z miejsca i rzuciła mu się na szyję.

– Jesteś niezastąpiony!

Alek roześmiał się głośno. Już na tym etapie ich znajomości byłby w stanie zrobić dla niej wszystko. Pragnął nieustannie ją uszczęśliwiać.

– Tylko dla ciebie – wyszeptał.

Mindzia

Tamtego lata relacja Oleńki z Jurkiem przeżywała swoje największe nasilenie. Ona miała prawie piętnaście lat, on trochę więcej. Chociaż dookoła płonął cały świat, oni płonęli własnym, o wiele gorętszym ogniem. Pełne strachu wieczory i noce powoli stawały się normą, często po powrocie od ukrywanego mężczyzny siadali przy piecyku w dworku i do rana dyskutowali szeptem o sprawach ważnych i ważniejszych. O literaturze, sztuce, polityce, a nawet o swoich lękach.

– Myślisz, że będziesz musiał kiedyś iść walczyć? – zapytała Jurka któregoś wieczora, gdy siedzieli przy piecyku nakryci pledem. Jurek już od jakiegoś czasu działał w partyzantce i chociaż nie musiał jeszcze brać udziału w walkach, przemycał broń i pomagał w jakichś pojedynczych akcjach. Kilka razy przyłapała go na tym, jak po zmroku spotykał się z ludźmi, których wcześniej nie znała, i rozmawiali o ważnych sprawach konspiracyjnym, dziwnym językiem, którego, mimo chęci, nie była w stanie zrozumieć.

– Chciałbym – odpowiedział na pytanie Oleńki bez zbędnego zastanowienia.

Poruszyła się i popatrzyła na niego uważnie. Mimo młodego wieku na jego twarzy rysowało się zmęczenie, a w kącikach oczu pojawiły się już pierwsze zmarszczki. Od dawna nie mogła pozbyć się wrażenia, że wyglądał o wiele poważniej niż by na to wskazywał jego wiek. Wiedziała, że to piętno czasu wycisnęła na nim wojna i że on mógłby powiedzieć o niej to samo.

– Chciałbyś? – zapytała. – Przecież tam się umiera. Nie chce ci się żyć?

– Oleńka... – westchnął. – To nie jest takie czarno--białe, jak myślisz.

– Nie?

Pokręcił głową i oparł ją o kafle za plecami.

– Nawet jeśli to pewna śmierć, to dla idei. To piękne umieranie, o jakim od dawna rozpisywali się wielcy tego świata. Nie chcę umrzeć kiedyś ze starości, z myślą, że kiedy inni chwytali karabiny i maszerowali na front, ja stchórzyłem. Chcę walczyć za Polskę, chcę walczyć za moją ojczyznę. Za naszą wolność. Twoją, mojej mamy i taty. Rozumiesz?

Oleńka niechętnie pokiwała głową. Nie chciała, żeby Jurek szedł na front, ale z jego słów biła ciężka do zrozumienia prawda. Gdy przymknęła oczy, żeby w spokoju je przetrawić, wróciło do niej wspomnienie pędzonych ulicą rodziców. Musiała wziąć głęboki oddech, żeby nie zacząć płakać. Wojna już pozbawiła ją osób, które były dla niej najważniejsze, a teraz jeszcze ta deklaracja Jurka. Bóg mógłby zabrać sobie ją, a ich ocalić. Mimo obietnicy, którą dała kiedyś mamie, nigdy nie pogodziła się z nagłą stratą rodziców. Oni znaczyli dla świata o wiele więcej niż ona. Nie potrafiła tego zrozumieć. Tej bolesnej niesprawiedliwości. Wcale nie chciała żyć bez rodziców, a teraz bez Jurka. Jaki sens ma takie puste życie? Jaki sens ma życie bez ludzi, których kochamy?

– Posmutniałaś – zauważył chłopak.

Odwróciła głowę w jego stronę.

– Po prostu ciężko mi zrozumieć, dlaczego Bóg zesłał na świat tyle zła. Dlaczego zesłał wojnę. Nieraz wieczorami myślę o tym, i to bardzo długo, a mimo to jeszcze nigdy nie udało mi się tego pojąć. Ten temat jest tak okropnie trudny.

Jurek przygarnął ją do siebie ramieniem i poprawił okrywający ich pled.

– Niektórych rzeczy nie da się zrozumieć.

Po jej policzku poleciała pierwsza tej nocy łza.

– Ale co zrobili światu Żydzi, że Hitler tak nas nienawidzi? Przecież człowiek nie ma wpływu na to, kim się rodzi. Nie da się wybrać sobie narodowości.

– Zło nie ma względu na osoby. Czai się wokół i atakuje nas wszystkich. – Jego klatka piersiowa uniosła się gwałtownie i opadła. – To nie jest niczyja wina, że ono jest ani że właśnie teraz uderza. Ani moja, ani twoja, ani naszych rodziców.

Oleńka wtuliła się w niego jeszcze mocniej.

– Bardzo za nimi tęsknię – wyznała. – Myślę nieraz o tym, że gdyby nie zareagowali tak szybko i ojciec nie zapłaciłby za moje dokumenty, to teraz bym nie żyła. Może wtedy byłoby lepiej?

– Nie mów tak. Nie wolno tak mówić.

– Kiedy ich wtedy widziałam, pędzonych do kościoła jak zwierzęta, w pierwszym odruchu chciałam do nich podbiec, wiesz? Złapać ich za rękę i w tym ostatnim dla nas wszystkich momencie jeszcze raz poczuć się rodziną. Wy tutaj macie siebie, a ja? Kogo ja mam? Ściągam na ludzi tylko niebezpieczeństwo. Twój tata już dawno powinien mnie stąd wyrzucić, zamiast narażać się dla mnie.

– Mówisz teraz straszne głupstwa. Wszyscy tutaj bardzo cieszymy się z tego, że z nami jesteś. Nikt tak jak ty nie zająłby się Krysią i dziećmi ani nie pomógł mamie w kuchni. Nie możesz mówić, że twoje życie nie ma sensu, skoro tak nie jest. Jesteś nam wszystkim naprawdę potrzebna.

– Tylko tak mówisz. – Pociągnęła nosem. – Nie przedstawiam sobą żadnej wartości.

– Tak? A kto co noc naraża się, żeby ratować tego biednego Żyda? To też według ciebie jest nic?

Nie odpowiedziała. Pod wpływem jego ostatnich słów rozpłakała się na dobre.

– Po prostu tak strasznie mi ich brak... Naszego wspólnego życia – wydusiła tylko.

– Cichutko – szepnął jej do ucha Jurek i potarł dłonią jej plecy. Ciężko mu było wyobrazić sobie, jak bardzo musiała cierpieć. Jej odwaga i siła, którymi za dnia się wykazywała, były w jego oczach naprawdę godne podziwu, ale teraz zdawała się tak bardzo krucha, że pragnął nad wszystko chronić ją przed złem. Wątpił, by on potrafił żyć z bagażem, jaki niosła na plecach, choć i tak miała w życiu wiele szczęścia. Była jednym z nielicznych dzieci, którym udało się ujść z życiem i jeszcze nie budzić niczyich podejrzeń. W porównaniu z losami tego mężczyzny, którego ukrywali ostatnio w ziemiance, jej sytuacja jawiła się raczej jako błogosławieństwo niż piekło. Szczęście w nieszczęściu.

– Nie płacz. – Pogłaskał ją znowu po plecach, kiedy wstrząsał nią szloch za szlochem. Jeszcze nigdy nie widział, żeby Oleńka płakała, i ten widok rozczulił go. Na dobre.

Dziewczyna odsunęła się lekko i popatrzyła mu w oczy. Mimowolnie uniósł rękę i otarł jej łzy.

– Jeszcze nigdzie się nie wybieram – szepnął, niemalże bezgłośnie. – A już na pewno nigdy w świecie cię nie zostawię.

Uśmiechnęła się blado. Miała zaczerwienione oczy i policzki, a mimo to wydała mu się być jeszcze piękniejsza niż dotychczas.

– Gdyby nie ty, to nie widziałabym w tym wszystkim sensu. Nie wiem, co będzie, jeśli kiedyś cię zabraknie – wyznała.

Na dźwięk tych słów Jurek przysunął twarz do jej twarzy. Dookoła było ciemno, a mimo to zobaczył w jej oczach tyle dobra i miłości, ile nie widziały największe kościoły i najstarsze ołtarze.

Wydychane przez niego ciepłe powietrze czule otarło się o jej policzek i rozeszło się po jej ciele.

– Jestem tutaj – szepnął wprost do jej ust. – Zawsze przy tobie będę.

Oleńka przymknęła oczy, chcąc nacieszyć się tymi słowami. W całym dworku panowała teraz tak nieskazitelna cisza, że niemalże słyszała przyspieszające bicie ich serc. Po chwili poczuła w swoich włosach jego palce. Zanurzały się w nich rytmicznie i przeczesywały opadające na plecy pasma. Chociaż jego dłonie były twarde i spracowane, nie miała wątpliwości, że to jeden z przyjemniejszych dotyków, jakie kiedykolwiek doznała.

Oleńka westchnęła. Mimowolnie rozchyliła usta i już po chwili poczuła na nich jego wargi. Jeśli kiedykolwiek wyobrażała sobie swój pierwszy pocałunek, to ten pobił na głowę jej najśmielsze fantazje. Wraz z dotykiem ust Jurka poczuła, że powraca do niej utracone poczucie bezpieczeństwa. Jak gdyby jakaś niesamowita siła na nowo tchnęła w nią życie.

I chociaż nie był to żaden wybuch ani pożar, oboje w tamtym momencie właśnie tego potrzebowali. Zwykłej, pełnej zrozumienia bliskości.

– Jesteś niesamowita – szepnął do niej Jerzy. Jego policzki płonęły teraz tak samo jak twarz Oleńki.

Dziewczyna uśmiechnęła się i dotknęła dłonią jego twarzy. Odpowiedział tym samym.

Chociaż dookoła upadały właśnie wszystkie ideały, miedzy nimi rodziło się coś wyjątkowego. W tej nieprzeniknionej ciszy wychodzili naprzeciw sobie i wspólnie stawiali czoła wszystkim niepokojom. Ta właśnie cisza łagodziła ból ich niepewnej codzienności, przywracała tak bardzo zbrukane przez lęki i wojnę człowieczeństwo, łączyła na wieki dwa samotne do tej pory serca. Oleńka do końca życia znajdowała w ciszy już tylko Jerzego i tamtą chwilę. Jej prywatne zmartwychwstanie, które nie mogłoby się dokonać bez jego udziału.

Następnego dnia po tym pocałunku, późnym popołudniem, Jurek zabrał ją na spacer.

– Tylko nie kręćcie się po okolicy zbyt długo i nie rzucajcie się w oczy – powiedziała Mila, poprawiając Jerzemu koszulę.

– Przecież wiem, mamo…

Mila uśmiechnęła się blado.

– Niby wiem, że jesteś już duży i rozsądny, a nadal widzę w tobie małego chłopca – dodała i przesunęła dłonią po jego ramieniu.

Odpowiedział jej czułym pocałunkiem w policzek. Oleńka musiała przyznać, że był to jeden z bardziej rozczulających widoków, jakie kiedykolwiek dane było jej oglądać.

– To co, idziemy? – Jurek zwrócił się w końcu do niej, gdy tak stała obok ze skrzyżowanymi nogami.

– Chętnie. – Skinęła głową i zrobiła krok w jego kierunku.

Kątem oka dostrzegła, jak Mila uśmiecha się na widok ich splecionych dłoni. Zrobiło jej się od tego jeszcze cieplej na sercu.

– Pomyślałem, że zabiorę cię na krótką, krajoznawczą wycieczkę.

Oleńka popatrzyła mu prosto w oczy. Były duże i błyszczące, i czaił się w nich ogromny entuzjazm.

– Dokąd?

– Byłaś kiedyś w naszym sadzie?

Bez zastanowienia pokręciła głową.

– A w leśniczówce?

– Nie.

Roześmiał się głośno i przytulił ją do siebie.

– No widzisz. Więc po prostu pokażę ci, co jest za naszym podwórkiem. Jestem pewien, że ci się spodoba.

Kąciki jej ust znowu uniosły się szeroko. Była pewna, że gdziekolwiek by jej nie zabrał, w jego towarzystwie na pewno miło spędzi czas.

– Teraz koniecznie musisz zamknąć oczy, bo inaczej z niespodzianki nic nie wyjdzie... – powiedział Jurek, kiedy dotarli do celu, proszącym wzrokiem zerkając na jej błyszczącą w słońcu twarz.

Stali właśnie wśród zarośli porastających brzeg dość szerokiego rowu. Przed nimi rozciągała się chwiejna drewniana kładka, którą Jerzy zrobił kiedyś z ojcem. Poza nią i rowem nie widziała teraz nic więcej, więc spojrzała na Jerzego z niepokojem.

– Tak. Zamknę oczy, a ty wepchniesz mnie do wody i z satysfakcją będziesz patrzył, jak opadam na dno z przekonaniem, że umiem pływać… – odpowiedziała ze śmiechem, ale jej oczy, mimo niepokoju, rozbłysły w słońcu niepohamowanym entuzjazmem i żądzą przygody.

– Boisz się wody?

– Od dawna. Nigdy do niej nie wchodzę.

– Nie wiedziałem. – Popatrzył na nią z konsternacją. – Ale to nic. Przecież nie ma takiej możliwości, żebyś do niej wpadła. Ta kładka tylko wygląda na chwiejną, a tak naprawdę jest bardzo stabilna.

Oleńka jeszcze raz przyjrzała się kładce. Deski wyglądały tak, jakby za chwilę miały się zapaść, a cała konstrukcja wydawała się bardzo niepewna. Dziewczyna postawiła nawet na jednej z desek nogę, żeby się o tym przekonać. Niestety, miała rację.

Westchnęła ciężko.

– Dobrze, zamknę oczy – zgodziła się w końcu. – Ale tylko pod warunkiem, że przez cały czas będziesz trzymał mnie za rękę…

Jurek uśmiechnął się ciepło i wyciągnął do niej dłoń. Natychmiast zacisnęła swoje palce na jego rozgrzanej skórze.

– Teraz twoja kolej – szepnął.

Oleńka zrobiła głęboki wdech i jeszcze przez moment się wahała.

– Śmiało – zachęcił ją.

Widząc jego łagodną twarz, posłusznie zamknęła w końcu oczy.

– Prowadź – powiedziała, zaciskając palce na jego dłoni jeszcze bardziej. Przez chwilę bała się, że zmiażdży mu rękę, ale skoro nie protestował, przestała się tym przejmować. Skupiła się na tym, co miało się za chwilę stać.

– Zaufaj mi – szepnął jeszcze uspokajająco i wszedł na kładkę.

– Ufam ci – odpowiedziała drżącym głosem. – Inaczej wcale by mnie tu nie było.

Ruszyli przed siebie po chyboczących się deskach. Jurek szedł pierwszy, a za nim ona stawiała swoje niepewne kroki. Jedynie dzięki jego ciepłej dłoni i poczuciu, że złapie ją w razie niebezpieczeństwa, udało jej się nie umrzeć ze zdenerwowania.

Potem przedzierali się przez brzozowy zagajnik. Oleńka nadal miała zaciśnięte powieki, ale czuła na całym ciele łaskoczące gałęzie, o które co i rusz się zahaczała. Byli trochę niczym koczownicy skradający się w poszukiwaniu pożywienia. Jerzy wolną ręką odsuwał gałęzie, tak żeby żadna z nich nie uderzyła, a nawet nie musnęła jej twarzy. Ona szła za nim już o wiele spokojniej niż podczas przejścia przez kładkę. Chociaż przez jej głowę przemknęła myśl, że mógłby przecież wydać ją w tym lesie niemieckiej armii, natychmiast ją odgoniła. Ufam mu, powtarzała tylko w myślach z takim uporem, aż zaczęła czuć, że te słowa przenikają ją całą.

Po kilku minutach wędrówki Jerzy w końcu się zatrzymał i Oleńka posłusznie zrobiła to samo.

– To tutaj – szepnął, nie puszczając jej dłoni. Jego głos wydał jej się tak niezwykle rozmarzony, że z trudem powstrzymywała się od uniesienia powiek.

– Chyba możesz już otworzyć oczy... – dodał po chwili i wbił wzrok w jej twarz, nie chcąc przegapić żadnego wyrazu, który zaraz się na niej wymaluje.

Posłusznie uniosła powieki, sama nie wiedząc, czego powinna się spodziewać, jednak widok, który się przed nią rozpościerał, przekroczył wszystkie jej najśmielsze oczekiwania.

Stali na brzegu rwącej rzeki, a przed nimi znajdował się stary, drewniany pomost, niemal całkowicie porośnięty trzciną. Tuż obok niego zacumowana była łódka, z której gdzieniegdzie poodpryskiwała farba, nadając jej rustykalnego charakteru. Woda przepływająca w rzece mieniła się w słońcu, rzucając srebrzyste światło na ich twarze, a dookoła panowała mącona jedynie przez delikatny szum drzew, nieskażona żadnym głośniejszym odgłosem cisza.

Jednak najbardziej urzekły Oleńkę dziesiątki, a może nawet setki dzikich kaczek przepływających między trzcinami. Z zapałem nurkowały w wodzie, nabierały jej w dzioby, by po chwili rozpryskiwać ją wszędzie wokół. Ocierały się o siebie i rozprostowywały skrzydełka. Pływały chaotycznie, ale dostojnie. Było ich tak dużo, że nawet gdyby chciała, nie potrafiłaby ich zliczyć, a każda umaszczona była na swój własny, niepowtarzalny sposób.

Ich skąpane w słońcu migoczące piórka wydawały jej się czymś tak pięknym, że aż zaparło jej dech.

– Niesamowite – szepnęła, urzeczona tym obrazem. – Nigdy w życiu czegoś takiego nie widziałam.

– Raj na ziemi, prawda? – przysunął się do niej cicho, nie chcąc mącić tego wyjątkowego nastroju, a potem objął ją od tyłu i przytulił policzek do jej głowy. Uwielbiał zapach jej włosów.

– To miejsce jest tak wspaniałe, że aż nierealne. Bajeczne. Jak gdyby dookoła nie było żadnej wojny i ludzkich dramatów. Żadnych strachów i lęków.

– Tylko kaczki, ty i ja. – Jurek pogładził dłonią jej ramię.

Kąciki jej ust uniosły się wysoko. Przymknęła oczy, napawając się ciepłem słońca oświetlającego teraz jej twarz i jego obezwładniającą obecnością.

– My na zawsze.

– Tak. – Pocałował ją w głowę. – My na zawsze…

Laura

– Może byłoby łatwiej, gdybyś się do mnie przeprowadziła? – Alek uśmiechnął się szeroko, gdy z samego rana Laura zajrzała do garażu. Ubrany był w poprzecieraną koszulkę i znoszone dżinsy, przez co jego skóra wydała jej się o wiele bardziej błyszcząca, niż była w rzeczywistości. Jego strój idealnie podkreślał zdobytą tego lata opaleniznę.

Od samego świtu przygotowywali się z Konradem do żniw. Zaczęli od uprzątania stodoły i sprawdzania pojazdów. Maszyny były w o wiele lepszym stanie, niż się tego spodziewał, ale mimo to wolał wszystko dokładnie sprawdzić, żeby jutro nie było żadnej niespodzianki. Nabrzmiałe kłosy zbóż rozpaczliwie domagały się koszenia a na przyszły tydzień synoptycy zapowiadali wichury i deszcze. Każda chwila była więc teraz na wagę złota. Nie wspominając oczywiście o tym, że im szybciej uwinie się w polu, tym więcej czasu spędzi z Laurą przed końcem wakacji.

– Uważaj na słowa, bo jeszcze wezmę je na poważnie. – Zaśmiała się i pocałowała go na powitanie. – Potrzebujecie czegoś? – Objęła wzrokiem i jego, i Konrada.

Jak na komendę pokręcili głowami.
- Nie, ale dzięki, że pytasz.
- Na którą chcecie obiad?
- Czternasta? – zaproponował, obejmując ją w pasie.
- Jak sobie życzysz. Mam dziś ochotę na chińskie jedzenie, kupiłam nawet grzyby mun. Co wy na to?

Obaj wzruszyli ramionami. Żaden z nich nie miał pojęcia, o czym mówi.
- Chyba może być, co, młody? – pierwszy odezwał się Alek.
- Nigdy tego nie jadłem i chyba nie jestem głodny. Jest za gorąco na jedzenie.

Laura wywróciła oczami.
- Ale jesteście okropni. Pozbawiacie mnie przyjemności gotowania.
- A co to za różnica, co się je? – wyrwało się Konradowi, ale Alek spiorunował go wzrokiem.

Laura złapała to spojrzenie kątem oka i w geście wdzięczności wtuliła się w niego jeszcze bardziej. Miał szorstką od słońca skórę i wilgotną od pracy koszulkę, ale wcale jej to nie przeszkadzało.
- A ta pani o której będzie? – zwróciła się do Konrada.
- Powiedziała, że jak tylko zje śniadanie, zaraz tutaj przyjdzie. Mam nadzieję, że trafi.

Laura uśmiechnęła się szeroko.
- A ja, że się nie rozmyśli – zażartowała.
- Pani Róża? Ona nie jest taka. Poza tym mówiłem wam, że to miejsce ma dla niej wartość sentymentalną –

odpowiedział jej Konrad, a przez głowę Laury przemknęła myśl, że przez ostatnie dni stał się o wiele bardziej rozmowny. Niezmiernie ją to cieszyło.

– O, chyba właśnie jest. – Alek wskazał głową na drzwi garażowe.

Faktycznie. Podjazdem zmierzała w ich stronę elegancka staruszka w wielkim kapeluszu i bieluchnych jak śnieg rękawiczkach.

– Klasa sama w sobie – wyrwało się Laurze.

Konrad z Alkiem zachichotali jak dzieci.

– Nie stój tak, tylko do niej leć! – Alek trącił ją w końcu lekko ramieniem. – Lepiej, żeby nie widziała nas tu brudnych i umorusanych smarem, bo jeszcze będzie trzeba wzywać pogotowie. Swoją drogą, Konrad, mogłeś nas uprzedzić.

– Ale o czym? Ona na co dzień nie ubiera się aż tak... pompatycznie.

– Dobra, oj dobra, dość tych żartów – ucięła tę ich głupią dyskusję Laura. – Gapimy się na nią jak by była jakimś wyjątkowym okazem, a to po prostu ubrana z klasą starsza pani.

Alek popatrzył na nią, unosząc brew.

– Oj, idę już do niej, idę – mruknęła Laura, widząc to jego spojrzenie. – Ale gdybym wiedziała, jak ona wygląda, to ubrałabym się lepiej. Będę wyglądać przy niej jak prawdziwa kobieta ze wsi.

Obaj popatrzyli na jej zwiewną sukienkę i znowu buchnęli śmiechem. W tych eleganckich sandałkach, makijażu i misternie upiętej fryzurze, nawet gdyby nie wiadomo jak bardzo chciała, i tak nie pasowała do tego otoczenia.

– No co? – Popatrzyła na nich zdziwiona.

– Nic, nic. – Alek pocałował ją w czoło. – Po prostu już z dala widać, że mieszkasz tutaj od urodzenia – dodał rozbawiony, a potem w końcu wypuścił ją z rąk.

– Nie wiem, o co wam chodzi – bąknęła jeszcze tylko Laura i ruszyła w końcu do starszej pani z zaciekawieniem rozglądającej się po okolicy.

– Pani Róża? – zapytała, podchodząc do kobiety na wyciągnięcie ręki.

Ta natychmiast rozpromieniła się na jej widok i spod wielkiego kapelusza spojrzały na Laurę duże, podkrążone oczy.

– Tak, to ja. Ty musisz być Laura, prawda? – Róża uśmiechnęła się serdecznie i ucałowała dziewczynę w oba policzki, jak gdyby znały się od lat. – Konrad dużo mi o tobie wczoraj opowiadał.

– Naprawdę?

– Mówił mi, że chwaliłaś jego teksty, a to dla niego bardzo wiele znaczy.

– Pani wie, że on pisze?

– Och, kochanie. Wiedziałam od razu, kiedy go tylko zobaczyłam.

Laura spojrzała na nią z konsternacją, przez chwilę bojąc się, że ma do czynienia z jakąś obłąkaną wariatką. Właściwie ta wizja nawet pasowałaby do wizerunku, który starsza pani zbudowała sobie w jej oczach tym przesadzonym strojem.

– Oj, nie patrz tak na mnie! – Róża natychmiast rozgryzła jej myśli. – Nie uważam się za żadną wróżkę ani medium, nic takiego. Po prostu wydał mi się taki delikatny i filigranowy, jak rasowy artysta. Musisz przyznać, że już na pierwszy rzut oka widać, że daleko mu do przerośniętego atlety.

Laura zakłopotała się nieco i popatrzyła na nią przepraszająco.

– Chyba ma pani rację, to ma jakiś głębszy sens.

– Prawda? W każdym razie Konrad musiał cię bardzo polubić, bo kiedy o tobie opowiada, błyszczą mu oczy.

– Cóż... – Dziewczyna znowu się zmieszała. – Nie znamy się przesadnie długo, ale to bardzo miłe z jego strony. Ja też go polubiłam.

Róża ujęła jej dłoń i ścisnęła lekko jej szczuplutkie przedramię.

– Przecież wcale nie trzeba kogoś długo znać, żeby go lubić. W większości przypadków wystarczy jedno spojrzenie.

Laura musiała przyznać, że jest w tym dużo racji. Nawet badania psychologiczne potwierdzały, że najpierw pojawia się afekt, tak zwane pierwsze wrażenie, a dopiero potem tworzy się, lub nie, jakakolwiek relacja.

– To co, zapraszam panią do środka – odezwała się jednak, nie chcąc brnąć w żadne naukowe dyskusje na ten temat.

– O tak, to bardzo dobry pomysł. – Róża się uśmiechnęła. – W moim wieku stawy już nie te i chętnie sobie z tobą posiedzę. Ostatnio i tak chodzę tyle, co nigdy, więc kolana dają mi o sobie znać o wiele bardziej niż zwykle.

– A próbowała pani jakichś maści? Może chociaż uśmierzyłyby ból?

Róża spojrzała na nią serdecznie i złapała ją pod ramię.

– Dziecko, w moim wieku to już nie ma co faszerować się lekami. Trzeba się z tym światem raczej pożegnać, niż kurczowo go trzymać. Zresztą... Pożyjesz, to sama zobaczysz.

– Och, no tak...

– Konrad mówił mi, że spotykasz się z tutejszym gospodarzem. Alek, prawda? Dobrze zapamiętałam?

Laura skinęła głową. Na sam dźwięk tego imienia kąciki jej ust drgnęły ku górze, co nie umknęło czujnemu spojrzeniu starszej pani.

– Tak. Alek – powiedziała.

– To podobno też bardzo miły chłopak. Ksiądz proboszcz dużo mi o nim opowiadał. O jego wypadku i tym, jak ładnie się po nim zachował. Nie spodziewałabym się tego po dzisiejszej młodzieży, a tu proszę.

– Zna pani tutejszego proboszcza? A wydawało mi się, że Konrad mówił, że pani nie jest stąd. – Laura się zdziwiła.

– Och, bo nie jestem. – Kobieta potrząsnęła głową. – A właściwie to tak... – Zaśmiała się cicho, ale jej oczy natychmiast spoważniały. Laura nie mogła pozbyć się wrażenia, że czaił się w nich jakiś ciężki do zwerbalizowania ból.

– Wiesz co, kochanie? Ja ci to wszystko na spokojnie opowiem, kiedy już usiądziemy, dobrze? – zaproponowała Róża ugodowo.

Laura ochoczo pokiwała głową i zaprowadziła ją na poddasze, gdzie czekał już na nie syto zastawiony, drewniany stół. Poprzedniego dnia nakryła go wydzierganym na szydełku obrusem, który Alek wyciągnął z szafy. Piętrzyły się na nim teraz ciasta i ciasteczka, a w czajniku z podgrzewaczem parzyła się zielona herbata.

– Przecież to prawdziwa uczta! – Róża pochwaliła gospodynię.

– Zapraszam – szepnęła Laura i już za chwilę siedziały naprzeciw siebie.

– Ładnie tu sobie mieszkacie – pierwsza odezwała się Róża. Wyłożone drewnem poddasze od razu przypadło jej do gustu.

– Och. – Laura się zmieszała – Nie, nie. Ja tutaj nie mieszkam. Całe gospodarstwo należy do Alka, ja go tylko odwiedzam.

Staruszka przyjrzała jej się dokładnie.

– Pasujesz tutaj, chociaż wydajesz mi się być z zupełnie innego świata.

– Tak pani myśli?

– A mylę się?

– Nie, chyba nie bardzo. W październiku zaczynam doktorat z psychologii. Nie mam zbyt wiele wspólnego ze wsią.

– Bardzo pięknie, że się tak rozwijasz. Chociaż nie mam bladego pojęcia o twoim zawodzie, brzmi to ciekawie. Gdzie będziesz teraz się uczyć?

Laura spuściła wzrok i wygładziła jakąś nierówność na obrusie.

– W Toronto.

– To kawał drogi stąd.

– Niestety...

– Czy będę bardzo wścibska, jeśli zapytam, co na to twój chłopak?

Po poddaszu rozniosło się głośne westchnięcie.

– Prawdę powiedziawszy, to nie mam pojęcia.

– A on chociaż wie o tym doktoracie?

– Tak... Do mojego wyjazdu zostały jeszcze dwa miesiące, a znamy się zaledwie kilka tygodni... Chyba jeszcze za wcześnie, żeby o tym rozmawiać.

Róża uśmiechnęła się ciepło i dotknęła dłonią nagrzanej od herbaty filiżanki.

– Miłość jest w stanie przetrwać każdą rozłąkę, kochanie. A z tego, co wiem, żadne z was nie zamierza na razie umierać, więc nie powinnaś się tym za bardzo niepokoić.

Laura spojrzała na nią z wdzięcznością i poprawiła niesforne ramiączko swojej sukienki.

– Niech mi pani wybaczy, że tak zmieniam temat, ale wyobrażałam sobie, że będziemy raczej rozmawiały o pani.

– Jestem tak stara, że aż interesująca? – Róża roześmiała się głośno, słysząc te słowa.

Laura musiała przyznać, że ten sympatyczny śmiech trochę kłócił się z jej eleganckim ubraniem, a już na pewno z tymi białymi rękawiczkami.

– Och, nie miałam na myśli pani wieku, skąd. – Znowu się zmieszała. – Po prostu Konrad powiedział nam, że ma pani duży sentyment do tego miejsca, i nie chciał zdradzić nic więcej. Alek i ja wręcz umieramy z ciekawości. No i była pani inspiracją do jego opowiadania...

– Konrad napisał o mnie opowiadanie? – Róża nie zdołała ukryć zdziwienia.

– Hm... Nie wiem, czy o pani. Było o Żydówce, która pragnęła odszukać miejsce, w którym ukrywała się w czasach wojny.

– A to gagatek.

– A więc to o pani?

– W pewnym sensie tak. Nie szukałam jednak dworku dlatego, że się w nim ukrywałam. Czy była tam opisana historia jakiejś wielkiej miłości?

– Nie, chociaż sama zaproponowałam Konradowi, żeby właśnie coś takiego dodał do tego opowiadania. No i mocno je rozwinął.

Róża uśmiechnęła się szeroko.

– No więc widzisz kochanie, szukam dworku właśnie z powodu tej wielkiej miłości. Może więc powinnam mu to jednak opowiedzieć, skoro już odważył się coś o mnie napisać.

Laura poruszyła się niespokojnie i popatrzyła na Różę wyczekująco.

– Widzę, że ciebie ciekawi najbardziej właśnie ta część opowieści.

– Chyba jestem nieuleczalną romantyczką.

– Och, to prawie tak jak ja. Z tym że mnie za wszelką cenę próbowały wyleczyć z tego wojna i życie.

– I co, udało się?

Usta staruszki rozciągnęły się w jeszcze szerszym uśmiechu.

– A skąd. – Machnęła ręką. – Powiem ci nawet więcej: ta moja niepoprawnie romantyczna miłość to pokona nawet śmierć – dodała, a potem zaczęła opowiadać Laurze historię uczucia, które zrodziło się między nią a Jurkiem...

– Widok tych kaczek musiał być naprawdę wspaniały... – wymknęło się rozmarzonej Laurze, kiedy staruszka dotarła do tego punktu opowieści. – Ja bym była wniebowzięta.

– Och, uwierz mi, kochanie, że nigdy nie widziałam czegokolwiek równie pięknego. A wiesz, co ten wariat jeszcze wtedy zrobił? Pomógł mi wgramolić się na jedną z najwyższych brzóz i gdy stamtąd patrzyłam na pluskające się

kaczki, on wyrył w korze tego drzewa właśnie to, co wtedy powiedziałam.
- My na zawsze?
- Tak. Dokładnie to.
- To takie romantyczne... Aż ciężko uwierzyć, że działo się naprawdę.
- Trochę paradoksalne, prawda? Taki prywatny raj w samym środku piekła. Ale chyba każda miłość ma swoją wielką historię. Wierzę w to bardzo.

Laura uśmiechnęła się lekko.
- Jeśli jest prawdziwą miłością, to z pewnością ma pani rację.
- A czy bywają miłości nieprawdziwe?

Dziewczyna zawahała się z odpowiedzią i obróciła w dłoniach filiżankę. Na chwilę wróciła myślami do tragicznego w skutki związku z Czarkiem.
- Czasem ludzie błędnie nazywają miłością to, co faktycznie nią nie jest – szepnęła.

Róża przyjrzała jej się dokładnie. Idealnie stworzony makijaż na swój sposób kamuflował jej dziewczęcy wdzięk i dodawał kilku lat. Nie wydawała się osobą, która wiele przeżyła, wręcz przeciwnie. Można było dostrzec w niej wiele dziecięcej radości, której Róża teraz prawie już w ludziach nie spotykała, a mimo to w jej słowach dostrzegała wiele zastanawiającej dojrzałości.

Laura budziła w niej ciepłe uczucia. Nie była natarczywa i świetnie słuchała. To jednak musiało być związane z jej przyszłym zawodem. Była też bardzo otwarta i miła w obyciu. Może nawet trochę za miła? Dopiero po głębszym wejrzeniu w jej oczy Róża dostrzegła pewien dystans i strach. Jakąś skrywaną głęboko zadrę, czy może barierę. Jak gdyby w jej wnętrzu siedziała jakaś spłoszona, poraniona sarna.

– Boisz się, że Alek cię skrzywdzi, prawda?

Laura nie odpowiedziała.

– Nie ma miłości bez ryzyka – powiedziała staruszka. – Każda jest skokiem na głęboką wodę, uwierz mi, coś o tym wiem. Mi też nie było łatwo zaufać Jerzemu, a w dodatku każdego dnia budziłam się z przerażającą myślą, że jeśli wyda się, kim jestem, to sprowadzę ogromne niebezpieczeństwo i na niego, i na jego rodzinę.

Laura uniosła wzrok.

– Jak pani sobie z tym radziła?

– Z tym, że być może będziemy musieli spędzić resztę życia osobno, czy z irracjonalną myślą, że Jerzy może mnie komuś wydać?

– I z tym, i z tym.

– Nie radziłam sobie, ale on sprawiał, że potrafiłam o tym nie myśleć. – Róża uśmiechnęła się rozmarzona, ale szybko wróciła do tematu. – Trudno było mi uwierzyć w to, że los nie odbierze mi w przyszłości także i jego, to prawda, ale za bardzo go kochałam, żeby się tym zamartwiać. Wtedy ludzie martwili się dosłownie wszystkim, dodawanie sobie kolejnych powodów nie miało sensu. Tak samo zresztą, jak życie przeszłością. Zostałaś skrzywdzona, widzę to w twoich oczach. Nie znam Alka, ale z tego, co opowiadał mi o nim Konrad, wiem, że musi być wspaniałym mężczyzną.

– Bo taki jest.

– Nie możesz całe życie bać się komuś zaufać, bo kiedy będziesz na to w końcu w pełni gotowa, może być już za późno. Zwłaszcza że jesteś zakochana w Alku na zabój. Mam rację, prawda?

Laura pokiwała głową. Chociaż jeszcze nigdy nie padły między nimi te słowa, a znali się zaledwie trochę ponad miesiąc, czuła, że Alek może być tym jedynym. Co więcej, z dnia na dzień sprawiał, że była tego coraz bardziej pewna.

– Tak, ale nie wiem, czy angażowanie się w tę relację ma na dłuższą metę sens. I tak nie będziemy razem.

– Nie staraj się zbyt wiele rozmyślać, na to będziesz miała czas na starość. Teraz po prostu żyj i ciesz się każdą wspólną chwilą. Może do tej rozłąki nie dojdzie? A może uda wam się przetrwać mimo odległości? Życie pisze swoje własne scenariusze. Z czasem wasza sytuacja wyklaruje się sama.

– Gdy pani tak o tym mówi, to wszystko wydaje się takie proste… – westchnęła.

Róża ujęła jej leżącą na stoliku rękę.

– W życiu jest mnóstwo trudnych wyborów, to prawda, ale nie znaczy to, że nie ma łatwych rozwiązań.

Laura uśmiechnęła się do niej blado.

– Znów zaczęłyśmy rozmawiać o mnie. Nie opowiedziała mi pani, jak zakończyła się historia z Jerzym.

Zamiast odpowiedzieć, Róża spojrzała w kierunku uchylających się drzwi.

– To chyba będzie musiało poczekać. – Uśmiechnęła się na widok chłopców, którzy pojawili się na poddaszu.

– Nie mam pojęcia, co ma poczekać, ale jesteśmy bardzo głodni. Prawda, młody? – odezwał się Alek.

Konrad pokiwał głową.

– My się chyba nie znamy, młody mężczyzno. – Róża spojrzała na Alka. – Jestem twoim gościem już od kilku godzin, a dopiero teraz dane nam jest się poznać.

– Och, pani wybaczy, ale jutro zaczynamy żniwa i mam tu teraz ogrom pracy.

– Słyszałam, że choć jesteś tu sam, naprawdę świetnie sobie radzisz.

– Dziękuję. – Na usta Alka wypłynął dyskretny uśmiech.

– Róża Darska. – Kobieta uniosła się, żeby uścisnąć jego dłoń.

– Aleksander Dworakowski.

– Och, przecież ja wiem to doskonale. Mieszkałam kiedyś w dworku razem z twoimi dziadkami.

– Naprawdę?

– Oczywiście. Ale, jak właśnie powiedziałam Laurze, jestem już dziś bardzo zmęczona rozmową i musicie mi dać chwilę, żebym mogła odsapnąć. Opowiem wam więcej na spacerze w stronę dworku, jeśli to nadal aktualne.

– Jak najbardziej. A teraz będzie nam bardzo miło, jeśli zostanie pani z nami na obiedzie, prawda? – Alek pokiwał głową i spojrzał na Laurę. – Nigdzie pani nie wypuścimy. Nie ma nawet takiej możliwości – powiedziała, a potem objęła wzrokiem również Konrada. – Co tak stoicie? – ponagliła i jego, i Alka. – Siadajcie, a ja już podgrzewam jedzenie.

Złociste promienie przebijającego się przez chmury słońca zaczęły coraz bardziej łakomie zaglądać do środka, gdy po poddaszu rozległ się aromatyczny zapach przyrządzanego jedzenia.

Alek

Alek nie był w dworku od kilku lat i gdyby nie ciepła, ciasno zapleciona wokół jego palców dłoń Laury, pewnie by się na to nie odważył. Szli w stronę zabudowań razem z Różą i Konradem. W jego ręce grzechotał pęk kluczy. Żwirowa alejka wiła się między najrozmaitszymi krzewami, prowadząc niemalże do samej drogi.

– To naprawdę ciekawe uczucie, wracać do miejsca, w którym tak wiele się przeżyło, a w którym nie było się od lat – wyrwało się Róży, kiedy znaleźli się przed drzwiami budynku.

Alek popatrzył na Laurę. Ścisnęła jego dłoń w geście zrozumienia i wsparcia.

– Cóż, ja też długo tutaj nie byłem – powiedział.

– Tak?

Pokiwał głową.

– Po śmierci rodziców jakoś nigdy nie mogłem się przełamać.

– Och, gdybym wiedziała, to wcale nie namawiałabym cię na tę eskapadę. Przyszłabym spojrzeć na niego z zewnątrz, a nie zawracała ci głowy. – Róża popatrzyła na niego przepraszająco.

– Nic nie szkodzi. Nie można przecież całe życie uciekać. Co nas nie zabije, to nas wzmocni. – Spróbował się uśmiechnąć, ale raczej mu to nie wyszło.

– Na pewno chcesz tam wejść? – spytała jeszcze Róża.

– Tak, jest okej – odpowiedział, tym razem dużo pewniej, i jako pierwszy wszedł na murowane schodki, żeby dostać się do drzwi.

Laura musiała przyznać, że dworek z bliska wyglądał jeszcze piękniej, niż gdy go wcześniej oglądała. Chociaż z jednej strony niemalże całkowicie porośnięty był bluszczem, a trawa i zielsko tuż przy murach sięgało jej do pasa, był w bardzo dobrym stanie. Może tylko drewniane okiennice i zadaszenie nad schodkami wymagało odmalowania i renowacji. Poza tym bił od niego wyjątkowy klimat i zapach starego drewna.

– Mieszkałam tutaj trochę ponad trzy lata, a czuję, jak bym spędziła tu całe swoje życie – zepnęła Róża, gdy Alkowi udało się otworzyć drzwi i ze środka wyleciały na zewnątrz tumany kurzu.

– Mogła pani przyjechać tutaj wcześniej. Moi rodzice z pewnością nie poskąpiliby pani noclegu. Tata miał ogromny sentyment do tego budynku. I w ogóle do całego tego terenu i jego historii.

– Gdybym wiedziała, że po wojnie trafił w posiadanie waszej rodziny, z pewnością bym to zrobiła.

Chociaż... – Zamyśliła się. – Czy ja wiem? Wtedy żywiłam raczej zupełnie inne uczucia do tego miejsca.

Oboje popatrzyli na nią zaciekawieni.

– Jeszcze nie czas na tę historię. – Rozwiała jednak ich wszelkie nadzieje na dalszy ciąg opowieści. – Wejdziemy do środka?

Alek pokiwał głową, chociaż musiał przyznać, że był jej słowami trochę rozczarowany. Zupełnie tak samo jak Laura.

Róża weszła do środka i od razu zaczęła się rozglądać po ciemnych, zakurzonych miejscach. Jej wspomnienia ożyły. Oczami wyobraźni widziała siebie jako zalęknioną dziewczynkę, którą Mila wprowadziła tu po raz pierwszy. Słyszała donośny głos Stanisława, gdy w jednej z izb prowadził swoje potajemne lekcje. Ale przede wszystkim czuła na sobie dotyk rozgrzanych dłoni Jurka, gdy siedząc na piecyku, obejmował ją czule, recytując przy tym wiersze.

– Wszystko w porządku? – Laura dotknęła jej przedramienia. Alek z Konradem oddalili się, żeby zobaczyć kilka innych pomieszczeń, a one dwie nadal tkwiły w największym pokoju.

– Tak, kochanie, dziękuję. To po prostu bardzo dużo wspomnień. Ich siła jest w stanie nieraz porządnie człowieka przytłoczyć. Niby minęło tak wiele lat, a one nadal są żywe, jak gdyby to wszystko zdarzyło się zaledwie wczoraj.

– Może chciałaby pani usiąść?

– Jestem stara, ale nie umierająca. Leżeć będę w trumnie, więc teraz mogę sobie postać.

Laura uśmiechnęła się na te słowa. W tej kobiecie było zdumiewająco wiele życia.

– Dawno temu Alek zamknął to miejsce na klucz? – Róża ściszyła głos i obie podeszły do okna.

– Po śmierci rodziców. To kilka lat wstecz. Zmarli, gdy chodził do szkoły średniej.

– Rozumiem. – Staruszka pokiwała głową. – Nie mógł wytrzymać obecności ich duchów. To musiało być dla niego bardzo trudne.

Laura popatrzyła na nią z niedowierzaniem.

– Wierzy pani w duchy?

– Aktualnie nie. – Róża uśmiechnęła się ciepło. – Ale w co ja w życiu nie wierzyłam, to tylko Bóg jeden raczy wiedzieć.

– Myślałam, że jest pani Żydówką.

– Och, kochanie. W czasie wojny co wieczór klękałam przy łóżku i mówiłam katolickie pacierze, a na szyi nosiłam krzyż. Zostało mi to do tej pory.

– Naprawdę?

– Skoro Matka Boska i Chrystus raczyli uratować mi życie, to należało im się chociaż to, prawda?

– Więc zmieniła pani wyznanie? Została ochrzczona?

– Nie. Ale czy to ma jakieś znaczenie?

– Wydaje mi się, że dla wielu ludzi ma. I chyba nie tylko dla nich. Czy można być katolikiem bez chrztu?

Róża wzruszyła ramionami, jak gdyby nigdy nic.

- Ja wychodzę z założenia, że Bóg jest jeden i liczy się dla niego tylko to, czy byłam za życia dobrym człowiekiem.

Laura popatrzyła na nią rozbawiona. Trochę nie mieściło jej się to w głowie, ale postanowiła nie drążyć. W końcu nie przeżyła tego, co Róża, więc raczej nie mogła wiedzieć, co czai się w głowie staruszki. Miała prawo wierzyć, w co jej się tylko podobało. Tym bardziej, że w jej wieku nie zmieniało się już raczej swoich poglądów ani przekonań. Tak jak powiedziała, najważniejsze, że była po prostu dobrym człowiekiem.

- Chyba przeproszę panią na chwilę, bo wydaje mi się, że powinnam poszukać Alka i sprawdzić, jak on to wszystko znosi - Laura zwróciła się do staruszki. - Da pani sobie tutaj radę sama?

- A co mam nie dać? Nikt tu do mnie nie strzeli, a sufit się raczej nie zapadnie, prawda? Przeżyłam w tym miejscu o wiele cięższe czasy, więc wątpię, żeby teraz było tu niebezpiecznie.

Dokładnie w tym momencie podszedł do nich Konrad, Laura mogła więc ze spokojem zostawić Różę w jego rękach i odnaleźć Alka. Przechadzając się wśród pełnych kurzu pomieszczeń, dostrzegła go w niewielkiej sypialni, której centrum stanowiło ciężkie, dębowe łóżko. Stojąc w drzwiach, wpatrywał się w nie sentymentalnym wzrokiem. Nagle przestała bić od niego ta siła, którą na co dzień się zachwycała. W jednej chwili stał się małym, bezbronnym chłopcem.

Nie za bardzo wiedząc, co powinna powiedzieć, Laura podeszła do niego i stając z tyłu, położyła mu rękę na ramieniu.

– O, jesteś. – Odwrócił się i ujął jej dłoń.

– Nie wiedziałam, czy chcesz być sam, czy…

Alek przyciągnął ją do siebie, zamiast odpowiedzieć, i stając za nią, zanurzył twarz w jej włosach.

– Dobrze, że jesteś – szepnął.

Laura uśmiechnęła się i pogłaskała go po jednej z dłoni, które spoczywały teraz na jej brzuchu.

– To była sypialnia twoich rodziców?

– Tak. Kiedy byłem mały i śniło mi się coś złego, zawsze zabierałem ze sobą kołdrę i pakowałem się im w nogi. Spanie w ich łóżku to jedno z moich najpiękniejszych wspomnień z dzieciństwa.

– Musiałeś czuć się przy nich naprawdę bezpiecznie.

– Zawsze tak było. Kiedy ich zabrakło, nagle zachwiał się cały mój świat. Nie chcę się użalać, ale brakuje mi ich.

– To nie jest użalanie się. To normalne, że tęsknisz. Byli dla ciebie bardzo ważni.

Uśmiechnął się gorzko.

– Myślisz, że mogą być na mnie źli, że zostawiłem ten dworek sam sobie? Wszystko tu obumiera, a dla nich ten dom był całym światem. Dbali o niego, jak mogli, tata ciągle coś poprawiał, a mama zawzięcie go sprzątała. Czasem to nawet przesadnie. Krzyczała na nas za każdy okruszek na podłodze… – Zrobił pauzę. – Najpierw starałem się zapomnieć, wiesz? – zaczął po chwili. – Wymazać to wszystko z pamięci, żeby tak bardzo nie bolało, ale teraz myślę, że to zła droga. Oni muszą być żywi w mojej głowie, w mojej pamięci. Należy im się to.

– Na pewno masz rację – odpowiedziała cicho. – I zawsze możesz tu przecież wrócić, kiedy uznasz, że jesteś na to gotowy.

– Być może. – Zamyślił się na chwilę. – Ale na razie nie jestem.

Laura znowu pogłaskała go po ręce.

– Myślę, że na wszystko przychodzi właściwy czas.

– A jeśli on nigdy nie nadejdzie?

– Twoje poddasze też bardzo mi się podoba.

– Wiem, że się powtarzam, ale naprawdę cieszę się, że tu jesteś – w odpowiedzi szepnął jej do ucha. – Pasujesz do mojego poddasza jak nikt inny.

Laura odwróciła się do niego i popatrzyła mu w oczy.

Dotknął dłonią jej policzka i pochylił się lekko. Miał na końcu języka dwa wyjątkowe słowa, ale nie chcąc jej nimi przestraszyć, po prostu ją pocałował.

Nie miał pojęcia, że mimo swoich lęków i tego, że uważała to za kompletne szaleństwo, ona także pragnęła w tamtej chwili właśnie tych dwóch słów.

Po kilku minutach za ich plecami rozległo się głośne chrząknięcie.

– Konrad! – Laura opamiętała się pierwsza.

– Hm... No. – Chłopak się zawstydził. – Pani Róża stwierdziła, że chyba ma już dość wrażeń na dziś i musi odpocząć. Chyba będziemy już szli.

– Och, w takim razie wyjdziemy z wami. Chyba że... – Popatrzyła na Alka.

– Tak, chodźmy. – Pokiwał głową. – Pani Róża ma rację, na dziś wystarczy.

– Super. – Konrad się uśmiechnął i całą czwórką wyszli na zewnątrz.

Słońce chyliło się już ku zachodowi, a ich rozpalone od emocji twarze muskał przyjemny, ciepły wiaterek.

– No to co? – po zamknięciu dworku odezwał się Alek. – Chętnie was z Laurą odprowadzimy, prawda?

– Och, nie, nie! Nie ma mowy – zaprotestowała Róża. – Wy musicie spędzić trochę czasu w samotności, a ja mam do pogadania z Konradem. – Popatrzyła na chłopca. – Doszły mnie bowiem słuchy, młody człowieku, że zacząłeś opisywać historię pewnej starej Żydówki i raczyłeś pominąć bardzo znaczącą w jej życiu historię pewnej miłości.

Konrad się zawstydził, ale natychmiast spojrzał na Różę z błyskiem w oku.

– A więc była jakaś historia miłosna?

– Oczywiście. A co ty sobie myślisz, że Mindzia żyła jak zakonnica?

Cała trójka wybuchnęła śmiechem, słysząc jej słowa.

– No więc właśnie, moi drodzy. My sobie porozmawiamy, a wam życzymy miłego wieczoru. Prawda, Konradzie?

Chłopak dynamicznie pokiwał głową, nie mogąc się już doczekać historii, którą chciała opowiedzieć mu Róża.

– W takim razie do zobaczenia, prawda? – Uścisnęła dłoń staruszki Laura. – Odwiedzi nas pani jeszcze?

– Nie mam pojęcia, ile zapragnę tutaj zostać, ale z pewnością jeszcze będziecie mieli mnie dość.

– Pani? Nigdy. – Laura uśmiechnęła się szeroko. – No i musi nam pani opowiedzieć zakończenie tej pięknej historii, prawda?

– W takim razie może jutro? – z entuzjazmem zaproponowała Róża.

– Nie, jutro na pewno nie – wtrącił się Alek. – Zaczynamy teraz żniwa. Myślę, że najbliższy tydzień będziemy raczej niedostępni.

Laura dostrzegła, że Róża posmutniała, słysząc te słowa.

– Ale ja nie. Jeśli tylko będzie miała pani ochotę, specjalnie tutaj dla pani przyjadę – zaproponowała.

– Naprawdę? Mogłabyś?

– Z przyjemnością.

– Bardzo ci dziękuję. – Róża rzuciła się do niej i wylewnie ją ucałowała. – Będzie wspaniale. Ja i tak tutaj nie mam zbyt wielu zajęć. Podejrzewam, że na plebanii niedługo się znudzę, a poza tym... Jednak młody duch to nie to samo, co niedosłyszący proboszcz.

W powietrzu znowu rozległy się salwy śmiechu.

– No cóż. To będziemy się żegnać. Prawda, Konradzie?

Chłopak pokiwał głową i spojrzał w kierunku Alka.

– Do zobaczenia jutro o szóstej?

– Tak. Tylko przygotuj się na naprawdę ciężką robotę.

– Jasne. – Konrad uśmiechnął się jeszcze, a potem razem z Różą udali się w stronę wsi.

Alek z Laurą ruszyli natomiast spacerem w stronę budynku, nad którym mieściło się poddasze.

– Miła kobieta, prawda? – pierwsza odezwała się Laura. – Poznałyśmy się dziś rano, a czuję, jakbym znała ją całą wieczność. Nawet ten jej ekscentryczny strój idealnie do niej pasuje. Sprawia, że jest taka... – zawahała się. – Przyjemniejsza.

– Tak, nie da się nie lubić. Przez to, co przeszła, wydaje się być niezwykle mądra, a mimo to jest trochę oderwana od rzeczywistości.

Laura uśmiechnęła się, słysząc ten jego komentarz, i zbliżyła się tak, żeby mógł objąć ją w pasie. Cieszyła się, że Alek tak dobrze zniósł wizytę w dworku. Spodziewała się, że raczej go to zdołuje, a on, mimo wspomnień i refleksji, nie stracił dobrego humoru. Może było jednak ziarnko prawdy w stwierdzeniu, że czas leczy rany? A może ona była balsamem na całe zło jego świata?

– Wejdziesz jeszcze na chwilę? – zaproponował, kiedy znaleźli się blisko budynku. – Chciałbym się jeszcze tobą nacieszyć.

Laura popatrzyła na niego. W jego oczach tlił się jednak jakiś niepokój.

– Chętnie. Ale może przeszlibyśmy się w stronę leśniczówki? – Spojrzała w niebo. – Zdążymy, zanim zrobi się ciemno?

– Tak, mamy jeszcze sporo czasu. Chcesz coś ciepłego?

Pokiwała głową.

– Zaraz wracam – powiedział tylko i zniknął za drzwiami, żeby przynieść jej bluzę.

Tę, co zwykle, pomyślała, uśmiechając się sama do siebie. To było naprawdę urocze, że mieli już jakiś swój wspólny rytuał.

– Proszę. – Dobiegł ją po chwili jego głos.

Zaraz potem otulał ją już ciepły, miękki materiał i trzymając się za ręce, szli w stronę drewnianego domku.

– Wiem, że się powtórzę, ale odpoczywam tu u ciebie. Nigdy nie myślałam, że może spodobać mi się życie poza miastem, z dala od tego zgiełku i szumu, ale tak jest. Czy to już starość?

Alek uśmiechnął się pomimo zmęczenia.

– Nie, chyba tobie to jeszcze nie grozi. Ale cieszę się, że ci tutaj dobrze. Może cię to zaskoczy, ale bez ciebie wcale nie jest tu tak przyjemnie. Tylko praca, potem sen, i tak w kółko.

– To tym się martwisz? – Spojrzała na niego. – Że w najbliższe dni mnie tutaj nie będzie?

– Tak, tym trochę też, ale na to akurat mam rozwiązanie – westchnął ciężko.

– Więc co cię gryzie? – zapytała, chwilowo ignorując końcówkę jego wypowiedzi.

– Powiem ci, jak już usiądziemy, dobrze?

– Po dzisiejszym dniu mam szczerze dość tego: opowiem ci później. Przebywałeś z Różą zaledwie kilka chwil, a już przejmujesz od niej jakieś nieprawidłowe nawyki.

Alek roześmiał się, słysząc jej oburzony ton, ale tak jak powiedział, zaczęli poważną rozmowę dopiero kiedy usiedli na schodkach leśniczówki.

– No więc? – zaczęła i spojrzała na niego.

Patrzył teraz na migoczący w oddali, pełen wody rów, za którym rozciągał się brzozowy zagajnik.

– Od pewnego czasu, kiedy zbliżają się żniwa, zaczynam odczuwać niepokój.

– To przez ten wypadek, tak?

Alek pokiwał głową, nie odrywając wzroku od majaczącego w oddali horyzontu.

– Jak gdybym przygotowywał się na najgorsze. Zaczynam się nawet ze wszystkim żegnać. Chodzę na groby rodziców, robię rachunek sumienia, sprzątam. Wiem, że to śmieszne, ale chyba podświadomie boję się jakiegoś wypadku. Żniwa mnie przerażają.

– Rozumiem, że się boisz, ale jednocześnie jestem pewna, że nic złego się nie wydarzy. – Laura przytuliła policzek do jego ramienia.

– Wtedy też tak myślałem. Nie zakładałem, że może dojść do jakiegokolwiek wypadku, a jednak.

– Konrad opowiadał mi o tym, co przeszedłeś. Wiem, że pomagała ci niemal cała wieś i że pięknie jej się odpłacasz. Kogoś takiego po prostu nie może spotkać kolejna krzywda.

– Sugerujesz, że wyczerpałem swoją pulę nieszczęść?
– A nie?

Alek odsunął się lekko i spojrzał jej prosto w oczy.

– Zostań tutaj na te kilka dni – powiedział po chwili milczenia. – Chciałbym, żebyś tu była, gdyby stało się coś złego.

– Ale ja… – Laurze nagle zabrakło słów. Za to w jej głowie zawirował ogrom niewygodnych myśli.

– Wiem, że się boisz. – Alek uprzedził jej wątpliwości. – Boisz się naprawdę zaangażować i rozumiem to. Nie chcę cię skrzywdzić. Obiecuję, że nie zrobię niczego, czego byś nie chciała, ale bądź tutaj. – Uniósł dłoń na wysokość jej twarzy i gładząc policzek opuszkiem palca, musnął kącik jej ust. – Twoja obecność dodaje mi sił.

Laura spuściła wzrok. Jednocześnie chciała tego i nie chciała. Przed jej oczami znowu pojawiło się wspomnienie Czarka, choć tym razem zgasło wyjątkowo szybko.

– Myślisz, że to jest fair? Zrobić to sobie, mimo że za kilka tygodni wyjeżdżam? Przecież po czymś takim będzie nam jeszcze trudniej. Nie chcę się tak krzywdzić. Nie chcę krzywdzić nas obojga.

Alek ujął jej podbródek, zmuszając ją tym samym, żeby popatrzyła mu w oczy.

– Nie wiem, jak to będzie, kiedy wyjedziesz. Na pewno będzie nam trudno, ale jestem pewien jednego. Kocham cię, Lauro. Nieważne, co zgotuje nam los, to uczucie się nie zmieni. Jeszcze nigdy nie spotkałem kogoś takiego jak ty i mimo że znamy się dość krótko, jestem pewien, że nigdy nie poczuję do nikogo tego samego. Rozświetlasz moje życie.

– Nie wiem, czy jestem w stanie dać ci to, na co zasługujesz. Nie wiem, czy jestem dość dobra… – Pod jej powiekami zaczęły zbierać się łzy.

Chłopak uśmiechnął się lekko i otarł pierwszą z nich.

– Pozwól, że to ja ocenię. A w moich oczach jesteś doskonała.

Laura pociągnęła nosem.

– Jak poradzimy sobie z moim wyjazdem? – spytała.

– Nie wiem. Będę cię odwiedzał, ty będziesz przyjeżdżała tutaj. Będziemy rozmawiać przez telefon, na Skypie. To tylko kilka lat. Wydaje się, że to wiele, ale wcale tak nie jest. One nic między nami nie zmienią.

– Kiedy ty o tym mówisz, to wszystko brzmi inaczej. Łatwiej. – Laura uśmiechnęła się mimo łez, widząc szczerość bijącą z jego oczu.

Alek odgarnął z jej twarzy wilgotne pasma włosów.

– Życie tak naprawdę nie jest trudne. To my je sobie niepotrzebnie komplikujemy.

– W takim razie dobrze – szepnęła w końcu.

– Zgadzasz się przenieść do mnie na te kilka dni?

– Tak. – Przysunęła się bliżej niego. – Bo ja też cię kocham – powiedziała, dodając sobie w myślach, że szalenie boi się tej miłości.

Mindzia

W maju 1942 roku Jerzy działał już w partyzantce pełną parą i widywali się z Oleńką raczej rzadko. Uczestniczył już w kilku akcjach odbijania więźniów z gminnych więzień i pomagał w usunięciu z jednej z okolicznych wsi sołtysa, który mocno sympatyzował z Niemcami. Ponadto pomagał w przygotowaniach do likwidacji niemieckich dywersantów, którzy podawali się za Rosjan, szukając w ten sposób kontaktu z partyzantami. Były też jakieś niewielkie zasadzki, które zastawiali wieczorami na drogach. Miejscowa ludność pomagała walczącym chłopakom jak tylko mogła, przede wszystkim tworząc w lasach schronienia i dostarczając jedzenie. To właśnie bardzo często robiła ostatnio też Oleńka. Miejscem ich potajemnych spotkań była stojąca w lesie leśniczówka.

– Tylko uważaj na siebie, kochanie, bardzo cię proszę. – Mila, wręczając jej niedużych rozmiarów paczkę z jedzeniem, pogłaskała ją po przedramieniu. – I ucałuj od nas Jerzego. Powiedz mu, że cały czas trzymamy kciuki.

Oleńka uśmiechnęła się do niej ciepło, chociaż za każdym razem, gdy wybierała się na spotkanie z Jerzym, serce o mało nie wyskakiwało jej z piersi. Bała się, że po drodze może ją spotkać coś złego. Albo co gorsza, że z wiadomych względów chłopak nie przyjdzie.

– Zrobię to, na pewno – powiedziała jednak, nad podziw spokojnie.

Mila przytuliła ją do siebie.

– Idź już – szepnęła, nie chcąc budzić pozostałych domowników, szczególnie dziecka Krysieńki i ciężarnej sąsiadki ze wschodniego skrzydła. – Niech ci Bóg błogosławi. – Zrobiła jeszcze na jej czole znak krzyża, a potem pospiesznie wróciła do łóżka i położyła się obok Stanisława.

Oleńka wzięła kilka głębokich wdechów, zanim w końcu wyszła na zewnątrz, a potem pędem ruszyła do leśniczówki, ukrywając się za drzewami. Przez ostatnie miesiące zdążyła poznać tę trasę na pamięć. Mogła więc bez problemu pokonywać ją teraz nawet w mroku.

Jerzy już na nią czekał.

– Jurek? – zapytała jednak dla pewności, wchodząc pospiesznie do pachnącego żywicą domku. Cicho zamknęła za sobą drzwi.

– Tak – odpowiedział bez wahania znajomy głos i chłopak pociągnął ją na górę. Dopiero wtedy zapalili naftową lampę. Ponieważ w pomieszczeniu nie było żadnych okien, tylko tam mogli pozostać niezauważeni.

– Tęskniłem za tobą – wyszeptał do niej w pierwszej kolejności i natychmiast porwał ją w ramiona. Nie umknęło jej, że miał wyjątkowo posiniaczoną twarz oraz dłonie.

– Ja za tobą też. – Przylgnęła do niego całym ciałem i wtuliła twarz w zagłębienie w jego szyi. Chociaż był o wiele chudszy i poraniony, nadal był jej Jurkiem. Tym, który z taką czułością tulił ją do siebie i recytował wiersze.

– Przyniosłam ci jedzenie – powiedziała w końcu, odrywając się od niego, i podała mu do rąk paczuszkę.

Spojrzał na nią z wdzięcznością.

Uśmiechnęła się w odpowiedzi i usiedli na podłodze w kącie pomieszczenia, opierając się o ścianę. Robili tak zawsze. On jadł w milczeniu, a ona przytulała się wtedy do jego ramienia i próbowała nie rozkleić.

Kilka razy zagadnęła go o planowane akcje albo to, co ostatnio robili, ale nie chciał jej o niczym opowiadać. Nie dlatego, że bał się zdrady z jej strony, ale dlatego, by oszczędzić jej cierpienia. Wiedział, że jest bardzo emocjonalna i bardzo przeżywa to, że wstąpił do partyzantki. Nie chciał, a nawet nie mógł, dokładać jej zmartwień. Zdawał sobie doskonale sprawę, że wtedy nie tylko jej, ale i jemu pękałoby serce.

– Jak w domu? – zapytał, po długiej chwili milczenia.

– Dobrze. Córka Krysi rośnie jak na drożdżach. Podbiła serca nas wszystkich.

Jurek się uśmiechnął. Nie widział dziewczynki tak długo, że pewnie teraz ledwie by ją poznał.

– A rodzice? – Popatrzył na Oleńkę z zainteresowaniem.
– Mila kazała cię wycałować i powiedzieć, że cały czas o tobie myślą.
– Ojciec nadal uczy?
– Już nie tak często. Powoli zaczyna brakować mu sił. Mimo tego dzieciaki nadal go uwielbiają. Tylko nie przychodzi już ich tak wiele, jak jeszcze niedawno.
– Ludzie się boją.
– Mówią, że w okolicy coraz częściej dochodzi do jakichś starć. Nie chcą ryzykować, zwłaszcza po tym ostatnim odbiciu ludzi z więzienia. Boją się, że Niemcy wezmą odwet.

Jerzy pokiwał głową i westchnął smutno.

– Powiedz rodzicom, że niedługo zajrzę do domu.
– Kiedy? – Oczy Oleńki rozbłysły.
– Za tydzień, może dwa. Mamy teraz akcję. Jestem potrzebny. Ale wrócę. Na pewno.

Wtuliła się w niego jeszcze bardziej. Odrzucił na bok białą ściereczkę i wziął ją na kolana. Od razu odurzył go zapach jej ciała. Po tylu tygodniach spędzonych na zaczajaniu się w lasach wydawała mu się niemal nierealna. Była jak sacrum w świecie, który teraz był profanum.

– Powiesz mi kilka wierszy? – poprosiła, gładząc go po przedramieniu.

Uśmiechnął się i zanurzył palce w jej włosach.

– W otchłani oczu twoich, w potoku twoich ust, niebo się czai, albo świat upada... – zaczął recytować.

Oleńka przymknęła powieki. Jego głos mieszał się z rytmicznym uderzaniem tłukącego się w jego klatce piersiowej serca. Był melodyjny i ciepły. Mimo że Jerzy się zmienił, jego głos pozostawał ten sam. Nadal był doniosły i majestatyczny. Obijał się czule o jej policzki, wdzierał do jej wnętrza, a potem razem z krwioobiegiem rozlewał się po niej całej. Był najpiękniejszą melodią, jaką kiedykolwiek słyszała. Urzeczona jego brzmieniem, uniosła głowę i popatrzyła na Jerzego. Miał przymknięte oczy i umęczoną twarz, a mimo tego wydawał jej się niezwykle szczęśliwy i silny. Nawet nie zauważyła, kiedy tak zmężniał. Chociaż zawsze była o mniejsza od niego, teraz wydawała się jeszcze drobniejsza.

– Brakuje mi twojej poezji – szepnęła, kiedy skończył recytować.

Pocałował ją w czoło i spojrzał na nią spod uchylonych powiek. Skąpana w wątłym świetle stojącej nieopodal lampy wydała mu się wyjątkowo dojrzała. Jak gdyby z dnia na dzień stała się bardziej dorosła.

– W takim razie mam coś dla ciebie – powiedział i nie odsuwając jej od siebie, wydobył z kieszeni spodni pożółkły kajeciki – Moje najnowsze wiersze. W pokoju w dworku są ich dziesiątki, ale tutaj jest kilka o nas, o tobie... O tym, jak za tobą tęsknię. Może gdy będziesz miała je przy sobie, będzie ci łatwiej.

Oleńka przekręciła się lekko i powoli przejechała dłońmi po jego ramionach. Pomimo ubrania wyczuła, jak pod wpływem tego dotyku napięły się jego mięśnie. Popatrzył na nią jak urzeczony. W jej oczach malowało się znacznie więcej niż tylko wdzięczność. Odłożył notes na podłogę. Oleńka bez słowa objęła go za szyję i zaczęła całować. Jego ręce mimowolnie wsunęły się pod jej sukienkę i przysunął ją bliżej.

– Kocham cię – wyszeptał, głaszcząc ją po plecach drżącymi dłońmi.

– Ja ciebie też – odpowiedziała natychmiast i odchyliła głowę.

Jego usta niemalże paliły ją w skórę, gdy zaczął muskać nimi jej rozgrzaną szyję…

※

Spędzili wtedy ze sobą pierwszą noc. Była doniosła i wyjątkowa. Leżąc na podłodze drewnianego domku i ciesząc się swoją bliskością, nie mieli pojęcia, że to było ich ostatnie spotkanie. Wojna już za chwilę miała ich rozdzielić. Na zawsze.

Laura

– No po prostu nie wierzę! – W telefonie Laury rozległ się głośny pisk Magdy. – Ale jak to, chwilowo u niego mieszkasz?
– Kto? – Dobiegło z oddali pytanie Justyny.
– Laura wprowadziła się do tego chłopaka, którego poznała w parku.

Słysząc głos przyjaciółki, Laura odwróciła się od okna i poprawiła firankę. Przez kilka ostatnich chwil, żywo gestykulując, rozmawiała z Magdą i zerkała na zacieniony las.

– Poprosił mnie o to, a ja się zgodziłam. Ale praktycznie się teraz nie widujemy, bo trwają żniwa. Alek wraca w środku nocy strasznie zmęczony. Mimo wszystko mówi, że sama moja obecność mu wystarcza – odpowiedziała Magdzie, nie za bardzo chcąc wchodzić w szczegóły. Wiedziała, że sprawa z wypadkiem była dla Alka bardzo bolesna i zbyt prywatna, żeby miała prawo opowiadać o tym na prawo i lewo. A zwłaszcza komuś, kto nie potrafi utrzymać języka za zębami dłużej niż pięć minut.

– Uuu, a więc na nadmiar seksu nie możesz narzekać? – Magda nie spuszczała z tonu.

– Przestań. – warknęła na nią Laura. Miała już dość tych jej ciągłych komentarzy na ten temat.

– Nie no, ja po prostu nie wytrzymam – w odpowiedzi zaczęła lamentować tamta. – U mnie też posucha... Tylko praca. Myślałam, że chociaż ty się dobrze bawisz, a tu proszę. Dramat za dramatem.

Mimo jej ostatnich słów, kąciki ust Laury drgnęły do góry.

– Ja się bawię bardzo dobrze. Nie mam na co narzekać.

– Akurat – prychnęła Magda. – Wolę nie wiedzieć, jak ty definiujesz tę dobrą zabawę. No, ale dobrze, mieszkasz u niego i co?

– Jak to co? Sprzątam mu, gotuję, czytam...

– Dałaś się zapędzić do garów jeszcze przed wielkim „tak"? No nie wierzę. Miałam o tobie o wiele wyższe mniemanie. Czy to nie ty chciałaś być zawsze kobietą wyzwoloną?

– Jesteś paskudna. – Laura zaśmiała się głośno, słysząc jej ton. – A co ma kura do wiatraka?

– Czy to na pewno kura miała coś do niego mieć? Wydaje mi się, że chodziło o pierniki.

– Nie wiem, może? Chyba udziela mi się ten wiejski klimat. W każdym razie, u mnie naprawdę wszystko w porządku. Poza tym zaprzyjaźniłam się tu nawet z bardzo ciekawymi ludźmi.

Magda natychmiast ożywiła się na te słowa.

– Tak? To jacyś przystojniacy? Może ci jego muzycy? Mogę wpaść? – zaczęła gadać jak najęta.

– Miałam raczej na myśli bardzo utalentowanego literacko czternastolatka i panią w podeszłym wieku. – Laura natychmiast rozwiała jej wątpliwości.

– Litości... – pisnęła. – Kobieto, błagam. W jakim świecie ty żyjesz?! Nastolatek? Staruszka? A kto ty jesteś, Matka Teresa?

– Z tego, co mi wiadomo, w ostatnim czasie nie zmieniałam imienia.

Magda syknęła ze złością.

– Dobra, wiesz co? Ty sobie prowadź tę wiejską sielankę, a ja zajmę się czymś pożytecznym.

– Pozdrów ode mnie Mateusza – powiedziała Laura na pożegnanie, doskonale zdając sobie sprawę, że mówiąc o „czymś pożytecznym", Magda miała na myśli rozejrzenie się za jakimś przystojnym facetem.

– Okej. Na razie – burknęła dziewczyna w odpowiedzi i po chwili rozległ się sygnał zakończonego połączenia.

Laura jeszcze przez chwilę trzymała telefon w dłoni, a potem odłożyła go na stół. Było późne popołudnie i z okna widziała pracujących w polu chłopaków. Wpadli tutaj tylko na szybko zjeść obiad i tyle ich widziała. Zresztą tak samo jak wczoraj. Alek miał wrócić dopiero w środku nocy, żeby choć chwilę się przespać.

Wzdychając, rozejrzała się po poddaszu i poprawiła leżącą na kanapie poduszkę. W piekarniku dochodziło właśnie ciasto, które przygotowała specjalnie na przyjście

Róży. Już nie mogła doczekać się tej wizyty. Jej odwiedziny wspaniale wypełniały wolny czas, którego miała tu co nie miara.

❦

– Witaj, kochanie! – Wylewnie ucałowała ją na dzień dobry starsza pani. – A co tak piękne pachnie?

– Panią też dobrze widzieć – odpowiedziała jej Laura z promiennym uśmiechem. – Postanowiłam zrobić szarlotkę. Nie wiem, co mi z tego wyszło, bo jeszcze nie próbowałam, ale naprawdę się starałam.

– Och, wnioskując po zapachu, jest świetna. Poproszę ogromny kawałek.

– Dla pani wszystko – powiedziała i zabrała się do krojenia.

Róża tymczasem rozsiadła się przy oświetlonym przez słońce stoliku.

– Dużo pieczesz? – zapytała, odwracając się w jej stronę.

– Więcej gotuję. Nie przepadam za robieniem ciast.

– Dlaczego?

– Prawdę powiedziawszy, to nie wiem, ale lepiej czuję się, przygotowując mięsa. Może to jakiś ukryty psychotyzm?

Staruszka spojrzała na nią, nie do końca rozumiejąc ostatnie zdanie.

Laura potrząsnęła głową.

– Och, nieważne – powiedziała tylko.

Róża przeniosła wzrok w drugą stronę i zapatrzyła się na widok za oknem.

– Mają tutaj naprawdę ogrom roboty – szepnęła po chwili. – Już w czasie wojny ludzie mieli, a teraz to gospodarstwo jest o wiele większe. Ojciec Alka musiał dokupić trochę ziemi, bo dawniej do właściciela dworku nie należały te łąki za rowem. Jedynie zagajnik.

– Naprawdę dużo wie pani o tym miejscu.

Staruszka uśmiechnęła się dokładnie w momencie, w którym na stole znalazło się pięknie pachnące ciasto.

– Jurek często mnie po nim oprowadzał. Mówiłam ci – odpowiedziała, nakładając sobie spory kawałek szarlotki.

Laura wykorzystała ten moment, żeby podpytać ją o zakończenie tej pięknej historii.

Róża udała znudzoną, ale jej oczy rozbłysły na samą myśl o tym, że będzie mogła znów dać się porwać wspomnieniom.

– Och, widzę, że nie mam wyjścia – westchnęła tylko, a potem zaczęła mówić o potajemnych schadzkach w leśniczówce…

– Aż ciężko w to uwierzyć... – wyrwało się Laurze, kiedy dobrnęła do momentu ich pierwszej i ostatniej nocy. – Naprawdę wymykała się pani dla niego do tej leśniczówki? Nie bała się pani, że ktoś pani coś zrobi po drodze?

– Oczywiście, że się bałam. – Róża uśmiechnęła się ciepło. Jej spojrzenie nadal było niezwykle rozmarzone. – Ale czymże jest strach w porównaniu z siłą miłości? Miałam usychać z tęsknoty? Nigdy.

– Była pani bardzo odważna.

– Odważna? – Staruszka spojrzała na nią z ukosa. – Raczej szalona.

Laura zaśmiała się cicho.

– Tak, to chyba też. Musiała go pani naprawdę kochać. Nie każdy byłby w stanie zdecydować się na tak heroiczny wyczyn. Nawet dla miłości.

W spojrzeniu Róży pojawił się smutek.

– Jeśli naprawdę na kimś ci zależy, lęk czy strach nie mają żadnego znaczenia. Nawet o nich wtedy nie myślisz. – Spojrzała przez okno i zapatrzyła się w stronę leśniczówki. – Liczy się tylko obecność tej drugiej osoby. Przenikająca bez reszty i wydobywająca z ciebie to, co najlepsze. Zresztą... – Znowu przeniosła wzrok na Laurę. – Ja byłam w zupełnie innej sytuacji. Jedno zagrożenie więcej nie robiło mi różnicy. Wtedy już w pełni pogodziłam się z tym, że może mi się coś stać. Musiałam żyć chwilą, nie miałam innego wyjścia.

– Nie wiem, czy współcześni ludzie tak potrafią.

– Och, oczywiście, że nie. Stawiają sobie zbyt wiele celów i mają zbyt wysokie wymagania. Nie dostrzegają tych małych przyjemności, które przynosi im codzienność, i gonią za czymś, czego tak naprawdę nie ma. Podejrzewam, że oni nawet nie umieją zdefiniować tego, co dałoby im szczęście. Wiecznie za nim pędzą, ale go nie znają. W efekcie marnują swoje życie i umierają nieszczęśliwi.

– Jest pani dość sceptyczna.

Róża przyjrzała jej się dokładnie.

– Sceptyczna? – zapytała po chwili. – A czy nie mam racji?

Laura nie odpowiedziała.

– No, ale wracając do pani historii... – odezwała się dopiero po chwili, zmieniając temat. – Powiedziała pani, że była to wasza ostatnia wspólna noc. Co miała pani na myśli?

Pod wpływem tego pytania nagle jakby uszło z Róży całe powietrze. Spuściła wzrok i obróciła palcami drobny pierścionek, który dziś rano wsunęła na jeden z nich. Mówienie, a nawet samo myślenie o tym, co było dalej, nadal sprawiało jej niewyobrażalny ból.

– Och... – westchnęła cicho, znowu zerkając przez okno. – Potem życie napisało dla nas własny scenariusz...

Konrad

Pot lał się Konradowi po plecach, kiedy kolejną godzinę jeździli razem z Frankiem ciągnikiem, zwożąc z pól ziarno. Alek zatrudniał Franka co roku do pomocy przy żniwach, bo sami w życiu nie daliby rady z tyloma hektarami zboża. Chłopak był niewiele starszy od Konrada, ale mógł już prowadzić pojazdy. Miał kruczoczarne włosy i delikatny zarost. Sprawiał wrażenie sympatycznego, chociaż nie znali się zbyt dobrze i żaden z nich nie dążył za bardzo do tego, by to zmienić. To, że pracowali razem, wcale nie znaczyło, że muszą ze sobą rozmawiać. Właściwie to nie odzywali się do siebie prawie wcale. Franek prowadził ciągnik, a Konrad wskakiwał na przyczepę ze zbożem i dyrygował pracą podczas załadunku, wożenia i zrzucania. Alek czuł się bezpieczniej, wiedząc, że młody trzyma rękę na pulsie, podczas gdy on razem z jeszcze jednym facetem od świtu jeździł kombajnem.

– No dobra, możemy jechać! – krzyknął Konrad, domykając klapę przyczepy, na którą właśnie się wgramolił.

Zmrużył oczy i usiadł w kącie. Miał pod sobą zwinięty jutowy worek, a nogi wyciągnął przed siebie.

Franek odczekał jeszcze chwilę, a potem odpalił silnik i wyjechał z podwórka na polną drogę. Konrad obrzucił okolicę kontrolnym spojrzeniem i chwycił butelkę wody. Wziął kilka łyków, resztę wylał na włosy. Słońce paliło dziś niemiłosiernie, najchętniej rzuciłby się teraz do zimnej rzeki i już z niej nie wyszedł. Było to jednak marzenie tak odległe, że wolał zbyt wiele o nim nie myśleć. Od zawsze tak miał. Wolał odcinać się od rzeczy nierealnych i odległych w czasie, skupiając się na rzeczywistości.

Piekła go skóra. Nawet nie tyle od słońca, co od unoszącego się wokół wszechobecnego pyłu. Miał go już wszędzie. W oczach, w nosie i pod ubraniem. Doskonale wiedział też, że to uczucie będzie mu towarzyszyło przez kilka następnych dni. I że przy zwożeniu słomy będzie jeszcze gorzej.

Alek ciął teraz aż za lasem, dlatego jechali w ich stronę dość długo, mijając pełne słomy rżyska. Balowanie jej i zwożenie z pewnością zajmie kilka kolejnych dni, dlatego Konrad przyglądał im się wyjątkowo uważnie. Sam nie wiedział, dlaczego tak przyciągały jego wzrok. W ściętej słomie nie było nic wyjątkowego. No, może poza bawiącymi się w niej teraz młodymi kotami. Chociaż? Gdyby spojrzeć na nią oczami literata, to chyba można by z niej wycisnąć coś więcej... Na tę chwilę musiał jednak zapomnieć o pisaniu.

Przyczepa podskakiwała na wybojach i chociaż Konrad miał silną potrzebę oparcia się i zmrużenia oczu, nie mógł tego zrobić. Nie znosił swojego domu, ale w tym momencie marzył o chłodnym prysznicu i swoim łóżku. Stało w zacienionym rogu, do którego niezależnie od pory dnia nigdy nie docierało słońce. Mógłby też zaciągnąć te ciężkie zasłonki, które matka z uporem wieszała mu w oknach, i wtedy byłoby jeszcze chłodniej i przyjemniej. Chociaż raz do czegoś by się przydały.

Rodzice chłopaka cieszyli się z tego, że są żniwa, bo Alek płacił mu wtedy trochę więcej. Chociaż Konrad nie widział tych pieniędzy poza chwilą, w której niósł je do domu, było to dla niego dużym wyróżnieniem. Nie każdego swojego pracownika Alek honorował w taki sposób.

Zamiast jednak teraz o tym myśleć, wrócił do tematu pisania. Zastanawiał się, jak udoskonalić tekst, który pisał o Róży. Zgodnie z radami Laury, chciał trochę ożywić i przełamać ugrzecznioną konwencję opowiadania. Nie miał też jeszcze pomysłu, jak ugryźć historię jej miłości do Jerzego. Było to wyjątkowe uczucie, któremu nie chciał odebrać blasku ani przesadzonymi metaforami, ani nadmierną prostotą. Potrzebował złotego środka. Może jakiegoś kontrastu? A może powinien ukazać ją na tle jakiejś innej opowieści o miłości? Musiał to jeszcze przemyśleć. W każdym razie czuł jednak, że to było to. Jego klucz do sukcesu.

Swoją drogą, naprawdę polubił Różę i fakt, że to właśnie jemu postanowiła opowiedzieć o swojej przeszłości, bardzo mu schlebiał. Inni ludzie raczej go nie lubili i stronili od jakichkolwiek rozmów. Nawet tych na błahe tematy. Matka stosowała wobec niego jedynie „rozmowy" wychowawcze, ojciec ciągle był pijany i niezdatny do konwersacji, a inni, kolokwialnie mówiąc, po prostu mieli go gdzieś. Róża i jej atencja były więc miłą odmianą dla jego samotniczego trybu życia. Do tego te ostatnie obiady u Alka i Laura... W pewnym sensie zaczął nawet czuć się potrzebny. Była to dla niego tak duża nowość, że z początku nie potrafił oswoić się z tą myślą, ale po głębszym namyśle stwierdził, że było to nawet bardzo przyjemne. Nie wstawał rano z przeświadczeniem, że na pewno nie spotka go nic dobrego, przeciwnie – robił to z entuzjazmem i zapałem do pracy. Z nadzieją na kolejny wspaniały dzień.

Dużo lepiej mu się też pisało. Jakby świadomość bycia potrzebnym odkryła w nim nieznane dotąd złoża pomysłów. Nagle zniknęły wszystkie zahamowania i zaczął pozwalać sobie na więcej. Eksperymentował z formą śmielej niż dotychczas i zdawało mu się, że jego utwory nabrały w końcu wyjątkowej lekkości, której wcześniej nie potrafił uzyskać. To też było trochę dziwne. Nigdy za bardzo nie wierzył w całą tę psychologię i w gadanie, że takie rzeczy wpływają na wiele sfer życia, nie tylko na samopoczucie. A tu proszę. Można się było nieźle zdziwić.

I kiedy tak sobie o tym wszystkim rozmyślał, nie zorientował się nawet, że wjechali już na pole, a ciągnik sunął wprost na odpoczywającego na słomie, niczego nieświadomego Alka.

Natychmiast zerwał się na równe nogi.

– Nie! Stój! – zdążył tylko wrzasnąć na cały głos do Franka.

A potem serce stanęło mu w gardle.

Mindzia

Oleńka czytała właśnie bajki dzieciom Krysieńki, gdy na dworze rozległy się pełne przerażenia krzyki.

– Szybko, szybko! – Usłyszała tylko i w pośpiechu odrzuciła na bok książkę. Niewiele myśląc, podbiegła do okna. Odsłoniła firankę i spojrzała na zewnątrz. Podekscytowani mężczyźni i chłopcy z wioski co sił w nogach biegli w stronę lasu, ściskając w dłoniach karabiny. Jeden rzut oka wystarczył, by się zorientowała, że gdzieś w pobliżu musiała rozpętać się walka.

Nie miała zbyt wiele czasu do namysłu, bo gdy tylko dotarło do niej, co się dzieje, usłyszała głośny huk i szyby w oknach zadrżały. Natychmiast się schyliła i podwijając sukienkę, podbiegła do dzieci. Skuliły się u podnóża łóżka i mocno do siebie przytuliły. Na ich twarzach malował się strach.

– Już dobrze – szepnęła, głaszcząc jedno z nich, i spojrzała w stronę drzwi. Nie wiedziała, czy w tej sytuacji lepiej było wybiec z dworku, czy w nim pozostać, ale huki i krzyki stawały się coraz głośniejsze.

– Boję się – wydusił chłopiec i mocno wtulił się w jej drżące ciało.

– Umrzemy? – zapytała dziewczynka.

Oleńka spojrzała w jej lśniące oczy i mimo przerażenia uśmiechnęła się ciepło.

– Nikt tutaj nie będzie umierał – oznajmiła i bez głębszego namysłu pociągnęła ich w stronę drzwi.

Gdy tylko je otworzyła, ktoś mocno szarpnął ją za rękę. O mały włos nie upadła, gdy tajemnicza siła wyciągnęła ją i dzieci na zewnątrz, a potem jakiś mężczyzna wsadził ją na zapełniony wóz.

– Weź ją. – Mila podała jej dziewczynkę, a potem rzuciła obok niej jakiś worek i sama wskoczyła do góry.

– Co się dzieje?!

– Partyzanci zastawili pod lasem pułapkę na Niemców. Biją się niemiłosiernie, trzeba uciekać – odpowiedziała jej drżącym głosem, gdy jakiś mężczyzna wsadził jej na kolana chłopca.

Oczy Oleńki rozbłysły z przerażenia.

– Jurek... – wyrwało się z jej piersi, gdy powożący mężczyzna uderzył batem jednego z koni i szarpiąc wozem ruszyły z kopyta.

– Cicho, Oleńka, cicho. – Mila otoczyła ją ramieniem.

– Ale... – Jej ciało rozdarł trudny do opisania, bolesny szloch. Jak gdyby ktoś złapał jej serce w zimne kleszcze i rozerwał na strzępki.

– Nie trzeba płakać – odezwała się siedząca za plecami Oleńki kobieta. – Przecież za jakiś czas będzie tu można wrócić.

Mila spojrzała na nią i pokręciła głową.

Oleńce zrobiło się ciemno przed oczami. Nie pamiętała z tej podróży już niczego więcej.

– Obudziła się. – Usłyszała, gdy udało jej się w końcu unieść powieki.

– Powiedz doktorowi, żeby przyszedł – powiedział ktoś inny. – Szybciuchno.

Oleńka nie rozpoznawała tych głosów ani miejsca, w którym się znajdowała, ale nie miało to dla niej żadnego znaczenia. Mimo że udało jej się otworzyć oczy, wcale nie była obecna wśród żywych. W jej głowie nadal rozbrzmiewał tylko głośny huk, a przed oczyma widziała biegnącego z karabinem Jerzego.

Poczuła, że jej powieki znowu robią się ciężkie.

– Jeszcze się kiedyś spotkamy – powiedział do niej bezgłośnie Jerzy. – W leśniczówce są moje wiersze.

Stał między drzewami, a za nim jak szalone wybuchały kolejne granaty. Patrzył wprost na nią. Zdawało jej się, że nawet się do niej uśmiechnął i pomachał ręką. Nie widziała go zbyt wyraźnie, ale dostrzegła, że w pewnym momencie odwrócił się od niej gwałtownie, a potem jego ciałem coś wstrząsnęło i zaczął opadać na ziemię.

Oleńka krzyknęła głośno, widząc plamę krwi na jego mundurze. Rozprzestrzeniała się z dużą prędkością. Stanowczo za szybko. Chciała rzucić się ku niemu i coś do niej przycisnąć, ale nie mogła się ruszyć.

– Nie! – jęknęła tylko, poruszając się niespokojnie w białej pościeli.

A potem znowu zapadła w sen.

– Jeśli do jutra nie wydobrzeje, trzeba będzie ją zabrać do lekarza w miasteczku – powiedziała jakaś kobieta dokładnie w chwili, w której Oleńka na dobre otworzyła oczy.

– Nie macie tutaj kogoś na miejscu? – zapytała Mila. Po jej głosie dało się poznać, że naprawdę przejmuje się jej stanem.

Tamta pokręciła głową.

– Nie. To i tak cud, że Rudziewicz raczył się tutaj pofatygować. Ostatnio nie praktykuje wizyt domowych.

Mila pokiwała głową i przyłożyła dłonie do twarzy. Nie dość, że Jerzy, to jeszcze Oleńka. Ten świat mógłby w końcu oszczędzić jej zmartwień.

W pokoju, w którym się znajdowały, było dość ciemno. Jedynie dzięki stojącej w rogu przygaszonej lampie Oleńka dostrzegała stojące pod drzwiami kobiety. Gdyby nie ona, wszystko byłoby czarne, jakby wcale nie otworzyła oczu. Nie poznawała tego miejsca. Miała pewność, że była tu pierwszy raz. Na ścianach wisiały ręcznie robione makatki, a białe odrapane drzwi nie były do końca zamknięte.

– Pić – wydusiła w końcu, unosząc się lekko na łokciach. Była osłabiona i bardzo rozgrzana. Kręciło jej się w głowie.

Mila odwróciła się pierwsza i natychmiast klęknęła przy łóżku.

– Jak się czujesz, kochanie? – zapytała, pocierając dłonią jej rozgorączkowane czoło. Miała tak bardzo zmęczone oczy, że Oleńce zrobiło się jej żal.

– Dobrze – odpowiedziała ze sporym wysiłkiem. – Tylko bardzo chce mi się pić.

– Przyniosę wody. – Zaoferowała ta druga kobieta i zostawiła je same.

Oleńka popatrzyła na Milę pytająco.

– Nie mam o nim żadnych wieści – szepnęła smutno kobieta. – Trzeba wierzyć.

Oleńka głośno przełknęła ślinę. Musiała walczyć ze łzami, żeby się nie rozpłakać.

– Cicho, cichutko. – Mila próbowała ją pocieszyć, chociaż jej samej wcale nie było łatwo.

– Ja po prostu… – Oleńka zapłakała i odwróciła wzrok. Po jej policzku zaczęły spływać tłumione łzy.

Mila westchnęła głośno i przytknęła czoło do jej dłoni. Starała się trzymać nadziei tak kurczowo, jak jeszcze nigdy, ale nie na wiele się to zdawało. W jej głowie też panował strach, który za nic w świecie nie chciał odpuścić. Intuicyjnie czuła, że Jerzemu stało się coś złego.

Laura

– O Boże… – westchnęła cicho Laura, gdy Róża opowiedziała, co było dalej. – Czy on wtedy… – głośno przełknęła ślinę. – Czy on wtedy naprawdę zginął?

Róża pobladła i spojrzała przez okno. Te wspomnienia paliły ją od środka. Trudno było jej o tym wszystkim mówić.

– Tak – odpowiedziała smutno. – Jerzy, pseudonim Kanciasty, zginął w potyczce w tym lesie, do którego chodzimy teraz na spacery. Miejscowi pochowali go przy starej kapliczce kawałek ze wsią, razem z wszystkimi, którzy wtedy polegli. Prawie sto ciał. Dowiedzieliśmy się o tym kilka dni po ucieczce z dworku. Od tamtej chwili nic już nie było takie samo.

– Musiało być pani bardzo ciężko.

– Bardzo? Kochanie, w tym przypadku słowo bardzo brzmi jak jakiś banał. To, co ja wtedy czułam… – Róża pokręciła głową. – Nie umiem tego nawet opisać. To było jak powolne umieranie. Długie i bardzo bolesne.

Laura nie wiedziała, co mogłaby teraz powiedzieć. Ta historia wzruszyła ją tak bardzo, że pod jej powiekami zebrały się łzy. Szkoda jej było Jerzego.

– Nie ma tu co płakać – zwróciła jej uwagę Róża. – Ja wylałam za niego wystarczająco dużo łez. Wystarczy.

– Nie wiem, jak może pani mówić o tym tak po prostu. Ot tak.

Róża uśmiechnęła się blado.

– To kwestia upływu lat. I nabrania do tej sprawy dystansu. Z czasem wspomnienia blakną, a emocje jałowieją. Zaczyna brakować łez.

Laura patrzyła na nią przez chwilę, ale w końcu pokiwała głową ze zrozumieniem.

– Więc resztę czasu spędziła pani wtedy u tamtych ludzi? Nigdy już nie wróciliście do dworku?

– Nie wróciliśmy – odpowiedziała Róża, rozcierając sobie nadgarstek. – Nie mogliśmy, bo żołnierze zabrali się wtedy i za cywilów. Oni lubili się mścić, a ta akcja musiała skutecznie wyprowadzić ich z równowagi. Nie patrzyli na to, czy z ich ręki giną mężczyźni, czy kobiety i dzieci. Wzięli na celownik wszystkie rodziny, z których pochodzili partyzanci. I nie mieli litości.

– Więc nawet nie byliście na jego pogrzebie, nie mogliście się pożegnać…

Róża potrząsnęła głową.

– Nie – odparła. – Ale w tamtych czasach to nie była rzadkość – dodała po chwili. – I tak dziękowaliśmy Bogu za to, że Jurek został godnie pochowany. Wielu ludzi w czasie wojny nie miało nawet tyle szczęścia. Jak gdyby nie należała im się nawet wieczność w godnych warunkach.

– To straszne, co pani mówi.

– I nieludzkie. – Róża zgodziła się z nią, a potem wróciła do tego, co działo się dalej. – Ludzie, którzy nas wtedy przyjęli, byli bliską rodziną Mili. Pomieszkaliśmy u nich trochę, a po kilku tygodniach Stanisław znalazł nam dwa pokoje w jakiejś drewnianej chacie jeszcze kilka wiosek dalej. Byłą położona w pięknej okolicy, chociaż o wiele ciaśniejsza od dworku. Tam spędziliśmy resztę wojny.

– Jak pani radziła sobie z nieobecnością Jerzego? Musiało go pani bardzo brakować.

– I brakowało. Przez pierwsze kilkanaście dni nie byłam w stanie wstać z łóżka i normalnie funkcjonować. Gorączka nie chciała spaść, nie miałam apetytu, kręciło mi się w głowie. Leżałam tylko i patrzyłam w sufit. Jak gdyby mój organizm fizycznie nie mógł poradzić sobie z jego stratą.

– Psychosomatyka – wyrwało się Laurze.

Róża obdarzyła ją ciepłym uśmiechem.

– Tak, pewnie masz rację. Nie radziła sobie nie tylko moja głowa, ale i ciało. Zobojętniało mi zupełnie wszystko. To, że wojna trwa w najlepsze, że muszę się ukrywać... Te sprawy nie miały już dla mnie żadnego znaczenia. Kolejny raz straciłam najważniejszą osobę na świecie. Po śmierci rodziców miałam jednak siłę, żeby jakoś się w sobie zebrać, wtedy zupełnie mi jej zabrakło. To było dla mnie za dużo. Nie miałam w sobie za grosz motywacji, żeby wstawać z łóżka i przyjmować to, co daje mi kolejny dzień. Mila wychodziła z siebie, żeby jakoś ją we mnie wzbudzić, ale odgrodziłam się od świata nieprzepuszczalną barykadą. Nie docierały do mnie niczyje słowa. Dla mnie wojna była wtedy przegrana. Moje życie było przegrane. – Jej głos się załamał. – Nie miałam już po co żyć – dokończyła.

Po policzku Laury pociekły łzy.

Róża spojrzała na nią i wyciągnęła rękę, żeby ścisnąć jej leżącą na stole dłoń.

– Nie płacz, kochanie – wydusiła, chociaż sama czuła pieczenie pod powiekami. – Teraz już na to za późno. Już nie warto.

– Tak bardzo mi przykro. Aż nie wiem, co mogłabym pani powiedzieć... – Laura popatrzyła na nią zaczerwienionymi oczami.

– Wystarczy, że mnie wysłuchałaś. Nie masz pojęcia, jak wiele znaczy dla mnie to, że mogłam o tym wszystkim opowiedzieć osobie takiej jak ty. Ciepłej i pełnej zrozumienia.

Laura otarła wierzchem dłoni łzy.

– To dlatego tu pani przyjechała? Żeby skonfrontować się z przeszłością?

– Po wojnie nie dane mi było tu wrócić. – Róża pokiwała głową. – Gdy tylko się zakończyła, wsiadłam w samolot i uciekłam jak najdalej stąd. Nie mogłam być dłużej ani Mindzią, ani Oleńką. Nie mogłam żyć z bagażem, jaki życie włożyło mi na plecy. Chciałam spróbować jeszcze raz, z czystą kartą. Wśród obcych ludzi. Z dala od cierpienia, od tego bólu i wszystkiego, co mogło mi się z nim kojarzyć. A cała Polska była w moich oczach pełna Jerzego. Przecież to za nią zginął. To przez nią... Wtedy nie mogłam tu mieszkać. Było mi za ciężko. A potem, kiedy jako tako udało mi się z tym wszystkim pogodzić, zaczęłam chorować. Lekarze odradzali mi tę podróż, a ja, stara i głupia, ich słuchałam.

– Jest pani chora?
– A kto w moim wieku nie jest?
– Czy to coś poważnego?

Róża machnęła ręką.

– Tylko serce.

Laura się zmartwiła.

– Oj, nie patrz tak na mnie – skomentowała to Róża. – Ono już kilkukrotnie udowodniło, że jest twarde jak dzwon.

– Bierze pani jakieś leki? – Laura nie dawała za wygraną.

Staruszka roześmiała się głośno.

– Gdybym była hipokrytką to powiedziałabym ci, że szkoda mi na nie pieniędzy.

– Nie leczy się pani?! – Laura uniosła głos.

– A po co ja mam się leczyć, kochanie? Swoje przeżyłam. Trzeba ustąpić miejsca młodym. Każdy człowiek powinien kiedyś dojść do tego wniosku. Już i tak wystarczająco długo faszerowałam się chemią. To podobno niezdrowe.

Laura złapała się za głowę, słysząc jej słowa.

– Ale pani Różo, przecież tak nie można...

– Może gdybym miała dla kogo żyć, to patrzyłabym na to wszystko z innej perspektywy. Teraz bardziej marzę o tym, żeby w końcu umrzeć i móc spędzić wieczność u boku Jerzego niż dalej snuć się po tej ziemi zupełnie bez celu.

– Czy to znaczy, że od tamtej pory nie była pani z nikim? Zawsze sama?

Róża wzruszyła ramionami.

– Tak wyszło – powiedziała, jak gdyby nigdy nic.

– Nie próbowała pani nawet?

– Nie. Dlaczego miałabym to robić?

– Żeby nie cierpieć przez całe życie z samotności?

Kobieta pokręciła głową, jak gdyby Laura nic nie rozumiała.

– Wiesz, kochanie, są takie miłości, z których nie da się wyleczyć. Co więcej, nie ma nawet sensu próbować.

Dziewczyna uśmiechnęła się do niej, a potem obróciła w dłoni filiżankę z herbatą.

– Chyba coś o tym wiem – mruknęła.

– No właśnie – przytaknęła Róża. – Sama więc widzisz, że bycie z kimś innym nie miałoby sensu.

– I poradziła sobie pani zupełnie sama? Na emigracji?

– A miałam inne wyjście? Zresztą, wśród obcych ludzi wcale nie było mi źle. Nawiązałam tam prawdziwe przyjaźnie i okoliczne kobiety zaczęły umilać mi czas. Momentami nawet aż nazbyt natarczywie. One nigdy nie

rozumiały, że człowiek potrzebuje czasem pobyć sam na sam ze swoimi myślami.
– Musi pani być prawdziwą twardzielką.
Poddasze wypełniło się głośnym śmiechem.
– Nigdy o sobie w ten sposób nie myślałam. Czasem nawet wręcz przeciwnie. Czułam się jak przegrana.
– Jak przegrana? – oburzyła się Laura. – Przecież udało się pani przeżyć wojnę. Wygrała pani życie.
– I tak, i nie. Co to za życie? W samotności i bez własnego miejsca w świecie. Wszędzie obca, sama i bezdomna. Bardzo często zastanawiałam się, czy śmierć podczas wojny nie byłaby lepszym wyjściem. I czy takie życie nie jest karą.
– Musi mi pani wybaczyć ostre słowa, ale teraz to mówi pani od rzeczy.
– To przez ten wiek. – Róża znowu się roześmiała. – Powoli wszystko człowiekowi siada. Nawet głowa.
Laura wywróciła oczami.
– Więc przez resztę życia mieszkała pani w Sydney? – Nie dała się odwieść od tematu.
– Tak. W małym domku z ogródkiem. Uprawiałam w nim swojego czasu piękne kwiaty, ale szybko więdły. Widać nie miałam do nich ręki.
– Utrzymywała pani z kimś kontakt? Ze Stanisławem albo Milą? Krysieńką?
– Przez jakiś czas tak. Wiem, że oni też już nigdy nie wrócili do dworku, przeszedł w ręce dziadków Alka. Dla Mili i Stanisława śmierć Jerzego była bardzo silnym

przeżyciem. Po wojnie przenieśli się gdzieś na południe. Też była to próba oderwania się od smutków.

– Wie pani dokładnie dokąd? Może udałoby nam się skontaktować z kimś z ich rodziny? Widzieliście się potem jeszcze?

– Listy od nich sprawiały mi wtedy ból. Myśląc o nich, zawsze myślałam tylko o Jurku i nigdy nie dążyłam do ponownego spotkania. Nie ma sensu rozgrzebywać starych ran, jeśli jest się przekonanym, że niczego to nie zmieni – powiedziała nieco melancholijnie, ale szybko potrząsnęła głową. – Ale powiem ci, że jeden z pobocznych wątków mojej historii miał szczęśliwe zakończenie. – Spojrzała na Laurę. – W połowie maja 1945 roku Bolek wrócił do Krysieńki. Z tego, co pisał mi Stanisław, nie posiadała się ze szczęścia i mieli jeszcze dwójkę dzieci.

– Chociaż tyle, prawda? Chociaż im się udało.

– Tak. Im tak. – Róża uśmiechnęła się gorzko.

Na chwilę na poddaszu zapanowało milczenie.

– Więc to jest pani pożegnanie? – pierwsza odezwała się Laura. – Przyjazd tutaj. Chce się pani ostatni raz z nim pożegnać?

Róża spojrzała jej prosto w oczy.

– Tak – odparła. – Nigdy nie było nam to dane i chyba przyszedł na to właściwy czas. Nie chcę umrzeć ze świadomością, że tego nie zrobiłam. Ale wiesz... – Zawahała się. – Może to i lepiej, że nie mieliśmy okazji prawdziwie się pożegnać.

– Dlaczego?

– Bo ja nigdy nie byłam w tym dobra. W młodości byłam zbyt skłonna do wzruszeń. Jeszcze bym go tym do siebie zraziła. – Zaśmiała się melodyjnie.

– Zapamiętała go więc pani w wyjątkowy sposób.

Na usta Róży wypłynął rozmarzony uśmieszek.

– Chyba najbardziej wyjątkowy z możliwych – powiedziała i obie zapatrzyły się na krajobraz za oknem.

Laura myślała o tym, że gdzieś za lasem pracował teraz Alek. Przez smutną historię Róży zapragnęła zbiec na dół i co sił popędzić do niego, a potem mocno się przytulić. Jeśli kiedykolwiek zastanawiała się nad tym, dlaczego los postawił przed nią tę starą kobietę, to teraz już wiedziała. Historia Róży pomogła jej rozumieć, co jest w życiu naprawdę ważne, i cieszyć się każdym momentem spędzonym z Alkiem jeszcze bardziej. Uświadomiła jej, że to, co czuje do tego chłopaka, to właśnie jest miłość. Prawdziwa i szczera. Taka, która zdarza się tylko raz w życiu. I że nie może dopuścić do tego, żeby go kiedykolwiek stracić.

Róża natomiast jeszcze raz przywołała w głowie wspomnienie nocy z Jurkiem. Jeśli było prawdą, że istnieje życie po życiu, to już nie mogła się go doczekać. Przez wszystkie te lata samotności o niczym nie marzyła bardziej niż o ich ponownym spotkaniu. Nawet jeśli miałoby ono oznaczać koniec jej istnienia na tym świecie.

– Wie pani co? – pierwsza odezwała się Laura. – Wydaje mi się, że jest tu jeszcze jedno miejsce, które powinna pani zobaczyć – powiedziała dość tajemniczo.

– Co masz na myśli? – Róża popatrzyła na nią badawczo.

– Na skraju lasu nadal stoi mała drewniana chatka. – Laura uśmiechnęła się lekko. – Chociaż Alek z Konradem jakiś czas temu ją odnowili, podobno konstrukcja została nienaruszona.

Na twarzy staruszki wymalowało się niedowierzanie.

– Leśniczówka? Naprawdę? Jest tu nadal? – zapytała drżącym głosem, czując, że w gardle zbiera jej się dławiąca gula emocji.

– Tak. – Laura pokiwała głową. – I jeśli ma pani ochotę ją odwiedzić, to możemy się tam jutro wybrać – powiedziała, robiąc przy tym tajemniczą minę. Nie chciała mówić Róży o tym, że czeka tam na nią jeszcze jedna, o wiele większa niespodzianka.

Alek

Alek był tak wyczerpany, że gdy tylko położył się na słomie, oczy same mu się zamknęły. Najpierw trochę z tym walczył. Nie było rozsądne zapadać w drzemkę obok pełnego zboża kombajnu i w tak dużym słońcu, ale nie dał rady przezwyciężyć zmęczenia. Drugi dzień żniw i to w takim upale sprawiał, że miał ochotę rzucić to wszystko i dać sobie spokój z gospodarką na długi czas.

Śniła mu się Laura, co do tej pory mu się nie zdarzyło. Wyglądała trochę jak anielica. Miała błyszczące oczy i skórę, biło od niej niewypowiedziane piękno. Ubrana była w zwiewną sukienkę, a na głowie miała wianek z polnych kwiatów. Delikatny i cieniutki. Dodawał jej dziecięcego uroku, ale i kobiecości. Przechadzała się między ciężkimi kłosami zbóż. Miała bosy stopy, ale w niczym jej to nie przeszkadzało. I uśmiechała się szeroko. Patrzyła wprost na niego, a ten czarujący uśmiech ani na chwilę nie znikał z jej ust. Była taka piękna, że nie mógł się na nią napatrzeć. Miała w sobie tyle gracji i lekkości, jakby nie tyle szła, co unosiła się nad ziemią.

Po chwili była już obok niego. Gdy się nad nim pochylała, dostrzegł na jej szyi złoty łańcuszek, z którym nigdy się nie rozstawała. Chciał odgarnąć z twarzy jej opadające włosy, ale ubiegł go w tym niespodziewanie powiewający, gwałtowny wiatr. Nad jej twarzą pojawiły się ciemne chmury i niebo zaczęło rozbłyskać rozcinane błyskawicami. Nagle po okolicy rozległ się potężny grzmot i ziemia, na której leżał, zadrżała.

Laura zrobiła przerażoną minę i odskoczyła w tył.

– Uciekaj! – krzyknęła do niego rozpaczliwie. Obudził go ten głośny krzyk i natychmiast zerwał się na równe nogi. Ułamek sekundy wystarczył, żeby zorientował się w tym, że jedzie wprost na niego rozpędzony ciągnik.

– Stój, stój! – wrzeszczał stojący na przyczepie Konrad.

Wyrwany ze snu Alek zawahał się, ale w końcu odskoczył w bok.

Ciągnik wyhamował kilka metrów dalej, mijając pełen zboża kombajn.

– Co jest?! – wymamrotał nieco skołowany.

Konrad zeskoczył z przyczepy i natychmiast zjawił się u jego boku.

– Nic ci nie jest? – zapytał, ledwie łapiąc powietrze.

Alek spojrzał na niego z wdzięcznością i oparł dłonie nad kolanami. Z gorąca i skoku adrenaliny trochę kręciło mu się w głowie, ale poza tym było okej.

– Co za baran! – krzyknął natomiast Konrad i rzucił się pędem do wysiadającego z ciągnika Franka. – Czy tobie na rozum padło? Chciałeś go przejechać?! – warknął, szturchając go ręką.

– Ja... – wymamrotał Franek, patrząc na niego nieprzytomnym wzrokiem. – Nie wiem, co się stało. Chyba musiałem przysnąć i... – zaczął się niewyraźnie tłumaczyć, ale Konrad już go nie słuchał i nie zważając na to, że był od niego o głowę niższy i młodszy, wymierzył mu pięścią prosto w policzek.

Franek zatoczył się do tyłu, ale nie stracił głowy i natychmiast mu oddał. Alek, widząc, co się dzieje, momentalnie doskoczył do nich i stanął pośrodku.

– Zwariowaliście? – Spojrzał na krwawiący nos Konrada. Musiał jednak przyznać, że nie sądził, że chłopak jest gotów stanąć w jego obronie.

Młody wzruszył ramionami i wierzchem dłoni otarł krew, rozmazując ją przy tym po policzku.

– Należało mu się, mógł cię przejechać!

Alek zwrócił się do Franka.

– No co? – warknął tamten. – Każdemu się zdarza.

Alek popatrzył na niego groźnie. Powoli i jemu puszczały nerwy. W dodatku w oczach Franka nie było nawet cienia skruchy.

– Wiesz co? Zejdź mi dzisiaj z oczu – powiedział w końcu, ocierając zroszoną potem twarz.

– Mam zostawić traktor i iść? – Franek popatrzył na niego zdezorientowany.

– A głuchy jesteś? – wciął się do rozmowy Konrad.

– A chcesz w dziób?

– Spokój! – Alek znowu stanął między nimi. – Powiedziałem coś – zwrócił się do Franka. – Na dzisiaj masz po robocie.

Ten spojrzał na niego jeszcze obrażony, ale w końcu posłuchał i powolnym krokiem ruszył w kierunku gospodarstwa, żeby zabrać swoje rzeczy.

Alek popatrzył natomiast na Konrada.

– A ty przestań zgrywać takiego bohatera i chodź lepiej do domu – zwrócił się do niego. – Trzeba ci opatrzyć ten nos, nie?

– Jasne.

– A tak w ogóle... – szturchnął go jeszcze ramieniem – to dzięki. Gdyby nie ty, to mogłoby się to dla mnie źle skończyć. Jestem twoim dłużnikiem.

Konrad uśmiechnął się do niego, a zaraz potem skrzywił się w bolesnym grymasie.

– A to tutaj? – Wskazał jeszcze na pełen zboża kombajn i podstawiony traktor.

– Zaraz zadzwonię do chłopaków, niech to załatwią. Wrócimy do nich za jakiś czas. Zresztą... – Spojrzał w kierunku lasku, za którym znajdowało się gospodarstwo. – Przyda nam się chwila przerwy – powiedział jeszcze, a potem ściągnął przepoconą koszulkę i ruszyli w stronę poddasza.

Gdy tylko Laura zobaczyła zakrwawioną twarz Konrada, natychmiast zerwała się z miejsca. O mały włos nie ściągnęła przy tym obrusu ze stołu.

– Co ci się stało?! – Doskoczyła do chłopca i biorąc w dłonie jego twarz, przyjrzała się rozkwaszonemu nosowi. Krew zdążyła już trochę przyschnąć, przez co jego buzia wyglądała jeszcze gorzej niż zaraz po bójce.

– Nic takiego. – Konrad potrząsnął głową, starając się na nią nie patrzeć.

Laura posłała wyczekujące spojrzenie Alkowi, który roztarł dłonią spiętą szyję i przeniósł wzrok na Różę.

– Złapali się z Frankiem – wyjaśnił skąpo.

– Naprawdę nic takiego – znowu odezwał się Konrad.

Laura patrzyła to na jednego, to na drugiego, nic z tego nie rozumiejąc. Już kilkukrotnie zdążyła się przekonać, że od tej dwójki ciężko cokolwiek wyciągnąć, zwłaszcza jeśli utworzą wspólny front. Westchnęła więc w końcu i posadziła chłopaka na jednym z krzeseł, a potem poszła do łazienki po apteczkę.

– Och, wcale nie jest tak źle – skomentowała natomiast Róża. – Do wesela się zagoi.

Konrad posłał jej pełne wdzięczności spojrzenie.

– Ale mógłbyś załatwiać sprawy w bardziej pokojowy sposób. Przemoc jest raczej oznaką słabości, nie siły.

– No, już mam. – Laura, która pojawiła się z powrotem, ukróciła jej rozważania. – Swoją drogą – zwróciła się do Alka – powinieneś zastanowić się nad przeniesieniem apteczki gdzieś tutaj. Miałabym bliżej, skoro tak często trzeba was opatrywać – wyparowała ze złością.

Obaj z Konradem zaśmiali się w odpowiedzi, ale Laura szybko ukróciła radość chłopaka, przytykając mu do twarzy gazę nasączoną wodą utlenioną.

– Au – syknął, mrużąc oczy.

– Trzeba się było nie bić, to by nie bolało – ostro rzuciła w jego stronę.

– To ja lepiej pójdę wziąć szybki prysznic. – Alek w porę się zreflektował. Znając jej temperament, to zaraz i jemu nie poskąpiłaby jakiegoś komentarza. Nie chciał jej denerwować, a już tym bardziej się kłócić. – A ty, młody, masz już na dzisiaj wolne. Wystarczy tych atrakcji. Jakoś tu sobie poradzimy – rzucił jeszcze, znikając za drzwiami łazienki.

– Jak dzieci... – kręcąc głową, wymamrotała Laura i rozerwała opakowanie z plastrami.

Róża skwitowała jej komentarz cichutkim śmiechem. Czuła się wśród tych dzieciaków jak w otoczeniu prawdziwej rodziny. Wnosiły do jej smutnego życia ogrom radości.

– Powiesz mi w końcu, co się stało Konradowi? – Laura wróciła do tematu, gdy późnym wieczorem siedzieli z Alkiem na balkonie. Było już ciemno, niebo rozświetlało tysiące gwiazd, a do ich uszu dobiegała cicha, wygrywana przez świerszcze melodia.

Alek pogładził lekko jej ramię. Nadal rozpływał się w zachwycie nad jej miękką skórą.

– Mówiłem ci już, że złapali się z Frankiem. Młodemu puściły nerwy i mu przyłożył, a tamten nie zamierzał być dłużny.

– Musiał mieć mocny powód. Konrad nie wygląda na kogoś, kto leje po twarzy jak popadnie.

Alek zapatrzył się w mrok. Jego źrenice znacznie się rozszerzyły.

– Franek przysnął za kierownicą ciągnika i o mało nie spowodował wypadku. W dodatku nie widział w tym swojej winy.

– Ale nic się nikomu nie stało, prawda?

Pokręcił głową.

– Nie, ale tylko dzięki młodemu. Musiał najeść się strachu co niemiara. Zresztą... Sam się najadłem. Na jego miejscu też bym Frankowi przyłożył. Może i lepiej, że nie padło na mnie. Z rodziną Konrada ludzie boją się zadzierać, więc obędzie się bez konsekwencji.

Laura pokręciła głową.

– Faceci... – westchnęła. Odchyliła głowę do tyłu i przymknęła oczy. Wszechobecny spokój unoszący się teraz w powietrzu aż ją narkotyzował.

Alek patrzył na nią przez chwilę, a potem przysunął się bliżej i pocałował ją w szyję.

– Kocham cię – wyszeptał z wargami przy jej uchu. Teraz, po dniu pełnym pracy, wydawała mu się być jeszcze piękniejsza niż w dzisiejszym śnie.

Uśmiechnęła się i przytuliła policzek do jego twarzy.

– Lubię, kiedy mi to powtarzasz.

Kąciki jego ust drgnęły ku górze.

– Tak? – Udał zdziwionego. – A ja uwielbiam ci to mówić.

Zaśmiała się cicho.

– Wiesz… – powiedziała, gdy nieco się odsunął. – Chyba podjęłam dziś ważną decyzję.

Spojrzał na nią z zainteresowaniem.

– Odwołam ten swój wyjazd do Toronto – wyjaśniła. – Nie chcę nigdy cię zostawić. Nie chcę wyjeżdżać.

– Ale jak to? – Na jego twarzy wymalowało się zaskoczenie. – Przecież zawsze tego chciałaś, zawsze o tym marzyłaś.

– Jest teraz coś, o czymś marzę jeszcze bardziej. – Ujęła w dłonie jego twarz.

Uśmiechnął się i musnął kciukiem jej wargi.

– Ja też. Przede wszystkim chcę, żebyś była szczęśliwa. Nie możesz odwołać tego wyjazdu.

– Ale…

– Żadnego ale. – Nie dał jej skończyć. – Myślałem o tym dużo. Jakoś damy radę. Nie zamierzam stawać na drodze twojej wspaniałej przyszłości. Nie mogę.

– Alek, proszę cię…

– To ja cię proszę. – Spojrzał na nią twardo. – Jeśli nie chcesz tego robić dla siebie, to zrób to dla mnie. Nie możesz zmienić swoich planów życiowych dla kogoś takiego jak ja. Nie jestem tego wart. Masz jechać tam i się rozwijać, a potem wrócić tutaj bardziej wykształcona i o niebo szczęśliwsza.

– Ale to kawał czasu – jęknęła.

– Obiecuję, że będę na ciebie czekał. – odparł, rozwiewając tym samym wszystkie jej wątpliwości. – Pytanie tylko, czy ty będziesz w stanie zaczekać na mnie…

W odpowiedzi przywarła ustami do jego ust.

Przez jej głowę przemknęła myśl, że nie zasługiwała na tego człowieka. Był stanowczo za dobry dla kogoś takiego jak ona.

Tamtej nocy Laura pierwszy raz spała w sypialni Alka. Nie, nie kochali się, bo żadne z nich nie było na to jeszcze gotowe, ale Laura zasnęła w jego ramionach. Tuż przed snem szeptali sobie czułe słówka i się przekomarzali. Musiała przyznać, że jeszcze przy nikim nie czuła się tak swobodnie. Zresztą, on też nie.

– A umiesz opowiadać bajki na dobranoc? – zapytała zadziornie, rysując palcem kółka na jego torsie.

– Nigdy tego nie robiłem – odparł. – Nie miałem kontaktu z żadnymi małymi dziećmi, więc nie było takiej potrzeby. – Spojrzał na jej twarz. – A chcesz, żebym spróbował?

– Pewnie. Co to za zasypianie bez bajki.

Alek zamyślił się na chwilę.

– Przychodzą mi do głowy tylko opowieści o walecznych rycerzach, które tata opowiadał mi wieczorami, kiedy byłem mały.

– A było tam coś o księżniczkach?

– Nie. Chyba nie. Nie przypominam sobie.

– E tam – mruknęła rozczarowana. – W takim razie co to za bajka.

– Chłopięca. Nie chcesz być rycerska i twarda?

– Nie, chyba nie bardzo. – Laura zaśmiała się i pokręciła głową na tyle, na ile było to możliwe.

– No cóż... W takim razie mogę zaproponować ci tylko, że jutro pomyślę nad jakąś bardziej babską bajką i wieczorem cię nią uraczę. Co ty na to?

– Zgoda – powiedziała, wtulając się w jego ramię jeszcze bardziej.

Pogładził ją po włosach.

– To jesteśmy umówieni.

Laura powiedziała Alkowi również o pomyśle, żeby zabrać Różę do leśniczówki i przeszukać znajdujące się w niej pudła, co bez sprzeciwu zaaprobował. On także miał niewytłumaczalną słabość do tej staruszki, najchętniej udostępniłby jej dworek i pozwolił się do niego wprowadzić, żeby nie musiała płacić Albercie.

Kiedy Laura zasnęła, Alek nakrył ją cienką narzutą i rozpostarł nad nimi przezroczysty baldachim. Zawiesił go nad łóżkiem specjalnie dla niej, żeby w nocy nie gryzły jej komary. W upały na poddaszu było tak gorąco, że nie dało się spać bez otwartego na oścież okna, a nie zainstalował w nim żadnej siatki.

Przez chwilę patrzył na jej rozluźnioną, pozbawioną makijażu twarz. Była tak niewinna i spokojna, że nie mógł zwalczyć przemożnej chęci, by jeszcze raz pocałować ją na dobranoc. Potem bezszelestnie wstał, wsunął stopy w kapcie i poszedł jeszcze do łazienki, o mały włos nie wpadając przy tym na zwiniętą na dywanie kotkę.

Kładąc się z powrotem do łóżka, Alek poczuł niepokój. Chociaż przez cały dzień starał się nie myśleć o tym, co stało się dzisiaj przy pracy, teraz ogarnął go spóźniony strach. Uświadomił sobie, że przed śmiercią uratowali go dziś Konrad i Laura. Gdyby nie oni, wszystko mogłoby skończyć się zupełnie inaczej. Zasypiał z przekonaniem, że bez ich obecności mógłby dziś nawet umrzeć. Oboje stali się od tej pory jego szczęśliwą kartą.

Róża

Róża nie mogła spać. Chociaż podczas pobytu u Alberty zwykle nie miała problemów z zaśnięciem, teraz chodziła w kółko po pokoju i biła się z myślami. Oczywiście było to związane z propozycją wizyty w leśniczówce. Ekscytowała się jak nastolatka, a w jej brzuchu trzepotały motyle, jak gdyby znowu miała wymknąć się na wieczorne spotkanie z Jerzym. Jak gdyby nigdy nie zniknął z jej życia.

Myślała też o zdziwieniu Laury, gdy powiedziała jej, że po śmierci Jerzego nigdy już się w nikim nie zakochała. Tak, to było trochę szalone i kiedy myślała o tym, siadając w fotelu na werandzie swojego domku w Sydney, zawsze dochodziła do tego wniosku. Brakowało jej w życiu rodziny. Będąc małą dziewczynką, a nawet nastolatką, snuła przepiękne wizje siebie otoczonej gromadką dzieci. Ciężko jej było pogodzić się z tym, że nigdy się one nie spełnią.

Zdawało jej się, że byłaby dobrą matką. Miała w sobie dużo empatii i cierpliwości. Nawet będąc zdenerwowaną, rzadko unosiła głos. No i miała wielkie serce. Jeśli jakakolwiek kobieta zechciałaby się z nią pod tym względem zmierzyć, z pewnością przegrałaby już na starcie. W Róży było dużo niespotykanej, trochę bajkowej łagodności. Nigdy nie uciekała od pomocy, często wręcz sama się z nią wyrywała. Ludzie naprawdę ją lubili, cieszyła się wśród sąsiadów ogromnym autorytetem. Chociaż niewielu znało jej pełną bólu historię, każdy, kto ją spotykał, czuł, że jest ona kimś wyjątkowym.

Najbardziej ciągnęli jednak do niej ludzie młodzi. Nastoletnie dziewczyny w Sydney lgnęły do niej jak do najlepszej koleżanki, bo zawsze umiała wysłuchać i mądrze poradzić. Mówiły do niej nawet „babciu", co było jak miód na jej więdnące serce. Ich obecność i głośne śmiechy wnosiły do jej życia odrobinę radości, za którą tęskniła. A wysłuchując ich zwariowanych i pełnych wątpliwości historii o pierwszych miłościach, czuła się o wiele młodsza niż w rzeczywistości. I trochę jak wróżka, która dobrą radą potrafi zaczarować nawet najgłębszą ranę.

Śmierć Jerzego namieszała w jej życiu, ale nigdy nie miała do nikogo żalu za to, że przybrało ono taki, a nie inny kształt. Nie było podczas tych wszystkich lat samotności ani chwili, w której żałowałaby, że poznała Jerzego. I że oddała mu swoje serce bez reszty.

Nad ranem zaczęła ją boleć głowa, dlatego wzięła proszki i w końcu położyła się do łóżka. Przeszkadzały jej jednak krzyki pod oknem i głośne ujadanie psów. Przechadzający się pod domem Alberty pijaczyna przez chwilę szarpał za płot, ale w końcu odpuścił sobie i poszedł szukać innego obiektu zaczepek. Dopiero wtedy zrobiło się naprawdę cicho i Róży udało się zasnąć.

※

Wybrała się do Alka zaraz po śniadaniu. Musiała przyznać, że te codzienne spacery sprzyjały jej kolanom. Lekarze od niepamiętnych czasów zalecali jej więcej ruchu, ale w Sydney wcale się tym nie przejmowała. Właściwie, to teraz też nie. Taka była po prostu konieczność.

Powietrze pachniało ściętą słomą. Większość rolników pościnała już zboże i pola zamieniły się w złociste rżyska, na których królowały pokaźnych rozmiarów bele. Róża od dziecka uwielbiała sierpień. Kojarzył jej się z prawdziwą beztroską. Przed wojną razem z koleżankami biegały wśród pęczków słomy, głośno się śmiejąc, albo rzucały się w nie z ogromną siłą, za co złościli się potem okoliczni gospodarze. Jej dzieciństwo było pełne radości, którą bezpowrotnie odebrała Róży wojna.

Laura czekała na nią na podjeździe. Ubrana była w lekką, zwiewną sukienkę, a włosy zaplotła w luźny warkocz. Do tego miała pięknie muśnięte słońcem policzki. Wyglądała teraz tak, jakby od zawsze mieszkała na wsi. Przez głowę Róży przemknęła myśl, że powoli zaczyna tutaj coraz bardziej pasować.

– Dzień dobry! – Pomachała z daleka. – Czekałam na panią.

– Ja też nie mogłam doczekać się tej naszej wyprawy. – Róża uśmiechnęła się szeroko. – Prawdę powiedziawszy, pół nocy nie spałam. Jestem podekscytowana jak nastolatka.

Laura roześmiała się, słysząc jej słowa, i odwróciła się w stronę poddasza.

– Chciałaby pani najpierw się czegoś napić? Zrobiłam dziś pyszną lemoniadę.

– Nie, nie. – Róża pokręciła głową. – Chodźmy już, kochanie, chodźmy, bo serce bije mi tak szybko, że zaraz padnę tutaj na zawał. Miejmy to już za sobą.

– No dobrze. Skoro nie może się pani doczekać, to nie będę protestowała.

Róża ochoczo ujęła ją pod ramię i powoli ruszyły w stronę leśniczówki.

– Bardzo wiele razy wyobrażałam sobie, że tutaj wracam – zaczęła, kiedy doszły do linii lasu. – I za każdym razem w tych wyobrażeniach okazywało się, że leśniczówki już nie ma. Tak samo jak Jerzego. Bardzo mnie z Alkiem zaskoczyliście, mówiąc, że budynek nadal tu jest, i to praktycznie w nienaruszonym stanie. To bardzo miła niespodzianka.

Laura spojrzała na nią z ukosa. Nie umknęło jej uwadze, że gdy Róża poruszała temat Jerzego, jej twarz łagodniała.

– Nie chciałam mówić tego pani wcześniej, ale Alek powiedział mi, że na górze w leśniczówce stoją stare pudła, które po wojnie jego dziadek wyniósł z dworku. Podobno są w nich też wiersze Jerzego.

Róża stanęła jak wryta.

– Czy ty mówisz poważnie? – zapytała, drżącym z emocji głosem.

Dziewczyna pokiwała głową.

– Boże, to mi się chyba wszystko śni... – wydusiła Róża, a potem po jej pomarszczonym policzku popłynęły strumienie łez. Przymknęła oczy i znów stanął jej przed nimi obraz recytującego poezję Jerzego. Jego skupiona twarz, układające się niczym do modlitwy usta, język czule muskający podniebienie i ten dźwięczny głos...

Laura patrzyła na nią, nie za bardzo wiedząc, jak powinna się zachować, ale gdy tylko chciała wykonać jakiś gest, staruszka natychmiast otarła łzy i pokręciła głową.

– Chodźmy już. Muszę jak najszybciej zobaczyć te wiersze – powiedziała i zadzierając do góry spódnicę, przyspieszyła kroku.

Dotarły do leśniczówki kilka minut później.

– Tak samo piękna jak kiedyś – mrużąc oczy, westchnęła Róża. – Spodziewałam się ruiny, a ona wygląda tak, jak zaraz po wybudowaniu. Coś pięknego – powiedziała, wchodząc na stopień, i czule pogładziła balustradę. – Często kończyliśmy na tych schodkach nasze spacery, wiesz? – zwróciła się do Laury. – Jerzy zwykle wyciągał wtedy z kieszeni kilka jabłek, a potem rozmawialiśmy, dopóki nie zaczęło się ściemniać. Leśniczówka była naszą prywatną świątynią. Tutaj stykaliśmy się z niebem.

Laura uśmiechnęła się, słysząc jej słowa, i pomyślała o tych wszystkich wieczorach, podczas których przychodzili tu z Alkiem. Także dla nich leśniczówka była szczególnym miejscem.

– Kiedyś siedzieliśmy tutaj i przytulając się, żywo o czymś dyskutowaliśmy, gdy zjawił się nagle przed nami Stanisław – kontynuowała natomiast Róża. – Popatrzyliśmy na siebie z Jurkiem przestraszeni, że zaraz złoi nam skórę, a ten uśmiechnął się do nas tylko i przysiadł obok, przyłączając się do dyskusji. Był wtedy już ojcem nie tylko dla Jerzego, ale i dla mnie. To była jedna z bardziej niesamowitych chwil w moim życiu, podczas których, mimo śmierci rodziców, czułam, że naprawdę mam rodzinę.

– Coś niesamowitego...

– Mam czasem wrażenie, że mimo ich odejścia, nigdy tak naprawdę nie przestaliśmy nią być.

– To bardzo piękne, co pani mówi. Myślę, że i Mila, i Stanisław patrzą na panią gdzieś z góry i uśmiechają się teraz, widząc, że tak ciepło ich pani wspomina.

Róża uścisnęła jej rękę.

– Jeżeli istnieje jakieś życie po życiu, to chciałabym, żeby tak właśnie było – powiedziała, a potem podeszła do jednego z okien i zajrzała do środka. – Możemy już wejść? – zwróciła się do Laury.

Dziewczyna sięgnęła do kieszeni i wydobyła z niej klucze, które zostawił jej rano Alek.

– Pewnie – odparła, a potem otworzyła drzwi i zajrzała do środka.

– Gdybym wiedziała, że ta podróż będzie tak obfita w zwiedzanie starych miejsc, to zabrałabym jakąś maseczkę na twarz, żeby nie nawdychać się kurzu – zażartowała Róża, wchodząc za nią do domku.

Laura spojrzała na nią zatroskana.

– Jeśli pani chce, mogę skoczyć na poddasze i czegoś poszukać – zaoferowała, ale staruszka natychmiast pokręciła głową.

– Żartowałam, kochanie, żartowałam! – Zaśmiała się, dotykając jej przedramienia. – Mnie to chyba już nic w życiu nie zaszkodzi. Tyle przeżyłam, że odrobina kurzu mi niestraszna. Mówią przecież, że złego licho nie bierze. I ja się z tym zgadzam.

Laura pokręciła głową.

– Wiem, wiem. Głupstwa gadam. – Róża nie dała jej dojść do głosu.

– Czyta mi pani w myślach. – Laura oparła się o ścianę.

Staruszka uśmiechnęła się ciepło.

– Och, to nie jest wcale takie trudne – powiedziała jeszcze, a potem zaczęła rozglądać się po pachnącym drewnem wnętrzu. Choć było zakurzone i miejscami zasnute pajęczynami, bez trudu rozpoznała szafkę, na której, gdy tylko wchodziła w nocy do leśniczówki, stawiała zgaszoną lampę, albo ścianę, o którą zwykle opierał ją Jerzy, gdy się całowali.

– To co, mam wejść na górę i przynieść tutaj te pudła? – Głos Laury oderwał ją od tych wspomnień. Natychmiast odwróciła się w jej stronę.

– A czy ja wyglądam na niedołężną? – zapytała z typowym dla siebie dystansem. – Oczywiście, że wejdę tam z tobą.

Laura nie była pewna, czy to dobry pomysł, żeby osoba w podeszłym wieku wchodziła po tak stromych schodach, ale kilkukrotnie przekonała się już, że z Różą nie ma dyskusji, i w końcu skinęła głową.

– No to chodźmy – westchnęła i pierwsza ruszyła ku górze.

Róża podążała tuż za nią.

– No, trochę ich dużo – wyrwało jej się, kiedy już weszły na piętro i ich oczom ukazało się kilkadziesiąt pudeł i pudełek w różnych rozmiarach. Zajmowały niemalże całe pomieszczenie. Od podłogi aż do sufitu. Tylko przez środek wytyczony był wąski tunel, żeby można było dostać się do kartonów stojących najdalej od schodów.

– Tak... – Laura pokiwała głową. – Odnalezienie tych wierszy zajmie nam chyba jednak trochę więcej czasu, niż przypuszczałyśmy.

– No, ale co to dla nas, prawda? – Róża wysiliła się, by jej słowa zabrzmiały na entuzjastycznie.

Dziewczyna spoglądała to na nią, to na pudła. W końcu wzruszyła ramionami.

– No dobrze, skoro już tutaj jesteśmy, to co nam szkodzi pogrzebać trochę w przeszłości. Od których zaczynamy?

– Jak to od których? Od końca.

– Czemu od końca?

– Bo zawsze najcenniejsze skarby chowa się jak najdalej od wejścia. A co może być cenniejszego od pięknej poezji?

Na usta Laury znowu wypłynął uśmiech. Ta kobieta, a raczej jej rozumowanie świata, było po prostu niemożliwe.

– Dobrze. – Zgodziła się i ruszyła środkiem w stronę okna. Podeszła do jednego z największych pudeł i starła z niego kurz.

– To bierzmy się do pracy – powiedziała jeszcze i ściągając je na dół klęknęła na drewnianej podłodze.

– Powoli zaczynam tracić wiarę, że je znajdziemy – wymsknęło się Laurze po ponad godzinie grzebania w starociach. Widziały w tych pudłach już chyba wszystko. Od starych ubrań, przez pamiątki rodzinne i zniszczone książki, aż do pordzewiałych garnków. Były tam nawet porwane skarpetki albo złamana szczotka do włosów.

Wszystko to pokryte oczywiście tumanami kurzu, do tego stopnia, że momentami obie myślały o tym, że zaraz się uduszą.

– Nie gadaj głupstw. – Natychmiast usłyszała odpowiedź. – Jestem coraz bardziej pewna, że one gdzieś tutaj są.

Laura popatrzyła na Różę z powątpiewaniem.

– Mogą być wszędzie, a my nadal jesteśmy na starcie.

– Nie marudź mi tutaj, kochanie. Wy, młodzi, jesteście ludźmi pozbawionymi nadziei i brak wam cierpliwości. Chcielibyście wszystko od razu, a przecież nie w tym rzecz.

– Nie?

– Oczywiście! Czasem dochodzenie do celu jest o wiele bardziej przyjemne niż jego osiągnięcie.

Laura wywróciła oczami.

– Chce mi pani wmówić, że grzebanie się w kurzu jest ciekawsze od czytania poezji?

Róża zaśmiała się głośno i wzięła do ręki przyrdzewiały medalion.

– Tego nie powiedziałam, ale spójrz tylko, jakie to piękne. – Uniosła biżuterię na wysokość oczu. – Na pewno wiąże się z nim jakaś piękna historia miłosna, o której nikt już nie pamięta. Dla ciebie to tylko bezużyteczne rupiecie, ale dla kogoś innego pełne były wspomnień i sentymentu. Takie rzeczy mają swoją duszę.

Laura schowała leżące dookoła niej rzeczy i odstawiła pudło na górę, po czym wzięła następne.

– Pani to zawsze sprawia, że człowiek nabiera chęci nawet do tego, czego wybitnie mu się nie chce. Jak pani to robi? Rzuca jakieś czary?

– Kim jak kim, ale czarownicą to jeszcze chyba nikt mnie nigdy nie nazwał. – Poddasze znowu wypełniło się śmiechem.

– Chodziło mi raczej o jakąś dobrą wróżkę. Pani czary są dość pozytywne.

– Oj, kochanie, nie tłumacz się. Udało ci się mnie tym pytaniem rozweselić, a podobno ludzie za mało się śmieją. – Róża nachyliła się do pudełka, które właśnie otworzyła Laura, i spojrzała jej przez ramię. – A co jest w tym?

Dziewczyna wydobyła spod kurzowych kotów stary album z czarno-białymi zdjęciami i przetarła go ręką.

– Zdjęcia – obwieściła, przewracając pierwszą stronę. Ukazały jej się zupełnie obce, roześmiane twarze.

– Mogę? – Róża wyciągnęła po niego ręce.

– Tak, tak. Zna pani tych ludzi?

Staruszka przyjrzała im się dokładnie.

– Oczywiście, że tak – powiedziała i przysiadła na poszarpanej gąbce, którą z jednego z pudeł wydobyła dla niej Laura. – To album ze zdjęciami Mili i Stanisława.

Dziewczyna natychmiast się ożywiła. Ucieszyła się, że będzie mogła zobaczyć twarze ludzi, o których ostatnio tak wiele się dowiedziała. Przez to będą w jej głowie jeszcze bardziej żywi niż dotychczas.

– Naprawdę? – Nachyliła się do Róży, która z czcią wodziła palcami po kolejnych zdjęciach.

– Aha – mruknęła kobieta, wskazując jedną z fotografii. – Popatrz. Tak musieli wyglądać w młodości. Nigdy nie widziałam tych zdjęć, ale jestem pewna, że to oni.

– Ale ta Mila była piękna. Trochę jak taka rosyjska księżniczka o szlachetnych rysach twarzy.

– O tak. Na starość już tak nie wyglądała, ale patrząc na nią, zawsze myślałam sobie, że w młodości musiała być bardzo ładna.

– Nic dziwnego, że Stanisław wybrał ją za żonę.

Róża popatrzyła na twarz Laury.

– To nie było tak – powiedziała i przeniosła wzrok na stertę pudeł. – Mila i Stanisław bardzo się kochali, ale to ich rodzice dokonali za nich tego wyboru.

– Byli kojarzonym małżeństwem? – Laura się zdziwiła.

– Tak. Ich rodzice od zawsze wiedzieli, że tych dwoje będzie razem. To była odgórnie narzucona na nich decyzja.

– Ale dlaczego?

– Żeby dworek rodziców Mili trafił w dobre ręce. Mila była ich jedyną córką i chcieli zabezpieczyć ją na przyszłość. Te rodziny przyjaźniły się od lat. Podobno rodzice Mili nikomu nie ufali tak, jak rodzinie Stanisława. Ich małżeństwo było bardziej umową rodzinną niż aktem głębokiej miłości. Rodzice Mili wiedzieli, że nikt nie zaopiekuje się ich córką tak, jak dobry i poukładany Stanisław. Pochodził z dobrego domu, w jego wychowaniu zawsze stawiano na ciężką pracę i porządne wykształcenie, co w tamtych czasem nie było dość częstym zjawiskiem. Taki chłopak to idealny kandydat na męża. Sama przyznaj.

– Chce pani powiedzieć, że oni się nie kochali?

– Ależ oczywiście, że się kochali! Stanisław był zapatrzony w Milę jak w prawdziwą księżniczkę. Ale ich miłość przyszła dopiero z czasem. Stanisław opowiadał mi, że przez długi czas byli po prostu dobrymi przyjaciółmi. Ich wielkie uczucie miało bardzo silne podstawy, ale kiedy brali ślub, raczej nie byli parą zapatrzonych w siebie młodych ludzi.

– Ciężko mi to pojąć. Jak można zmusić kogoś do małżeństwa bez miłości? – Laura przesunęła ręką jeden z kartonów.

Róża znowu popatrzyła na zdjęcia. Jej wzrok padł na fotografię, na której koronkowy welon zakrywał twarz i włosy Mili.

– Wtedy były inne czasy – powiedziała po chwili. – Nikt się nad tym nie zastanawiał. W końcu się przecież pokochali.

– Może dlatego, że nie mieli wyjścia? – zasugerowała Laura.

– A może doszłoby do ich ślubu nawet wtedy, gdyby nikt ich do niego nie zmuszał? W moim odczuciu takie gdybanie nie ma sensu. Ważne, że było im ze sobą dobrze. Tworzyli naprawdę wspaniałą parę. Jestem pewna, że gdyby przyszła taka konieczność, to jedno za drugiego wskoczyłoby w ogień. Każdy pragnie tak czystej i pełnej miłości, jaką oni się wzajemnie darzyli. Co do tego nie mam wątpliwości.

Laura jeszcze przez chwilę zastanawiała się nad tym wszystkim, ale darowała sobie zbędne komentarze.

– To co, następne pudło? – zapytała po chwili milczenia, kiedy już Róża zdołała przejrzeć wszystkie fotografie.

– Tak. To bardzo dobry pomysł – powiedziała staruszka, odkładając album do pudła.

W kolejnym kartonie były jednak tylko jakieś stare ubrania. Ani śladu poezji Jerzego.

– Są jakieś zeszyty! – obwieściła Róży Laura po około trzech godzinach poszukiwań.

Obie były już bardzo zmęczone. W leśniczówce panował trudny do wytrzymania zaduch. Laura dzielnie penetrowała kolejne pudła, a staruszka co jakiś czas wychodziła na zewnątrz zaczerpnąć świeżego powietrza. Na słowa Laury znacznie się ożywiła.

– Tak? – zapytała, zaglądając dziewczynie przez ramię.

Laura wzięła do ręki jeden z zeszytów i zdmuchnęła z niego kurz, a potem otworzyła. Ich oczom okazało się piękne, odręczne pismo.

– To one… – wyrwało się Róży, gdy zobaczyła zapisane ośmiozgłoskowcem linijki.

Laura natychmiast podała jej zeszyt. Wzięła go w dłonie niemalże z czcią i mimo że miała oczy pełne łez, zaczęła czytać.

— To poezja Jerzego — szepnęła jeszcze, sprawnie lustrując wzrokiem kolejne wiersze.

Laura poczuła, że ją też zaczynają piec oczy. Ona również była bardzo wzruszona tym niesamowitym momentem. W milczeniu przyglądała się czytającej Róży. Jej pomarszczone palce delikatnie gładziły pożółkły papier, a usta poruszały się bezgłośnie w rytmie czytanych utworów.

Róża się nie spieszyła. Delektowała się każdym słowem, jakby spijała je z kartek. Na jej czole zebrały się maleńkie kropelki potu. Jak nikt inny znała Jerzego, dlatego nie musiała niczego się domyślać. Czytała między wierszami, wyłapywała wszystkie nadsensy i niedopowiedzenia. Jej wzrok przesuwał się powoli, czasem nawet zerkała w przestrzeń, żeby przemyśleć dokładniej jakąś frazę. Wydała się Laurze prawdziwą koneserką, która odkryła właśnie coś nieprzeciętnego i niepowtarzalnego.

— Pamiętam, kiedy je pisał — odezwała się w końcu i wróciła do poprzedniej strony. — Przyszedł do mnie któregoś wieczoru i powiedział, że stworzył dziś kilka utworów. Twierdził, że są inne niż wszystkie, bo o odchodzeniu. Czytał mi je później, nocą, gdy siedzieliśmy na kaflowej kuchni przykryci kraciastym kocem. Rzeczywiście te wiersze były inne niż jego poprzednie utwory. Tamte tchnęły młodością i energią, w tych królował niewypowiedziany smutek. Słuchając go wtedy, wiedziałam, że w jego głowie czai się strach. Chociaż ze wszystkich sił chciał walczyć za Polskę, naprawdę się tego bał. To nie był chłopak stworzony do karabinu. On miał duszę artysty, było to widać gołym okiem. Po jego marzycielskim spojrzeniu, zamyślonej twarzy i delikatnych ruchach. – Głos Róży się załamał. – Był stuprocentowym poetą. Nie powinien był wtedy ginąć. Nie powinien był... – Zapłakała i spuściła wzrok na gładzące zeszyt ręce.

– Pani Różo... – zachrypłym z emocji głosem odezwała się Laura.

Staruszka potrząsnęła głową i otarła płynące po policzku łzy.

– Jest dobrze. Po prostu czasem nie da się nie płakać.

Dziewczyna patrzyła na nią przez chwilę, a potem lekko się poruszyła.

– Może wyjdźmy już stąd, co? – odezwała się cicho. – Zabiorę cały ten karton na zewnątrz. Poczyta sobie pani na spokojnie u nas na poddaszu – powiedziała, a potem sama zdziwiła się swoimi słowami. Pierwszy raz użyła wobec siebie i Alka określenia „my". Było to dla niej coś wyjątkowego i aż nie mogła uwierzyć, że przyszło jej to tak bardzo naturalnie.

Róża pokiwała głową i łapiąc się dłoni Laury, zdołała wstać.

– Czuję, że tej nocy też nie będę mogła zasnąć. – Uśmiechnęła się do niej blado, po czym wyszły na zewnątrz i skierowały się w stronę poddasza.

Alek

Alek siedział na schodach dworku i patrzył w stronę garażu, nad którym mieszkał. Żniwa minęły tak samo szybko, jak się zaczęły. Pozostało mu po nich jedynie zmęczenie i ból kręgosłupa. Razem z Konradem pozwozili już słomę, zakisili co trzeba i mogli teraz trochę odpocząć przed zbliżającymi się wykopkami.

Było już po piętnastym sierpnia, w powietrzu czuło się jesień. Wiele kwiatów na podwórku zdążyło już przekwitnąć, a na drzewach pojawiały się pojedyncze, żółte liście. Nawet fala upałów postanowiła w końcu odpuścić i ustąpiła miejscom chłodnym wieczorom i porankom. Przez głowę przemknęła mu myśl, że natura powoli sygnalizuje mu smutek z powodu zbliżającego się rozstania z Laurą.

Laura spała. Z powodu zmiany frontów i skoków ciśnienia bolała ją głowa. Parę dni temu zgodziła się pozostać u niego aż do końca sierpnia, dlatego na stałe udostępnił jej swoją sypialnię i przeniósł się na kanapę. Nie trzeba było zbyt mocno się przyglądać, żeby dostrzec, że naprawdę się tutaj zadomowiła. Gotowała, sprzątała, a nawet pielęgnowała warzywny ogródek, w którym niewiele już zostało. Zawierała kolejne znajomości z miejscowymi ludźmi, a przede wszystkim miała magiczny wpływ na niego i na Konrada. Uspokajała ich.

– Długo tu siedzisz? – Usłyszał po kilku minutach jej głos. Miała potargane włosy i zaspaną twarz, ale w jego oczach nadal wyglądała wyjątkowo pięknie.

Uśmiechnął się i wyciągnął rękę w jej stronę. Złapała ją i usiadła obok niego.

– Cieszę się spokojem – powiedział.
– O czym myślałeś?
– Trochę o tym, trochę o tamtym... O tobie, o nas. O Róży.
– O Róży?
– Tak. Chcę odremontować w dworku ze dwa pokoje i przywrócić wodę i prąd, żeby mogła tutaj zamieszkać. Myślę, że to nie potrwa długo. Jeśli chłopaki zgodzą się mi pomóc, to dwa, góra trzy tygodnie. Trzeba by tylko odświeżyć trochę te wnętrza i już.

– Przecież to wspaniała wiadomość! – Laura spojrzała na niego z zachwytem. – Ona będzie dosłownie wniebowzięta, że nie musi wracać do Australii. Wydaje mi się, że chyba nie miała nawet takiego zamiaru. Aż przykro patrzeć, że musi płacić tyle pieniędzy Albercie.

– Też tak myślę, dlatego chcę to dla niej zrobić. Ja tu i tak już nie wrócę, a szkoda, żeby dom stał odłogiem i niszczał. Powinien tutaj ktoś zamieszkać. Chociaż na jakiś czas.

Laura przytuliła policzek do jego ramienia. Ta wiadomość ucieszyła ją bardzo, pomyślała bowiem, że skoro Róża zamieszka w dworku, Alek nie zostanie sam, gdy ona będzie w Toronto. Zawsze lepiej mieć przy sobie bratnią duszę.

– Jak twoja głowa? – zapytał troskliwie, głaszcząc ją po włosach.

– Dziękuję, lepiej. Przespałam najgorsze i tabletki zaczęły w końcu działać. Jest już prawie dobrze.

Pocałował ją we włosy. Uwielbiał zapach jej szamponu.

– A może chcesz się przejść na spacer? – zaproponował po chwili milczenia.

Uniosła głowę i spojrzała na niego.

– Wiesz, to jest naprawdę dobry pomysł. Jest tu w okolicy miejsce, którego jeszcze nie widziałam, a bardzo chciałabym zobaczyć.

Popatrzył na nią zaintrygowany.

– Róża opowiadała mi o starej kapliczce, przy której pochowano poległych razem z Jurkiem partyzantów. To daleko stąd?

– Nie, nawet całkiem blisko. Ze dwa kilometry drogą przez las.

Jej oczy rozbłysły radością.

– Możemy się tam przejść?

Roześmiał się, widząc wyraz jej twarzy. Nieustannie zachwycał go jej dziecięcy entuzjazm.

– Jeśli chcesz, to bardzo chętnie. Musimy się tylko posmarować czymś przeciw komarom, żeby nas nie zjadły. Z tą kapliczką związana jest bardzo ciekawa historia.

– Naprawdę dużo wiesz o tej okolicy – powiedziała z uznaniem. – Już nie mogę się doczekać, kiedy mi ją opowiesz – dodała, a potem poszli na poddasze po cieplejsze ubrania i spray przeciw komarom i kleszczom.

– Gotowa? – zapytał, gdy byli już odpowiednio zaopatrzeni na drogę.

– Na przygodę z tobą? Zawsze – zapewniła.

Alek od razu zaplótł palce na jej dłoni i pociągnął ją lekko w stronę lasu.

– Z przydrożnymi kapliczkami to jest bardzo ciekawa sprawa – odezwał się, kiedy szli już w cieniu rozłożystych drzew. – U nas mówi się, że są one świadkami historii. Widziały o wiele więcej niż niejeden człowiek i są perłami wiary naszych przodków.

– Piękne określenie.

– Prawda? Ale też bardzo prawdziwe. Ludzie stawiali je w dziękczynieniu za ocalenie życia, uchronienie przed chorobą, za cudowne uzdrowienie czy szczęśliwy powrót z wojny. Bywało też, że były formą pokuty za wyrządzone krzywdy albo sposobem na złe duchy.

– Złe duchy?

– Aha. – Pokiwał głową. – Stawiało się je w tak zwanych uroczyskach albo na rozstajach dróg, żeby przepędzić stamtąd diabła.

– Zabobon.

– Może i tak, ale skoro powstało ich w takich miejscach aż tyle, to na pewno coś w tym jest. – Alek uśmiechnął się do niej.

– No a ta, do której idziemy? Z jakiego powodu powstała?

– W dziewiętnastym wieku, kiedy Polskę nękała cholera. Miejscowi postawili ją na początku wsi, żeby chroniła ich przed epidemią. Biała, ludzkich rozmiarów figura Matki Boskiej miała zatrzymać zarazę przed wsią.

Laura spojrzała na niego żywo zaciekawiona tą historią.

– I co, zatrzymała?

Pokiwał głową.

– To trochę niewiarygodne, ale przekazy podają, że tak. Chociaż zaraza pochłonęła wtedy czterdzieści milionów osób, w tej wiosce nie umarł na nią nikt.

– Ciężko mi w to uwierzyć... – Laura zrobiła wielkie oczy.

Alek uśmiechnął się, widząc jej minę.

– A komu nie?

– Więc to kapliczka działająca cuda? – Dziewczyna zamyśliła się na chwilę.

– Sama kapliczka to raczej nie. Ale podobno Maryja, która z niej patrzy, niejednokrotnie czyniła cuda. Największy zdarzył się pod koniec wojny i sprowadził do wioski rzeszę pielgrzymów, którym niestraszni byli przebywający tu żołnierze.

– Brzmi ciekawie.

– Podobno wszystko zaczęło się od pięknego zapachu kwiatów – powiedział melodyjnie Alek, jakby opowiadał bajkę. – Rozchodził się po całej okolicy, wabiąc tutaj wszystkie miejscowe kobiety. Nie wiadomo, skąd się wziął, bo nic tutaj akurat nie kwitło, ale na pewno dobywał się właśnie z kapliczki. Nie zdobiły jej też żadne wazony, bo ludzie trochę o niej zapomnieli. Stała tak sobie opuszczona w lesie, aż tu nagle postanowiła o sobie przypomnieć. Żadna z kobiet nie potrafiła dokładnie opisać, jakimi kwiatami pachniało, ale wszystkie zgodnie wyznały, że był to najpiękniejszy zapach, jaki w życiu poczuły.

– Niesamowite... – Laura się rozmarzyła.

– Prawda? Ale to nie koniec. Kiedy zebrała się wokół kapliczki spora grupa ludzi, zdarzył się prawdziwy cud. Spoglądając w górę, kobiety dostrzegły, że figura zaczyna poruszać oczami. Martwe, gipsowe oczy, do tej pory zamknięte, zaczęły otwierać się i lustrować wzrokiem okolicę. Kobiety patrzyły na figurę jak urzeczone i natychmiast zaczęły odmawiać różaniec. A wtedy stała się kolejna niesamowita rzecz! Gdy dotarły do pierwszej dziesiątki, Matka Boska otworzyła usta i zaczęła modlić się razem z nimi. Kobiety były tak przestraszone i podekscytowane, że spędziły przy kapliczce kilka godzin. Jeszcze tego samego dnia obsadziły figurę kolorowymi kwiatami.

Laura nie mogła w to uwierzyć.

– Są świadectwa tych kobiet? To naprawdę się wydarzyło?

– W parafialnych księgach do tej pory są o tym zapisy, bo podobno figura ożyła nie raz, lecz kilka razy. Kobiety przychodziły modlić się przy kapliczce przez następne dni, aż sprawą zainteresował się pewien niemiecki żołnierz. Podobno jego żona też wybrała się na modlitwę, czym bardzo go rozzłościła. Gdy tylko zobaczył, że nie ma jej w domu, chwycił szablę, która wisiała u nich na ścianie, i pobiegł do lasu. Bez zastanowienia doskoczył do figury i uciął Matce Boskiej głowę.

Laura aż wstrzymała dech.

– Nie wierzę…

– Ale tak właśnie było – kontynuował swoją opowieść. – Jednak jego żona przyniosła ściętą głowę na plebanię kilka dni później. Zawinęła ją tamtego wieczoru w płótno i czekała, aż mąż wyjdzie wieczorem do karczmy. Wymknęła się do proboszcza, a ten, kiedy zobaczył, że głowa jest cała, zarządził przenieść figurę pod kościół. Przy pomocy okolicznych chłopów bardzo szybko ją naprawił i od tamtej pory pilnował jej jak oczka w głowie. Żaden żołnierz nie ośmielił się jej więcej tknąć.

– Dzięki Bogu, że udało się ją uratować. Przecież gdyby ta głowa wtedy przepadła, to wasza okolica straciłaby bardzo cenny zabytek. I nie tylko zabytek.

– Na szczęście wszystko dobrze się skończyło.

– Więc kapliczka stoi teraz przy kościele i tak naprawdę wcale jej dziś nie zobaczymy?

– Nie. – Alek pokręcił głową. – Stała tam przez jakiś czas, ale gdy ze wsi wyniosła się armia, wróciła na swoje miejsce. Stoi na rozdrożu dróg i pilnuje pamięci o partyzantach. Teraz to taki nasz pomnik ku ich pamięci.

– Uff. – Laura odetchnęła z ulgą. – Kamień spadł mi z serca. Powiedz jeszcze... Czy po wojnie za sprawą tej figury działy się jeszcze jakieś cuda?

– Na tak dużą skalę to nie, ale podobno kilka pojedynczych osób widziało kiedyś, jak figura ożywała, mówiła coś, albo jak leciały jej łzy. Nie ma na to jednak zbyt wielu świadków, więc o tym głośno się nie mówi. Ale tamte cuda musiały być prawdziwe. Takie gros kobiet nie mogło się zmówić i opowiadać bujd.

– Masz rację, to byłoby niewykonalne. Więc figura wróciła na swoje miejsce i cuda ucichły?

– Takie spektakularne tak, ale do tej pory czuć czasem we wsi piękny, kwiatowy zapach przynoszony przez las. Kobiety rzucają wtedy swoje zajęcia i biegną do kapliczki, chwytając za różańce.

– Naprawdę?

– Popytaj w okolicy. Każdy ci to powie. Tutaj wszyscy wierzą, że to prawda.

– A ty? – Laura zwolniła kroku, spojrzała na niego i zmrużyła oczy.

Wzruszył ramionami.

– Co mi szkodzi wierzyć? To wspaniała historia i chociaż Kościół nigdy jej nie uznał, to wiele ludzi tutaj jest pewnych, że zdarzyła się naprawdę. Zresztą... Takie rzeczy przecież się zdarzają, nie?

Na usta Laury wypłynął uśmiech.

– Tak. Ja też wierzę, że cuda się zdarzają – powiedziała tylko, a potem powoli się odwróciła. W ciszy podążyli dalej ku kapliczce.

Nie chciała mówić tego Alkowi, ale idąc tam, liczyła trochę na swój własny cud. Może dałoby się to tak wszystko poukładać, żeby mogła i się rozwijać, i być razem z Alkiem?

Laura

– Ale jak to nie wiesz, czy powinnaś wyjeżdżać?! – W słuchawce Laury rozległ się uniesiony głos jej matki. Był już koniec sierpnia i czas wyjazdu zbliżał się nieubłaganie.– Przecież od zawsze marzyłaś o tym, żeby zrobić doktorat za granicą, i raczysz mi teraz powiedzieć, że nagle się wahasz? Laura, na litość boską, większe brednie to mogę usłyszeć chyba tylko w telewizji!

– Tak, mamo, wiem... – Dziewczyna zdołała się tylko zająknąć, bo matka nie dała jej skończyć.

– Co wiesz? Ile mnie to kosztowało nerwów i rozmów? Nie chcę o tym nawet słyszeć!

Laura zaczęła zgarniać palcem kilka leżących na blacie stołu ziarenek cukru. Od pewnego czasu jej rozmowy z rodzicami wyglądały właśnie tak. Niepotrzebne nerwy i uniesiony głos.

– Zarezerwowałam ci już nawet bilet. – W słuchawce wciąż było słychać uniesiony głos matki. – Jak znam życie, to już czeka w domu, w skrzynce pocztowej. Mogłabyś tam zajrzeć.

Na poddaszu rozległo się głośne westchnięcie. Dobrze, że Alek pracował teraz na zewnątrz i nie słyszał tej rozmowy.

– Tak mamo, tylko widzisz... – Laura nerwowo przestąpiła z nogi na nogę. – To nie jest takie proste, bo ja aktualnie nie mieszkam w domu.

Na linii zapanowała pełna napięcia cisza.

– Słucham?! – Po kilku sekundach rozległ się zdziwiony głos matki, którą najwidoczniej słowa Laury nieco zamurowały. – To gdzie ty, przepraszam, jesteś?

– Hm... Nie wiem sama, jak mam ci to powiedzieć...

– Może najłatwiej będzie prosto z mostu?

Laura wzięła głęboki wdech.

– No dobrze... Więc mieszkam z chłopakiem – powiedziała, a potem zamarła, czekając na reakcję matki.

– Matko kochana, z jakim chłopakiem? Gdzie? Dlaczego ja o tym nic nie wiem?

– No bo to wyszło tak jakoś... spontanicznie.

– Właśnie słyszę, że spontanicznie. Co to za chłopak? Ile się znacie? Skąd? Laura, na litość boską, dlaczego ty mi nic ostatnio nie mówisz?!

Laura wywróciła oczami. Może dlatego, że zwyzywałaś przy całym mieście mojego pamiętnego chłopaka, powiedziała sobie w myślach.

– Nie wiem, mamo, długo nie gadałyśmy. Po prostu tak wyszło.

– Oj, dziecko, wiesz dobrze, że ja mam ostatnio wystawę za wystawą, a tata koncerty i... Aż mi wstyd, że tak cię zaniedbałam.

– Daj spokój, mamo, nie przepraszaj. Wiem przecież, jakie macie napięte grafiki, i rozmowy o tym nie mają żadnego sensu. Nie mam do was o to żalu.

– Chociaż tyle – westchnęła matka, zmieniając ton. – No, ale powiedz mi w końcu, co to za chłopak. Aż wstyd, żeby matka nie wiedziała takich rzeczy!

Laura popatrzyła przez okno.

– Poznaliśmy się dwa miesiące temu, ma na imię Alek – powiedziała, trochę od niechcenia, chociaż na jej ustach na samą myśl o Alku zagościł cień uśmiechu.

– Niespotykanie imię. Jest jakimś artystą?

– Nie. Prowadzi gospodarstwo rolne.

W słuchawce zapadła niezręczna cisza.

– Ma chociaż skończone jakieś studia? – dopiero po chwili odezwała się matka.

– A czy to ważne mamo? Czy nie ważniejsze jest, jakim jest człowiekiem?

– Czyli nie ma... – westchnęła. – No, ale cóż. Skoro uważasz, że jest dobrym człowiekiem, to ja tu nie mam nic do gadania. To twoja przyszłość, nie moja.

– Mamo...

– I to przez niego wahasz się, czy nie rzucić doktoratu?

– Ja nie chcę go rzucać!. Po prostu nie wiem, czy chcę go robić właśnie w Toronto. Jest tyle innych miejsc... Tutaj. Bliżej.

– Zawsze chciałaś...

– Tak, wiem, ale po prostu...

– Po prostu się zakochałaś, to naturalne. Zastanów się tylko, czy z tego powodu warto rujnować sobie życie.

– Nie zamierzam niczego rujnować, czy ty mnie w ogóle słuchasz?

– Mam tylko nadzieję, że to porządny człowiek, w przeciwieństwie do... – Matka nie dała się jednak zbić z tropu.

– Tylko do tego nie wracaj. – Dopiero stanowczy ton głos Laury nieco ostudził jej zapał w rzucaniu ostrych słów.

– Rozumiem, że nie wchodzi w grę, żeby on tutaj z tobą przyjechał? – westchnęła więc po chwili.

Laura pokręciła głową.

– Ma tutaj naprawdę dużo pracy, a jest z tym wszystkim sam. Zresztą dlaczego miałby dla mnie wywracać do góry nogami całe swoje życie?

– A dlaczego ty chcesz to zrobić dla niego?

Laura przymknęła oczy.

– Bo go kocham – szepnęła do słuchawki niemalże bezgłośnie, co nie umknęło uwadze jej mamy.

– Cóż... Jeśli tak stawiasz sprawę, to twoje wątpliwości są jak najbardziej słuszne. Ja na twoim miejscu nie rezygnowałabym jednak z marzeń i kariery. Jeśli on też cię kocha, powinien to rozumieć.

– On też tak mówi. – Laura spuściła wzrok. – Żebym jechała.

– No widzisz? Może to jednak nie taki głupi chłopak.

– Mamo!
– Wybacz. Ale ja tu widzę tylko jedno wyjście. Terminy składania dokumentów już minęły, więc rozpoczęcie doktoratu w Polsce nie jest możliwe. Pobędziesz tutaj przez rok, a potem przeniesiesz się do Polski. Jestem pewna, że nikt ci nie zrobi w przyszłości problemów, jeśli usłyszy, że zaczęłaś doktorat w Toronto. Nie ma sensu teraz marnować roku na siedzenie na tyłku. Wiedza jest jednak ulotna. A jeśli chodzi o tego chłopaka… No cóż. Będziecie mogli potraktować ten czas jako próbę. Sprawdzisz, czy to prawdziwe uczucie, czy tylko kolejna mrzonka.

Laura znowu westchnęła.

– Też o tym myślałam, ale kiedy ty o tym mówisz, ten pomysł wydaje się mieć dużo więcej sensu.

– No widzisz? Tak więc bardzo cię proszę, nie urządzaj mi teraz dramatów. Swoją drogą, mam nadzieję, że do tego naszego domu to jednak czasem zaglądasz. Chociażby żeby sprawdzić, czy jeszcze stoi.

Na usta Laury wypłynął rozbawiony uśmieszek.

– Oczywiście, że wracam – odpowiedziała, już w zupełnie innym tonie. – Aż tak wyrodną córką nie jestem.

– O, kochana, ty to powiedziałaś, nie ja. A teraz wybacz, muszę kończyć, bo u was późne popołudnie, a my z ojcem dopiero wstaliśmy po wczorajszym wernisażu i chcemy zjeść jakieś śniadanie. Zdzwonimy się za jakiś czas. Tylko jedź do domu i zobacz, czy już dostałaś ten bilet! Koniecznie.

Słysząc jej ton, Laura się uśmiechnęła. To, że matka nadal traktowała ją jak małą dziewczynkę, było właściwie dość miłe.

– Dobrze, mamo, pojadę i sprawdzę – powiedziała potulnie. – Ucałuj tatę. – Pożegnała się szybko, bo już po chwili w słuchawce rozległo się głośne pikanie.

Odłożyła telefon na parapet i przysunęła czoło do chłodnej szyby. Chociaż matka miała rację i jej głos brzmiał rozsądnie, serce nadal się buntowało wobec pomysłu z wyjazdem. No trudno, pomyślała, znowu głęboko oddychając. Widocznie tak właśnie chciał los. Miała na rok stąd wyjechać.

– Coś się stało? – Głos Alka wyrwał ją z rozmyślań.

Natychmiast odwróciła się do niego i wysiliła na uśmiech.

– Nie, nie. Wszystko w porządku. – Machnęła ręką. – Skończyliście na dziś pracę w dworku? – zapytała, chcąc zmienić temat.

Alek ściągnął przez głowę koszulkę.

– Tak. Zostało jeszcze tylko odmalować ściany i Róża może się wprowadzać. – odpowiedział i podszedł bliżej, żeby pocałować ją w policzek. – Wyglądasz na zmartwioną.

Spojrzała mu w oczy.

– Rozmawiałam z mamą – wyznała.

Jego mina natychmiast zrzedła.

– Coś u niej nie tak?

– Wręcz przeciwnie. Nie mogą się z tatą doczekać się mojego przylotu.

– A więc o tym myślałaś? – zapytał, gładząc jej dłoń. Jego pierś uniosła się i ciężko opadała.

Laura popatrzyła na niego smutno.

– Nadal nie wiem, czy powinnam jechać.

– Laura... – szepnął miękko i odgarnął jej włosy. – Ja też nie jestem szczęśliwy, że musisz wyjeżdżać, i byłbym najszczęśliwszy, gdybyś jednak została, ale wiem dobrze, że nie mogę ci na to pozwolić. Czas tak naprawdę biegnie bardzo szybko. Nie zdążysz się obejrzeć, a nadejdzie następne lato i znowu będziemy razem.

– Podjęłam decyzję, że za rok przeniosę się na studia doktoranckie do Polski – powiedziała drżącym głosem po chwili milczenia. – Będę tu wtedy na stałe.

Podszedł jeszcze bliżej i objął ją w pasie.

– W takim razie będę czekał, tęskniąc jeszcze bardziej.

– A jeśli nie? – Spojrzała na niego niepewnie.

Odsunął głowę lekko do tyłu.

– Jeśli chcesz z mojej strony jakiejś gwarancji, to powiedz. Zrobię dla ciebie wszystko.

– Wiem... – odpowiedziała cicho, a nogi się pod nią ugięły, kiedy dotknęła dłonią jego klatki piersiowej. Była gładka i umięśniona.

– Będziesz do mnie dzwonił i pisał? – zapytała, przesuwając palcami w dół.

– Oczywiście, że będę. Jak możesz o to pytać – odpowiedział zupełnie poważnie.

Odchyliła głowę, kiedy jego palce musnęły jej szyję. Przywierali do siebie teraz całymi ciałami. Jego bliskość sprawiała, że nie była wstanie dłużej myśleć o wyjeździe.

– Będę umierała z tęsknoty… – szepnęła z ustami tuż przy jego uchu.

Uśmiechnął się i znowu musnął jej szyję.

Zadrżała.

– Nie musisz się o nic martwić – zapewnił, przesuwając dłonią po jej plecach.

Laura przymknęła oczy. Jego usta niemalże paliły, gdy nie przestając całować, poprowadził ją do sypialni.

✤

– Wiesz, że teraz już się nie wywiniesz? – zapytała z uśmiechem, rysując palcami na jego torsie coraz mniejsze kółka.

Alek uniósł głowę i spojrzał na nią zaciekawiony. Było już ciemno, a do ich uszu dobiegało jedynie głośne mruczenie kotki, która wyciągnęła się u dołu łóżka.

– Co masz na myśli?

– No wiesz, małżeństwo, rodzinę, dzieci. – Uśmiechnęła się jeszcze szerzej. – Teraz już ci nie odpuszczę. Jesteś na przegranej pozycji.

– Nie wiem, czy w dwudziestym pierwszym wieku takie rzeczy jeszcze się zdarzają, ale naprawdę nie mam nic przeciwko. – Pocałował ją w czoło. – Z radością padnę przed tobą kiedyś na kolano i zapytam, czy za mnie wyjdziesz.

– Naprawdę? – Zdziwiła się.

Skinął głową i zaczął gładzić dłonią jej ramię. Miała lekko potargane włosy i zarumienione policzki.

– Kocham cię i nie jest to tylko jakieś głupie gadanie. Chciałbym co rano budzić się przy tobie, tak jak przez ostatnie dni.

Teraz to ona uniosła głowę.

– Więc wyobrażasz sobie, że wprowadzę się kiedyś tutaj, do ciebie?

Popatrzył na nią, nie do końca wiedząc, co oznacza jej pytanie.

– Jeśli będziesz chciała… – zaczął powoli.

Roześmiała się, widząc jego niepewną minę.

– A wyremontujemy sobie dworek? – nie dała mu skończyć.

Odetchnął z ulgą.

– Dla ciebie mogę mieszkać nawet tam.

Znowu wtuliła się w jego ramię i przymknęła oczy, myśląc, że nie potrzebuje do szczęścia już niczego więcej. Alek był jej początkiem i końcem. Uwielbiała zapach jego skóry, niewinny uśmiech, a nawet jego trzeszczące łóżko.

– Wiesz, zawsze gdy myślę o swojej przyszłości, takiej z mężem i pracą, to mam przed oczami pewien obraz.

Nie wiem, skąd się wziął w mojej głowie, ale pojawia się w niej już od najmłodszych lat, kiedy rozmyślam, leżąc wieczorami w łóżku. Jestem ubrana w dopasowaną garsonkę i szpilki, wracam późnym wieczorem do przestronnego mieszkania w przeszklonym wieżowcu, a otwiera mi mój ubrany w białą koszulę mąż. Ma w ręku ociekającą jakimś sosem, drewnianą łyżkę, a za jego plecami, tuż pod wysokim do sufitu oknem, stoi na okrągłym stoliku kolacja, której nie zdążył jeszcze do końca przygotować. Uśmiecha się do mnie, całuje mnie w policzek, zamyka drzwi, a potem ja zdejmuję szpilki, siadam do stołu i biorę do ręki kieliszek wina – powiedziała, a potem zamilkła na chwilę wsłuchując się w jego miarowy oddech.

– Trochę to inne od tego, co mogę ci zaproponować – odezwał się dopiero po kilkunastu sekundach.

Uniosła wzrok i spojrzała na jego twarz.

– Wiem.

– Jest ci z tego powodu jakoś przykro?

– Nie, chociaż nigdy, nawet w najśmielszych marzeniach, nie wyobrażałam sobie, że zakocham się w życiu na wsi.

– A więc jednak ci się u mnie podoba?

– Oj, nie udawaj, że nie wiedziałeś. – Wywróciła oczami.

Pocałował ją w czoło.

– No dobrze, przyznaję, domyślałem się tego. Ale tylko odrobinkę. Swoją drogą, to naprawdę miłe, że wygrywam w starciu z przystojnym mężczyzną w białej koszuli mieszkającym w przeszklonym wieżowcu.

Roześmiała się głośno.

– Może przeszklimy sobie w dworku jedną ścianę?

Popatrzył na nią zniesmaczony.

– Wiesz, może gdzieś na dwudziestym piętrze to nie jest zły pomysł, ale obawiam się że w tej wsi mielibyśmy za szybą co wieczór grupę gapiów. Moja mama otworzyła kiedyś okno i o mało nie uderzyła czołem o głowę jednego z okolicznych rolników.

– Poważnie?

– No pewnie. A jakie ludzie tutaj mają atrakcje? W mieście idziesz sobie do kina albo do teatru, a tutaj? Ile razy można oglądać powtórki seriali? Ludzie na wsi potrzebują sensacji, a kogo lepiej obmówić, jeśli nie sąsiada?

– To brzmi trochę tak, jakbyście nie mieli tutaj prywatności.

– No, trochę tak jest. – Uśmiechnął się lekko. – Wszyscy zawsze o wszystkim wiedzą i nic się nie da ukryć. Ale to ma i złe, i dobre strony.

– Tak?

– Aha. Gdy coś się zepsuje albo potrzebujesz pomocy, zawsze znajdzie się ten przysłowiowy jeden sprawiedliwy, który ci nie odmówi. Zwykle nie trzeba nawet prosić, bo w dodatku przyjdzie sam – wyjaśnił.

– No dobrze. Ale z tym gapieniem się w okna to już trochę przesada. Boję się teraz cokolwiek powiedzieć, żeby... – Nie dokończyła, bo obrócił się do niej i zamknął jej usta pocałunkiem.

– W takim razie lepiej nic nie mów – powiedział cicho.

Roześmiała się i znowu położyła mu dłoń na torsie. Był przyjemnie ciepły i mogłaby przytulać się do niego w nieskończoność.

– Coraz bardziej mi się na tej twojej prowincji podoba. – Z rozbawieniem spojrzała mu w oczy. – Nawet jeśli chodzi o ten brak prywatności.

Konrad

– No, to już chyba będzie wszystko – powiedział Konrad, stawiając w drzwiach dworku walizkę Róży. – Coś jeszcze pani miała?

Staruszka popatrzyła na niego i pokręciła głową.

– Nie, kochanie. Dziękuję.

– Pomóc pani się rozpakować? Może trzeba coś jeszcze zrobić? – zaproponował.

Róża uśmiechnęła się do niego ciepło i odchodząc od okna, zrobiła kilka kroków w jego kierunku.

– Jesteś wspaniałym chłopcem, wiesz? Naprawdę żałuję, że nie mam takiego wnuka jak ty. Byłabym z niego tak bardzo dumna, że aż trudno mi to sobie wyobrazić.

Zaczerwienił się w odpowiedzi i spuścił wzrok. Z ust Róży nie znikał natomiast uśmiech. Odkąd tylko dowiedziała się o tym, co razem z Alkiem tutaj dla niej przyszykowali, nie mogła wyzbyć się radości.

Dworek po remoncie był jeszcze piękniejszy, niż go pamiętała. Chociaż kilka dni temu wydawał się umierać w samotności, chłopcy podarowali mu drugie życie. I to dosłownie. A może już nawet nie drugie, ale trzecie lub czwarte? W każdym razie nie mogła się wyzbyć radości.

Wszystko było tu teraz zadbane i czyste, aż trudno było uwierzyć, że wcale nie tak dawno kłębiły się tutaj tumany kurzu. Każde z pomieszczeń skrzętnie wywietrzono i odkurzono. Drewniane podłogi odzyskały swój dawny blask, a dywany zostały gruntownie wytrzepane. Okazało się też, że prawie wszystkie meble nadają się do ponownego użytku. Jedynie krzesła przy kuchennym stole trzeba było wymienić, bo chwiały się niepewnie, gdy tylko ktoś ich dotknął.

Róża chodziła po dworku niemalże z czcią. Dotykała wszystkiego i oglądała. A to koronkowe firanki, które delikatnie falowały na wietrze, a to grubą, staromodną narzutę, którą Laura nakryła jej łóżko. Nawet stare szkatułki, które patrzyły na nią z dębowej komody w sypialni, wyjątkowo jej się podobały. Alek odnowił to miejsce specjalnie dla niej, ale wciąż nie mogła wyjść z podziwu, jak udało mu się tak idealnie trafić w jej gusta. Ktoś, kto dobrze ją znał, mógłby śmiało powiedzieć, że urządziła je sama. Właściwie to gdyby pozwalały jej na to siły i nogi, z pewnością umeblowałaby dworek tak samo.

Zachwycając się rustykalnym stylem, myślała też o tym, że nie mogła wymarzyć sobie lepszego miejsca na spędzenie swoich ostatnich dni. Mimo remontu wszystko było tutaj pełne Jerzego i aż nie mogła się doczekać, żeby usiąść wieczorem na kaflowej kuchni i zacząć czytać jego wiersze. Tak, jak za dawnych lat.

– No to co? – zagadnęła Konrada po chwili milczenia. – Uczcimy moją przeprowadzkę filiżanką gorącej herbaty? Trzeba tę kuchnię przecież wypróbować!

Uśmiechnął się do niej, wdzięczny za to, że przestała w końcu go chwalić.

– To może ja zaparzę, a pani niech sobie odpocznie. – zaproponował, podszedł do kuchenki gazowej i postawił na niej pełen wody czajnik.

– Ładnie mi tu wszystko urządziliście, naprawdę ładnie – powiedziała Róża, rozsiadając się przy stole. – W życiu bym nie pomyślała, że ten pokój może być taki słoneczny!

Konrad usiadł obok niej.

– Prawda? Ale trochę się tu narobiliśmy. Na ścianach wyszła pleśń i trzeba było to wszystko najpierw zeskrobać, a potem przeciągnąć specjalnym środkiem... – Zaczął skubać opuszkami palców szydełkowy obrus. – No, ale ma pani rację. Efekt jest całkiem niezły.

Róża popatrzyła na sufit i ściany.

– Mimo tego remontu, dom nadal ma swoją duszę.

– Tak. – Konrad pokiwał głową. – Nawet ja czuję, że to było kiedyś ważne miejsce. Aż trudno uwierzyć, że nikt go podczas wojny ani potem, w latach komunizmu, go nie zniszczył, prawda? Taki trochę pomnik z tego dworku.

– Stoi na uboczu, może dlatego. A co do jego ważności, to podczas mojej młodości był tu prawdziwy dom kultury. Jeszcze przed wojną dzieciaki pod wodzą Stanisława wystawiały na ganku od frontu pisane przez niego sztuki teatralne.

– Naprawdę?

– Tak. Moi rodzice ciężko pracowali i nigdy nie mieli czasu mnie na takie rzeczy zabierać, ale kiedyś wymknęłam się na spektakl z koleżanką. I muszę przyznać, że byłam pod wrażeniem. Marzyłam sobie nawet od tamtej pory, że zostanę aktorką albo śpiewaczką i będę się wdzięczyć na scenie.

– I co, nie wyszło?

– A gdzie tam! Przyszła wojna i nikt o takich głupotach nie myślał. Przynajmniej na wsiach. A zresztą... – Róża machnęła ręką. – Może i dobrze się stało.

– Jak to?

– No gdzie ja, taka łamaga, nadawałam się na scenę? Marzenia marzeniami, ale trzeba być jednak realistą.

Konrad uśmiechnął się szeroko dokładnie w momencie, w którym wstawiony na gaz czajnik zaczął świstać, dlatego zamiast odpowiedzieć wstał i zaparzył herbatę.

– A jak idzie twoje pisanie? – zagadnęła go Róża, biorąc do ręki rozgrzany kubek. – Nadal piszesz historię tej Żydówki?

Pokiwał głową, chociaż nadal czuł się trochę niezręcznie, rozmawiając z Różą o tym, że pisze utwór inspirowany jej historią.

– Postanowiłem zestawić ją z drugą historią miłosną. Trochę bardziej współczesną. Mam nadzieję, że coś mi z tego wyjdzie.

– Och, ja jestem tego pewna. Naprawdę urzeka mnie twój styl.

– Nad nim też ostatnio pracuję. Staram się bardziej dynamizować, tak jak mi radziła Laura. Tylko chyba nadal daleko mi do tego oryginalnego klejnotu, o którym ona mówiła...

Róża spojrzała na niego pytająco.

– Nie, nic. Po prostu... - Pokręcił głową i spuścił wzrok. – Powoli zbliżam się do końca. Myślę teraz nad jakimś momentem zwrotnym, ale nic mi nie przychodzi do głowy.

– Kto szuka, nie błądzi, prawda?

– To nie jest takie łatwe – wyznał Konrad. – Wiem, że to może brzmieć głupio, ale czasem to wymyślanie jest gorsze niż praca u Alka.

– Och, wierzę ci, Konradzie. Mam tylko nadzieję, że skończysz, zanim przejdę na tamten świat, bo chciałabym przeczytać to dzieło. Nie każdy ma to szczęście i zostaje pierwowzorem bohatera literackiego.

– Niech pani nie mówi ciągle o tym umieraniu, bo trzeba by chyba być ślepym, żeby nie dostrzec, że nigdzie się pani jeszcze nie wybiera. Ma pani więcej energii niż niejedna dwudziestka.

Róża roześmiała się głośno.

– Dziękuję ci, młody człowieku, ale pozwolę sobie się z tym nie zgodzić.

– Jak pani chce, ja tylko mówię, co widzę. – Konrad wzruszył ramionami.

Staruszka przyjrzała mu się uważnie, gdy oboje zamilkli.

– A odchodząc trochę od tematu... U ciebie w domu wszystko dobrze? – zaczęła niepewnie.

– Chodzi pani o to, czy matka ostatnio mnie bije? Rzadziej. Alek dał mi bonus za żniwa, a potem da też za wykopki, więc ma jeden powód mniej. Ale zaraz czeka mnie szkoła, więc znowu się zacznie. Będzie mi truła, że zamiast szóstek mam piątki, i takie tam... Za nią się nie nadąży.

Róża przez chwilę rozmyślała nad sensem jego słów.

– Pytam, bo chciałam ci coś zaproponować – odezwała się w końcu. – Tak, jak powiedziałeś, zaraz zaczyna się rok szkolny i na pewno będziesz potrzebował zacisznego miejsca, w którym będziesz mógł się uczyć. Jeśli więc miałbyś ochotę, możesz przychodzić odrabiać lekcje i pisać do mnie. Tutaj na pewno będzie cicho i spokojnie, a przede wszystkim nikt nie będzie stał ci nad głową. No i mnie też przyda się towarzystwo, a jednak nie ma to jak młody duch, prawda? – dokończyła i spojrzała kontrolnie na twarz Konrada. Malowała się na niej wdzięczność, która tylko utwierdziła ją w przekonaniu, że postępuje słusznie.

– Cóż... – mruknął po chwili. – To bardzo miłe, naprawdę pani dziękuję. Jeśli tylko będę mógł, to chętnie skorzystam z pani propozycji.

Twarz staruszki natychmiast się rozpromieniła.

– Wspaniale. Możesz tu do mnie przyprowadzać też swoich przyjaciół. Im więcej życia w domu, tym weselej.

– To chyba nie jest najlepszy pomysł – odpowiedział jej nieco markotnie.

– Nie? – zapytała zdziwiona.

– Nie chciałbym pani rozczarować, ale nie mam zbyt wielu znajomych, którzy chcieliby spędzać ze mną czas.

– Ale jak to, nie masz przyjaciół? – Róża nie mogła ukryć zaskoczenia.

Znowu wzruszył ramionami.

– Oni mnie za bardzo nie lubią.

– Kto?

– No wie pani… – Spojrzał na swoje buty, które nagle wydały mu się bardzo interesujące. – Chłopaki ze szkoły i ze wsi. Nie kumplujemy się. Oni mają mnie za dziwaka. W dodatku mam gównianych rodziców. Ktoś taki jak ja raczej nie ma przyjaciół.

– Co za głupstwo! – natychmiast zripostowała Róża. – Nie rozumiem współczesnej młodzieży. Przecież ty jesteś naprawdę świetnym chłopcem.

– Mogłaby pani przestać mnie chwalić? To niezręczne. Nie wiem, jak mam reagować.

– Powinieneś się do tego przyzwyczaić. Ludzie będą w przyszłości chwalić ciebie i twoje teksty, a ty co? No, ale dobrze. Jeśli nie chcesz, to mogę sobie odpuścić. Tylko martwię się teraz o ciebie. Chłopiec w twoim wieku powinien mieć przyjaciół. I to wielu.

– Wiem... – Konrad westchnął smutno. – Ja też bym chciał.

– Co byś chciał? – zapytała Laura, która pojawiła się za jego plecami.

Róża natychmiast obdarzyła ją szerokim uśmiechem i gestem dłoni zaprosiła do stołu.

– Nic, nic. Tak tu sobie tylko rozmawiamy – bąknął Konrad.

– Akurat! – Staruszka zganiła go spojrzeniem. – Właśnie debatujemy nad sprawą nieposiadania znajomych przez Konrada. Usiądź z nami, dziecko, może ty coś wymyślisz.

Laura posłusznie usiadła do stołu.

– Herbaty? – zaproponowała jej Róża.

– Poproszę.

– To ja zrobię – zaoferował się Konrad i znowu wstawił pełen wody czajnik na gaz.

– Co do tych przyjaciół... – Laura popatrzyła na nietęgą minę chłopaka. – To ja myślę, że kiedy Konrad odniesie literacki sukces, nie będzie się musiał o to wcale martwić. Znajomi zaczną walić do niego drzwiami i oknami, nie opędzi się od nich – zażartowała, widząc, że nie leży mu dyskusja na ten temat.

Konrad spojrzał na nią z wdzięcznością. Wizja przedstawiona przez Laurę całkiem mu się podobała. No i miło było, że ktoś tak w niego wierzył.

– No dobrze, widzę, że nie chcecie o tym rozmawiać. – Róża w końcu dała za wygraną, a potem zwróciła się do Laury. – Więc co cię do mnie sprowadza, moje dziecko?

– Tak tylko zajrzałam, żeby zapytać, czy w czymś pomóc albo czy może czegoś nie potrzeba. No i mielibyśmy też z Alkiem małą prośbę do Konrada...

Staruszka zaśmiała się, słysząc jej słowa.

– Tak czułam, że to nie jest bezinteresowna wizyta.

Laura wywróciła oczami, co spowodowało, że Konrad też się roześmiał.

– No więc? – popędziła ją Róża.

– Chcielibyśmy z Alkiem pojechać jutro do mnie. Mama zabukowała mi już bilet do Toronto i podejrzewa, że leży w naszej skrzynce pocztowej. Wypadałoby to sprawdzić. Mamy więc do ciebie prośbę – spojrzała na Konrada – żebyś miał w tym czasie oko na gospodarstwo.

– Pewnie. – Zgodził się bez zastanowienia. – I tak będę większość dnia w dworku, więc nie ma problemu.

Na usta Laury wypłynął szeroki uśmiech.

– Cieszę się, bo Alek nie jest skory zostawiać tego miejsca bez opieki. W sumie to wcale mu się nie dziwię.

– Ja też nie – przytaknęła jej Róża. – Ciągle się słyszy o jakichś incydentach. Aż strach cokolwiek spuszczać z oczu.

Konrad postawił na stole kubek z herbatą, darując sobie komentarze co do jej przesadnego neurotyzmu.

– To wy tu sobie rozmawiajcie, a ja się przejdę do leśniczówki – bąknął cicho, robiąc kilka kroków w tył.

– Wrócisz na kolację? – zapytała go jeszcze Laura, gdy stał już w progu i schylał się po plecak.

– Tak. Chyba tak. Jeśli mogę, oczywiście.

– Gdybyś nie mógł, to bym nie pytała, nie? – Spojrzała na niego z ukosa, chociaż musiała przyznać, że cieszył ją fakt, że Konrad zaczął w końcu przyjmować jej zaproszenia. Jeszcze kilka tygodni temu z pewnością spuściłby wzrok i odmówił. To było jak miód na jej serce.

Laura traktowała Konrada trochę jak swój pierwszy zawodowy sukces. Udało jej się nie tylko sprawić, że się przed nią otworzył, ale też prawdziwie się z nim zaprzyjaźnić, a nawet więcej. Konrad był dla niej teraz jak członek rodziny. Właściwie, to oni wszyscy byli. I Alek, i Róża, i on. To dlatego serce bolało ją tak mocno na samą myśl o tym fatalnym wyjeździe.

Konrad tymczasem, gdy tylko wyszedł z dworku, natychmiast zarzucił plecak na plecy i napełniając płuca rześkim powietrzem, w którym czuć już było zbliżającą się jesień, pognał do leśniczówki. Rozłożył leżak, wyciągnął długopis i zeszyt, i zaczął czytać to, co wczoraj napisał. Bez wahania wykreślił kilka zbędnych linijek, które nadawały tekstowi jakiegoś dziwnego patosu. Czytał gdzieś ostatnio, że sekret genialnego pisania tkwi w minimalizmie słów i chociaż wielu się z tym stwierdzeniem nie zgadzało, on tak. Codziennie siadał więc nad tym, co napisał dzień wcześniej, i bez żalu wykreślał zbędne partie. Czasem było ich więcej niż tego, co zostało, ale się tym nie przejmował. Skoro chciał pisać naprawdę dobrze, było to niezbędne.

Kiedy już uporał się z tymi poprawkami, na chwilę odłożył zeszyt i zapatrzył się na majaczącą w oddali linię horyzontu. Na jego usta wypłynął dyskretny uśmiech, i to nie tylko dlatego, że wymyślił w końcu, jak namieszać w życiu swoich bohaterów. Brzozowy zagajnik kołysał się lekko w rytmie melodii wygrywanej przez wiatr, a on czuł się naprawdę beztrosko i bezpiecznie. Aż trudno mu było uwierzyć, że to wszystko z powodu pojawienia się w jego życiu jednej, doświadczonej przez los staruszki i jej wielkiego serca.

Róża

Gdy tylko zrobiło się ciemno, Róża przygotowała sobie ciepłe mleko z masłem i miodem, a potem opatuliła się kocem i jak za dawnych lat usiadła na kaflowym piecu w kuchni. Alek napalił w nim specjalnie dla niej, więc nie musiała martwić się o to, że przeziębi sobie nerki lub pęcherz. Trochę musiała się też przy tym nagimnastykować, bo kości chrzęściły jej groźnie przy każdym ruchu, ale w końcu dała radę i z tryumfem oparła się o chłodną ścianę. Upijając łyk ciepłego mleka, rozejrzała się po kuchni i złapała się na tym, że nerwowo nasłuchuje, czy nie zbudziła może Mili lub Stanisława. I że wyczekuje przyjścia Jerzego.

– Stara, a głupia – mruknęła sama do siebie, odstawiając kubek z mlekiem, i wzięła do ręki jeden z pożółkłych notatników, który mniej więcej do połowy zapisany był poezją. To właśnie na tej podstawie wywnioskowała, że był to ostatni zeszyt, w którym pisał Jerzy, nim wstąpił do partyzantki. Wszystkie, które już przeczytała, były zapisane od początku do końca. Strona po stronie. No a potem... Potem był już tylko ten, który od lat przechowywała obok łóżka. Ten wyjątkowy, w którym tworzył tylko dla niej.

Nie chcąc odwlekać momentu spotkania z Jerzym, bez większego wahania otworzyła zeszyt na pierwszej stronie i zaczęła czytać. Wypowiadała każde słowo na głos. Starannie i z dbałością o czystą wymowę, tak jak robiłby to on sam. Kuchnia pełna była jej słów, które płynęły niczym pełna emocji, piękna melodia. W tych wierszach jeszcze nie było strachu, tak jak w tych, które znała na pamięć, ale wyczuć można było życiowe rozterki. Róża uświadomiła sobie, jak bardzo Jerzy był rozdarty przed podjęciem decyzji o wstąpieniu do partyzantki. Jego teksty idealnie odzwierciedlały dylematy pokolenia Kolumbów, o których tyle czytała po wojnie. Aż szkoda, że wcześniej nie miała o nich pojęcia.

Wiedza Róży z zakresu literatury była imponująca. Odkąd tylko doszła do siebie po wyjeździe z kraju i wszystkich traumatycznych wydarzeniach czasu wojny, postanowiła, że zacznie się nią interesować w hołdzie dla Jerzego. Śledziła co ciekawsze tomiki wierszy ukazujące się na rynku, z zapałem chodziła na spotkania autorskie, i to nie tylko tych znanych twórców. Wspierała młodych, trochę zagubionych w świecie debiutantów. Choć nigdy się tym nie chwaliła, potrafiła rozpoznać talent literacki na pierwszy rzut oka. Miała do tego jakiś wyjątkowy zmysł. W Australii była z tego powodu postacią bardzo znaczącą w kręgach kulturalnych. Mimo że nie lubiła tłumów i publicznych wystąpień, młodzi, ale też ci bardziej doświadczeni twórcy bardzo liczyli się z jej zdaniem. Wpadali do niej popołudniami bez zapowiedzi i ucinali sobie długie dyskusje na poetyckie tematy. Wielokrotnie była pierwszą recenzentką ich najnowszych utworów i z wielką chęcią angażowała się w poprawki, których dokonywali pod jej okiem.

Róża lubiła to. Czuła się wtedy jak prawdziwa matka, która bez krępacji może patrzeć, jak pod jej skrzydłami rodzi się wielki talent, a potem rozkwita i się rozwija. Nie byłaby już teraz w stanie zliczyć, z iloma twórcami pracowała, ale było ich mnóstwo, tak samo jak pełnych podziękowań listów, które zamknęła w szafie w Sydney. Oddawała się temu całym sercem i to właśnie chyba dlatego nie zauważyła nawet, kiedy stało się to jej pracą. Wielokrotnie rozmyślała też o tym, że gdyby los jej nie zabrał jej Jerzego, to pewnie robiliby to razem. Byliby takim zakręconym na punkcie literatury małżeństwem.

I chociaż nie mówiła o tym Laurze ani Konradowi, to trochę było jej tu tego brak. Tęskniła za poezją i poetami. Czasem łapała się na myśleniu o tym, że fajnie by było, gdyby Konrad też wolał wiersze niż prozę. Zawsze jednak dochodziła wtedy do wniosku, że każdy człowiek jest powołany do czegoś innego. I że na nikogo nie można naciskać. Kiedy dotarła do ostatniego wersu ostatniego utworu, zrobiło jej się smutno. Był już pewnie środek nocy, ale dla niej czas stanął w miejscu, a nawet się cofnął. Z trudem wracając do rzeczywistości, przekartkowała jeszcze notatnik i ku wielkiemu zdziwieniu odkryła w nim coś jeszcze. Gdzieś między pustymi stronami tkwiła złożona na cztery, pożółkła kartka. Natychmiast wzięła ją w ręce i rozłożyła kilkoma sprawnymi ruchami. A kiedy dostrzegła na papierze dobrze znane pismo i skierowany do niej nagłówek, jej oczy zaszkliły się łzami, a ręce zaczęły drżeć.

– Najdroższa... – zaczęła czytać.

Najdroższa!
Wybacz mi, Kochana, te niezbyt poetyckie epitety, ale nie mogę powstrzymać się od przelania ich na papier. Tak bezwstydnie cisną mi się na usta! Napływają i napływają. Przedzierają się przez ramy zdrowego rozsądku i dają swój upust dopiero na gładkich kartkach papieru.

Jesteś tak blisko, Najdroższa. Świadomość Twojej rozkosznej obecności przeszywa mnie na wskroś. Niemalże boli mnie ona. Rozdziera. Uzewnętrznia. Nie mogę oderwać od Ciebie wzroku. Śpisz beztrosko oparta o moje ramię. Twoje zaciśnięte piąstki spoczywają teraz na moich kolanach. Patrząc na Ciebie, zastanawiam się, czym sobie na to zasłużyłem i nie znajduję słów, żeby opisać to, co teraz czuję. Nie potrafię sobie wyobrazić, że mogłoby być inaczej. Że mogłoby nas przy sobie zabraknąć.

Wymarzyłem sobie, Najdroższa, kolejną jesień z Tobą. Zziębnięte dłonie i skąpane w zachodzącym słońcu, pochylające się ku sobie ciała. I choć staram się cieszyć każdą chwilą obok Ciebie, to myśli o przemijaniu i tak znajdują sposoby, by przeniknąć moją duszę. Tak,

Kochana. Czuję, że zbliża się nieubłagane. Czuję, że trzeba dorosnąć...

Jeśli kiedykolwiek odejdę, Najdroższa, to wiedz, że prawdziwie Cię kocham. Moje serce bije dla Ciebie, jak dla nikogo jeszcze nie biło, i jestem pewien, że nigdy już nie będzie inaczej. Siedząc teraz obok Ciebie, wybiegam myślami w przód. Widzę nas, idących wąską nawą do ołtarza, gromadkę biegających po dworku, bosych dzieci, ale przede wszystkim, Najdroższa, widzę życie z Tobą. I obiecuję Ci teraz, uroczyście, że jeśli tylko wojna kiedyś się skończy, tak właśnie będzie wyglądała nasza przyszłość. Będzie wspólna.

Na zawsze Twój
Jerzy

Kiedy Róża skończyła czytać, tekst rozmył jej się przed oczyma z powodu łez. Jej dłonie drżały, ściskając pożółkły papier, a oddech stał się płytki.

– Ja też cię kocham, Jerzy... – wyszeptała w przestrzeń, a potem zamknęła oczy i oparła głowę o ścianę za plecami, pozwalając się objąć ciemności.

I nawet nie zauważyła, kiedy ciepła dłoń Jerzego zaczęła gładzić jej rękę, a jej głowa opadła na jego rozgrzane ramię.

– Byłem przy tobie przez cały ten czas – powiedział cicho, z wargami tuż przy jej czole. – Nigdy tak naprawdę nie odszedłem. Jestem i zawsze będę...

Alek

Laura miała wylecieć już za dwa dni. Alek obiecał sobie, że będzie twardy, ale to nie było wcale takie proste. Wrzesień minął im jak z bicza strzelił i chociaż starali się zaklinać czas na wszelkie sposoby, za nic nie chciał zwolnić. Jedynym więc, co mogli robić, to maksymalnie wykorzystać ostatnie dni, które im zostały, i napawać się swoją obecnością. Po pracy Alka chadzali więc na długie, jesienne spacery do brzozowego zagajnika albo między domami we wsi. Późnymi popołudniami przesiadywali w dworku, dotrzymując towarzystwa Róży, a wieczorami jedli romantyczne kolacje tylko we dwoje. Alek kilkukrotnie zgodził się podczas nich zagrać też dla niej na gitarze, a raz pozwolił jej się nawet nagrać. Uparła się, że chciałaby sobie słuchać, jak śpiewa, gdy będzie w Kanadzie smutna i samotna. W tej sytuacji nie mógł jej przecież odmówić.

Podczas ostatniego wspólnego weekendu Alek zabrał ją na kajaki. Sobota była słoneczna, więc bez wahania zapakowali do auta kosz piknikowy i ubrania na zmianę, a potem udali się w drogę. Bawili się przednio. Chociaż udało im się zaliczyć upadek do wody, były to chwile pełne uśmiechu i pozytywnych emocji. Alek z pewnością nie zapomni do końca życia, jak ociekająca wodą, przemoczona Laura ze śmiechem rzuciła mu się na szyję. Takie momenty sprawiały, że zakochiwał się w niej jeszcze bardziej.

Myśląc o tym wszystkim, stał w oknie na poddaszu i patrzył w rozgwieżdżone niebo. Tylko ono wiedziało, jak ułoży się ich przyszłość, i tamtego wieczoru zazdrościł mu tej wiedzy, jak chyba jeszcze nigdy w życiu.

– Napijesz się ze mną ostatniej tej jesieni wieczornej herbaty? – zapytała niespodziewanie Laura, skradając się do niego od tyłu, i położyła dłoń na jego ramieniu.

Przechylił głowę, przykładając do ręki Laury gładki policzek.

– Wolałbym nie musieć się żegnać – mruknął, ale odwrócił się od okna i mocno ją do siebie przytulił.

Obdarzyła go uśmiechem, w którym kryła się spora nuta goryczy.

– To ty miałeś podnosić mnie na duchu, a nie ja ciebie – zauważyła.

Przysunął ją do siebie bliżej i pocałował.

– Wiem – powiedział wprost do jej ust. – Po prostu za bardzo cię kocham.

Laura uparła się, żeby Alek nie organizował dla niej żadnego pożegnania ani nie odwoził jej na lotnisko. Choć w ostatnich dniach często jeździła do domu, żeby się pakować i pozałatwiać wszystkie formalności, aż do dnia wylotu postanowiła mieszkać u niego. Ostatnią noc planowała spędzić u koleżanki w Warszawie, żeby nie tłuc się pociągiem z samego rana.

– Naprawdę nie powinieneś tam ze mną jechać. – Pogładziła go po przedramieniu, kiedy podczas ostatniego śniadania rozpoczął ten temat. – To nasz ostatni wspólny poranek. Nie traćmy go na wałkowanie w kółko tego samego, dobrze? – Wspięła się na palce i żeby go udobruchać, złożyła na jego ustach krótki pocałunek.

– Wiem. – Pogładził ją po policzku. – Ja też chcę się tobą nacieszyć. Na którą zamówiłaś taksówkę?

– Na siedemnastą.

Alek zacisnął usta i wyraźnie spochmurniał. Laura przełożyła dłoń na jego ramię.

– Nie rób mi tego – powiedziała cicho, przytulając się do niego. – Nie żegnaj się ze mną, bo czuję, jakbym miała od ciebie odejść. A ja tylko na trochę wyjeżdżam.

Alek wysilił się na uśmiech.

– Dobrze, już dobrze. Nie będę. – Odgarnął jej z twarzy włosy. – To co chciałabyś robić?

– Może odwiedzić Różę? I jeszcze raz zajrzeć do leśniczówki?

– Dzisiaj zrobię dla ciebie wszystko.

Laura spojrzała na niego zadziornie.

– Naprawdę wszystko? – zapytała, unosząc brew.

Alek w mig złapał tę jej aluzję i uwodzicielsko objął ją w pasie.

– No przecież powiedziałem, że wszystko, co tylko chcesz... – wymruczał jej do ucha, a potem przeszli do sypialni.

– Bardzo się cieszę, że przyszliście. – Róża przywitała ich wylewnie. – Czekałam pół dnia i powoli zaczynałam się denerwować, że o mnie zapomnieliście. A ja też chciałabym się z tobą pożegnać. – Spojrzała wymownie na Laurę.

Ta natychmiast obdarzyła ją szerokim uśmiechem.

– No, ale nie stójcie tak w progu! – Róża machnęła ręką i wykonała zapraszający gest w stronę kuchni. – Wejdźcie, wejdźcie. Konrad już czeka z herbatą.

– To Konrad też jest? – zdziwił się Alek.

Róża spojrzała na niego z ukosa.

– Ależ oczywiście. To, że Laura zarządziła, że nie będzie żadnych ckliwych pożegnań, nie oznacza, że nie jest dla nas ważna, tak? My też będziemy za nią tęsknić, młody człowieku. I ja, i Konrad – powiedziała, a Laura poczuła, że ze wzruszenia pod jej powiekami zbierają się łzy.

– Oj, nie płacz, kochanie, nie płacz. – Róża natychmiast przygarnęła ją do siebie. – A nawet jeśli musisz, to ja ci te smutki szybko ukrócę. Konrad przyniósł mi dzisiaj placek z malinami. Zjemy go sobie do herbatki, a cukier dobrze robi na cierpiące serce. Wierz mi, kochanie, sprawdziłam to w życiu już tyle razy, że doskonale wiem, co mówię.

Laura popatrzyła na nią z wdzięcznością.

– Jest pani kochana.

– Ja? – jak to miała w zwyczaju, prychnęła Róża. – Ty mi tutaj nie gadaj głupstw, tylko chodź już do tej kuchni, bo nam herbata całkiem wystygnie! – zarządziła i pierwsza zasiadła za stołem. Zaraz za nią zrobili to oni.

– No to kiedy do nas teraz przyjedziesz? – pierwsza odezwała się staruszka.

– Ustaliliśmy z Alkiem, że na Gwiazdkę. – Laura wygładziła dłonią szydełkowy obrusik.

– To przecież aż trzy miesiące... – Konrad się zasmucił.

– Oj, wcale nie. – Uśmiechnęła się do niego Róża. – Szybko zleci. Przecież jesienią tyle się dzieje, że nawet nie będziecie mieli czasu za sobą zatęsknić. Szkoła skutecznie wypełni wam czas, więc właściwie to nie ma się nawet co żegnać, skoro za chwilę znowu się zobaczycie.

Cała trójka popatrzyła na nią z wdzięcznością za te słowa, a potem pogrążyli się w dyskusji na lekkie i przyjemne tematy, między innymi o literaturze.

– Więc co zamierzasz zrobić dalej z tą książką, kiedy już skończysz? – z żywym zainteresowaniem zapytała Konrada Laura. – Bo nieźle ci się rozrosło to opowiadanie.

Chłopak wzruszył ramionami.

– Nie wiem, chyba nic. Może dam przeczytać swojemu poloniście?

Laura wywróciła oczami.

– Oczywiście, że nie. – Spojrzał na nią niepewnie. – Mam mu nie dawać tego czytać?

– Och, nie o to mi chodziło. Po prostu uważam, że powinieneś powalczyć o jej wydanie. Czytałam ostatnio poprawione przez ciebie fragmenty i uważam, że są o niebo lepsze, niż były. Aż szkoda odkładać je do szuflady. W moim odczuciu ta historia ma ogromny potencjał.

Konrad o mały włos nie zakrztusił się herbatą, słysząc jej słowa.

– O! Ja też tak uważam. – Róża natychmiast podchwyciła temat. – Tak napisana opowieść zasługuje na to, żeby ujrzeć światło dzienne. Jak się ma talent, to się powinno nim dzielić, a nie ukrywać.

– Ale... – bąknął nieśmiało Konrad.

– Ma pani rację, pani Różo! – Laura nie dała mu dokończyć. – Ja widziałam nawet ostatnio w internecie ogłoszenie o konkursie literackim dla młodzieży do szesnastego roku życia na debiutancką powieść. Świetne wydawnictwo go organizuje, nie ma też żadnych ograniczeń tematycznych. O ile mnie pamięć nie myli, to można nadsyłać prace do pierwszego listopada.

Róża popatrzyła z zachwytem na chłopca, tak samo zresztą jak Alek i Laura.

– Nie ma się co zastanawiać, trzeba kończyć i im słać!

– Ale... – znowu zaczął niepewnie.

– Żadnych ale, Konradzie. – Staruszka zignorowała jego wahanie. – Kończysz i wysyłasz. Już ja tego dopilnuję.

– Super. – Laura się ucieszyła. – Przylecę specjalnie na premierę tej książki. Obiecuję.

Konrad popatrzył na pełne emocji twarze obu kobiet. Nigdy nie myślał o publikacji tego tekstu. Nie uważał, żeby był aż tak dobry jak mówią, a zresztą miał przecież tylko czternaście lat.

– No dobrze. Wyślę ten tekst… – Poddał się w końcu, widząc ich nieznikające uśmiechy. Jeśli nie dla siebie, to postanowił zrobić to dla nich. Zależało mu na ich szczęściu i jeśli tylko to, że wyśle ten tekst na konkurs, uszczęśliwi je, to proszę bardzo. Jego książka na pewno niczego nie wygra ani nikt jej nie zauważy, ale chociaż one będą usatysfakcjonowane. Czuł, że jest im to winien za wszystko, co dla niego zrobiły.

❧

Alek z Laurą siedzieli w dworku jeszcze przez jakiś czas, ale mając świadomość, że coraz bardziej zbliża się to, co nieuchronne, po wylewnym pożegnaniu wymknęli się stamtąd na spacer do leśniczówki.

– Ich też będzie mi bardzo brakowało – stwierdziła Laura, gdy szli w tamtą stronę. – Czuję się w pewien sposób odpowiedzialna za tą dwójkę. Jak za rodzinę.

– Tak, ja też. – Pokiwał głową Alek. – Ale nie martw się o nich. Ciebie im nie zastąpię, ale będę się nimi opiekował najlepiej, jak umiem.

– Dziękuję. – Popatrzyła na niego z wdzięcznością.

Przyciągnął ją do siebie i pocałował w czoło.

– Wiesz, kiedy mnie tu przyprowadziłeś pierwszy raz – odezwała się, kiedy usiedli na ganku leśniczówki – od razu zakochałam się w tym miejscu i spokoju. Może to głupie, ale już wtedy poczułam, że brakuje mi właśnie czegoś takiego. Że za dużo w moim życiu gwaru i chaosu. Zamarzyłam wtedy o takiej głuszy, a kiedy już marzenie się ziściło, muszę stąd wyjechać i znowu wrócić do tego… dramatu.

Alek pogładził kciukiem jej palce.

– A już myślałem, że powiesz, że właśnie wtedy się we mnie zakochałaś. – Uśmiechnął się, żeby nie wchodzić w tak trudne tematy.

– Że niby jesteś taki boski i czarujący, że już na wstępie znajomości nie można ci się oprzeć? – zażartowała.

Roześmiał się głośno.

– To ty to powiedziałaś, nie ja.

Laura przysunęła się do niego i przytuliła policzek do jego ramienia.

– Kocham cię, wiesz? Nie myślałam, że to kiedykolwiek stanie się tak szybko i… – Zabrakło jej słów, tak wiele chciała mu teraz powiedzieć. – I dobrze, że jesteś. Jesteś moim spokojem w tym pędzącym do przodu świecie – dokończyła po chwili.

Alek przymknął oczy, słysząc jej słowa.

– Wracaj do niego tak często, jak tylko będziesz mogła. Kawałek tego mojego spokoju zawsze będzie na ciebie czekał – wyszeptał, a potem oboje zamilkli, rozkoszując się swoją niekrępującą obecnością i chłodnym wiatrem powiewającym od lasu. Ta cisza mówiła więcej niż najpiękniejsze słowa, na które mogliby się wtedy wysilić.

❧

– A więc to pożegnanie... – raczej stwierdził, niż zapytał Alek, kiedy włożyli już do taksówki jej wszystkie bagaże.

Stali teraz naprzeciw siebie na żwirowym podjeździe. Jego dłonie przesuwały się po jej gładkich przedramionach, a pod jej powiekami zbierały się łzy.

– Prosiłam cię, żebyś tak o tym nie mówił. To nie jest na zawsze – wyszeptała drżącym z emocji głosem.

Alek przysunął się bliżej. Złapała go za przedramiona i spojrzała mu prosto w oczy.

– Będziesz tu na mnie czekał, prawda?

Pokiwał głową.

– Choćby do końca życia. Obiecuję – powiedział.

Laura uśmiechnęła się przez łzy.

– Wrócę do ciebie. Wiesz o tym, prawda?

– Wiem – wyszeptał. On też czuł już wilgoć pod powiekami.

Dostrzegając to, Laura rozkleiła się na dobre, zaczęła trząść się i płakać. Bez wahania pochylił się do niej i pocałował, a potem wziął w ramiona i mocno przytulił.

– Kocham cię – powiedział wprost do jej ucha, gdy jej ciałem wstrząsnął kolejny szloch. Przylgnęła do niego jeszcze mocniej i gdyby to od niego zależało, to za nic w świecie by jej nie puścił. Odsunęli się od siebie dopiero po kilku chwilach.

– Właśnie dlatego nie chciałam się żegnać. – Wysiliła się na uśmiech, wycierając dłonią płynące po twarzy łzy. – Wiedziałam, że będę płakać...

Alek popatrzył na nią swoim najbardziej uspokajającym wzrokiem tak że o mało co znów się nie rozkleiła, widząc, ile jest w jego oczach czułości. Uniósł dłonie do jej twarzy i otarł jej policzki.

– Powinnaś już jechać – powiedział miękko, zerkając w stronę taksówki.

Pokiwała głową.

– Tak. Już.

Jeszcze raz pochylił się do niej i pocałował.

– Kocham cię, Lauro – powiedział, robiąc krok w tył.

– Ja też cię kocham – odpowiedziała, a potem pomógł jej wsiąść do taksówki i zamknął za nią drzwi. Gdy tylko zobaczyła go za szybą, znowu zaczęła płakać. Wysilił się na uśmiech i patrzył na nią, dopóki samochód nie zniknął za bramą, a kiedy tylko się to stało, jego policzki też zrobiły się wilgotne.

– Nie martw się, kochanie. – Usłyszał za plecami ciepły głos Róży. – Wiem, że jest ci teraz ciężko, ale przecież ona wróci – powiedziała.

Alek odwrócił się w jej stronę i popatrzył na jej pomarszczoną przez życie twarz. Chciał jej coś odpowiedzieć, ale słowa stawały mu w gardle.

– Będzie dobrze – szepnęła jeszcze tylko, widząc jego cierpienie, a potem zabrała go do dworku na gorącą herbatę z melisy. Chociaż miał dużo do zrobienia, został tam aż do wieczora. Obecność Róży bardzo go uspokajała. Uświadomił sobie wtedy, że wejście tej starej kobiety w jego życie było jedną z lepszych rzeczy, jaka kiedykolwiek go spotkała. Dla niego, podobnie jak dla Laury, też była już członkiem rodziny. Jedyną bliską osobą, jaką teraz miał.

Laura

Podróż i pierwsze tygodnie w Kanadzie upłynęły Laurze znacznie lepiej, niż się tego spodziewała. Chociaż bardzo tęskniła za Alkiem, wspaniale było po ponad pół roku zobaczyć się w końcu z rodzicami i jak za dawnych lat zacząć wychodzić z nimi na bankiety oraz kolacje. Świat sztuki, w którym funkcjonowali, miał w sobie coś magicznego i potrafił wciągnąć. Uwielbiała chadzać do znanych i luksusowych galerii z matką albo na wieczorne koncerty taty. Widząc jej smutek, rodzice skutecznie wypełniali jej wolny czas swoją nienatarczywą obecnością. Była im za to naprawdę wdzięczna.

Równie dobrze bawiła się na studiach. Uniwersytet i wyjątkowa atmosfera, jaka na nim panowała, od razu przypadły jej do gustu. Lubiła wykładowców podchodzących do studentów zupełnie inaczej niż w Polsce i musiała przyznać, że tutaj nauka zdawała się o lata świetlne wyprzedzać tę, z którą miała do czynienia w kraju. Nowoczesny sprzęt i metody, jakimi dysponowała uniwersytecka pracownia, przyprawiały ją o prawdziwy zawrót głowy, nie mówiąc już o światowej sławy naukowcach, z którymi mogła śmiało rozmawiać nawet po zajęciach. Dopiero tutaj czuła, że żyje i że to, co chciałaby robić w przyszłości, ma prawdziwy sens.

Szybko też zawarła nowe przyjaźnie, ale z tym akurat nigdy nie miała problemu. Uwielbiała poznawać nowych ludzi i ich unikatowe życiowe historie. Już jako dziecko wolała na wakacje jeździć tam, gdzie nikogo nie znała, podczas gdy jej przyjaciółki zawsze trzymały się w ściśle zamkniętych, bezpiecznych grupkach. Była wspaniałą słuchaczką i ludzie do niej lgnęli. Już na studiach magisterskich wykładowcy mówili jej, że jest w tym naprawdę dobra i nie powinna porzucać marzeń o karierze psychologa. Z uporem maniaka powtarzali jej, że rzadko kto ma w jej wieku takie umiejętności i predyspozycje do tego zawodu. Tutaj, w Kanadzie, jedynie utwierdzała się w przekonaniu, że mówiąc to, mieli rację. Choć nie chciała się chwalić, od razu wyczuła, że jest tu jedną z lepszych doktorantek. Szybko odkryli to też naukowcy, z którymi miała zajęcia, i koledzy z grupy, bo od razu zaczęła być przez nich niemalże rozchwytywana.

Wieczorami jednak nadal tęskniła za Alkiem i życiem, które wiodła u jego boku. Od zawsze lubiła klimat dużych miast, ale przez ostatnie tygodnie odwykła od tego i brakowało jej spokoju. Często zaszywała się więc wieczorem w swoim pokoju z książką i kubkiem herbaty, ale rozmawiała na Skypie z Alkiem. Chociaż była to jedynie namiastka jego obecności, te długie rozmowy przypominały jej o wiejskiej sielance, której częścią była przez ostatnie dni. Bez tego pewnie nie radziłaby sobie w Toronto tak dobrze.

※

– Jak ci minął dzień? – zagadnęła ją matka, kiedy Laura wieczorem wróciła do domu. Miała zajęcia od rana, dlatego czuła się bardzo zmęczona.

– Dobrze – odpowiedziała jednak i podeszła do krojącej warzywa matki, żeby cmoknąć ją w policzek. – A tobie?

– Też. Byłam dzisiaj nadzorować rozwieszanie obrazów w Art Gallery of Ontario. Ciężka robota.

– Jestem pewna, że wszystko wygląda ślicznie i profesjonalnie.

– Oczywiście, że tak, ale beze mnie te ciapy w życiu by sobie z tym nie poradziły. Nie wiem, kto zatrudnia tych ludzi od wieszania, ale oni za grosz nie mają wyczucia smaku. Powiesili moją *Henriettę* obok *Romantycznego Pejzażu*. Dasz wiarę?

Laura pokiwała głową i wskoczyła na kuchenny blat tuż obok matki, jak to miała w zwyczaju już od czasów liceum. Był to taki ich prywatny rytuał. Mama robiła wspólną kolację, a ona opowiadała jej o swoim dniu, siedząc na blacie, podjadając marchewkę i bębniąc nogami w szafkę.

– Nawet ja bym wiedziała, że nie można ich obok siebie powiesić, bo to koniec i początek nowej kolekcji.

– No właśnie! Karygodne, prawda? I ja, i Luiza spodziewałyśmy się po największej galerii w Kanadzie raczej czegoś więcej. No, ale nie ma co o tym rozmawiać. Zadbałam o wszystko osobiście i teraz do soboty mam wolne. Nie licząc oczywiście tego, że muszę jechać kupić nową sukienkę na wernisaż. Myślałam o turkusie i starym złocie, a do tego krótkich botkach na szpilce. Co ty na to?

– Brzmi nieźle. A włosy?

– Spięte. Ale chyba nie będę odnawiała farby. Nie wyblakła tak jak ostatnio. Co myślisz?

Laura pokiwała głową, zerkając na jej włosy.

– Jest dobrze – stwierdziła.

– No właśnie. – Matka zabrała się teraz za przyprawianie mięsa na kolację. Znalazłabyś jutro chwilę, żeby wyskoczyć ze mną jutro na zakupy do Eaton Centre? – zapytała, biorąc do ręki rozmaryn.

– Mam jutro tylko jeden wykład przed południem, więc później chętnie z tobą wyjdę.

– W takim razie podjadę po ciebie na uczelnię. – Matka zlustrowała ją wzrokiem. – Tobie też przydadzą się jakieś jesienne ciuchy. Nie chcę nic mówić, ale trochę się zapuściłaś w tej Polsce.

Laura wywróciła oczami, czując, że znowu pije do tego, że Alek jest prostym rolnikiem. Ostatnio dość często wałkowały tę kwestię.

– A tata gdzie? – zapytała, chcąc zmienić temat, i ugryzła kolejny kęs soczystej marchewki.

– Wróci późno, bo Mathew ma dziś rocznicę ślubu i poprosił go, żeby dał im mały koncert zaraz po kolacji, a jemu ojciec nie mógł przecież odmówić. Odkąd wykorzystał w swoim filmie dwa jego utwory, ojciec czuje się dłużny.

– A więc jemy dziś same?

– Nie. Zaprosiłam Collinsów. Mam nadzieję, że nie masz nic przeciwko?

Laura pokręciła głową. Przyzwyczaiła się już do tego, że najlepsza przyjaciółka mamy, znana w okolicy gwiazda filmowa, wpadała do nich z córkami dwa albo trzy razy w tygodniu.

Matka spojrzała na nią z ukosa.

– A kiedy poznamy jakichś twoich znajomych?

– Nie wiem. – Laura wzruszyła ramionami. – Nie czuję potrzeby sprowadzania tych ludzi do domu.

– A ja uważam, że fajnie by było, gdybyś wpadła tu czasem z jakimś chłopakiem...

Laura zeskoczyła z blatu.

– Wiesz co, mamo, sprawdzę, czy nie napisał do mnie Alek. Zejdę dopiero na kolację. – powiedziała chłodno i jednoznacznie, a potem ruszyła w stronę krętych schodów prowadzących na górę apartamentu.

Matka już się nie odezwała.

Laura weszła do swojego pokoju i szczelnie zamknęła drzwi, a potem usiadła na łóżku i biorąc na kolana laptop, włączyła Skype'a. Tak jak myślała, przy loginie Alka świeciło się zielone kółeczko. Bez namysłu kliknęła na jego ikonkę i nawiązała połączenie.

– Dobrze cię widzieć! – powitała go serdecznie, kiedy na ekranie pojawiła się jego twarz.

– Ciebie też – odpowiedział, zerkając do kamery tak, że miała wrażenie, że patrzy prosto na nią.

– Jak ci minął dzień? – zapytała, kierując wbudowaną w laptopa kamerę bardziej w dół, a potem oparła się wygodnie o wielkie poduchy za plecami. – Myślałam o tobie prawie cały dzień, siedząc na zajęciach. Jesteś dużo ciekawszy niż psychologia.

Znowu się do niej uśmiechnął.

– Miło to słyszeć, naprawdę.

– No więc co u ciebie? – powtórzyła pytanie, kiedy zamiast na nie odpowiedzieć, po prostu się jej przyglądał.

– Mieliśmy dzisiaj z Konradem dość przyjemny dzień. Jedyne, co robiliśmy, to przygotowanie kilku koni do sprzedaży. Nie warto trzymać wszystkich na zimę – powiedział. – A poza tym też dużo o tobie myślałem.

– Naprawdę?

– Tak. Nie wiem, czy wiesz, ale ja też za tobą tęsknię.

Roześmiała się, widząc jego minę i znów pomyślała, że gdyby nie te ich wieczorne rozmowy, trudno by jej było wytrzymać tutaj bez niego. Były one namiastką rzeczywistego kontaktu, choć wielokrotnie po zakończeniu rozmowy zwijała się na łóżku, szlochając i płacząc. Widzieć go, a nie móc dotknąć i przytulić, było czymś okropnym.

Podczas dnia miała ogrom zajęć, które nie pozwalały jej się pogrążać w tęsknocie, ale wieczory były pod tym względem dość trudne.

Ich rozmowa trwała kilkadziesiąt minut. Opowiedzieli sobie nawzajem, jak upłynął im dzisiejszy dzień. Laura wypytała też Alka o Różę i o Konrada, a zakończyli na żarliwych zapewnieniach o swojej gorącej miłości. Potem, ocierając łzy, Laura zbiegła na dół na kolację, posiedziała chwilę ze znajomymi matki, wykąpała się i poszła spać. Przytulając się do miękkiej poduszki śniła o Alku i jego silnych ramionach...

Następnego dnia, zaraz po zajęciach, zaczepił ją chłopak z grupy. Widywali się regularnie na uczelni, bo tak jak ona, bywał na wszystkich zajęciach i parę razy siedzieli nawet obok siebie na wykładach. Nigdy nie mieli jednak okazji się poznać. Był wysokim, dobrze zbudowanym brunetem o czarnych włosach, piwnych oczach i ciemnej linii rzęs. Musiała też przyznać, że miał niezwykle wyraziste rysy twarzy. Wyglądał niczym model z jakiegoś magazynu modowego z wyższej półki.

– Jesteś Laura, prawda? – zagadnął, gdy stała na schodach, czekając na matkę i ściskała teczkę z notatkami.

Pokiwała głową i podała mu rękę.

– Tak.

– Gabriel.

– Miło cię poznać. – Posłała mu ciepły uśmiech.

– Ciebie też. Jesteś tu nowa, prawda? Nie studiowałaś z nami wcześniej.

– Nie. – Laura pokręciła głową. – Robiłam magisterkę w Polsce – odpowiedziała.
– Wow. To kawał świata. Co cię do nas przywiało?
– Mieszkają tu moi rodzice, więc postanowiłam skorzystać z okazji. Doktorat tutaj to przecież niezły prestiż.
– Tak, to prawda. U nas na studiach mówiło się, że to tylko dla wybrańców.
Roześmiała się melodyjnie.
– Nie ma to, jak samemu sobie podnosić samoocenę.
On też się uśmiechnął.
– Czekasz tutaj na kogoś? – zapytał, zmieniając temat. – Może cię podwieźć? Jestem samochodem.
– Dzięki za propozycję, ale muszę odmówić. Czekam na mamę, jedziemy dzisiaj na zakupy.
– Taki babski wypad?
– Tak. Obiecałam, że pomogę jej kupić sukienkę na wernisaż.
– Wernisaż? – Zdziwił się, słysząc jej słowa i przyjrzał jej się uważnie. – Twoja matka jest artystką?
– Malarką. Ma w weekend wystawę w Art Gallery of Ontario i panikuje.
– Żartujesz! Twoja mama to słynna Natasza Hoffmann? Mam zaproszenie na jej wystawę, bo moja mama jest naczelną „Toronto Sun" i osobiście będzie pisała o tym artykuł.

Teraz to na usta Laury wypłynął pełen niedowierzania uśmiech.

– Naprawdę? I zamierzasz się tam zjawić?

– Tak – odpowiedział, rozentuzjazmowany. – Zawsze chodzimy na wystawy rodzinnie. To taki konik moich rodziców.

– Boże, to wspaniale. – Naprawdę się ucieszyła. – Niby znam ludzi znajomych mojej mamy, ale wieczór w towarzystwie samych zwariowanych artystów godzinami rozmawiających o sztuce bywa czasem trochę męczący.

– Tak, coś o tym wiem, chociaż muszę przyznać, że trochę to lubię – odpowiedział dokładnie w momencie, w którym powietrze przeciął głośny klakson samochodu matki Laury. Spojrzała w tamtym kierunku, a potem przeniosła wzrok na Gabriela.

– Wybacz, muszę już lecieć – powiedziała przepraszająco, poprawiając wiszącą na ramieniu torebkę.

– Rozumiem. – Spojrzał jej prosto w oczy. – Miło było cię poznać, Lauro.

Znowu odpowiedziała mu szerokim uśmiechem.

– Tak, ciebie też – rzuciła i pospiesznie zaczęła się od niego oddalać.

– Do zobaczenia jutro! – krzyknął za nią jeszcze, zanim zniknęła w samochodzie matki, a potem sam ruszył w stronę parkingu.

– Kto to był? – zapytała matka, ruszając do przodu.

Laura rzuciła do tyłu torebkę i zapięła pas.

– Kolega z grupy. Gabriel.

– Przystojny.

– Trochę. Będzie na twoim wernisażu.

Natasza nieco się ożywiła.

– Jego mama jest naczelną „Toronto Sun". Będą rodzinnie – wyjaśniła Laura.

– Jest synem Beth? Przecież ja dobrze ją znam. Nie wiedziałam, że ona ma dziecko w twoim wieku. – Matka zaczęła się ekscytować.

Laura spojrzała w jej stronę.

– No widzisz – zakończyła sucho ten wątek. – A jak u ciebie? – zapytała, chcąc zmienić temat. Chłopcy, nawet jeśli byli to tylko koledzy, stanowili tabu w jej rozmowach z matką.

– U mnie wszystko dobrze. – Na usta Nataszy wypłynął dyskretny uśmieszek. Gabriel byłby dużo lepszym chłopakiem dla Laury niż cały ten Alek. Już jeden rzut oka wystarczył, żeby stwierdzić, że ci dwoje naprawdę do siebie pasowali. No i nie był jakimś tam przypadkowym chłopakiem ze wsi, ale pochodził z dobrej rodziny na poziomie.

Tak, pomyślała sobie, skręcając w kolejną boczną ulicę. Na pewno będzie z tej ich znajomości coś więcej. Już ona tego dopilnuje.

※

Gabriel zjawił się na wernisażu tak, jak obiecał, i od razu wypatrzył w tłumie Laurę. Ta dziewczyna miała w swoim spojrzeniu i sposobie bycia coś tak magnetycznego, że nie mógł się na nią napatrzeć już od pierwszego dnia, kiedy ją zobaczył. Kręciła się teraz niedaleko krytyków sztuki, których kojarzył z widzenia, i rozmawiała z jakąś ekscentrycznie ubraną kobietą, dlatego odczekał chwilę, aż zostanie sama.

– Ładnie wyglądasz. – Podszedł do niej i po przyjacielsku cmoknął ją w policzek. W czarnej, obcisłej sukience przed kolana i złotej biżuterii wyglądała zjawiskowo. Uderzył go też zapach jej zdecydowanych, choć nieduszących perfum, który idealnie dopełniał jej dzisiejszą stylizację.

– Dziękuję. Ty też – odpowiedziała, zerkając na jego garnitur i gładką twarz.

– Jesteś sama?

– Tak. Nie mam tu jeszcze zbyt wielu przyjaciół, dlatego zajmuję się zabawianiem gości. Rodzice nie mają dla mnie zbyt dużo czasu podczas takich wydarzeń, ale nie szkodzi. Czasem można tu poznać ciekawych ludzi, a nawet podyskutować o psychologii.

– Widzę, że jesteś w nią wkręcona na maksa.

– W psychologię? Od pewnego czasu owszem.

– To podobnie jak ja, chociaż rodzice uważali raczej, że ze swoją zdolnością do przepytywania ludzi powinienem zostać dziennikarzem. – Uśmiechnął się.

– Ale nie dałeś się przekonać?

– Nie. – Pokręcił głową. – Lubię stawiać na swoim – odpowiedział w momencie, w którym zjawił się obok nich kelner z szampanem. – Dla ciebie? – zapytał, zerkając na nią z ukosa.

Skinęła głową, więc podał jej kieliszek z musującym napojem.

– Więc nie masz żadnych zaburzeń afektywnych? – zapytał, gdy zbliżyła go do ust.

Roześmiała się z jego żartu, zerkając na kieliszek.

– Nie. Jak widzisz mogę pić. Nie biorę żadnych psychotropów – powiedziała i oboje znowu zanieśli się śmiechem.

– Jak się bawisz? – zapytała, patrząc mu w oczy, gdy już się uspokoili.

– Dobrze, nawet bardzo – odpowiedział. – Nie miałem jeszcze jednak przyjemności obejrzeć obrazów.

– Koniecznie musisz to nadrobić. Osobiście uważam, że są boskie, choć ja raczej nie bywam w tej kwestii zbyt obiektywna. Może chcesz je obejrzeć razem ze mną? – zaproponowała. – Chętnie opowiem ci też coś więcej o ich genezie. Będziesz jednym z niewielu, który dowie się, jak wyglądał szał twórczy mojej matki.

Jego oczy rozbłysły.

– Świetna propozycja, aż grzech odmówić.

– Cudownie.

– Znasz się na sztuce?

– Trochę. Bardziej od malarstwa interesuje mnie jednak literatura.

– A to ciekawe. Poezja czy proza?

Znowu obdarowała go ciepłym uśmiechem.

– Chyba i jedno, i drugie. To co, chcesz je teraz obejrzeć? – spojrzała na obrazy. – Jeśli teraz zaczniemy, to zdążymy przed przemową mamy.

Pokiwał głową.

– Dobrze. W takim razie prowadź – powiedział, a potem, kładąc dłoń na jej biodrze, razem ruszyli w kierunku *Henrietty*, co nie umknęło czujnemu wzrokowi Nataszy.

Alek

Wrzucali właśnie z Konradem węgiel do kotłowni, kiedy rozdzwonił się telefon Alka. Listopad okazał się być o wiele chłodniejszy, niż zapowiadali synoptycy, dlatego musiał kupić dwie tony, inaczej nie starczyłoby opału na zimę.

Słysząc dzwonek, ściągnął z dłoni czarną rękawiczkę i odrzuciwszy ją na bok, wyciągnął z kieszeni telefon.

– Muszę odebrać – powiedział do Konrada, widząc na wyświetlaczu nieznany numer, a potem oddalił się o kilka kroków. – Słucham? – rzucił do telefonu.

– Aleksander Dworakowski? – odezwał się nieznany mu dotąd, kobiecy głos.

– Tak, to ja. Z kim mam przyjemność?

– Nazywam się Natasza Hoffmann. Jestem matką Laury.

Alek poczuł, jak z jego twarzy odpływa krew.

– Stało się coś? Wszystko u niej w porządku? – zapytał z przejęciem.

– Nie, nie – natychmiast uspokoiła go kobieta. – U niej wszystko dobrze. Nawet wspaniale.

Odetchnął z ulgą, chociaż serce nadal biło mu jak szalone.

– W takim razie czemu zawdzięczam pani telefon? – spróbował się dowiedzieć i zerknął w stronę pracującego w pocie czoła Konrada.

– Dzwonię do ciebie, Alku, żeby powiedzieć, że Laura jest tutaj bardzo szczęśliwa.

– Tak, wiem. – Wpadł jej w słowo. – Rozmawiałem z nią wczoraj. Dobrze sobie radzi na studiach, ma nowych przyjaciół... Nie wiem, czy pani wie, ale jesteśmy w stałym kontakcie.

– Chyba nie do końca się rozumiemy.

– Tak? – zapytał, nieco zdezorientowany.

– Tak. Dzwonię, by cię poprosić, żebyś przestał się z nią kontaktować. Laura się z kimś spotyka.

Alek poczuł, że zaczyna mu brakować powietrza...

– Ale jak to... – zdołał tylko wyszeptać, zanim zalała go fala gorąca.

– Tak to, mój drogi. Poznała wspaniałego, młodego człowieka, który bardzo często u nas bywa i zaczyna się między nimi dziać coś więcej. Jestem jej matką, więc uznałam, że powinnam cię o tym poinformować.

– Nie rozumiem...

– No widzisz, ja od razu czułam, że ty należysz do tych, co to nie potrafią za wiele zrozumieć... Ale nieważne. Jeśli naprawdę kochasz Laurę i zależy ci na jej szczęściu, to powinieneś o niej zapomnieć, dać jej odejść. Dla jej dobra. Nie pisz do niej i nie dzwoń, nie proś, żeby przyleciała na święta. Po prostu o niej zapomnij. Ten wasz związek i tak nie miał zbyt wielkiego sensu, a Gabriel to chłopak z wyższych sfer, idealny dla naszej Laury.

Alek nerwowo przełknął ślinę. Czuł, że w jego gardle zbiera się jakaś wielka, dusząca gula.

– Ale jak to? Dlaczego ona mi nic nie powiedziała… – wydusił.

– Nie chciała cię ranić. – Natasza zdecydowanie ucięła jego wątpliwości. – To dlatego ja do ciebie dzwonię. No tyle to chyba potrafisz zrozumieć, prawda?

– Tak.

– No i świetnie. W takim razie sprawa załatwiona. Miłego dnia, mój drogi, poszukaj sobie kogoś… – zawahała się, nie chcąc go obrazić – bardziej dla ciebie odpowiedniego – dokończyła, a potem się pożegnała i w słuchawce rozległo się głośne pikanie. Alek trzymał telefon jeszcze przez chwilę przy uchu, nie dowierzając w to, co usłyszał, a potem rzucił nim o ziemię i ze złością złapał łopatę.

– Coś się stało? – zapytał Konrad, widząc jego reakcję, ale Alek nawet na niego nie spojrzał, tylko zaczął wrzucać węgiel przez okno dwa, a może nawet trzy razy szybciej niż wcześniej.

– To może ja pójdę po Różę – naprawdę się o niego martwiąc, powiedział po chwili chłopak i nie czekając na jego reakcję, pobiegł w stronę dworku.

Alek odczekał jeszcze chwilę i z całej siły trzasnął łopatą o ścianę. W powietrzu rozległ się głośny brzęk upadającego metalu, ale nie dbał o to. Przyłożył do twarzy zmarznięte ręce i opierając się o ścianę, zaczął głośno płakać. W życiu się tego nie spodziewał. Przecież jeszcze wczoraj rozmawiał z Laurą i ...

Nie, to nie mogła być prawda. Po prostu nie mogła. Nie po tym, co razem przeżyli. Przecież to miało być tylko kilka miesięcy nic nieznaczącej rozłąki...

W pierwszej chwili chciał złapać ten cholerny telefon i od razu wykręcić jej numer, żeby to wszystko wyjaśnić. Dowiedzieć się czy to prawda, a raczej usłyszeć, że to jakiś kiepski żart albo nieporozumienie. Ale kiedy już był bliski naciśnięcia zielonej słuchawki, jakiś wewnętrzny głos kazał mu tego nie robić. „Jeśli naprawdę ją kochasz, to powinieneś o niej zapomnieć", jak echo powracały do niego słowa jej matki.

– Niech to szlag! – Uderzył pięścią w twardą nawierzchnię.

Zabolało.

Kolejny raz w życiu pękło mu serce i wiedział, że tym razem już sobie z tym nie poradzi.

– Alek, na litość boską! – Usłyszał po jakimś czasie uniesiony głos Róży. Siedział na ziemi, pogrążając się w rozpaczy. – Chcesz się rozchorować? – zapytała, łapiąc go za rękę.

Uniósł na nią zamglony wzrok i posłusznie podniósł się na nogi, chociaż było mu wszystko jedno.

– Co się stało?! – Róża przejęła się nie na żarty, widząc jego zapuchnięte oczy i zaczerwienioną twarz. Jeszcze chyba nigdy w życiu nie widziała tak pełnego cierpienia wzroku, jakim teraz na nią patrzył.

– Laura, ona... – spróbował powiedzieć, ale głos mu się załamał.

– Alek... – Róża dotknęła czule jego przedramienia.

– Ona odeszła – wyrzucił w końcu z siebie i zaczął płakać. Nawet nie zauważył, kiedy przytuliła go i zaczęła głaskać po plecach. Był odrętwiały i obolały. Każdy, nawet najpłytszy oddech, sprawiał mu trudność. Jakby jego ciało zaczęło fizycznie odczuwać cierpienie. – Laura odeszła – powiedział jeszcze, nadal nie mogąc w to wszystko uwierzyć.

– Tak mi przykro, kochanie... – wyszeptała Róża. – Tak mi przykro.

Jego ciałem wstrząsnął bolesny szloch. Staruszka tuliła go jeszcze przez chwilę, aż w końcu lekko się odsunęła.

– Chodź do mnie, dobrze? – poprosiła. – Zrobię ci coś ciepłego do picia. Musisz się rozgrzać.

Pokiwał głową i posłusznie ruszył za nią do dworku, chociaż naprawdę było mu wszystko jedno, co się teraz z nim stanie. Wolałby chyba nawet przestać istnieć. Tak by było dla wszystkich najlepiej.

Przez następne dni i tygodnie Alek coraz bardziej zamykał się w sobie. Snuł się po poddaszu i wychodził na dwór tylko po to, żeby nakarmić zwierzęta albo napalić Róży w piecu. Gdyby nie to, to pewnie położyłby się do łóżka i wcale z niego nie wstawał. Przecież nikt na niego nie czekał. Nie było Laury, więc nie miał już po co żyć.

Nie jadł też prawie wcale i, ku przerażeniu odwiedzającej go Róży, chudł w oczach. Podświadomie wciąż czekał na jakąś wiadomość z Kanady. Ona jednak nie nadchodziła, tak jak go zapewniała Natasza. Po prostu przestał dla Laury istnieć. Jedną decyzją przekreśliła nie tylko ich związek, ale i cały jego świat. Nie umiał się z tym pogodzić. Chociaż Róża gorliwie zapewniała go o tym, że z czasem będzie tylko lepiej, jakoś nie mógł w to uwierzyć. Gorzka świadomość, że ich związek się skończył, po prostu go prześladowała. Miał wrażenie, że nie opuszczała go ani na chwilę. Chodziła za nim jak pies. Pilnowała w ciągu dnia i męczyła w każdym śnie.

Wszystko stało się nagle jeszcze bardziej pełne Laury niż dotychczas. Wszędzie ją widział, wszędzie ją czuł, wszędzie wspominał. Ale wiedział, że to tylko mrzonki. Tak naprawdę została po niej już tylko pustka.

Laura

Laura od tygodni zalewała się łzami. Nie mogła zrozumieć, dlaczego Alek się do niej nie odzywa i dlaczego tak nagle, bez słowa wytłumaczenia, po prostu zerwał z nią kontakt. Na początku zastanawiała się, czy coś mu się może nie stało, ale była pewna, że wtedy zadzwoniłby do niej spanikowany Konrad, bo taką mieli cichą umowę. Gdy wchodziła na Skype'a, Alek ciągle był niedostępny, a na dodatek nie odbierał od niej telefonów.

– Przecież obiecał... – Szlochała więc w poduszkę, zanosząc się płaczem. – Obiecał, że będzie na mnie czekał.

Tęskniła za nim tak bardzo, że miała problem z normalnym funkcjonowaniem. Nie chciała chodzić na uczelnię, na wystawy, koncerty, a nawet o tym wszystkim myśleć. Jedyne, co robiła, to rzucała się ze łzami na łóżko i tępo wbijała wzrok w sufit, wygrzebując ze wspomnień ich wspólne chwile. Nie chciała z nikim rozmawiać ani nikogo słuchać. Jej życie stało się pełną smutku wegetacją. Najgorsze było to, że wbrew temu, co zwykło się mówić, z dnia na dzień było jej bez niego coraz trudniej.

– Laura, dziecko… – próbowała pocieszyć ją matka. – Przecież na jednym chłopaku świat się nie kończy – powiedziała, siadając na łóżku, ale Laura wbiła w nią tylko pełen rozpaczy wzrok.

– Niczego nie rozumiesz. Ja go kocham, mamo. – Zapłakała, ocierając łzy, a w gardle tkwiła jej ogromna, pełna emocji gula. – Naprawdę go kocham.

– Widocznie on ciebie nie bardzo, skoro postanowił się nie odzywać. Jestem pewna, że już tam jakąś ma, a o tobie po prostu zapomniał. Ty tu rozpaczasz i tęsknisz, a on się pocieszył.

– Nie mów tak – z wściekłością syknęła Laura. – On taki nie jest. Nie wiem, co się stało, ale nigdy by mnie nie skrzywdził.

– Nigdy? Jesteś pewna?

Z oczu Laury znowu popłynęły łzy.

– Mówił, że mnie kocha… – zaszlochała, zwijając się w kłębek. – Obiecał, że będzie na mnie czekał. Obiecał – powtarzała jak mantrę.

Natasza zrobiła pełną współczucia minę i pogłaskała ją po głowie.

– Laura, nie mogę już patrzeć, jak się męczysz. Postaraj się o nim zapomnieć, oderwać się od tego. Proszę… Świat się na nim nie kończy, a ty się zachowujesz, jakby ktoś ci umarł. To tylko kolejny chłopak.

Laura zamknęła oczy i przyciągnęła do siebie kolana jeszcze bardziej.

– Nie umiem zapomnieć, mamo, nie potrafię. – Zacisnęła powieki jeszcze bardziej, przypominając sobie ich pierwszy spacer, pocałunek i noc. Alek na pewno nie był dla niej tylko „kolejnym".

– Laura... – spróbowała jeszcze matka.

– Idź sobie, proszę. – Laura odtrąciła jej rękę. – Chcę zostać sama.

Natasza patrzyła na nią jeszcze przez chwilę, ale w końcu poddała się i wyszła z sypialni. Laura natomiast kolejny już raz tego dnia sięgnęła po laptop i włączyła Skype'a. Przy Alku świeciło się jednak czerwone kółko. Był niedostępny.

Wieczorem zajrzał do Laury Gabriel. Od czasu wernisażu Nataszy zdążyli się zaprzyjaźnić i zanim rozpoczął się w jej życiu dramat związany z Alkiem, często spędzali razem czas. Był w Kanadzie jej jedynym przyjacielem, który naprawdę się o nią troszczył. Niejednokrotnie przekonała się też, że może na niego liczyć.

– Mogę wejść? – zapytał, zaglądając do jej pokoju przez uchylone drzwi. Leżała właśnie na łóżku. Zapuchniętymi od płaczu oczyma bez celu wpatrywała się w okno.

– Tak, tak. Proszę. – Spojrzała w jego stronę i usiadła, ocierając dłońmi policzki.

– Znowu nie było cię na uczelni, zacząłem się martwić – powiedział i przysiadł na krześle przy biurku.

Laura zmusiła się do uśmiechu.

– Po prostu... – Popatrzyła na swoje nogi. – Jak widzisz, nie jestem w formie.

– Już drugi raz w tym tygodniu – zauważył.

Spuściła wzrok, zamiast odpowiedzieć.

– Powiesz mi w końcu, co się stało? Może mógłbym ci jakoś pomóc? – zapytał z troską.

Po sypialni rozeszło się jej głośne westchnięcie.

– Chodzi o jakiegoś chłopaka, prawda?

Laura zastygła w bezruchu i uniosła na niego wzrok.

– Tak – wydusiła w końcu. – Chodzi o kogoś bardzo dla mnie ważnego.

– Coś mu się stało? Zrobił ci jakąś krzywdę?

– Nie... – odpowiedziała bez namysłu, kręcąc głową. – Chociaż właściwie, to tak... – zawahała się, szukając odpowiednich słów – Nie. Nie wiem.

Gabriel popatrzył na nią uważnie.

– Po prostu on przestał się do mnie odzywać – wydusiła w końcu. – Nie wiem, co mu się stało. Pisaliśmy do siebie, dzwoniliśmy, a nagle on po prostu zerwał kontakt. Nie mam pojęcia, o co chodzi. Nic nie zrobiłam i... – Rozkleiła się zupełnie.

Gabriel natychmiast uniósł się z krzesła i usiadł obok, pozwalając jej się do siebie przytulić. Już po kilku sekundach miał koszulę mokrą od jej łez.

– Może to wszystko da się po prostu wyjaśnić, co? – zapytał, kiedy w końcu nieco się uspokoiła.

– Nie wiem jak... Nie odzywa się, nie ma go na Skypie, nie odbiera telefonów.

– A nie możesz skontaktować się z jakimś jego znajomym?

– Nie. Mam do wyboru odciętego od świata czternastolatka i dziewięćdziesięcioletnią staruszkę. Żadne z nich nie ma nawet telefonu.

Gabriel pokiwał głową na znak, że rozumie.

– To kiepsko – mruknął.

Laura otarła nos.

– Kiepsko? To jedna wielka katastrofa.

Na chwilę zapanowała miedzy nimi cisza. Gabriel odezwał się pierwszy.

– Wiesz co? Ja widzę z tej sytuacji dwa wyjścia – powiedział. – Albo stawiasz wszystko na jedna kartę, ryzykujesz i lecisz do niego to wszystko wyjaśnić, albo musisz się jakoś pozbierać.

Laura spojrzała na niego z ukosa.

– Wiem na pewno, że musisz coś zrobić, bo tak jak teraz nie może być. Nie da się patrzeć na to, jak płaczesz i marnujesz swój czas – dokończył.

Laura wzięła głęboki oddech.

– Tak, chyba masz rację. Muszę coś zrobić, bo sama ze sobą zwariuję – odpowiedziała dopiero po chwili. Niby o tym wiedziała, ale te słowa wypowiedziane przez kogoś innego nabrały zupełnie innego sensu i podziałały na nią jak kubeł zimnej wody.

Gabriel uśmiechnął się lekko, widząc jej zapał.

– Będzie dobrze. Jestem pewien, że wam się ułoży. – Pogłaskał ją przyjacielsko po plecach.

– Dzięki. – Laura popatrzyła na niego z wdzięcznością. – Nawet nie wiesz, jak bardzo potrzebowałam coś takiego usłyszeć.

– Nie ma za co, naprawdę. Ja tylko ci powiedziałem, że bierność jest zła. A swoją drogą… – Popatrzył na teczkę, którą położył na jej biurku. – Przyniosłem ci dzisiejsze notatki. Pomyślałem, że będziesz chciała je przeczytać od razu, żeby być na bieżąco.

– Tak, dziękuję, że o mnie pomyślałeś. Przeczytam je jeszcze dziś.

– Jakoś tak pusto bez ciebie na uczelni. Nawet wykładowcom ciebie brakuje.

Rozpogodziła się trochę, słysząc te słowa.

– Na pewno nie, ale to miłe.

Gabriel patrzył na nią przez chwilę.

– No dobrze, to ja będę się chyba już zbierał – odezwał się, kładąc dłonie na kolanach, i po chwili wstał.

– Nie zostaniesz na kolacji? – zaproponowała, podążając za nim wzrokiem.

– Nie, dziś chyba nie – powiedział, robiąc krok w tył. – Ale cieszę się, że masz się trochę lepiej.

Laura obdarzyła go ciepłym uśmiechem i też się podniosła.

– Jeszcze raz wielkie dzięki, naprawdę. Potrzebowałam takiej rozmowy.

– Nie ma za co. Do usług – mruknął i przytulił ją na pożegnanie.

– Dobrej nocy! – rzuciła do niego jeszcze, kiedy był już przy drzwiach.

Odwrócił się do niej.

– Laura… – zaczął niepewnie.

– Tak? – Spojrzała na niego.

– Ten facet musi być prawdziwym szczęściarzem. Za to, co ci zrobił, najchętniej obiłbym mu twarz – powiedział a potem zniknął za drzwiami.

Laura patrzyła na nie jeszcze przez moment, aż w końcu zakryła twarz dłońmi i padła na łóżko. Gabriel miał rację. Musiała tam jechać.

❀

– Mowy nie ma! – skwitowała jej pomysł matka. – On cię rzuca, a ty się zamierzasz przed nim kajać? Miej w sobie trochę godności, Laura, naprawdę. Rozumiem, że za nim tęsknisz, ale nie przesadzaj. Podnieś głowę do góry i przestań się nad sobą użalać. Ile ty masz lat?

Laura patrzyła na nią przez chwilę wielkimi oczami, nie wiedząc, co powiedzieć. Spodziewała się raczej wsparcia, a nie takiej reakcji. Matka kolejny już raz rozłożyła ją na łopatki swoim brakiem empatii.

– Ale… – zaczęła niepewnie, czując się trochę jak mała dziewczynka. Gdyby wiedziała wcześniej, że powrót pod skrzydła rodziców skończy się na zakazach i nakazach, to wolałaby chyba nadal studiować w kraju.

– Jakie ale? – Natasza surowo ucięła jej protest. – Nigdzie nie lecisz, chyba wyraziłam się jasno? Skoro ty nie masz honoru, to ja o niego zadbam za ciebie.

Słysząc jej dyktatorski ton, Laura wiedziała już, że dyskusja nie ma najmniejszego sensu, ale jeszcze przez chwilę mierzyły się wzrokiem.

– Świetnie – bąknęła więc tylko jak małe dziecko i ruszyła w stronę wyjściowych drzwi. Nie miała ochoty przebywać ani chwili dłużej w towarzystwie tej pozbawionej zrozumienia kobiety.

– Dokąd idziesz? – Usłyszała jeszcze za plecami, ale całkowicie zignorowała te słowa i zamknęła za sobą drzwi. Stając na schodach, zarzuciła na ramiona swój zimowy płaszczyk i oparła się o lodowatą ścianę. W jej oczach kolejny raz pojawiły się łzy. Wzięła głęboki wdech, przymknęła oczy i dała się owiać zimnemu wiatrowi. Pomyślała, że tamten wiejący od lasu w stronę leśniczówki był zawsze ciepły i przyjemnie muskał nozdrza, ten był lodowaty i śmierdział benzyną. Wdzierał się zachłannie pod jej ubranie i sprawił, że zaczęła dygotać z zimna. Drżącymi dłońmi wyciągnęła więc z kieszeni telefon i przejechała palcem po wyświetlaczu. Nie wahając się ani chwili, wybrała numer Gabriela. Znowu potrzebowała się wypłakać, a w Kanadzie miała poza rodzicami tylko jego.

Przyjechał po nią za mniej niż kwadrans i o nic nie pytając, zabrał do siebie.

Konrad

Święta Bożego Narodzenia Konrad spędził raczej w towarzystwie Róży i Alka niż swojej własnej rodziny. Matka nie znosiła, kiedy kręcił jej się po kuchni, dlatego od rana urzędował w dworku, gotując razem z Różą barszcz i lepiąc pierogi. Wrócił do domu dopiero na uroczystą kolację, na którą zjechała się do nich dalsza rodzina. Ponieważ wujostwo, tak samo jak jego rodzice, lubiło sobie popić, już po godzinie chłopak był wolny i mógł wymknąć się z domu niezauważony.

– Jestem! – obwieścił Alkowi i Róży, otrzepując ze śniegu buty. Już od progu uderzyło go wypełniające ten stary budynek niesamowite ciepło i zapach kiszonej kapusty. Dopiero dzięki nim poczuł, że naprawdę są święta i że jest w domu. Nie tam, gdzie w najlepsze wychyla się kolejne kieliszki i dąży do awantury, ale wśród kochających go ludzi.

Róża z Alkiem siedzieli właśnie przy stole i kończyli uroczystą kolację. Obok kaflowego piecyka leżały przyniesione przez Alka drewka, które co jakiś czas dokładał do ognia, a w rogu, pod oknem, stała niewielka, słabo przyozdobiona choinka.

– Siadaj z nami, kochanie – jak to miała w zwyczaju, życzliwie powitała go Róża. – Jedzenie jeszcze ciepłe, więc częstuj się, czym tylko masz ochotę. Opłatkiem przełamiemy się, gdy już zjesz, żebyś nie musiał sobie odgrzewać – obwieściła, gdy odsunął sobie krzesło i usiadł do stołu.

– Dziękuję. – Obdarzył ją uśmiechem, a potem wrzucił sobie na talerz kilka pięknie pachnących pierogów. Kątem oka zerknął też na Alka. Chociaż ten ostatnio trzymał się o wiele lepiej niż zaraz po rozstaniu, to dzisiaj wyglądał po prostu fatalnie.

– I jak? – Róża nie dała mu jednak dłużej się nad tym zastanawiać. – Smakują ci?

Ochoczo pokiwał głową, przeżuwając kolejny kęs.

– Pyszne! – pochwalił ją, na co szeroko się uśmiechnęła.

– Nie pamiętam już, kiedy spędzałam święta w taki miłym towarzystwie jak wasze. Nawet nie macie pojęcia, jak bardzo brakowało mi w te dni rodziny i domowego jedzenia – powiedziała rozmarzonym głosem, ale szybko ugryzła się w język, widząc markotniejącą z chwili na chwilę minę Alka. – Och, przepraszam cię, kochanie. – Natychmiast dotknęła jego leżącej na stole ręki. – Nie chciałam cię urazić. – Spojrzała mu prosto w oczy. – Mnie też bardzo jej brakuje.

Alek przełknął głośno ślinę i wysilił się na uśmiech.

– Nie szkodzi – powiedział do Róży. – Przecież to nie nasza wina, że wybrała inne życie, inny świat. Żadne z nas nie miało wpływu na jej wybory – dokończył, chociaż podświadomie naiwnie liczył na cud. Zerkając co i rusz w stronę drzwi, łudził się, że otworzą się gwałtownie i stanie w nich owinięta szalikiem Laura z walizką.

Jednak mimo że Wigilia jest czasem cudów, nic takiego się nie stało.

– A powiedz mi, Konradzie, jak z tym twoim konkursem? Kiedy te wyniki? – chcąc zmienić temat, odezwała się Róża.

– Trzydziestego grudnia – chłopak odpowiedział jej niemal natychmiast.

– To już całkiem niedługo – zauważyła, wygładzając swoją koronkową sukienkę.

Konrad pokiwał głową.

– Stresujesz się trochę? – włączył się do rozmowy Alek, kolejny raz żałując, że nie ma tu teraz Laury. Przecież to dzięki niej Konrad odważył się pokazać swój tekst światu.

Konrad wzruszył ramionami.

– Nie, chyba nie bardzo. Nie robię sobie nadziei na żadne dobre miejsce, więc w sumie to nie mam czym.

Słysząc jego słowa, Róża pokręciła głową.

– Co za głupstwo! Twoja niska samoocena, Konradzie, po prostu wpędzi mnie do grobu! – obwieściła teatralnie, w odpowiedzi na co oboje z Alkiem parsknęli śmiechem. – No nic. – Nie zraziła się ich reakcją. – W takim razie oboje z niecierpliwością trzymamy za ciebie kciuki, prawda? – Spojrzała na Alka, który skinął twierdząco w odpowiedzi.

– Tylko żebyście się za bardzo nie rozczarowali... – bąknął Konrad, ale Róża natychmiast zganiła go wzrokiem, a potem spojrzała w stronę kuchenki, na której znajdował się pięknie pachnący makowiec.

– No dobrze, moi drodzy, to komu ciasta? – zapytała, nie chcąc dłużej męczyć tematu konkursu.

– To może ja ukroję – zaoferował Alek i wstał od stołu. Już za chwilę znalazły się na nim talerze z przepysznym, drożdżowym makowcem.

W nocy przed ogłoszeniem wyników konkursu Konrad nie mógł spać. Chociaż do tej pory za bardzo się tym nie przejmował, teraz zaczął odczuwać stres. Nie mogąc dłużej wytrzymać w łóżku, odrzucił na bok kołdrę, wsunął nogi w ciepłe kapcie i podszedł do ciężkiego, dębowego biurka stojącego pod oknem. Niemalże bezszelestnie zapalił stojącą na nim lampkę i usiadł na krześle. Wziął do ręki leżącego przed nim *Idiotę* Dostojewskiego, przesunął dłonią po podniszczonej okładce, a potem przekartkował. Nie widział jednak sensu w tym, żeby zacząć czytać. Nie mógł zebrać myśli, a wychodził z założenia, że lekturze powinno się oddawać bez reszty. Inaczej było to profanacją kultury czytania.

Odkładając na bok książkę, popatrzył przez okno, za którym panowała ciemność. Do jego uszu nie docierał żaden, najmniejszy nawet dźwięk. Otulała go jedynie błoga i przyjemna cisza, którą mógł bezkarnie napawać wszystkie swoje zmysły.

Korzystając z okazji, że cały dom spał i matka nie przyjdzie krzyczeć mu nad uchem, żeby zgasił w końcu światło, wyciągnął z szuflady zeszyt, w którym napisał pierwszą wersję swojej książki. Pomyślał o tym, co mogłoby się wydarzyć, gdyby jakimś cudem został zauważony w tym konkursie. Mógłby zmienić swoje życie, wyrwać się z tego pełnego przemocy marazmu, a przede wszystkim spełnić jedno ze swoich największych marzeń. Rzucić to całe dotychczasowe, pełne dramatów życie i wyjechać gdzieś daleko stąd. Mógłby mieć realny wpływ na kształt świata literatury, któremu w ciągu ostatnich lat oddawał się bez reszty, a jego nazwisko biłoby po oczach, zerkając na przechodniów z wielkich bilbordów. Mógłby tworzyć lepsze, alternatywne światy i przekazywać ludziom niezłomne prawdy. A w końcu miałby szansę udowodnić wszystkim tym, którzy przez całe życie go poniżali i wyśmiewali, że jest kimś, że coś znaczy…

Przymykając oczy i myśląc o tym wszystkim, Konrad pierwszy raz pozwolił wybiec do przodu swojej wyobraźni i o mały włos nie zachłysnął się wizją tego pięknego sukcesu. A raczej nadzieją na to, że wszystko, o czym nie ośmielał się nawet myśleć, może jakimś cudem okazać się czymś realnym. I to już całkiem niedługo.

Kiedy już w końcu oderwał się od tych wszystkich myśli, otworzył leżący przed sobą zeszyt na pierwszej stronie i spojrzał na swoje pochyłe pismo, a potem zaczął czytać. Im więcej razy to robił, tym bardziej wątpił w siebie i w swój tekst, ale za nic nie mógł zwalczyć wewnętrznego przymusu, który kazał mu zrobić to jeszcze raz. Przesuwając wzrokiem po kolejnych wersach stworzonej przez siebie historii, sprawnie wyłapywał błędy, ale też, o dziwo, coraz bardziej dawał się porwać w wir wykreowanego świata. Chłonął tę opowieść całym sobą i wchodził w nią coraz głębiej i głębiej, do tego stopnia, że nawet się nie zorientował, kiedy na dworze zrobiło się zupełnie jasno.

– Wychodzę! – krzyknął więc tylko do jedzącej śniadanie matki i zarzuciwszy na siebie znoszoną kurtkę, wybiegł na mroźne powietrze, kierując się w stronę dworku. Pokonał tę trasę niezwykle szybko i już za chwilę wpadł do ciepłej kuchni, w której, siedząc przy kaflowym piecu, wygrzewała się Róża.

– Jesteś wreszcie! – Powitała go, zanim zdążył zdjąć buty. – I ja, i Alek czekamy tu na ciebie już od dobrych kilku chwil. No... A raczej czekaliśmy, bo Alek w końcu się poddał i wrócił do siebie na poddasze. Tak że ty się tutaj nie rozbieraj, tylko do niego idź!

Konrad popatrzył na nią, za wiele nie rozumiejąc z jej słów.

– Ale jak to czekaliście na mnie? Jest dopiero po ósmej – wymamrotał, zerkając na zegarek. – No i po co właściwie ja mam do niego iść? – zapytał.

Róża spojrzała na niego pełnym litości spojrzeniem i pokręciła głową.

– Dziecko, dziecko – mruknęła. – A jak ty chcesz u mnie sprawdzić, czy wygrałeś, skoro ja nie mam ani internetu, ani komputera?! No już, już, nie patrz tak na mnie, tylko zapinaj tę kurtkę i natychmiast biegnij do Alka, bo zaraz z tych nerwów kota dostanę!

Na widok jej rozemocjonowanej miny na usta Konrada wypłynął szeroki uśmiech.

– Mogła tak pani od razu, a nie... – Roześmiał się tylko, a potem bez słowa wycofał się z dworku i udał się na poddasze, gdzie czekał na niego Alek.

– O, młody, dobrze, że jesteś. Wszedłem już na stronę konkursu, musisz się tylko zalogować – powiedział na dzień dobry, wstając od komputera. – Na stronie głównej napisali, że wyniki już są, więc możesz śmiało sprawdzać.

Konrad patrzył bez słowa na odsunięte krzesło, czując, jak serce zaczyna mu bić szybciej. Myśl, że cała jego przyszłość zależała od tego, co wydarzy się w najbliższych kilku minutach, z chwili na chwilę przerażała go coraz bardziej. Nie mógł uwierzyć w to, że to wszystko rozegra się teraz, zaraz, za moment.

– No, młody? – rzucił do niego opierający się o stół Alek. – Na co czekasz?

Konrad nerwowo przełknął ślinę i spojrzał na niego wielkimi oczami.

– Och, na nic. Już sprawdzam. Już – wymamrotał i usiadł w końcu do komputera. Mimo drżenia rąk, wpisał na klawiaturze swój login i hasło.

– Loguję się – powiedział do wpatrującego się w niego Alka.

– Nie mogę się doczekać tych wyników tak samo jak ty.

Konrad uśmiechnął się do niego z wdzięcznością, ale jego mina szybko zrzedła.

– A co będzie, jeśli niczego nie wygram? Będziecie z Różą tak strasznie rozczarowani i...

Alek podszedł do niego i oparł ręce o biurko.

– Cokolwiek by się zaraz nie stało, dla nas wszystkich już jesteś mistrzem – powiedział, żeby go uspokoić.

I podziałało. Konrad natychmiast spojrzał na monitor i najechał kursorem na zakładkę z wynikami. Odszukał na stronie swoje nazwisko.

– Nie wierzę... – zdołał tylko wymamrotać, kiedy dotarło do niego, co widzi.

– Co jest? – Zaniepokoił się Alek i zajrzał mu przez ramię.

Konrad nie umiał jednak nic odpowiedzieć, bo w gardle urosła mu wielkich rozmiarów dławiąca gula emocji.

– Stary, brawo! – wykrzyknął natomiast Alek. – Wygrałeś! – Rozległo się po poddaszu i wracało do uszu Konrada jak echo.

– Wygrałem... Wygrałem – powtórzył cicho, a w jego oczach zebrały się łzy.

– Wydadzą twoją książkę, młody! Przecież to fantastyczne! Pokonałeś tysiące osób i... – Alek nie krył dumy i entuzjazmu. – Nie no, po prostu nie wierzę. Piszą tu, że czeka na ciebie na twoim koncie jeszcze jakiś list z gratulacjami i zaproszenie na uroczyste wręczenie nagrody... – mówił jak najęty, ale do Konrada nie docierało prawie nic z wyrzucanych przez Alka słów.

Wygrał. Jego książkę wyda jedno z najlepszych wydawnictw w kraju. Zostanie kimś. Jego radość i niedowierzanie wykraczały w tym momencie poza jakąkolwiek skalę. Bez wątpienia był najszczęśliwszym człowiekiem na ziemi.

Konrad był w stanie zacząć logicznie myśleć dopiero, gdy został już wyściskany przez rozentuzjazmowaną Różę, która nie mogąc wysiedzieć w dworku, zjawiła się na poddaszu. Dopiero kiedy umilkły już jej pełne zachwytu komentarze i razem z Alkiem zajęła się piciem herbaty, Konrad ponownie zalogował się na swój profil w konkursowym serwisie i odczytał czekające na niego wiadomości. Jedna zawierała serdeczne gratulacje, druga zaproszenie na uroczyste wręczenie nagród. Miało się ono odbyć pierwszego lutego w jakimś znanym klubie pisarza w Warszawie, o którym nigdy nie słyszał. Konrad mógł zaprosić na tę uroczystość trzy dowolnie wybrane przez siebie osoby, do których miały zostać wysłane oficjalne zaproszenia. Musiał tylko podać ich adresy.

Nie zastanawiając się nad tym zbyt długo, włączył odpowiedni formularz i wpisał adres dworku w dwóch odrębnych rubrykach. Jedno zaproszenie miało być dla Róży, a drugie dla Alka. Przy trzecim na chwilę się zawahał. Nie chciał zapraszać rodziców. Właściwie to nie chciał im nawet mówić o tym sukcesie, bo matka zaraz wlałaby mu za to, że się wywyższa i zwraca niepotrzebną uwagę na ich rodzinę. To byłby zdecydowanie zły pomysł. Wygrana musiała pozostać tajemnicą i zamierzał prosić Różę i Alka o to, żeby nikomu o niej nie mówili.

Przychodziła mu do głowy tylko jedna osoba, którą mógłby, a nawet powinien poinformować o swoim sukcesie, a była nią oczywiście Laura. To ona wpadła na pomysł wysłania jego pracy na konkurs i to ona zaszczepiła w nim odwagę do eksperymentowania z tekstem i ulepszania go. Było dla niego jasne, że to ona była matką chrzestną tego zwycięstwa i powinien ją o nim poinformować. Pozostawała tylko sprawa jej adresu. A raczej jego braku.

Konrad głowił się przez chwilę, skąd mógłby go wziąć, aż w końcu przyszła mu do głowy genialna myśl. Przecież skoro jej matka była wielką, topową artystką, o czym Laura niejednokrotnie opowiadała, to gdzieś w internecie na pewno będą zamieszczone jej dane kontaktowe. Wykorzystując fakt, że Róża i Alek pochłonięci byli rozmową, Konrad bez wahania włączył wyszukiwarkę i wpisał w nią nazwisko Nataszy Hoffmann. Nie spodziewał się, że znalezienie adresu będzie takie proste. Strona autorska wyskoczyła mu już jako pierwsza, a w zakładce zatytułowanej „Kontakt" od razu znalazł to, czego szukał. Chociaż nie miał pewności, że Laura nadal mieszka z rodzicami, postanowił zaryzykować. Skopiował podany na stronie adres i wkleił go do trzeciej rubryczki w formularzu, zmieniając tylko imię Nataszy na Laurę, a potem kliknął „wyślij" i wyczyścił historię wyszukiwania, żeby Alek o niczym się nie dowiedział.

Przez następne tygodnie Konrad nie marzył o niczym innym niż o przybyciu Laury na wręczenie nagrody. Chciał jej podziękować za wszystko, co dla niego zrobiła. Poza tym, był to winien Alkowi. Ten chłopak już wielokrotnie ratował mu skórę i Konrad czuł się jego dłużnikiem, a co mógł zrobić dla niego lepszego, niż na nowo sprowadzić tu Laurę i zwrócić mu radość życia?

Laura

– Dzięki za podwiezienie – powiedziała Laura do Gabriela, kiedy wracali wieczorem z zajęć. – Wejdziesz na chwilę? – zapytała.

Chłopak uśmiechnął się lekko i zgasił silnik.

– Chętnie. Mama urządza dziś u nas jakieś przyjęcie, więc nie za bardzo mam ochotę szybko tam wrócić. Myślałem co prawda o drinku w jakimś barze, ale herbata u ciebie to też nie najgorszy pomysł.

Laura zaśmiała się melodyjnie i wysiadła z samochodu, a potem razem z Gabrielem weszli do apartamentu.

– O, Laura! – Z salonu wyłoniła się matka. – Przyszła do ciebie dziś poczta, położyłam ci w pokoju.

– Poczta?

– Tak, jakieś zaproszenie na wręczenie nagrody czy coś. Nie wczytywałam się za bardzo – oznajmiła tylko w pośpiechu i uśmiechając się do zdejmującego kurtkę Gabriela, z powrotem zniknęła w salonie.

Laura pokręciła głową i też na niego spojrzała.

– To co, chodźmy do kuchni – raczej oznajmiła, niż zapytała, ignorując tym samym szaleństwa matki. – W lodówce powinno być jeszcze ciasto, które zostało po wczorajszym podwieczorku.

– Jednak nie będę żałował, że zamiast baru wybrałem wieczór u ciebie. Tam pewnie bym ciasta nie dostał – mruknął, a ona ze śmiechem szturchnęła go w żebra. Musiała przyznać sama przed sobą, że zdążyła już polubić wieczory w jego towarzystwie. Rozumiał ją jak mało kto, a do tego jeszcze potrafił rozśmieszyć.

– To co, obejrzymy jakiś film? – zaproponował, kiedy trzymając w dłoniach talerze z czekoladowym ciastem, znaleźli się w jej pokoju.

– Czemu nie – zgodziła się bez wahania. – Ale ty wybierasz, co oglądamy.

– Ja?

Pokiwała głową.

– Ostatni film oglądałam chyba z pół roku temu. Nie mam bladego pojęcia o tym, co się teraz ogląda.

Gabriel roześmiał się głośno, odstawił talerz na biurko i wziął od niej laptopa.

– No dobrze, filmowa ignorantko. Czas cię trochę doinformować – powiedział rozbawiony, a potem włączył jakiś film akcji i rozłożyli się na jej łóżku, komentując co ciekawsze sceny i analizując motywy działania głównych bohaterów.

Laura zajęła się listem dopiero nocą, kiedy Gabriel zorientował się, że czas już wrócić do domu. Odprowadziła go więc tylko do drzwi, gdzie uścinali się na dobranoc, a kiedy weszła do pokoju, jej wzrok padł na niewielką, otwartą przez matkę kopertę. Wzięła ją do ręki i wyciągnęła ze środka nieduży kawałek szarego papieru. Nie miała pojęcia, kto i dlaczego mógłby zapraszać ją na jakieś wręczenie nagrody, dlatego przeżyła szok odczytując treść zaproszenia. Przez ostatnie miesiące zdążyła już niemal zapomnieć o tym, że namówiła Konrada na udział w konkursie, a tu proszę, taka wiadomość i to właśnie teraz, kiedy wreszcie jako tako udało jej się pogodzić z odejściem Alka...

Patrząc na szarą karteczkę, Laura poczuła, że pod jej powiekami zaczynają zbierać się łzy, i to wcale nie dlatego, że tak bardzo cieszyła się wygraną Konrada. Zaczęła płakać, ponieważ każda myśl o chłopcu uruchamiała też schowane głęboko w pamięci wspomnienia związane z Alkiem. Znowu stanęła jej przed oczami scena w parku, pierwszy spacer do leśniczówki i ich pierwsza wspólna noc. Żadne z tych wspomnień nie zatarło się ani odrobinę, ani nie zdążyło wyblaknąć. Były tak samo żywe jak jeszcze jakiś czas temu. I tak samo bardzo bolały.

Nie mogąc się opanować, Laura opadła na łóżko a potem wtuliła twarz w miękką poduszkę i zasnęła. Przyśnił jej się Alek i jego ciepłe ramiona, które odganiały od niej złe sny.

– No i co to za zaproszenie? – zapytała ją przy śniadaniu matka. – Od kogoś ważnego?

Laura spojrzała na nią, przeżuwając kęs naleśnika

– Tak – powiedziała. – Jeden ze znajomych ze studiów wygrał główną nagrodę w konkursie na powieść i zaprasza ludzi z roku. To jedna z najbardziej prestiżowych nagród w Polsce, ufundowana przez jedno z największych wydawnictw – wyjaśniła. Brzydziła się kłamstwem, ale w tej sytuacji nie mogła rozegrać tego inaczej. Sprawą oczywistą była dla niej obecność Alka na tym rozdaniu nagród i fakt, że będzie to jedyna okazja, żeby się spotkać i porozmawiać. Wiedziała też doskonale, że gdyby dowiedziała się o tym jej matka, Laura mogłaby o tym wyjeździe od razu zapomnieć.

– Chcesz lecieć? – Natasza spojrzała na nią uważnie.

Laura wzruszyła ramionami niby to od niechcenia.

– No, chyba tak. Pisałam wczoraj na Facebooku z dziewczynami z grupy i większość z nich będzie. To wielka impreza, fajnie będzie spotkać się ze znajomymi. Trochę się zdążyłam za nimi już stęsknić. W końcu widywaliśmy się dzień w dzień przez dobrych kilka lat.

Natasza przez chwilę trawiła jej słowa, ale w końcu pokiwała głową.

– Gdzie to ma być?
– W Warszawie.
– Na ile chcesz lecieć?
– Nie wiem. Dwa, trzy dni. Zależy, jak dostanę bilety. To za cztery tygodnie.

– Może zajrzałabyś przy okazji do domu, co? – zapytała Natasza, a Laura musiała mocno się hamować, żeby nie odetchnąć z ulgą.

– Czemu nie – odpowiedziała jak gdyby nigdy nic.

– Zastanawiamy się ostatnio z ojcem, czy go nie sprzedać.

– Naszego domu? – Zdziwiła się.

– Nie bywamy tam z ojcem już od lat, a skoro ty teraz też jesteś tutaj, to na co nam ten dom? Zresztą, nawet jakbyś w przyszłości chciała wrócić do Polski, to masz przecież swoje mieszkanie. Ten dom nam tylko zawadza.

Laura milczała przez chwilę, wstrzymując się z odpowiedzią.

– No... – odezwała się w końcu. – Skoro tak chcecie, to nie mam tu nic do gadania. A teraz wybacz, mamo, będę uciekać. Gabriel zaraz po mnie podjedzie, a ja się jeszcze nawet nie umalowałam. Nie chcę, żeby musiał na mnie czekać.

Na usta Nataszy znowu wypłynął dyskretny uśmieszek. Cieszyła się, że tych dwoje tak dobrze się dogaduje i że Laura zapomniała w końcu o Alku.

– To co, mam ci zabukować bilety na samolot? – zapytała jeszcze, gdy dziewczyna wstała od stołu.

– Jeśli chcesz się tym sama zająć, to pewnie. – Laura spojrzała na nią przelotnie, a potem pobiegła na górę.

Dopiero stając przed toaletką, głośno odetchnęła. Udało się, pomyślała, przejeżdżając dłońmi po twarzy i na jej usta wypłynął szeroki uśmiech. Niezależnie od tego, co się między nimi wydarzyło, nie mogła się już doczekać spotkania z Alkiem.

Alek

– Młody, nie denerwuj się tak. – Alek próbował uspokoić Konrada, widząc, że chłopak kolejny już raz poprawia kołnierzyk u swojej koszuli. – Na pewno świetnie wypadniesz, bez nerwów.

Chłopak popatrzył na niego, opuścił ręce i zaczął z kolei nerwowo wygładzać swoje spodnie. Stali razem z Różą na korytarzu, czekając na rozpoczęcie uroczystej gali, a dookoła ich kłębili się inni elegancko ubrani goście. Uroczystość miała się zacząć już za kilka chwil i chociaż cała trójka doskonale znała wynik konkursu, byli przejęci tym wydarzeniem.

– Łatwo ci mówić – odezwał się Konrad. – A jak walnę jakąś głupotę? Ty widzisz w ogóle, jacy to są ważni ludzie? Sami topowi pisarze, a ja co? Przecież ja w życiu nie wygłaszałem żadnej przemowy, a już na pewno nie przed taką widownią! – powiedział, rozglądając się przy tym dookoła.

Alek z Różą popatrzyli na niego, uśmiechając się lekko.

– Konradzie, Alek ma rację. – Pogładziła go po ramieniu staruszka. – Nerwy w niczym ci nie pomogą. Na pewno nie powiesz niczego głupiego. Kto ja kto, ale nie ty. Jesteś mądrym chłopcem, a przemowę masz wyuczoną na pamięć. Wiem, bo przecież słyszałam ją już dziesiątki razy. Bez obaw.

Konrad spojrzał na nią z wdzięcznością, ale nawet te jej szczere zapewnienia nie były w stanie go uspokoić. Chociaż miała rację, bo doskonale wykuł to, co miał powiedzieć, nogi miał jak z waty, a ręce pociły mu się niemiłosiernie. No i nigdzie nie widział też Laury, a niemalże tak samo jak odebraniem nagrody stresował się jej spotkaniem z Alkiem. Mimo że nie miał od niej żadnej wiadomości, był pewien, że się tutaj zjawi. I nie mógł się tego doczekać.

– O, chyba wchodzimy! – Z rozmyślań wyrwał go głos Róży, bo jakaś ubrana w garsonkę kobieta otworzyła od środka wielkie szklane drzwi, przed którymi stali. Wszyscy zebrani goście natychmiast tłumnie ruszyli do auli, chcąc zająć jak najlepsze miejsca.

– No dobra, to idę. – Konrad wielkimi oczami spojrzał na Różę i głęboko nabrał w płuca powietrza. Wiedział, że ma przygotowane specjalne miejsce w pierwszym rzędzie, podczas gdy Róża z Alkiem woleli usiąść gdzieś bardziej z tyłu, żeby nie rzucać się w oczy.

– Powodzenia, kochanie! – Ostatni raz ścisnęła go za rękę staruszka.

– Będzie dobrze! – zapewnił Alek.

Konrad uśmiechnął się do nich nerwowo i jeszcze raz rozejrzał się dookoła. Jednak i tym razem nigdzie nie zobaczył Laury.

– No, idź już! Idź! – Róża go popędziła, a potem razem z Alkiem również weszła do sali i zajęli miejsca na ławce z boku, pod ścianą. Oboje nie mogli się już doczekać, kiedy zobaczą na scenie ściskającego statuetkę Konrada. Byli tak bardzo dumni z niego i wzruszeni całą tą sytuacją, że choć żadne nie chciało się przyznać, obojgu chciało się płakać. Nawet długie przemowy prowadzących nie były w stanie wybić ich ze stanu napięcia, w jakim się znajdowali.

Konrad wszedł na scenę uhonorowany przez zebranych gości owacjami na stojąco. Pomimo swojego młodego wieku prezentował się bardzo elegancko i budził sympatię zebranych. Nawet z tej odległości Róża z Alkiem widzieli w jego oczach łzy, kiedy podchodził do głównego jurora, żeby odebrać statuetkę, a gdy podszedł do mikrofonu, żeby zacząć swoją przemowę, Róża nie wytrzymała i ścisnęła Alka za rękę.

– Nasz chłopak – szepnęła, dokładnie w momencie, kiedy szklane drzwi auli otworzyły się głośno.

Spojrzenia wszystkich zebranych gości natychmiast powędrowały w tamtą stronę, ale wróciły do Konrada tak samo szybko, jak od niego odbiegły. W drzwiach stała bowiem jedynie wątłej budowy dziewczyna w kapeluszu, która dla postronnych nie była nikim ważnym. Jedynie trzy pary oczu uparcie wpatrywały się w jej drobną postać. Jedynie one ją poznawały.

– Laura... – drżącym głosem wydukał Alek, kiedy dotarło do niego, kogo widzi. Jego oddech natychmiast stał się płytki, a serce zaczęło tłuc mu się w piersi jak szalone.

Laura nie zdołała go jeszcze odnaleźć w tłumie, dlatego nie ruszyła się z miejsca nawet na krok. Natychmiast wypatrzyła jednak stojącego na scenie Konrada i machając do niego ręką, posłała mu ciepły uśmiech.

Róża natomiast szturchnęła łokciem Alka.

– Idź do niej, na co czekasz! – szepnęła.

Chłopak spojrzał na nią wielkim oczami i nerwowo przełknął ślinę, ale zaczął się w końcu przeciskać przez wpatrujący się w Konrada tłum.

– Alek... – wyrwało się Laurze, kiedy ona też go w końcu dostrzegła. Jej oczy natychmiast zaszkliły się łzami, gdy spojrzała na jego twarz. W jego oczach było tyle miłości, że aż zabolało ją serce. – Ja... – spróbowała jeszcze powiedzieć, ale słowa ugrzęzły jej w gardle.

Alek natychmiast wyczytał z jej twarzy, że ona też się za nim tęskniła i chociaż niczego z tej sytuacji nie rozumiał, nie zamierzał teraz nad tym rozmyślać. Podszedł do niej i wziął ją w ramiona, a potem zaczął całować. Jej ciało natychmiast przylgnęło do niego. Obejmując go za szyję, zaczęła żarliwie odpowiadać na pocałunki. Tęsknili za tym tak bardzo, że nie miało dla nich znaczenia, gdzie się znajdują i kto na nich patrzy. Nie mogli rozsmakować się w swoich ustach. Całowali się zachłannie, dając upust wszystkim szalejącym w nich ostatnio emocjom. Przelewali w siebie nawzajem cały smutek, tęsknotę i żal. Naznaczali się sobą i brali w posiadanie. Byli tylko oni dwoje, nikł otaczający ich świat.

– Kocham cię – zdołał w końcu wyszeptać do jej ucha, kiedy odsunęli się od siebie, żeby nabrać powietrza. Jego dłonie błądziły po jej plecach, nie mogąc się nacieszyć gładkością jej skóry.

Laura spojrzała na niego czerwonymi od płaczu oczami. Po jej policzkach płynęły łzy.

– Tak bardzo za tobą tęskniłam... – powiedziała cicho, nie móc przestać ściskać go za ręce. Nie chciała odsuwać się od niego nawet na chwilę, nawet na moment. Chciała czuć go przy sobie już zawsze.

Alek nachylił się do niej i drżącymi dłońmi ujął jej zaróżowione z emocji policzki. Lekko pogładził je kciukami. Oboje wiedzieli już, że w tym momencie mogą darować sobie jakiekolwiek tłumaczenia.

– Mówiłem ci kiedyś, że ładnie się uśmiechasz? – zapytał zachrypłym głosem, patrząc w jej oczy pełne miłości.

Laura roześmiała się cicho i znowu przywarła do jego ust. Smakowały dokładnie tak, jak zapamiętała, a może nawet i lepiej. Ta chwila nie mogła równać się żadnej innej. Nawet pamiętnej rozmowie w parku, kiedy powiedział jej te słowa po raz pierwszy...

Epilog

Kiedy wszystkie nagrody zostały rozdane, a zebrani na gali goście udali się na poczęstunek, Konrad odczekał, aż aula opustoszeje i przysiadł sobie na ławce pod ścianą. Przez chwilę wpatrywał się w okno, a potem oparł się wygodnie i przymknął oczy. Miał sporo czasu, żeby oswoić się z wygraną, ale dopiero kiedy trzymał w dłoni statuetkę, dotarło do niego, jak wielkim była ona osiągnięciem. Dopiero teraz schodził też z niego związany z galą stres, a jego myśli przestały wirować jak szalone.

Trzymał w dłoni próbny egzemplarz swojej powieści. Po chwili zadumy otworzył ją i zaczął czytać ostatni rozdział…

— O, tutaj jesteś. — Dobiegł do niego nagle dobrze znany głos. Na jego dźwięk natychmiast otworzył oczy i spojrzał na zbliżającą się powoli Różę.

— Mogę? — zapytała, wskazując na miejsce obok niego.

Popatrzył na nią i przesunął się tak, żeby mogła usiąść.

– Dziękuję. – Róża obdarzyła go promiennym uśmiechem, rozsiadając się wygodnie. – Myślisz sobie? – zagadnęła, widząc jego minę.

– Tak. Chyba dopiero teraz dociera do mnie... – Przebiegł wzrokiem po auli. – To wszystko.

Róża pokiwała głową.

– Tak myślałam, że będziesz musiał po tym wszystkim ochłonąć. Zdaję sobie sprawę, że całe to zamieszanie musi być dla ciebie bardzo stresujące, i wcale ci się nie dziwię. Mnie też ten tłum trochę już zmęczył. Mam nadzieję, że nie masz nic przeciwko, że postanowiłam ukryć się tutaj razem z tobą?

– Nie, skąd – zaprzeczył niemalże natychmiast. – Dobrze, że pani przyszła.

Róża patrzyła na niego przez chwilę, a potem także ona przeniosła wzrok na okno i głośno westchnęła.

– Ładnie to sobie wszystko wymyśliłeś, Konradzie – powiedziała po kilku minutach zadumy. – Sprowadzenie Laury na galę było naprawdę dobrym pomysłem. Czytelnicy lubią szczęśliwe zakończenia, rozgrywające się w trochę patetycznych momentach. To był doprawdy strzał w dziesiątkę.

Na usta chłopca wypłynął nieśmiały uśmiech.

– Naprawdę pani tak myśli?

– Oczywiście! Nawet ja byłam zaskoczona, a przecież to książka o mnie i nic nie powinno mnie zdziwić. Swoją drogą, muszę ci powiedzieć, mój drogi, że naprawdę polubiłam Alka i Laurę. Aż szkoda, że nie są prawdziwi, i tylko ich sobie wymyśliłeś.

– *Mówiłem już pani, że to dla kontrastu...*
– *Oj, wiem, wiem.* – Róża nie dała mu skończyć. – *Żeby zrównoważyć czymś historię skrzywdzonej przez życie staruszki, żeby książka nie była za smutna i żeby czytelnicy byli zadowoleni, bo oni lubią, jak wszystko dobrze się kończy.*

Chłopiec roześmiał się, słysząc, jak Róża recytuje powtarzaną przez niego formułkę.

– *No właśnie.*
– *Ale wiesz co?* – Znowu wpadła mu w słowo. – *Wcale się nie dziwię, że wygrałeś ten konkurs. Nawet ja dałam się nabrać na to, że oni istnieją naprawdę. Świetna robota, mój drogi. Naprawdę świetna. A powiedz mi jeszcze... Tak z ciekawości... Oni do siebie wrócili na stałe, prawda? Laura rzuci w diabły Kanadę i przeniesie się do Polski, żeby zamieszkać na poddaszu obok mojego dworku?*

Konrad spojrzał na nią rozbawiony.

– *To jest właśnie urok otwartych zakończeń, pani Różo, że z nimi nigdy nic do końca nie wiadomo...*
– *Konradzie!* – Róża spojrzała na niego oburzona.
– *Dobrze, już dobrze.* – Wywrócił oczami. – *Oczywiście, że do siebie wrócili. Nie musi się pani martwić, że będzie pani samotna.*

Róża z wdzięcznością klepnęła go w rękę.

– *No, to bardzo się cieszę* – oznajmiła rozpogodzona. – *Jakoś mi raźniej, kiedy wiem, że kręcą się gdzieś po okolicy i żadne nie cierpi z miłości...*

Raczyny, sierpień 2015

Od autorki

Drodzy Czytelnicy, zakładam, że właśnie dobrnęliście do końca książki, dlatego pragnę skierować do Was kilka słów wyjaśnienia.

Przede wszystkim muszę powiedzieć, że nie jestem historykiem i moim zamierzeniem nie było stworzenie opowieści opartej na faktach. Choć bardzo się starałam, by wydarzenia z czasów wojny były jak najbardziej wiarygodne, musicie mieć świadomość, że większość z nich została przeze mnie albo wymyślona, albo bardzo zmodyfikowana, by komponować się z moim zamysłem na tę powieść.

Inspiracją do napisania *Bądź przy mnie zawsze* były prawdziwe wydarzenia z okresu drugiej wojny światowej, rozgrywające się na terenie powiatu żuromińskiego. Jak się okazuje, lokalna historia może być naprawdę ciekawa, a z pozoru nic nieznaczące miejsca okazują się wspaniałymi nośnikami pamięci.

Nie wiem też, na ile wiarygodne jest, by czternastolatek napisał tak obszerną i koncentrującą się wokół wydarzeń historycznych powieść, ale w świecie fikcji wszystko jest możliwe. Konrad to zdolna bestia.

Tradycyjnie już pragnę podziękować osobom, bez których ten utwór nigdy by nie powstał.

Przede wszystkim serdecznie dziękuję mojemu tacie, który jest historykiem i czuwał nad wiarygodnością opisywanych przeze mnie scen rozgrywających się w pierwszej połowie dwudziestego wieku. To wspaniałe, że są ludzie, którzy z taką pasją szerzą wiedzę historyczną pośród młodszych pokoleń. Tato, bardzo cię kocham. Twoja wiedza niesamowicie mi imponuje.

Dziękuję mojej mamie, Kasi i Wojtkowi. Jesteście najwspanialsi.

Szczególne podziękowania kieruję do moich babć, które chętnie dzielą się swoimi wspomnieniami z dzieciństwa. Wszystkich opowiadanych przez Was historii nie udało mi się zmieścić w tej książce, ale spokojnie – będą następne.

Dziękuję Pietrasiom. Za to, że po prostu są.

Pragnę też podziękować moim przyjaciółkom, Marlence i Patrycji, które, jak zawsze, bardzo wspierały mnie podczas pisania, oraz Sebastianowi. Bądźcie przy mnie zawsze.

Dziękuję również całemu zespołowi wydawnictwa Czwarta Strona. Jesteście najwspanialsi.

No i Wam, moi Czytelnicy, którzy sięgnęliście zarówno po *Bądź przy mnie zawsze*, jak i po poprzednie moje książki. Z niecierpliwością czekam na wiadomości z opisem Waszych wrażeń po lekturze. Zaglądajcie też na mojego Facebooka, bardzo cenię sobie kontakt z Wami.